此路迢迢

斤小米
Jin Xiaomi

著

过去与现在之间有一条隐秘关联的通道，
一旦你找到它，
它便用整条路的灼灼桃花照耀你，
那光芒足以照彻每一个幽暗处的细节。

中国言实出版社

图书在版编目(CIP)数据

此路遥迢 / 斤小米著. -- 北京：中国言实出版社，
2021.12

ISBN 978-7-5171-4001-6

Ⅰ.①此… Ⅱ.①斤… Ⅲ.①散文集－中国－当代
Ⅳ.①I267

中国版本图书馆CIP数据核字（2022）第010282

此路遥迢

总 监 制：朱艳华
责任编辑：张国旗
责任校对：宫媛媛

出版发行：中国言实出版社
　　　　　地　　址：北京市朝阳区北苑路180号加利大厦5号楼105室
　　　　　邮　　编：100101
　　　　　编辑部：北京市海淀区花园路6号院B座6层
　　　　　邮　　编：100088
　　　　　电　　话：64924853（总编室）　64924716（发行部）
　　　　　网　　址：www.zgyscbs.cn　E-mail：zgyscbs@263.net

经　　销：新华书店
印　　刷：廊坊市海涛印刷有限公司
版　　次：2022年2月第1版　2022年2月第1次印刷
规　　格：710毫米×1000毫米　1/16　19.5印张
字　　数：298千字

定　　价：87.00元
书　　号：ISBN 978-7-5171-4001-6

目　录

第一辑

少年听雨歌楼上

初雪飘落

一

十三岁的我从人家屋檐下水泥地坪前的麻袋上醒来的时候，东方刚刚露了一丝鱼肚白，城市还沉睡在一片寂静之中，地坪前的大樟树叶子一动不动，远处包子铺一盏孤零零的吊灯下，热气蒸腾，为这个略显清冷的早晨添了丝凡俗的气息。拐角处跑过一只猫，从我头顶悄无声息地跃过，消失在马路尽头，它带过的风将我从疲惫的梦境里拖出，我感觉自己被从沉闷的水底打捞起来，头脚还湿淋淋的，满身却是迎接朝霞的灿烂。

我望了一眼父亲车上满满一车像小猪崽儿一样的西瓜，有些发愁。

这是一车已经熟透了的瓜，我在埋葬母亲的那块黄土地里摘瓜的时候，暑气正盛，我和父亲顶着烈日摘"热"西瓜，绕过坟墓，一箩筐一箩筐地抬到板车上，然后拖回家里。父亲在前面拖，我咬着牙使尽浑身力气在后面推，越过沟沟坎坎，爬上坡滚下坡，跌跌撞撞一车一车地运到我家的堂屋里，一直干到黄昏降临，暑气依然没有完全退去。那时，远处的河面上倒映着夕阳的红光，微凉的风从河面拂过来，热气一阵阵从土地里升起，西瓜苗在黄昏即将降临的暮色里，像上了一层滤镜，绿得有些假，那些躲藏在瓜苗底下的西瓜，全腆着大肚子，怎么也藏不住一春一夏时光酝酿起来的惊喜。父亲说，你摸摸西瓜上的小花蒂，要是轻轻摸一下它就掉了的，那就摘了。父亲之前是不让我摘西瓜的，他说我不认识熟了的瓜，就像我不认识生活一样。我不懂，问为什么，父亲嘲笑我，瓜熟蒂落，不知道？我的脸一下子红了，我原以为这只是用来说妇女怀孕生子的，却忘记了它本来的意思。幸好夕阳用红色遮蔽了一个少女的羞涩，使我在父亲的面前仍旧是一个不谙世事的孩子。

我咬牙搂着一面是土的大西瓜，赤着脚在西瓜藤和黄土之中穿行，西瓜很重，与我瘦小的体型很不匹配，以至于多年以后我身怀六甲之时，总是不停地做着搂着西瓜在地里穿行的梦，因为梦到西瓜总是往下掉落，生怕"啪"的一声落到地上炸开成一摊西瓜水，我总是梦到一半就醒来。父亲还是嫌我力气太小，一次只能搂一个西瓜，尽管我大汗淋漓，竭尽所能，但是他并不买账，他总是说，要是个男孩子就好了，至少可以一手一只，夹在腋窝里，女孩子毕竟是不中用的。为着他这一句话，我奋斗了大半生，希望自己能够颠倒乾坤，更希望父亲能在咽气的时候收回他当年的话。

眼见着夕阳一点点沉到河沟里去了，总算将已经熟了的西瓜全部摘完，父亲像犁田一样又从第一片叶子开始搜索了一遍，终于满意地说，收工。

回到家的父亲顾不上做晚饭就去请拖拉机师傅，而我则要烧水给弟弟洗澡，做晚饭，一直忙到不知什么时候就睡着了。等我醒来的时候，堂屋的灯一片雪亮，拖拉机上已经装了满满一车瓜。父亲说，你先回去睡觉，我们凌晨两点动身进城，估计到城门口的时候是凌晨四点，正好可以躲过检查。到了城里，我们再睡觉。父亲做事果断，那个时候，他一人能挑起二百斤的担子，没有人敢违拗他的意思。

其实，这车算不得真正的拖拉机，真正的拖拉机有一个驾驶室，后面一个巨大的拖厢，从乡下的道路上经过时，总能扬起漫天的黄土，威风八面。给我们运西瓜的拖拉机，没有驾驶室，司机只能任凭日晒雨淋。前面一个长长的鼻子，车子跑起来轰隆隆地响，老远就能听见，它的减震性能极差，路稍微不平就可以将你颠簸到反胃，乡下人称它为"狗崽子"。父亲坐在司机座位后面的板凳上，我就躺在西瓜上面的麻袋上，看天空中缓慢移动的星辰，偶尔也会看到黑黢黢的群山，以及一两根伸到路中央的树枝，朦朦胧胧中翻了山，越了岭，也过了桥，最后抵达目的地。父亲说，就在这个门前停一会儿，他卷起麻袋，我们跳下车，在一大片卷闸门前，将麻袋铺好。父亲说，刚四点，先睡一会儿。我看了一下地面，不算脏，但是不一定没有爬虫，而且蚊子也不少，可是，睡意就像一个吃饱喝足的醉汉，一下子搭在我身上，推都推不动。

我眼皮一合，就沉沉睡去了。

二

西瓜实在太多了，父亲说，有三千多斤呢。

春天种下瓜子的时候，他每天都会向我报告瓜苗生长的进展，事实上，我不是一个知心的听众，以我的年龄和性别，我更感兴趣的事儿是书本和花朵。他当然知道，他只不过是自言自语，但我这样一个面庞稚嫩眼珠黝黑的女儿，对需要听众的他无疑是个不错的安慰。该泼粪时，他担着粪桶从大门前经过，空气里弥漫着春天与衰朽较量的气息，我们都捂上了鼻，但他面带微笑。往后很多年，说起春天时，那种奇怪的气味总是占据我的脑海，使得春天其他声音被迫隐匿。

有几年，父亲接触了新技术，发现用尿素辅助要嫁接的西瓜，产量会大大增加，他便沉迷于研究需要使用尿素的量。但是，连续三年，西瓜瓜心不红，瓜还酸酸的，父亲意识到可能是尿素与嫁接方式出了问题，他放弃了尿素，继续最原始的大粪，西瓜又恢复了以往的甜，当然产量是减少了，但他心甘情愿，他做了一辈子农民，知道一个农民的尊严在哪里。自从我六岁那年表现出异于常人的加减乘除心算能力，父亲每次进城，走大街串小巷卖西瓜，总要带上我，他称一下秤，再报数，问我多少钱，我能很快就报给他，买家总是那么惊诧，对父亲说，这小姑娘是你女儿呀，算数这么快，多大了？父亲很自豪地报出我年龄，还加上一句，读三年级了呢，成绩是全区第一！我五岁读一年级，发育又迟缓，父亲的宣布，无疑让在他面前很有优越感的城里人心情低落下去，沉思自家又笨又懒的孩子，顿时对父亲生出几分敬意。我常常想，父亲之所以总在卖西瓜时带上我，跟他对自己所种的西瓜的自豪感有关，大概，我也是他种下的一个特别的西瓜，足以让他生命里一直渴望而又难以获得的某些感受得到短暂的弥补。

但我要的不是这些，我唯一的希望是一天之内把那些该死的西瓜全部卖空，我再也不用跟着父亲从清晨出发，顶着盛夏炎炎的烈日，等待一个又一个买西瓜的城里人，忍受他们用居高临下的神态询问西瓜是否成熟，跟父亲讨价还价。然而，事实上，西瓜并不是必需品，产量太大的时候，它自然就会很便宜，并且不受人待见，只会使春天满怀希望的父亲在夏天到来时愁眉不展、长吁短叹。那些卖西瓜的日子，一种挥之不去的愁绪从父亲的眉头缠绕到我的心头，使我过早地体会到人世的艰辛。我从来没有想过，对于父亲而言，一次又一次饱尝希望与失望交织的痛苦，通过西瓜进城的过程，布满了他壮年的大部分光阴。我想，这种种复杂感受其实也是生命中不可或缺的经历。在我以后将要经历的人生里，所有看似无法逾越的障碍，恰恰构成了生命的全部意义，虽然我不必重复父亲种西瓜卖西瓜、失望与希望交织的经历，但是我也经历了很多生活的艰辛，我在这中间能咬着牙关挺过，不过是因为我过早地被父亲带到残酷的人生境地。

我在屋檐下醒来时，恍惚间不知身在何处，东方的启明星亮闪闪的，慢慢被天边一丝一丝的朝霞掠过，覆盖住，然后，日光仿佛一下子亮遍整片天空，万物的影子被拉得老长，炎热的一天在知了的叫声里来到了。我所有的祈祷不过是，在太阳西沉之前，卖掉我们这三千斤西瓜，我才不管它们能卖个什么价钱呢。

三

以前父亲的目标可没有这么大，他最多给自己一天四百斤左右的任务，所以，我们不必要翻山越岭到市里去，只要过一条河，到县城，拖着板车在大街小巷穿行，或者干脆待在某地不动等待顾客就行。而这条河，既清澈又神秘，既欢乐又忧伤，写满惊险又充满未知，每一个出发的清晨和归来的暮夜，都铺展着它丰富的表情。无尽的故事，冲淡了卖西瓜过程的各种辛苦，让我们在未来的漫漫人生中去回味，去懂得，世间之事，难得万全，所有辛劳若能换来某一刻意念上的满足，也是值得的。

这条河，距离我家两里路，在村子外伸了一下胳膊就延展到另一面去了。河上面有两种船，一种是手摇橹，没篷的筏子，一种是机器操控，有篷的机船。赶早去城里做买卖的，多是坐机船去，坐筏子回。因为机船大，速度又快，能挤下更多装西瓜的箩筐，也能抢个早市摊位；而筏子则只能容少许人，又慢得要命，卖完了西瓜回家，正好悠悠地过河，吸点水汽，放松下心情。

第一批西瓜开卖的时候，正是涨水季节，河水淹了河边商店，有时还漫到高高的岸上那条黄泥路上。一大清早，各村的人就担了西瓜，或用板车拖了西瓜，到路上等候，船还没有来，男人们卷纸烟来抽，眯着眼睛吐烟圈，跟着来的女人们则成堆地聚在一起，叽叽喳喳地说着家长里短，儿童几乎只有一个我，孤单单的，只好站在河边踮着脚望远处，渐渐地，一艘船的黑影出现了，是靠着对岸行驶的，"嘟嘟嘟"的声音隐隐约约，我便跑去拉父亲的衣衫，"快喊，快喊，不然不会过来了。"父亲不屑地继续抽他的纸烟，轻轻一句："那是过路的船，不会来。"

眼看着东方从隐隐的黑里露出了鱼肚白，时间一分一秒过得缓慢，船还没有来，我心里急得不知要怎样才好。终于，一艘刷了桐油还露出黄木底子的机船靠拢来，所有人都起了身，引颈望着那船，女人催了男人快快地挪动担子，要上船占一个好位子，最重要的是怕挤不上去，要等下一班船，或者只能乘筏子过去，进城迟了，西瓜卖不到好价钱。我也着急，但我力气小，帮不上父亲，只能干着急。父亲似乎总是最后一个上船的，他写着大大姓名的西瓜箩筐总是放在船头，摇摇欲坠，轻轻一碰就可能全部掉落水里。我坐在船舱，看着船沿吃水愈来愈深，上来一个人，或者一箩瓜，就往一边倾斜，斜到舱里几乎要进水了，"要翻船了，要翻船了"，我的心提到嗓子口，我多希望有一个人坐另一边去，可大人们毫不在意，咚地，又上来一个，终于到了另一边，船又倾向了另一边，我刚悬起来的心又放下了。这样反复着，直到机器再响起来，船轰轰地离了岸，四面的山水转动，水波从混沌到清澈，一点点地，到了最宽阔的河心，离家越来越远，汲水港越来越近，我才慢慢平静下来，扭头去看船沿的水。

大人们说说笑笑，我完全听不懂，只能看水。那条河，真是我平生里所经历过的所有河流中最清澈的，船行过去，河底的水草，水草间游动的鱼，都清晰可见；远处，山水相映，碧绿如玉，都是我在后来的河流里无法见到的。我既欢喜它的美好，又害怕它的危险，我总想着翻船的问题，如果翻船了，父亲会不会来救我呢？其实，他也不会游泳，那我就淹死掉算了。我这样想着，又想到自己死后的种种，不由得悲从中来，满河的水都成了哀悼我的眼泪。

离开家乡后，只要遇到使我焦虑的事，我就会梦见那水，儿时丢失的安全感，成年之后的我一直没有找回来，我一直在一种船要翻了的恐惧中，泅渡至彼岸。

四

汲水港是一个分水岭，船从非常开阔的河面慢慢往窄处行驶，青砖架起的拱门闸上面写着"汲水港"三个大字，由远及近地扑入眼中，当河面窄到只有两三只船那么宽的时候，闸豁然可触，坐在船头的人大声说："汲水港到了，大家不要乱动，注意安全。"船慢慢开进闸里，眼前突然完全黑下来，伸手不见五指，冷气直冲面部，一船人不约而同地静默，发动机的响声与船底哗哗的水响声相交织，从开始的撕咬到后来的亲密，都一字不落地漫入我的耳中，从脑门流向脚底的恐惧渐渐消散，黑暗中我对旁边和对面乘客面部表情的猜测，在心里已写了一本大大的书。

一两分钟后，眼前亮起来，两岸陡立的黄壁夹着这条细细的河。黄壁高处是各种垂向河面的树枝或者藤，有时候枝藤上会缀满白色小花，美得像一幅油画，但是除了我，没有人会分点目光给它们。在狭窄的流水中，平静且有些压抑的空间里，人们一直沉默着，直到过了黄壁，水面开阔起来，极目远望，可以望见县城边砌在水里的楼房，整船才恢复热闹生机。这恰到好处的沉默多少年来一直刻印在我的脑海里，使我回望童年时，总能满心繁花盛开。

那时并不曾疑惑这种奇怪的静默的原委，直到成年后的某一天，我忽然发现，坐在家里便能看到远处一幢幢拔地而起的高楼，那是曾经遥不可及的县城。而在河这边望向曾经苍翠葱茏、密林遍布的河对岸，目光可以直抵对岸来往的车流，那里早已黄土裸裎。我想起汲水港的往事来，想再坐一回船，过一次汲水港，涉一次危险的秘境，以及无法预测的抵达……父亲告诉我，汲水港早就封了，这本来是去县城的近路，封了也好，不封，那里面一年还不知道要死多少人呢。

当年的凉风像一支支箭，在父亲的话语里"嗖嗖"地扑面而来，射得我生疼。原来那时的静默，不过是对死亡的恐惧，这样的恐惧怎会不通向无视繁花的冷静呢？西瓜依旧在船头摇摇欲坠，却从未真的坠过，那不过是我对危险自加的喻体，我不是不能隐约听到大人们嘴里的死亡消息，只是为了屏蔽害怕，刻意当作听不懂，只好听水声望繁花罢了。有一次我们的船过去，对面的船过来，在汲水港里相遇，船头"咚"的一声响，撞到了闸壁上，对面的船擦着船沿过去，一船人惊呼，我陷落在不会游泳的恐惧里，觉得就要翻船了，就要死去了……等从黑暗里出来，白日亮光晃晃，两岸依旧黄壁，便把当时的黑暗只当作是打了一个盹做了一个危险的梦，因为日日要陪着父亲进城里卖西瓜，所以自动地将那个梦忘记了。

　　船靠岸时，又是"咚"的一声，人往前倾，才稳下来，大人们挑着西瓜下船，或者抬到板车上，一天的等待便开始了。父亲将西瓜摆在人最多的新街，恨不能一上午就卖完，可是来来去去的人只是偶尔有人停下来问一下价钱，我企望所有问价钱的人都能够买一箩瓜回去，这样，只要四个人就可以结束我烈日之下的煎熬了，然而，没有人会在意一个小女孩热切的眼神，他们关心的是西瓜有没有熟，买两个还是三个，一次买一箩筐的人实在太少了。

　　西瓜是否成熟，在刚上市价钱最好的时候，恰恰是最说不准的，有时候一个一二十斤的西瓜，你觉得它必定是熟了才长得那么大，它偏偏不，就像十岁就长得高出别人一截的孩子，再高大也还是稚嫩的。父亲却每一个都打包票说熟透了，要人家拿刀来试，他这么说着的时候，我偷偷瞄他，总疑他是在撒谎，在骗人，我的心就突突地跳，生怕别人真的要验证，更怕一验证，糟糕，果然是白的籽半红的心，把父亲的谎言掷在原地，让他自己去捡，父亲是读过些书的农民，特别在意尊严，怎么好为了一个生的西瓜，丢弃了尊严？但他有点豁出去的意思，也许是真的自信这西瓜的好吧。有好几次，他一个大三角板切下去，掏出来的锥体瓜肉，半红不红，试一口，酸的，人家便不要了，扬长而去，父亲讪讪地说，怎么可能没有熟？明明就是熟了的。我看出父亲的心虚，也许不是心虚，是讶异，但我从此怕那些还不确定的事物。

　　整个夏天，我都在这种对不确定的害怕中度过，无论父亲为我的计算能力流露出多么得意的神色，无论他将西瓜抱进蛇皮袋给人背到家里时离开的背影有多么佝偻，我所记住的都不是这些表面上的获得，我只记住了夏天热到骨子里的不安。

五

然后，那种不安在十三岁的夏天成型，蔓延至我的一生。

我给父亲计算了一下，如果一天只卖四百斤，我们的西瓜至少要卖三十天，如果一天卖三千斤，就只要四天了，剩下的二十六天，父亲可以做点其他事，谁说过的来着，时间就是金钱。

我不过是随口说的，也是我的小心计，我讨厌漫无边际的游走，讨厌探究我或者怜悯我的眼神，讨厌居高临下的买家姿态，讨厌乞讨似的买卖，直到我成年，不管多少人觉得我是天生营销的料子，我也与销售行业保持绝对距离。当时我想，如果能鼓动父亲降点价一次性卖完，我宁愿让我的脑袋飞速运转，给他口算两万之内的加减乘除。不管一箩筐有多重，我总能乘了又加加了又乘。父亲有个计数本，每一箩西瓜的重量他都会记上去，但我把这些数字记在心里，我要一次性解决问题，不要整个夏天遭受凌迟。我没有想到的是这给了父亲灵感，他想到不乘船的办法，而且，去大城市，一天三千斤，是他新的野心。

于是我在凌晨四点的城市街沿下睡去，凌晨五点醒来，看静默之后的热闹，也看热闹之前的萧寂。太阳升起来的时候，父亲说，我们把车开到公安局的院子里去，那个院子的正中央有棵大树，可以遮阴，公安局有钱，说不定每个人给我买一百斤，只要三十个人就够了，应该卖得快。父亲总是这样，没来由地乐观。我却依旧担心西瓜没有成熟，害怕日暮黄昏还没有人光顾我们的车子。

陆陆续续有人从车子旁经过，很好奇的样子。父亲望着走过来的人，眼里的光亮起来，像两支闪亮的蜡烛，随着对方完全无视这车，一路心事地从我们的瓜车前过去，父亲眼里的光慢慢熄灭下去。这样反复了十几次，父亲望着远方的眼光渐渐变得恍惚或者说深邃。我悄悄地数着过去的人，算人来人往的频率，估计着下一个到来的人问我们的西瓜的概率，这是我在无聊时刻自我满足的游戏。

然后，太阳光从樟树叶子上斜穿而过，把斑驳的影子留给一个大大的西瓜时，一位矮胖的中年女人朝我们走过来，她的目光里写着对西瓜的渴望，我的无数个细胞都在呐喊："留住她，留住她。"很明显，我的细胞与父亲的细胞血脉相连，父亲也感受到了她目光中的诚意，有点讨好地把她引到车边，说："这是沅江的西瓜，不甜不红包退。"

我总是为父亲吹的牛捏一把汗，然而年岁愈长我愈发现，我完整地继承了父亲吹牛的本事，总是能提前把一件事可能出现的最好结果以笃定的语气传达给别人，然后在等待结果的过程中尽我所能去实现那个结果，事实证明，父亲传授给了我走向真理的方法，吹牛，然而会守信，使带有谎言性质的"预言"百试百灵。

也许，在此之前，"矮胖"是一个十足的贬义词，但是，那日以后，"矮胖"以一种和蔼大方的形式打开了我的眼界。所谓人不可貌相，海水不可斗量，她笑着向父亲走来，稀疏的门牙和大眼睛使她显得那样与众不同。她说："给我挑点，送我家里去，行不？"

父亲说："您家多远？太远我怕挑不动。"父亲是要计较人力成本的，我懂。

"不远，呶，就是那栋（楼）。"她指了指靠山边的一栋三层小洋楼，说，"不过要上三楼，没问题吧？"

送货到家，除了路程，一般还要看买卖的量。不过这是父亲今天的第一单，开张大吉。父亲一咬牙，说："行，我挑得动。"

那女人便开始挑瓜了，弹弹，敲敲，拎拎，一会儿一个，一会儿一个，没多久，她就挑了两箩筐。我惊讶得张大了嘴，我的妈，果然是大城市里的人，一要就是两百多斤，照这么算，只要三四十个人来，我们就可以回家了。我欢欢喜喜地帮父亲计数，算钱。女人摸了摸我的头，说："我女儿三岁，将来长大要是有你懂事就好了。"我抿嘴笑，很腼腆，我想给她留个好印象，毕竟我是没有妈妈的人。

还没等她给钱，父亲就挑着一担西瓜，"吱呀吱呀"地跟着她去了，留下我和司机看着瓜，等着再有人来。不多久，父亲担着空箩筐下来，老远就笑着说："还要一担，快帮忙选。"

真刺激呀，竟然要两担。我顾不上渐渐升高的太阳在我脸上留下的汗珠，赶紧跳到车上选，咬着牙一个一个搬，很快，第二担又送上去了。胖女人再没有下来，父亲回来时拿了两张百元大钞和一沓十元二十元的钞票，向我扬着，"看看，这才是真正的城里人。"

接下来是短暂的宁静，父亲还沉浸在一下子就卖掉四百多斤的喜悦里，回忆着她家的情景。他说，真是官宦人家，小洋楼一层两户都是她家的，西瓜都放在床底下，那么多，她说每天吃两个，老人喜欢。我看了一下，她的爱人和她的父亲怕是市里的高官，她出钱的时候，尾数都没有抹掉我的，大方得很，还给了我一杯水，说我辛苦了。大城市的人就是不一样啊，我们这样等待顾客上门，果然也是好办法！

父亲兴奋极了，对前途充满希望，然而，并不是每一个人都有这么大的购买量，接下来是零星的，有的买一个，两个，有的买一箩，一个多小时过去，院子里人进进出出，大部分都会凑来看看，跟着大家买一点，一车瓜眼看着就卖掉将近一半，当然，人也形形色色，买一个的，计较着毛票，买两个的，要试瓜的味道，父亲都一一耐心对待，而我，感受到了那种居高临下的眼神，自卑得一语不发，只管收钱。

就这样，从凌晨到正午，我们在公安局院子里的大树下，感受到了西瓜热销的欢喜。

六

父亲说，撒！

此时正当午，万物的影子浓缩成一团，盘在脚底下，蝉没命地叫，一口气下去，几乎没时间换气，我凝神听着，几次都差点跟着背过气去。白晃晃的日头下，公安局大院里人影稀疏，我们的西瓜车复归于早晨的冷清。父亲看着还剩半车的瓜，神情忧郁，他可不想拖回家去，既然来了，就必须凯旋，他总是说，开弓没有回头箭，风萧萧兮易水寒。

我们去电力局，电老虎有的是钱。父亲果断地大手一挥，指向电力局的方向。车子开动起来，在树下留下一排浓烟，也把我十三岁的懵懂留在了树下。后来的若干年，我总是回忆起那个时刻，我坐在烈日下的西瓜车厢里，看着威严的公安局大楼和隐藏在山下的小洋楼渐行渐远，我暗暗地发誓，将来的某一天，我也要活得和这些买西瓜的人一样体面。就这样，十三岁的我，壮怀激烈地从公安局走向了电力局，怀抱着远大的梦想，也怀抱着一次性卖完西瓜快快回家的希望。

然而，生活总是出人意料。正午的电力局同样的人影稀疏，甚至连一棵遮阴的树都没有。我的脸上热辣辣的，汗水与油水一同从头顶渗透滴落，我的父亲从未想过，他的女儿已经长大，黑红的脸庞会使她在一群白净的男生女生中感到自卑、羞愧甚至屈辱，或者说，他根本不记得我只是一个小小的女儿吧，否则他怎么忍心让我接受那样的曝晒？

我们找了靠大楼的阴面，勉强倚靠。父亲又拿出他的麻袋，往地上一铺，对我说，这里是个风口，又有阴，你睡一会儿。这时睡虫正爬上我的鼻子、眼睛，我虽然知道大白天露宿大街是一件十分丢脸的事，无奈抵抗不住睡意，顺从地躺了下去。地面的热力透过麻袋传过来，我迷迷糊糊中感到火炉一样的炙烤，在面部爬动的汗水，以及全身像浸在水里一样的黏糊湿透，但是仍然抵挡不住睡意，沉沉地睡去了。梦中我隐约感到小腹疼痛，似乎有滚滚惊雷从远处一路行来，化成一股热流冲到胯下，莫非我遗尿了？心里惊吓，又知自己是做梦，又觉得不是做梦，想醒却怎么也醒不过来，只觉城市的喧嚣渐渐沉到一个遥远的深潭里，恍恍惚惚，动动荡荡，而我只能任它在遥远的地方摇晃。

直到父亲大喝一声，起来，给我计数！我才一个激灵醒来，见车前来了五六个红红绿绿的女人，顶着日头挑瓜。我挣扎着爬起，低头看麻袋，有暗红的痕迹，再看裤裆，黏糊糊的，发出血腥味，我害怕极了，刚想告诉父亲，父亲正对那些人说，西瓜降价五分，不要算错了。我把自己的话吞了回去，我本能地想，关于胯下流血的事，大概不应该告诉身为男人的父亲。

我死死地忍着，飞快地帮他计数，数钱，又卖力地帮他吆喝，一心渴望早点卖完回家。也不知是否因为我这少年怜人的模样，买西瓜的人络绎不绝，到太阳渐渐西斜过来，楼房的阴影越来越多的时候，车子里只剩十来个不中看的瓜了。这里再次卖不动了，父亲再次说，撤！我心里一松，又一股热流冲过小腹，血又来了。

眼看着太阳西沉，一百多斤瓜还没有找到归宿，父亲说，去小巷子，我们不称，按个判，大降价，西瓜也不差，很快可以卖完。只见父亲搂起一只瓜，左手端着，右手拇指指甲扎进瓜皮，十几下掐成线，再伸平了一掌，一个瓜开了，红的瓤，黑的籽，砂糖心，好瓜啊，父亲的眼里，流溢着一种得意的光彩，与黄昏夕照交互，照亮了我半生行色。

我们来到一条老巷子，父亲扯着嗓子喊，西瓜咧，沅江杨梅山的黄土大瓜啊，最后十个，论个算钱，不甜包退啊！他的嗓音里有一种自信，又押着节奏，很是吸引人。不多久，一堆人围拢过来，都尝了已经打开的瓜的味道，用最便宜的价钱买到了最好的瓜，满意地回去了。

太阳完全落下，我们踏着夜色回家，我默默地坐在麻袋上，任由血一直流，父亲哼起了歌，他唱道，"北风那个吹"，"吹"字打了个弯，声音里有种满足而沧桑的意味，落在我的心坎上，冰凉冰凉的。他又唱，"雪花那个飘"，重复一句，末字转个弯，又转到"年来到"，我在他的歌声里，流下了泪，泪也冰凉冰凉的。

月亮初升，群山黑黢黢的，行道树影影绰绰，家终于出现在前方。

七

整个夏天，西瓜苗从健硕到衰败，我从鲜血中懂得了一个少女的羞涩，满怀不可言说的期待而又惶惶不可终日，但一切都会结束，正如一切总要开始，循环不息。时序更替，秋很快就来了，秋天橘子成熟，成片的橘林被黄的红的橘子占据，我们又忘掉了西瓜带来的艰辛，为橘子忙碌起来。

从小到大，周而复始劳作着的父亲，像极了推石上山的西西弗斯，他也许早已服从了这种命运，并且甘心让他的女儿跟随他，也无怨言。多少年来，我从未见他因劳作而叹过气，面对土地，他永远充满期待，满怀热情，就像他在卖西瓜时的呐喊一样，韵脚，节奏，刚刚好，喊声飘荡在大地上，一句句，全是诗。如果他曾经叹气，那一定是为了远离的人。

恰是我们进城卖西瓜那一年，秋天过完，橘子因价格不好，一直堆在家里，满满一屋，在寒天冻地里，也隐隐散出腐烂的气息。父亲在冬天的萧瑟里，表情严峻，忧愁环绕，半年心血无处销售的焦虑使他眉头不展，最后，他又想到了装车远行，但这一次他要去的是岳阳，那个要经大湖漂荡才可抵达的地方，在我脑海中有着无法想象的遥远。橘子不像西瓜，得做好长久卖的打算，因此，他选择与人合伙，这次没有带我。

他出门时，我还有半月期末考试，每天回家第一件事是看父亲回来没有，然而寒假过去五六天，还没有半点儿他的消息。我在心里无数次设想失去父亲，演练悲痛，又在阴沉沉的黄昏望着窗外等待他的归来。后来我才逐渐明白，擅长等待的人，往往也擅长离别，当我以离别的方式寻求一种新的生活，我对自己总能存有足够的耐心。

那一次的远离，延续到过小年的那天。那时，初雪飘落，门外的田埂上，浅浅一层白雪中，迎着风，远远地来了一个黑影，越来越近，越来越清晰，我终于看清了父亲的脸，那一刻，我完全不记得喊爸爸了，我只是一味地流着眼泪，告诉自己，终于不会在失去母亲之后，连父亲也消失不见。那一刻，我看到风雪之中，杨树扭曲，经霜的枯枝，像散落在荒野上的白骨，而父亲，用他的归来，温暖了我刚刚开始惶惑起来的青春。

初雪飘落时，一切终于安静下来，他又可以搓那双什么样的劳作都摧毁不了的白皙修长的手，讲述那段出行的经历，或者说历险，他津津乐道，绘声绘色，很明显，无论经历多少艰难，远行的过往于他，是一种享受，他离开家乡，然后归来，这是属于他的英雄梦想。也因此，漫长且生动的《水浒传》随即登场了。在这样的初雪中，我终于又有了憧憬未来的活力……

窗外雪花满天飞，远方归来的父亲，就着炉火，眯着眼睛回望这一年，也许，想起他那从人家屋檐下的地上醒来的女儿，也许回想起他顺利卖完一车瓜回家的骄傲，他缓缓唱起了歌：北风那个吹，雪花那个飘，雪花那个飘飘，年来到……

桃花灼灼

一

我一直认为，过去与现在之间有一条隐秘关联的通道，一旦你找到它，它便用整条路的灼灼桃花照耀你，那光芒足以照彻每一个幽暗处的细节。

在我的脚从小学母校的断垣边迈过去时，被掀掉屋顶的遗址，没膝的青草，还留有环形拱门痕迹的残墙，以及破窗边上参差不齐长了绿苔的红砖，像一张极富艺术色彩的后现代丙烯画，一把就抓住了我的心。我被扔进了那一条通道里，看见冬天结了厚厚冰块，看上去广阔无边的池塘，用来写作业的小青石桌子，教室外面那个土坑上的斑茅，屋檐下的绿苔，一锄头挖出的棺材板，成堆的白骨，以及学校对面那户穷人家极为漂亮的两个小女孩。

那时候，初夏清早的影子为什么总是被太阳拉得老长，又总是在我的前面？为了弄懂它，我一次次快跑几步，试图踩到自己的手或者脚的影子，却从来不能得偿所愿，一路追着跑着，便到了学校。通往学校的泥巴路在晴了好久的天气里平整光滑，最适合用木炭笔在上面画上几笔，小伙伴们趁人不注意悄悄地在大路上写上"打倒××不老实""××，我要去你家吃饭"之类的话语。路两旁的青蒿从春天长到夏天，像两堵深绿的墙，风一吹，微微摆动，又像羞涩女子轻摇的裙裾。我们总喜欢从青蒿丛里穿过，挂一身青蒿叶子，坐在教室的小青石凳子上，屁股凉凉的，周身清香，再破烂的教室都是天堂。

教室前面是一个小操坪，可以升旗、做操、集合开会、嬉戏，教室后面却很狭窄，阴暗，潮湿，天晴好久都湿漉漉的，发出一股说不清的水腥气。没有谁愿意到后面去，除非上课时走走神，看看后面树上鸟儿飞来又飞去，或者大扫除。不出屋檐两米是个不太高的土坑，每次大扫除，老师都要派我们回家扛锄头来锄掉后沟里的草，顺便把土坑上垂下来的藤条之类除掉。男生们从来不会老老实实锄草，总是一锄头一锄头挖。土坑一直硬朗，扛得住，后来可能是挖多了，有点像歪了肩膀的人，有种塌下去的趋势，再挖时，土坑上的土竟沙沙地垮下来，像要推出什么东西，便越挖越好奇，索性势如破竹挖到一条树根下。"啪"地一锄头挖下去，只听见"当"的一声闷响，大家都围拢来，以为挖到金银铜罐子之类的宝贝，同村的平子兴奋得不行，跪下使劲扒土。所有人圆睁着眼，期待着宝贝出土。平子说，摸到了摸到了，有两个洞，我往外扯啊。只见他咬紧牙关，憋着气，一扯，土哗哗垮下去，他手里多了一个白森森的东西，是一个骷髅。那时候我们除了见过猪头架，哪知道骷髅是什么？竟没有一个害怕的。平子把骷髅往我手里一扔，你先拿着，好像还有，我们继续挖。其他男生见挖出了东西，便铆足了劲儿再挖，"哐"，锄头上带出了一块朽木，再一拖，树根下一堆白森森的骨头带着泥巴全垮到屋檐沟里。平子说，谁这么没事干，埋这些猪大骨在这里呀？让狗啃了不更好？

有人去叫了老师来看新鲜，老师一来，脸色唰地一下变白了。他大声喊，孩子们，快回教室，这些骨头老师叫人来处理。虽然那时我对死亡也并没有切身体会，更不可能深刻理解，但就在老师说骨头时，我隐约知道这是什么了，只觉一股阴森森的凉气猛地钻进了我的骨头缝里，我感到一阵刺骨的寒意，立马丢了抱着的头骨，眼见它骨碌碌滚到骨头堆里，两只黑洞洞的眼眶直对着我，我第一次感到了无法描述的肃穆与恐惧。我再去拿锄头，竟怎么也提不起来，接着腿脚酸软，扶着教室后墙坐在台阶上，顾不得沾一裤子的青苔。

然后，我就昏昏沉沉地睡了大半个月，从暮春拖到炎夏，那段时间我一直没去读书，就躺在我家小茅屋的凉席上，醒着时想学校想那堆白骨想得出神。白天长日寂静，我只记得窗外白晃晃的日头，父亲母亲匆匆忙忙进进出出时紧张的神情，母亲放在我身上的桃树枝。每天深夜，父亲在外面大声地叫喊："芬伢儿，回来呀。"叫得声嘶力竭。我多想回一声，可就是张不开口，出不了声，像是谁扼住了我的喉咙。煤油灯下的母亲大声回道："哎，回来哒。"有时候母亲还给我拔火罐，又拿一堆黑乎乎像牛粪一样的东西敷在我胸口，过一会儿取下来，欣喜地叫："出来了出来了，好长的毛。"她掰开已经被我的体温扯干了的"牛粪"，果然一根一根很长的白毛缠绕其中，母亲说，出来就会好。

我感到身子特别轻，像被什么托在空中，随便动一动就会飞走。后来老师来看我，说："你好好养病，不要怕赶不上同学们，老师以后给你把课补上。"我目光定定地看着老师，还是说不出话。他凑近我，轻轻扶我起来，说："你要是好起来，期末考试就算是考第二名，老师也奖励给你第一名一样的东西，好不好？"我记得，我想要一本小人书、一支笔盖上有小金珠子的笔，母亲没钱不给我买。我得快快好起来，我想，不然真的要不到了。

第十七天晚上，父亲又去叫："芬伢儿，回来哦！"一个声音冲破我的喉咙口，大声应答："回来哒！"母亲一把抱起我，号啕大哭。我如大梦初醒，第二天便蹦蹦跳跳到学校去了。同学们把从父母那里获得的只言片语汇聚到我这里，于是我知道了我们的学校从前是坟场，战争时期、饥荒时期死去的人有很多是埋在这里。平子说，我被那天抱的人头吓走了魂。大家都在说我会死去，谁知道我还是活了，可见我还是很坚强的。说着说着，同学们就笑起来，好像死亡一点也不可怕，倒是可笑得紧。

期末考试我考了第一名，老师抱了我一下，奖给我两本小人书——《三个臭皮匠顶个诸葛亮》和《满江红》；还奖了两支笔，写起来，金珠子晃呀晃。这让我无法描述地得意，早把白骨的事抛到九霄云外去了。

后来整合教学资源，四个年级在一个教室里上课，我结识了学校池塘边那户人家的大女儿，她有一双动人心魂的眼睛，她说，她家穷，房子漏雨，下雨的晚上会来借学校的校舍住，她不怕，有地方遮风挡雨就好。

在坟场上建起的母校，大概是要以科学示人，活好这一世就是全部的使命；生死淡看，谁不是身前热热闹闹，身后一堆白骨呢？

而如今，就真的只剩下断井残垣。面对眼前这片废墟，当年一切种种奔袭而至。母校啊母校，你让我如何归去？

二

　　从我的家乡杨梅山往西走十里，就到胭脂湖边，从胭脂湖乘船两个小时，就到了汉寿外婆家。汉寿和沅江两个县城以一个湖隔开，形成两个截然不同的世界。处于这段路的中点上的杨梅山中学，在我还被父亲挑在箩筐里晃荡到外婆家的路上时，就已经神秘而笃定地存在了，它静静地伏在浩江湖的边上，高高的围墙，宽大的铁门，雪白的教学楼外墙，三层的长条形楼房，无不显示出它的威严。

　　因为一直向往杨梅山中学，所以我的小学六年显得无比漫长。我迫不及待想进入杨梅山中学的内部，一睹它的姿容，去抚摸那些据说是统一安排的课桌（在此之前我们的小课桌都是父母自己拿几块木板钉的），去跑一跑楼梯（红砖的平房在那时的乡下都是罕见，更何况是楼房），去感受一下同学多起来的热闹（小学时一个学校六个年级凑一起也就一百多人）。因此，当我小学毕业奔向新的学校时，我毫不犹豫地把从前的一切全部丢下，满怀欣喜地迎接一个新的世界。我们总是这样，从一站奔向另一站，不断地丢掉从前的自己，以为眼前的才是最好的，最值得追逐的，事实上，跑到生命某一程时才会明白，没有以前的奔跑，永远不会有新的一切迎面而来。

　　沿着围墙，靠近那座矮矮的房子，靠近小卖部，就能看见凹进去的铁门了。它颜色斑驳，颓丧失意，像极了早年纨绔晚岁凄凉的富家子，手抚过去，掌心有一种被割裂的灼痛，所有曾有过的抓挠、锯锉、凿刻和猛击的痕迹已经被完整地埋进了黄色的锈迹里，风都能吹散它的锈粒，它却偏偏要拒绝遗弃之后的再次触摸，硌得手生疼。谁能想到它曾经接受过最温柔亲切的抚摸，曾经的光滑冰冷，是给人最熨帖的安慰？进门的水泥路已经裂开，两旁的操坪上长满青草，抬眼一望，曾经高大的三层教学楼灰暗陈旧，落魄凄凉，就像高大威猛壮年时的父亲，在孩子逐渐增高的岁月里变得平凡渺小，卑微低矮，一言不发。这座陪我少年时代三年的学校，每一根青草里都藏着秘密，以无限的光辉吸引我，迷惑我，让我生出无穷无尽的游思。然而此时，它平平无奇，寂静落寞，荒凉芜杂，无人光顾。似乎没有人愿意想起它，尽管比起小个子的人来，它依然是一个庞然大物，在杨梅山通往胭脂湖的路上，它依旧是一个不能忽略的存在，但没有了学生的学校，失去了所有存在的意义。

继续行走，池塘边的老榆树早已不见踪影，那棵曾经旺盛的臭皮柑树蒙满黄尘，显出老态。二十多年过去了，只有它还奇迹般地存在，保留住这个学校的一点温度，这令我不由肃然起敬。我仿佛看到树下跳橡皮筋时甩起的麻花辫，听到少男少女们追逐打闹的笑声，触到某个倔强地坐在树根上掏泥巴的身影。此时，我不能不被往昔牵住，去摸一摸老掉的树皮，或者注视一下那一大块裸着的树干。我并不期待会有新的发现，却陡然地被一行字惊得打个趔趄。

某芬，某力，永好。

不敢相信，那名字竟是我，擦了一下眼睛，再看，字很大，刻得很深，天长日久，浅绿浮在字迹上，有种树的旧疤的感觉。一段往事被这二字徐徐揭开，一切的谜，竟在二十几年后的荒芜中露出谜底，如同沉睡海底千年的船上，那被海泥覆盖的青瓷，终于得以重见天日。

力是有（正式）工作的人家的孩子，长得白净，帅气，嘴角向上翘着，看起来又倔强又温柔，眼睛亮闪闪的，时常似笑非笑，像在嘲弄人。他擅长下棋、篮球，且数学成绩遥遥领先。在几乎都是农村穷孩子的学校，他这样的身份与相貌无疑使他成为天之骄子，衬得每一个人的自卑心都无比清晰。他走到哪里都有人追随，相比之下，我这样的丑小鸭，除了成绩可以碾压他，简直连给他提鞋都不配。那时候，电视里成天放着电视剧《鹿鼎记》，韦小宝和他的七个老婆成了同学们对号入座的游戏，自然，力成了韦小宝，那些为他神魂颠倒的女生们就半推半就地成了韦小宝的"老婆团"。班上我年龄最小，又瘦，又顽，又野，半点没有女孩的爱美与娇羞，成天跟着大家瞎起哄，其他初长成的女生们已经知道撩起额前的刘海，为一个眼神琢磨半天时，我却还在大大咧咧地与力拖着扫帚当枪棍打来打去，或者跟他杀一盘象棋杀得天昏地暗。那时候我根本没想过未来，兄弟也好姐妹也罢，就是日日厮混在一处，浑然不知有男女之防，直到有一天，上课时我不经意回头，迎面撞上力投过来的目光，我的心突突一跳，才感觉到一些异样。我不敢跟任何人说，但隐约知道有些东西不相同了，因此，我开始有意找他茬，找借口不跟他说话，做出一副很讨厌他的样子，我觉察到了自己心中的恐惧与欢喜，却又不知恐惧的是什么，欢喜的又是什么。即便如此，我还是忍不住偷偷看他，希望再撞上那样的目光。

他开始给我送《葬花吟》的词曲谱子，送小鸟，送各种各样的野花，或者一个两个手抄本，每次给我的时候他都抿着嘴笑，阳光透过薄薄的轻雾照着他脸上极细的绒毛，哪怕时过二十年，那时的他依然是我此生见过的最好看的男孩。我想，他是喜欢我的，我也喜欢他，这样想着，我心里填满了一种前所未有的喜悦和满足。这样小小的满足终究瞒不过老师的眼睛，他把这事儿告诉了我当时在学校当校长的伯父，伯父一直是我最害怕的人，阎王一样的存在，他叫我去他房间时，谈话单刀直入，你和力谈恋爱了？你照镜子看看你自己的样子，又矮又丑，你要是成绩还不好，人家会看得起你？他找你玩，无非是看你成绩好，你不要当了真，女孩子读书，最怕这个，你不要毁了自己。

他真是这样的吗？我不敢去问他，但觉得答案几乎是肯定的，有这么一大群亭亭玉立对他频送秋波的美少女做他的粉丝，他实在没有理由喜欢一个土不拉叽、矮小平凡的我。我的天，我所有的快乐都是一厢情愿、自作多情，尽管我们从未向彼此说过任何一个哪怕是暧昧的词。我成功地被我伯父的直言拉回了现实，并打算给"侮辱"我的力一个回击。

他再过来送他亲自抄写的词稿时，依然是眼睛亮闪闪的，表情似笑非笑，他还是那样好看。这样的好看对我来说何尝不是极大的讽刺？我将词稿撕碎，踩在脚下，恶狠狠地说，你不要自以为是，我根本不喜欢这样的东西，我要与你绝交。他一脸茫然地看着，泪水在眼眶里打转。多少年来，我一直觉得伯父是正确的，没有他的提醒就没有今天的我，我从未仔细回忆过这段往事，未尝问及他的心灵。眼前的字，将二十几年的时光勾起，成为由岁月深处伸过来的明晃晃的刀子。如今，校舍颓败，力在何处？如果能见着他，我该对他说点什么？

努力地忆起，努力地忘却，奈何记忆既不是短暂易散的云雾，也不是干爽的透明晶体。那记忆是什么呢？是逝去的青春在时光深处留下的疤，结过痂，又生出光滑的新肌肤，将过去、现在与未来混合在一起，把运动中的存在给钙化封存起来：这才是这一路桃花灼灼的光耀。

三

那个秋天的每一个细节总是反复在我的脑海中浮起。炎夏还没来得及优雅收场，就被秋天的风吹得翻了几个滚，狼狈地躲一边去了，太阳在半空里照着，刺眼却不灼热。将要陪我度过青春最重要的三年的高中校园，被初秋的风与阳光笼罩，也被一层淡淡的灰尘笼罩，面目模糊，像极了我那面目模糊的青春。如今，当我的脚步再次踏进这里，校舍、大食堂、体育场、教师公寓、浴室、厕所、校门外的商店，以及大堤、堤旁的桃林，都在，一些青年的身影也在，使人恍惚又回到从前。但它已经不叫原来的名字了，原来名字的学校迁了校舍，这里成了一所职高的分部。抬眼看到校名招牌，无来由地，鼻头有些酸。那些过去还是没有了，有的，只是它的外壳而已，这叫我如何去寻找？

很奇怪，进入青春期的我突然变得沉默寡言，成天面无表情，独来独往，除了读书没有任何其他爱好，谁也不知道我在想些什么，因此，也没有多少人在意我的存在。女孩子们在寝室里肆无忌惮地评价老师或者男生，一丝不挂地在公共浴室里跑来跑去，说起半夜咬自己鼻子的老鼠和从屋顶掉到被子上的蛇时发出尖厉的叫声，深夜起夜到厕所看到长头发女鬼，为了争同一个男生发生争吵甚至互扯头发……一切，没有谁避开我，她们看不见我，因为沉默，我成了冷静得令我自己害怕的人。就这样，我开始做一些连我自己都觉得不可思议的事。比如，那年初春，我突发奇想，决定洗冷水澡锻炼身体，看看自己到底有多大毅力坚持，于是，选了一个不太冷的星期天下午，我趁大家都还没有返校，提了一桶冷水在浴室里咬紧牙关就冲了起来。我冷得上下牙打架，全身肌肉发硬，超级后悔自己的鲁莽，但箭已离弦，无法回头，我只得昂起头来承受。

就是这一昂头，我看到浴室顶上密密麻麻爬满了黑色长条形多足的虫子，而且不停地蠕动着。我平生最怕的就是蛇虫，甚至书本上的图片都不敢摸，何况是现实中，何况无数条。一瞬间，我被一种巨大的紧张感所笼罩，使我头皮发麻动弹不得。我就那样僵在那里，与寒冷和毛虫对峙着。也不知过了多久，陆陆续续进来了很多同学，浴室里热气腾腾起来，女孩子们若无其事地洗着她们的澡，仿佛没有一个人看到头顶的虫子，于是，我也若无其事用冷水洗完了我剩下来的澡。接下来的两年里，我硬着头皮，随众人一起，一同洗浴了两年，看了两年的黑虫子。那两年，我一直很纳闷，那一屋顶的黑虫子一直在，为什么没有一个人抬头看，没有一个人提起，难道那只是我一个人看到的幻象？越这样想，我就越不敢说，生生地把自己锻炼成了一个可以对令自己恶心的事物视若无睹的人。

就在这样的似真似幻中，我经历了太多无法解释的事，比如，有一只常在半夜发出极凄厉叫声的大鸟总是盘旋在校园的上空，竟然没有一个人被它的叫声惊醒；有一个女生半夜被抬到医院，他们静悄悄地出去，但明明不可能大家都睡着了，竟然第二天没一个人说起此事；我母亲逝世烧七七的晚上，我的灵魂回到了家乡的禾场，跟着道士做了一场法事。我不敢告诉任何人我曾看到的这一切，因为连我自己都不相信在这所校园里我经历的这些。所以，当松子的妈妈和蔡师母在我们宿舍里谈判，说什么反正松子有了孩子蔡老师必须离婚娶松子之类一些我不甚明白的事，我也以为只是我的幻觉。蔡老师风度翩翩，上课从来不带书，对专业知识倒背如流，松子美丽温柔，舞蹈为全校之最，师生本似父女，怎么会扯上离婚再娶？这是我怎么也想不明白的。然而不久之后松子成为全校的谈资，听说蔡老师与松子在校园后面的橘树林里被当地小混混撞到，被讹了四千块钱，再讹不到时就来讹蔡师母，蔡师母没有工作，只能忍痛帮蔡老师瞒着。但终于还是瞒不住了，松子怀孕了，于是蔡老师与松子的事一时尽人皆知，蔡老师就只能被叫到教育局去了。这一桩风波对于别人的意义或许只是添些谈资，给些警醒，或者加点感慨，但于我，却是一双解开捆在我身上的绳子的手，因为我终于确知自己活在一个真实的世界里，我慢慢开始触摸生活。然后我就知道了，原来所有人都看到了那些虫子，但是因为害怕谁都不敢开口问，而那每天晚上叫着的大鸟，大家都以为只是一个梦的点缀，至于半夜被抬出去的女生，因为做的是流产手术，谁敢说半点话来惹祸？

从这里，我领略到了人心。我开始蜕掉了稚嫩的皮，换上了一个坚强的外壳，以应对来日的风雨。在这里，每一种人生的绚烂绽放，如同大堤外的十里桃林，春风点亮它灼灼的粉红。我要再去看看那宿舍，宿舍已改成电脑室；我要再抚摸爬过的围墙，围墙已不再是当年的栅栏。逝去的何止是光阴呢？

在校园毗邻的镇政府大院里，有一棵几人牵手才能围住的大泡桐树，一到春天就开满浅紫色的大喇叭花，风雨一来，便落了满地，我高二那年春天，一次风云变色、雷电交加，竟把它劈成了两半倒下，压死了一个路过的男子。若干年后，没有人再提起那泡桐树，它只是过去时间的泡影罢了。

不远的小镇上有一个木头建的小书屋，我的第一本《红楼梦》是一个月省吃俭用买下的二手书，我捧回它，在上面做了密密麻麻的批注，通过阅读，我把自己隔离到了一个充满文艺的世界里。这书跟随了我二十几年，那些批注已经被潮湿的春日浸润，字迹模糊，但那生涩的一笔一画、一思一绪，无不再现当时青春的胶着，那是真实的见证。

这座母校，存在的虚无，失去的真实，把一切都模糊成一团。里尔克曾说："人是存在与虚无的中介。这种超越，是将自身和所有一切我们参与其中的事物都转向内部，转向存在的本源。"我想，生命在最初的年岁里，在母校度过的分分秒秒里，如桃林灼灼放光，人才是它开放、凋败的全部理由吧。

四

后来，我明白了，即使不回到我的大学，我也能确知它连同它东边那片广阔的田野，西边那块茂盛的茶林，南面的情人坡，北面的大河，消失了。那个孤独地穿越金黄的稻田走到山中的我，那个扎着麻花辫抱着一堆书在图书馆进进出出的我，那个守在录像厅外等待一场经典电影的我，那个默默期待一份天雷勾动地火爱情的我，曾经的存在也只是岁月荒诞的延续。当我为了考驾照重返它的后门，透过高高的铁栅栏看到当年的道路，我不再惊慌于失去，却无法抵挡惆怅。当母校不再以母亲的姿态拥抱我，我知道，逝去的不仅仅是岁月。

沉默中在文字海洋泅渡的日日夜夜，便是在这铁栅栏里的建筑群里度过，青春的火焰冰冷又热烈，懂得的人十里之外就能看到它发出的光，但那光在二十年间慢慢消散，现在的光都属于别人，我已成了那个站在十里外仰望别人光芒被照得睁不开眼的人。栅栏外驾校的车子满满一坪，进进出出的人让这里嘈杂纷乱喧嚣，生活的水流向前，沧海桑田并非一夕造就，没有人总是停留在原地怀念与感叹。我随着前进的步子前进，在拐弯的角落拐弯，深谙世事，宠辱不惊。扭头去看旁边人的脸，木然，平缓，急切于考试通过的眼神，焦虑，期待，仿佛没有一个人愿意回头去看看过去的自己，牵挂无用的情意，如同我这般多愁善感，于是也轻轻一声叹息，便过了。

万万没想过我与母校的重逢会在后门口围墙外，当年与白发如银的教授碰着酒杯道别，发誓一定会为母校争光，可以意料的是青年的努力，不能意料的是母校的消失，更难意料的是我竟并没有因此伤心落泪、情绪满怀，相反，我静如深水，脑子里响起各种各样的歌。车过校门，《桃花扇》里那句"眼看他起朱楼，眼看他宴宾客，眼看他楼塌了。这青苔碧瓦堆，俺曾睡风流觉，将五十年兴亡看饱"，无由来地冒出来，抬头看一眼校门，校名依稀还有几个印痕，门外的小贩摊点依旧热闹，只是进出的学生，全不似当年文质彬彬的面貌，多了几分时尚，少了几分沉静。一路走过，我不再有近似于悲伤的情绪，方明白，时光的流逝曾让我害怕不已，如今已经逐渐让我感到心安。

我清晰地知道，属于童年的母校的消失是一种必然，在农村向城市转变的过程中，留在村子里的年轻人越来越少，孩子自然也越来越少，为了整合教育资源，方圆几十里都只建一所学校，集小初高于一体，有专门的校车接送，我们母校早已失去其功用，不复当年繁华，就只能放那里任其败落，直到消失于时光的深处。在上一代人们的眼里，孩子失去了结伴上下学穿过青蒿丛发现许多隐秘的生命故事的机会，他们不知道孩子们早已经有了新的娱乐方式，并且鄙视上一辈乡土气息浓郁的抒情，他们像当年的我一样，急于把一切抛到身后。主观上，即便母校长久地保有校名、原貌，像母亲一样一直在原地等我，难道它不也无时无刻不在消逝？对于凭吊的人而言，"故乡""母校",又岂仅仅是地址和空间？它意味着容颜和记忆，写满了年轮和光阴的故事，它需要视觉凭证，需要岁月依据，需要细节支撑，哪怕蛛丝马迹，哪怕一石一树……否则，一个游子何以与眼前的景象相认？何以肯定此即魂牵梦绕的旧影？此处即是替自己收藏童年、见证青春的旧居？每个人的故乡都在沦陷，每个人的母校都因整容而毁容，没有什么可以阻止这一切的发生。

消逝意味着伸手不见五指的黑，会显现出可怕的未知，我们不度过年少的轻狂，不揭开生活的面纱，又怎能懂得它的必然里藏着可爱，未知中饱含可能？就像死亡，死亡固然可怕，不过是因为我们对于死后的世界一无所知。但我们终将死去，然后开启一个新的世界。

海明威曾说，一想到我的生命消逝得那么迅速，而我并不是真正地活着，我就受不了。所以他竭尽所能地活出他想活的样子，分分秒秒都怕错过，怕不够精彩。我们呢？在这条桃花灼灼的道路上，母校只是万千情绪与故事、秘密与光荣的一个缩影。时间，长，不过一两百年，短，几年或几十年，说到底，每一个人的母校都终将消逝，从时光里蹚过去，有的面孔会挂在墙上，有的只存留在记忆里，更多的，将风流云散。所以，其实消逝与不消逝，都不重要了，只要灼灼的桃花曾经开红了整个春天，便是全部收获。

失散的欢年

一

老家禾场边上一直存着一眼井，井水清冽，甘甜，但自从家里装上自来水系统，父亲便决定封了它。父亲费了很大力气，托人在市里的机械厂焊了一个巨大沉重的铁盖，又专门叫了一辆车运回来，严严实实盖在井上，从此，即便是车子从上面碾过，也没有垮塌的危险。

清明前一日，我回家看望那些一直住在家乡河流边山冈上的亲人们，天气阴冷，想到我的母亲离开我的时间竟是这样久远了，一种迷蒙不清的情绪笼罩着我，使我几乎要喘不过气来。我坐在禾场里放远了视线往前看，往左看，往右看，恍然不知所措。前面的大堤早被铲平，从前那一大片水田已经干了，再也见不到天光云影的景象，橘子树在田里生根发了芽，郁郁葱葱一片绿，远处高地曾满是大树的地方，树全不见了，栽满了油菜，油菜结了籽，绿上浮着一层白，像云雀子欢快的声音在渺远的天空里淡褪了神色，一夜风雨后，菜秆全弯下了腰，远处的天空便陡然地显出开阔来；左边是环子家，从前高高的酸枣树和一片竹林隔开了两家，如今竹子和枣树已无踪影，两家却并没有因此而更显亲近，为了表示对树们无端消失的歉意，父亲补栽了一棵板栗树，但板栗不是土生土长的，土地欺生，偏让它顶着满树的绿意，在空旷的菜园里自己孤零零地繁荣；右边李家门前那条路，还是坑坑洼洼的，不知道他家妈妈是不是还像从前一样唠叨，她那尖厉的声音有没有被岁月磨钝一点，而他家哥哥，那个凶蛮霸道的叫作"三木"的二哥，成了家，眉目是不是和善了些。

我正发呆时，李家过来一伙人，少说也有四五个。他们一路说说笑笑地走着，从我家井盖上过去。井其实没有在路上，但乡间的路，哪有井盖那么平整流畅的？走路的人，哪怕享受一下，也挺惬意吧？每过去一个人，井盖都会"咣"地响一声，小孩子过去，还要跳几下，大概空空的声响能撩拨人的情思？我定睛看了看，李家的运子就在其中，牵着一个小女孩儿，走得安然而淡漠。她并没有望向我，我回来得少，她也没想过坐在台阶上看天的是我吧？但我抛掉那些无边无际的情绪，莫名兴奋，站起来高声大叫，运子！她转过脸来，抬头看我，微微一笑，道，回来了？一边说，一边继续往前走，丝毫没有停下来的意思，仿佛我们从来都没有隔着岁月，不过是日日相见的邻里，又仿佛我只是她生命中一个无足轻重的过客，打打招呼已经算得有缘。

包裹着我的空气一下子变得冷漠而生疏。我不知道应不应该上前去，摸摸她的孩子，与她叙叙旧。在她的"冷"面前，我的"热"从来都是多余，事隔多年，我们之间的一切还是老样子，她高我低，她平静我激动，在她面前，我做什么都不合适，亲近了显得卑微，远离了显得傲慢，尽管她脸庞黝黑，身材矮小，头发枯黄，脸上的皱纹一条条已经成形，而看上去，我已经纯然是一个城里人，白净，年轻，有文化，过着体面的生活。

我这样犹豫着，她早已经走远，小女儿在她身边一蹦一跳，活脱脱她当年的样子，那些已经逝去的漫长年月便在她的身后向我扑面袭来，冲得我打了个趔趄。在这块童年待过的土地上，多少人走了，多少人又赶过来，土地永远寂寞，又从来都喧闹不已，这些啃着土地长大的人，留下了多少情意，又能记住几多辰光？

二

运子比我大一岁半，是李家最小的女儿。李家是我家上邻，她的姑姑是我的伯母，这样一来，两家人又是脱不掉关系的亲戚。本来做亲戚是一个幸运的事，可伯母护着自己娘家，邻里之间有什么矛盾，她总是毫不犹豫地为她家哥哥说话，如此，三家的矛盾便一日日加深了。很多次，父亲伸着脖子，额头上青筋暴出，与运子的父亲吵架，声嘶力竭，怒不可遏，我伯父远远听见两家又生战火，便赶过来劝架，劝着劝着，伯父便对他的弟弟、我的父亲骂起来。伯父是教师，语气里自带着一种威严，本来在观战的我，只要听到他的声音，就像中了魔咒一般躲到门缝里，浑身动弹不得。我眼见着他们两家人合起来对付我的父亲，并轻鄙坐在台阶上洗衣服的母亲，眼见我的父母满肚子委屈无处诉说，我心中难过，却无能为力，我多么渴望自己快点长大，好可以为他们伸张正义。原本他们之间的矛盾也无非是两家共用的池塘要怎样分配鱼虾，或者一棵橘树长在两家的公共地带该归哪家之类的小事，无奈运子的母亲听力特别好，又最喜在墙外偷听，而恰好我家厨房有个大窗户，用纸糊的，正对着她家，小声说话都能传得老远。父亲母亲在家稍有怨言，运子母亲便添油加醋地去说与我伯母听，这才使伯父一家人也似乎与我们有了仇，对我家没有什么情分。

大人之间的恩怨，小孩子永远不懂，也不在乎，我和运子总归是童年最好的伙伴，时不时地玩到一起，相互间也从不计较。她最喜欢到我家玩，可总是前脚刚到，她母亲那尖厉的声音就响起来："运子，运子啊，快回来拾柴火……""运子，运子啊，回来看弟弟……""运子，去摘辣椒……""运子，你又跑到哪里去了？……"她回迟一步，母亲一定骂起来。因此，她每次来都胆战心惊，而我每每也跟着担惊受怕。但这并不能阻止她来我家的渴望，她总是一阵风一样说来就来，说走就走，这样的来来去去，充满了我整个童年，她扎着个马尾辫跑来跑去的身影，如木刻般印在了我生命最初的图画上。

我发蒙早，运子虽比我大一岁多，却与我同年级，可能也正是这个缘故，她握笔稳，字写得特别工整，每次放学回家，我俩搬了小凳子一起写作业，我祖父总是要拿她做范本，批评我写得不漂亮。运子额前卷卷的刘海，噘着嘴一笔一画写字的样子，和那一丝不苟的笔迹，无不映照着她较强的自尊心。但她不知为何，成绩总是比预料的差，每到期末，我总是第一名，她差不多是最后一名，这让她母亲在我伯父面前终究没法再坚持那种蔑视我家的傲慢。再后来，她始终与我说话不多，即使相处在一块，也总让人感觉有种不远不近的拒绝，大概也与此有关。

然而，在一个体力弱于同龄人的孩子眼中，成绩在所有"个人成就"里最不值一提，尽管她以各种理由疏离我，我还是愿意跟在她后面讨好她，渴望得到她的认同。东家的环子，比我小半岁，身材高大，有两个兄长，与运子势力相当，有些看不惯她的高傲，可因为她最小，大概更渴望得到运子的认可，这种矛盾的心情使她对我放下豪言，她要与运子一决高下。运子的权威将受到挑战，这于我是既紧张又期待的，暗下里免不了煽风点火，终于，环子写下战书，约运子在柴垛上打架，邀请我观战。我看运子成天一声不吭，以为她会回绝，谁知道她立马答应，并且很快在她家禾场上选好柴垛。

那是一个夏天的黄昏，禾场上天空的云以缓慢的速度变幻着各种形状，空气湿答答的，一些极小的飞虫扑进头上的发隙里，试图搅乱她们正酣的战意。运子站在她家柴垛上，冷冷地看着高大的环子，俨然她就是擂主。环子看了一眼运子，已经有些哆嗦，上去后对着运子站稳，提气，试图给自己信心，但我还是看出了她内心的怯意，而运子那种睥睨一切、胜券在握的神态，已在气势上胜出。环子伸出手来搭在运子肩上，运子也伸出手来搭着环子的肩，两个七八岁的女孩对峙着，此时，天空的云停住了，飞虫也不再猛劲儿扇翅膀，柴垛下的蟋蟀和树上的蝉却热闹起来，嚷成一片，也不知道究竟在给谁助威。

三

或许是过于紧张、专注，我的眼睛干涩得厉害，缓缓眨了一下眼。就是这一眨眼的工夫，再张开时，环子就被运子摔倒在了柴垛上。我至今都想不明白事情是怎么发生的，但据后来环子说，她也没想清楚为什么突然就没有了力量，倒了下去。从那以后，一向目中无人的环子就正儿八经成了运子的跟班，唯她马首是瞻。因为她年龄更小，跟起来也更肆无忌惮，她们俩读书都没有我厉害，每到大型考试，她就联合运子不理我，给我造成压力，让我不能因成绩胜了她们而趾高气扬，等大人们都忘记成绩这回事后，又转过来找我说话。但更多的时候，我们一起追随运子，从村东头跑到村西头，挥霍着那些乡下散淡自由的时光。

运子称得上我们的拥戴，在所有的游戏里，她都是最厉害的，比如，踢毽子的时候，随着她的脚一会儿点地一会儿落下，她的马尾辫一甩一甩的，虎虎生风，那毽子，就像着了魔一样，不落地，而且好像只要她乐意，毽子永远也不会落地，同样的毽子，在我这里却那般调皮，硬是跟我的脚过不去，三两下就脱开脚线，飞到离身子很远的地方了；用桶打井里的水，她张开两腿，弯着腰，一手挽绳，一手将桶往井里一抛，一桶水便装满，她左右用力，便能提起，凭着这样的本领，她在井边洗一家人的衣服，显不出半点费力，可是我每次丢下去，提起来就是一个空桶，半滴水都打不到；她在同学中说一不二，从来不黏着谁，这大概跟她的家境有关，她也有两个"将军"一样的哥哥，给她长了足够大的威风，而且她家境殷实，她父亲总是尽可能给她够多的钱，她存着，过几天就能买上最漂亮的本子和笔，人人都只有羡慕的份儿……

在那些有运子的时光里，村庄的事情每一件都伴随着神奇。她说田里的紫云英是一个叫云英的女孩子变的，我不信，我说她也不能变成这大片啊，运子便说，云英爱美，变一朵太小，变大朵又易凋，不如变一大片，早晨盛开晚上闭合，天天精力旺盛。听她这样讲，我仔细看，果然，那小喇叭似的花，真真是一个一到傍晚便没有精神要睡觉的姑娘，可不就是云英吗？她还说，她的脚底下有个吸盘，所以她能爬上高高的树顶，在树顶摸得到云，我也不信，可是我连三尺都爬不上，她却能噌噌往上爬，到树的尖尖儿上还能腾出一只手来，仿佛摸到了云，一下树，满头满脸的"云遮雾罩"，让人不得不信；她折了狗尾巴草做二胡，拉起弦子来摇头晃脑唱歌，调子稳稳的，那狗尾巴草在她手里发出悠扬的丝弦声……

她怎么会不鄙视我呢？我什么都不会，还比她矮。有一年，她忽然像喝了什么灵药，猛劲儿往上长，一天一个样，一下子高出了我好大一截，我几乎要仰视她了。她高出我们很多后，怎么也不肯再跟我们玩了，且变得沉默起来。环子私下里把我叫到竹林，拿出一团卫生棉来，对我说，运子就是垫了这个长高的，我也垫一个，我不信长不赢！我惊讶得说不出话来，无法明白为什么那样奇怪的卫生棉能让人长高，但我隐约觉得运子已经和我们不同了，这几乎是一个无法挽回的悲剧，为此我心中生出铺天盖地的惆怅。

运子渐渐与我疏远更多了，我无奈中只好选择与环子形影不离。直到后来，我高出运子一截，经历了她莫名伤感的时段，才慢慢懂得她不再愿意与我同行的忧伤。后来，她因无心读书辍学了，而我顺着学业的大道一路向前，我们终于还是在同行一段后渐行渐远，后来每每在我家禾场上看到她，我都有那么多话想和她说，却被她的冷淡，远远地拒绝在青春的门外。

有时候我真想冲上去问她，喂，我把你看得这样重要，你也同样重看过我吗？就因为你比我大，我们就要这样不公平地相处吗？但许多年来，无论我在外面多么强大，一遇到她，便立即退回到童年里去，又甘愿做那个她屁股后面的小跟班，什么话也问不出口了。

<h2 style="text-align:center">四</h2>

不知不觉中，时光呼啸而过，读高中，读大学，工作，结婚，生子……她在她作为一个村妇的轨道里笃定平和，我在我的艰难时日中冲撞拼杀，多少次，我都想和她一起再去看看田埂上的紫云英，或者让我们的儿女也去进行一场爬树的比赛，然而，终究，我们人生的轨道再无法交叉，所以即使我还是会偶尔在我家禾场上看到她，心里无数次亲近她，但长久的岁月将一切模糊起来，我渐渐意识到，我与她之间，终究还是隔了一张毛玻璃，并且，彼此越来越遥远了。

望着运子渐行渐远的背影，隐约中，我听到了一阵揪人心肺的哀乐。起初我并不以为意，以为不过是忧伤者的幻觉，然而，那乐音越来越清晰，并且于乐音里夹杂着低沉的呜咽，悲凄且绝望。我循着声音去搜索记忆中独特的符号，脑海里传出那张只有运子的母亲才有的平板无绪的脸，没错，是李家传出的，是她那位语声尖厉的母亲发出的。我对于悲凄有着天然的恐惧，竟被这声音魔住，一时间动弹不得。

父亲拖动鞋底的声音惊醒了我，我抬头看时，运子已经不见踪影。莫非她从井前走过，也只是一种幻觉？但锣鼓声更加清晰了，一记一记的声响，敲得人头皮发麻。我问道，她家什么事？父亲若无其事地说，哦，已经第四十九天啦，时间太久，忘记跟你说了，运子的二哥三木死了，今天是他的尾七。

我一惊，追问，怎么死的？

　　他买了一杆猎枪准备晚上打黄鼠狼和兔子，现在不是时兴吃野味吗？谁知枪上了药却打不响，三木检查出是木柄上一颗钉子掉了，他就拿了一颗钢钉，用大锤子猛捶，你知道，他那个蛮劲用起来吓人，可谁也不知道怎么回事，一锤子下去，钉子竟然直飞入他的脑门，来不及抢救就死了。一个响当当的男子汉啊，可怜还没想明白怎么回事就死了，我只怕是这猎枪触犯了神灵，他们太不相信我了，我总是说，我们把这周边的树全都砍了，逼得动物们没了撒欢儿的地方，人这时候去打它们，它们会急的，动物也是有灵性的……其实，动物不能撒欢儿了，人还能撒欢吗？

　　父亲的话里或许藏着伤痛，但在旁人看来，又何尝不是另一种形式的幸灾乐祸？即使在死亡面前，父亲也不能原谅那不可一世的执拗和自以为是的傲慢。面对年轻的三木如此，面对运子的父亲，那个与我父亲吵了一辈子架的男人更是如此。父亲总是说，你看，东家的宪章喝老鼠药死了，西家的建柏得癌症也死了，他们青春鼎盛欺我辱我的时候，何曾想到最终都斗不过时间？人还是要心善呢！

　　他刚说这些话的时候，的确带着一种近乎报复的快感，但说着说着，他就沉湎到往事里去了。唉，现在连三木也死了，再也没人跟我吵架了，我怎么反而会这么难过呢？父亲用他做了一辈子事也没有变得粗糙的手，抹了一把眼角的泪，接着说，我少年时代就来到这个村子，与建柏、宪章一起过了一世，我们一起拆别人的厕所，一起到河里游泳，一起挑土筑堤，连屋前这个池塘也是我们一起挖出来的，我们恩恩怨怨、跌跌撞撞过了大半辈子，我以为可以相伴着走到头发白了的那一天，可他们都一声不吭先走了，是要留着我帮他们看着这世界吗？如今连个生龙活虎的三木都死了，你还记得吗，他总是仗着有你伯父撑腰，还有他家族势大，什么事都要占上风，全天下仿佛只有他说话的份儿，在村子里称王称霸，耀武扬威，可如今我又总记着他的好了，要不是他，我这眼井怕是打不下去呢！这个井盖挪都挪不动，你们不在家，他帮了我好多啊……

　　父亲还在说着，他的声音渐渐氤氲成一种背景，儿时孩童们放学后在一起做游戏，三木总来捣乱的时光浮了上来。小时候，他口吃，一句话哽在喉咙里，急得额上青筋暴开，才能说出来，我们却从不敢嘲笑他，因为他的狠劲儿一上来，就一边暴青筋，一边捏着拳头往前冲，吓得我们谁都不敢吱声。他一直扮演着凶狠的哥哥的角色，使我们不敢靠近，但"哥哥"是个多么温暖的名字，他对运子从来都是和颜悦色，且一旦面对外人，他又总是往我们面前一站，形成一个巨大的可以覆盖一切抵挡一切的身影，把我们藏在安全的城门后。因为有他，三个女孩都天不怕地不怕，哪里都敢去，什么祸都敢闯。运子有句名言："没关系，有我二哥在呢！"运子说话时的语气，将她的冷淡挤走，脸上浮起一个女孩该有的娇纵神色，那种有哥哥的女孩独有的美好，曾让我羡慕得愿意拿最好的东西换一个"二哥"。

如今，她二哥不在了。

她那有着尖厉骂声的母亲的呜咽，昭示了她在岁月面前，在相继失去丈夫和儿子后，无力回天的悲伤。那些高亢尖厉的骂声，曾带着呼啸而过的刀子从耳边飞过去割伤我的耳廓，如今连同她冷冰冰无法由衷微笑的脸，永远地埋在了岁月的深处。

我就那样一直坐在那里听她呜咽，我以为我会深感欣慰、拍手称快，然而，直到黄昏降临，暮色铺卷，直到我内心的悲伤渐渐像这暮色一般浓到没有退路，直到我心里亮出一个口子，轻轻地唤出一声"二哥"，那些与他们失散了的辰光，随着暮色缤纷而至，我也没有获得多少年来想要的快感。

哀声绵久，一个个音符往岁月的深处沉落着……

暗　礁

一个人要走过多少暗礁，扛过多少巨浪，才能安然走尽岁月？

火光起处

冬天到来时，寒冷的风在屋子外肆无忌惮地扫荡，逮着机会，便从门缝里钻进来，吹得房间冷冰冰的，连那厚厚的粗布做的蚊帐都忍不住瑟瑟发抖，可厨房里的煤油灯却岿然不动，在玻璃灯罩里，升起它细细袅袅的黑烟。母亲坐在灶头添柴，炉火旺旺，照得母亲的脸红艳艳，她把拨火钳往灶膛里伸去，又抽出来靠灶壁放好，手在围裙上抹一把，转到灶台上，"嗞——"，白菜薹下锅，香味飘出来。

我也想递柴进灶肚子里，那里面明亮，暖和，可是我不敢，我只能在灶口边坐着，伸出手来烤。母亲笑着说，小孩子不要玩火，不然晚上会尿床，这大冬天的，尿了床，会冻死，就只能娘困湿床儿困干啦——用身体把湿的地方睡干了，又让给儿。那天我忽然便有了记忆，记住了母亲的脸，也记住了她的话，做梦的时候，怎么也会忍着我的尿，再冷也要起来，将热乎乎的一泡尿，尿在屋后面的雪地里。可是我还是想玩火，冬天晚上的火有股魔力，像妖魔的舌头，舔着灶口，柔软，热烈，温暖，魅惑，时时刻刻发出召唤，即使明知那是灼烧至伤的陷阱，也无法阻止我跳下去一探究竟的心。

在观察了很久之后，趁母亲转身拿碗，我拿起一根粗壮的柴，放到红得透明的火中央，火立马围过来，绕着它舞蹈，很快，这块柴上也有了火，先是边上，有火舌舔着，然后红色往里面伸展，火苗大起来，特别漂亮。我的心当时定是被什么蛊惑了，竟忍不住又抽出一根细木条，点了火，在灶口划动。母亲添菜时，透过雾气看了我一眼，吓得丢了手中的锅铲，从我手中一把抢过着火的木条，往灶肚里一丢，抱着我往座椅上一放，非常大声地说，说了不能玩火，你看我们的房顶都是茅草，灶坑里都是木，一点就着，这么冷的天，要是烧了房子，看你住哪儿！说完，母亲重重地在我屁股上拍了两下，又狠狠地说，不打你你不长记性！

这是印象中母亲最凶的一次，从那以后，火成了我心中不可靠近的魔。然而，越危险的，越被告知不能做的事，却越是有着不可描述的吸引力。我比从前更惦记火了，冬天，除夕守岁，中元节烧包，一些重大的必须有大火陪伴的时刻，我极度沉迷于火极尽妖娆的姿态，而夏天最热的时候，灶膛里的火，更是在热里加一层热，烈火烹油的、极致的燃烧总是能唤醒另一个我，与乖乖女，追求上进成绩优异的我，截然不同的我，那个我，自由自在、无法无天。但终究因可以预知的危险，我选取了听从母亲的告诫，将对火的好奇埋进了心里，只默默守着一份平安，度着静好的岁月。

再长大些，我觉得我可以控制火势了。有一个冬天，在一种巧合的机缘下，一大片枯黄的草地闯入了我的眼帘，在长久的跃跃欲试之后的某一个时刻，一种要看着它燃烧起来的欲望以不及阻遏之势猛地扼住了我，我观察了四周，不远处经冬的橘林仍旧绿得发黑，以我的经验，浅草烧火，一着便熄，不持久，不可能点燃湿柴，我决定一偿所愿。在策划了几天之后，我偷出了父亲的打火机。

那天，云空低垂，寒风凛冽，田野笼罩在一片灰色之中，显出令人害怕的清寂冷肃，正好需要一蓬火来为它添点生机。我按下打火机，"咔"的一声后，一小串火苗蹦了出来，却被冷不防灌过来的风一挥手就拍灭了。我重新按下去，并且用另一只手护住了它，它东倒西歪却十分顽强地坚持了下来，直到我弯腰放进草丛。我似乎听到了草"嘭"地一下点燃的声音，一片草叶上有了红色，很快，第二片，第三片，在风的助力下，火轰隆隆地往前开去。没多久，整片草地都燃着了，就像往前进军的士兵，它们经过之地，经由它们的扫荡，已经变成黑黑的一片，而前方野草正旺，它们继续以最快的速度扑了过去。看着这样的情形，我的心里生出一种前所未有的快乐，这种快乐，不是成功，也不是美好，而是危险。恰恰是潜藏的危险让我对于尝试它有了一种热切的渴望，而实现它，则成了给生命最高的奖赏。

　　然而，没过多久，一棵橘树上的叶子点燃了，火"噼噼剥剥"发出轻微的炸裂之声，并且迅速往树尖蹿去，我被这疯狂的火势吓呆了，连火光映在我脸上，也浑然不觉，火汪洋一片照亮了灰蒙蒙的天空，村子里响起了敲打桶子和脸盆的声音，人声嘈杂，救火的人急匆匆跑来跑去……母亲来了，一把抱起我，查看我是否无恙，在母亲温暖的怀里，我才缓过神，放声痛哭起来。

　　多年后，看见过太多被火毁容的人，太多被火毁灭的事物，静思时，不由森然害怕，当时年幼，倘若风倒吹一口，橘树上火往我身上扑一把，我能否躲避得及？那么多玩火的瞬间，只要有一个失误，我还能如今日这般面貌姣好、幸福地守着安然岁月？

惊梦无痕

　　童年的某一个晚上，我被一个梦惊醒了。睁开眼，望着夜色，夜色浓重，一切都沉在黑暗的深水中，那个梦渗透进现实再次向我围拢：在一个无边无际密不透风的堡垒里，我四处寻找出口，周围的一切，大到一张桌子，一把椅子，小到一根头发丝，都十分巨大，我的身体异常笨重，动弹不得，但又十分渺小，我仿佛看到自己这个微不足道的小点在无穷无尽的宇宙中不值一提，却又分明想要冲破点什么，但我发不出声音，或者说，我的声音刚一发出，便被那巨大的空洞吞灭了，我恐惧不已，不停地后退，因为看见的前方是无边无际的空旷，便希望看不见的后方可以有所依靠，但后方亦是无边无际，无所依凭。

　　就这样，我挣扎在醒和梦的边界，又害怕，又享受这种感觉。我越觉得自己渺小，便越能退到遥远之处看着这个世界，仿佛置事外的圣哲，洞明一切而不语，然而，退得越遥远，又越渴望进入到人群中来，参与这人世的悲欢离合、冷暖酸甜。没错的，早在很小的时候，我便有了这种后来被定义为"深刻"的感受，只是当时，这种感受折磨得我长时间害怕睡眠。

　　这样大概持续了一个多月，我上课睡眼蒙眬，晚上却清醒得可怕，没有人知道我的秘密，我也无力阻止它的到来。也不知哪一天，这个梦忽然就消失了，就像它忽然来临一样，如同一滴水消融在干涸的沙漠里。在它离开之后，我的睡眠重新青睐于我，在睁眼和闭眼之间，白天和黑夜交替。

那年冬天的夜晚显得无比漫长和寒冷，刚入夜冰凌就结得咯吱响，冷冷的月光照进窗子，有种说不出的诡异，村子里已经有两个孩子因风寒患脑膜炎而死去，一个孩子幸存也成了傻子。母亲在这样的夜晚满心戒备，生怕寒冷与邪恶合谋轻易地夺走她体弱的孩子，为了让我不蹬掉被子感冒发烧，在我钻进被子后，母亲用布条在被子外面捆住我的手脚，她说这样被子紧紧贴着身子，就不会冷了。她还把她脱下的外套、毛线衣、裤子，都盖在被子上，我说不要，光那厚重的被子就让我喘不过气来，她却很生气地再加一件。我被层层重压弄得动弹不得，苦不堪言，昏昏沉沉睡去，先前那个巨大的梦又来了，这一次不是空旷，而是实实的、无边无际的黑暗，我在一团浓得化不开的黑里缩成了一个极小的点，轻飘飘的，即便如此，我也还是划不开暗处。我使尽力气，满头大汗，但是我喊不出来。

第二天清晨，母亲终于松开我的手脚，我却浑身酸软，无力爬起。母亲大惊失色，摸我的额头，便对父亲说，孩子发高烧，马上送医院。父亲二话不说，马上来背我，他一扶起我，我便大口大口吐起来，吐完了，冷空气一灌，登时觉得四体通畅，浑身轻松。我说，我好了，不要去医院了。母亲却不依，把我往父亲背上一放，她在后面扶着我便出门了。

那时在冬日的乡下，长时间不洗澡并不稀奇，因此父亲衣领上有一股很重的油腻味，此时我伏在父亲背上，避无可避，这种味道反复来折磨我，那种难受感又涌上来，一个没忍住，我哇地一口，又吐了出来，风一吹，一些残渣飘到了父亲身上。见此情形，母亲急得不知该如何，只催着父亲快点往医院跑，怕慢了来不及。我心里清楚得很，就是那个梦闹的，而这个梦，是母亲层层的捆绑造成的，可是母亲会听我的解释吗？

一根巨大的针管从我的肘心插进，殷红的血立即涌了出来，抽完一管子，护士面无表情地说，要打葡萄糖。我不知道葡萄糖是什么，只见透明的液体，首先是一大管子注入，然后在手背上插一个小针管，一根长长的软管将水一滴一滴导入我的手臂，整条手臂都凉了，医院里消毒水的气味扑鼻而来，惊悸感随着冰凉侵入我的身体。时间流逝，四周静得离奇，广远的空间透过医院望不到尽头的走廊，暗示我不过是飘浮于世间的尘埃，那种渺小与巨大的对比感受又来了。我缩成一团，任由自己飘啊飘，渐渐地，眼前一片昏暗，不能看，也不能听了。

醒来时，母亲坐在床边掉眼泪，父亲与医生在低声嘀咕着什么，脸色阴沉。没多久，母亲就带了几包中药，依旧让父亲背着我，一步一步走在寒风中。一路上他们都没有说话，母亲迎着风，泪水干了又流出来，空气凝固得像水泥地，我又被那气味熏着了，却不再想呕吐，一口上来，竟是连吐的力气也没有，眼皮沉沉的，想睡。眯着，睡不着，梦却赶着来了，依旧是浮着的尘，依旧是巨大而沉重的黑暗，我渐渐地竟有些沉溺于这种感觉了。隐隐地听父亲说，这孩子如果真长不大，我们得去跟政府打个报告，计划生育不让我生，可如今没了这个，我还是想要个儿子。母亲哭泣的声音忽地大了起来，骂父亲道，你就知道儿子，肚里的货，谁知道，女儿保不住，我该怎么办?

是了，父亲是想要儿子的，每次村子里的干部来，他都扯着我，让我张开嘴给他们看，说我喉咙口小，却长了两个小舌头，最后会封了喉，只有死路一条，靠不住。我隐约知道了"死"是怎么回事，一种无边无际的悲凉裹挟住我，如同那团黑暗一般妖魅。

可疑的看守

仿佛毫不经意地，冬天过去，春天过去，夏天来了。从初夏到仲夏，我们经历着清凉和盛热，也经历着一场极为严肃的考试和不得不起早贪黑的田间劳动。在所有的劳动中，唯有一个差事让人期待，那就是在河边守西瓜。

如果把我的家看成一个等腰三角形的顶点，那么我家的两块西瓜地就是底边上相对的两个点，它们分布在南和北两个完全相反的方向，距离我家都超过了三里地，路途遥远，原不似房子旁的地受人待见，却因为父亲出色的种植技术而在整个夏天引人牵挂。尤其是产量高、价钱又好的年份，在村子里的大部分人还没有脱贫的情况下，父亲的西瓜地里，那一个个躺在黄土地上，默默餐风饮露，一天天长大成熟的西瓜，像小猪崽一般惹人欢喜，引人遐想，因此它们也面临被窃取的危险。明知如此，父亲缺少人手，分身乏术，顾首顾不了尾，也只能枉自担心嗟叹。

最后，他心生一计，将目光挪到我身上。芬伢，你也十岁了，帮爸爸守西瓜去。他说得毫不犹豫斩钉截铁，显然预谋已久。接着他又说，只要从早晨五点半守到八点半，中午十二点到下午两点半，晚上六点半到九点，其他时间爸爸自己来。他的语气非常轻松，似乎我是手拿刀叉威风八面的哪吒，仿佛那三个时间段不过是一瞬间。

这样安排之后，父亲开始砍竹子，运到南边的西瓜地去。南边的地低矮，就在河边，河面开阔，波光粼粼，近岸处被人围了一片莲藕和菖蒲，夏天红荷白荷竞相开放，菖蒲举着绿烛争宠，景光极好，且香飘十里，最要紧的是许多户人家的西瓜地都在这里，一眼望去绿得耀眼，简直是西瓜藤的海洋。而北边的地虽然也临河，河却不宽不远，地也是一片小山坡，很孤独地立在那里，前后既无人家也少相伴。父亲说，你守南边的地，我给你搭个棚，安个床，你可以在里面看看书写写字，早晨自己回家吃饭，中午和晚上你妹妹来给你送饭。说完父亲就开始搭棚子。不到一天他就搭起了一个用竹子做墙，用茅草盖顶的棚，三面围着，很扎实，还能遮阳避雨。我看到这个棚子的第一眼就爱上了它，对守西瓜的任务充满了期待。

乡村的夏日凌晨五点，空气中渗着露水气，虫子屎的微臭，草叶的清香，刚切了晒的枳壳味，我赤脚向河边的地走去。大部分人家的门还没有开，村子一片寂静，有东西要卖的，都把物什堆在禾场上，搬上板车，准备出发，一切都在静默中进行。走过两爿房子，转一个角，入了无人之所，两旁的草伸到中间来，我像一艘小快艇开过河面，掠走它们身上的露珠，双腿全部湿了，水意渗到皮肤深处，是那个夏天最清凉的一刻。然后，便看到清晨的河流了。

我坐到了父亲安排的竹床上，哗哗的流水声，水鸟时不时扑到水面的声音，荷叶上滴落的水珠声，河对岸鹧鸪有一声没一声的低鸣，以及风吹菖蒲叶的瑟瑟声，甚至荷花绽开的声音，全钻到我耳朵里来，它们好像在某一种力量的指挥下，各司其职地上演着一场轻型音乐会。晨光熹微，放目望去，远处影影绰绰，似有其他瓜棚，也似有人影晃动。我怕是偷瓜贼，马上绕着我家的瓜地巡逻了一圈，除了一只野兔、一些蚱蜢，鬼影都没一个，这才放下心来，依旧坐在瓜棚里，听水响，看晨光中逐渐分明的荷花。

这真是极好的晨色，这样的晨色约到八点，天热起来时，便渐至于无了。好在此时我可暂时卸了重担回家去。等中午再去时，便是另一番景色，烈日之下的瓜地，每一片叶子都蔫了，西瓜们在热地里蒸着，又受骄阳照射之苦，生长慢下来，有的过早成熟。父亲命我靠河边采摘荷叶，一个一个西瓜去盖住。这是个苦差，一是荷梗上有刺，触手生痛；一是叶在水中，不小心就会滚下去；一是太阳不是只晒西瓜，还晒我呀，我的脸被晒得通红，像要裂开了一样。

进入夜晚后的瓜地又渐渐恢复了美好，八点多萤火虫出来了，其他人家守瓜的人大声唱起歌，有人还敲着盆子对歌，瓜地里热闹起来，田鼠探头探脑，不敢出来活动。摘西瓜的人趁着夜的凉意，开始活动了，正是守西瓜的重要时候……

然而，即便日日严防死守，我们家的西瓜还是失窃了，为此我深感愧疚。父亲说，丢了三十一个，他有数，他用油漆在西瓜上标了号，也知道不是我守西瓜的这三个阶段丢的，不怪我。

多年后当我回望这段岁月，不由后怕不已。试想，倘若偷瓜之人真的要当着我的面偷，我又能奈他何？他随手把我丢在河里淹死，世人只会以为我是自己失足落水，凶手从何去找？我去摘荷叶，掉落河中如何？那个夏天，条条道路皆可置我于死地，我却独独活了下来，这所经之一切，实在可疑得很，细想起来，一身冷汗。到底还是那个时代的人，心中有底线，一个十岁女童所能守护的，又何尝不是一种廉耻之心？

隐秘之殇

年少时，有很长一段时间，我特别留恋黄昏暮色，它像青纱般一层层加浓，加重，慢慢地，一棵树与另一棵树，彼此再看不见，那种自地底升起，渐至四处弥漫的悲伤令我沉醉，这种感觉到深秋时为最。天气由凉转寒，黄昏时空中降霜，在田野里走一遭，细如沙粒的白霜轻轻扑到脸上，温柔得让人生疼。

这是村子里的人闲下来，相互串门子的时节，他们聊着家常，说着听来的故事，一种说不清道不明的欢乐在村子里飘荡。隔壁丁家凡子的妈妈李朝安扭着大屁股来了，她有一头好看的卷发，涂了发油往后梳着，脸色白里透着红，像极了画报上的电影明星，又喜欢笑，一个哈哈打得全村都听得见，又喜欢说，嗓门有些粗，开着不着调的玩笑，让人想起《水浒传》里的扈三娘。母亲却是一脑袋枯草乱麻般的头发，虽扎了辫子，顶上却毛糙得像个鸟窝，这鸟窝边还常粘着草屑，在无华的脸色上尤其显眼。她一来，像个小姐对丫鬟般对我母亲说，梅仙，你这日子过得，唉，你看你，明明比我小，却显得老许多，也不打扮自己，太没个样子了，男人家不喜欢看这样的啦。

母亲笑着，一边说，孩子都三个了，要那好看干什么？家里的事忙不赢，哪有时间梳妆打扮？一边端出刚炒的花生，请她吃。她瞪了我一眼，大人说话小孩听，小孩子打屁大人闻，大人要说话了，你还不找凡子玩去？

得了这样的解放令，我背着脚板就往她家跑，她家干净，气派，是两层的小洋楼，凡子有两个哥哥，因此她几乎没做过什么事，活得像童话里的公主。平时母亲只让我看书写字，做家务，不允我去别人家打扰，因此即使是隔壁，我对她家也是陌生的，只在她家楼下坐坐。那天我跑过去，凡子不在楼下，我也不叫她，在她家楼下徘徊了一会儿，又快快地回来，刚到家门外，便听李朝安钝钝的声音，梅仙啊，你这样不爱漂亮，你看你两个女儿，一个个又黑又矮，丑得要死，长大都会嫁不出去！

就像被一声惊雷击中，我呆在原地——我到底是有多丑，竟然至于丑到嫁不出去！据我所知，连周家那个老是流口水的傻女儿都嫁出去了，还有汤家走路不灵便的凤蓝，顾家胖得像一块门板的杏芬，全都有了婆家，在我们这里，嫁不出去可是对女孩最恶毒的诅咒！我低头看到我吊着裤边的脚，被冷风吹得粗嘎嘎的，泛起一层白，大脚趾头冲破帆布白鞋的鞋面，杵在外面。不用对镜自照我也知道我头发凌乱，像母亲的一样毛躁，刚刚过去的夏天用极残暴的方式在我脸上留下的黑锅灰厚重不堪，而城里姑妈大而红的衣衫包裹我小小的身子实在有失体面，但在此刻之前我竟从未觉得这一切有何不妥。

看到这样的自己，我终于明白为什么我会嫁不出去，我羞愧难当，是我使我的母亲蒙受这样的羞辱，那一刻，"丑"这个字眼深深钻进了我的生命，如同深秋暮色里下的重霜，硌得脸生痛。我想到了死，除了死，还有什么可以解决"天生貌丑"的难题呢？我朝池塘走去，站在那块洗菜的麻石上，暮色中的池塘像一面镜子，水色墨绿、水面光滑，柔波轻起，温婉醉人，寂静无言，静静倾听我心碎的声音。

在水边不知徘徊了多久，我几次想扑向水面，最终却不知被什么力量推开，直到灯光打破暮色，母亲的呼唤撕开笼罩着我的重幔，我才如同从一场大梦中醒来，又回到生的世界。回到家中，于灯下仔细端详我那可怜的同样丑得嫁不出去的妹妹，她还懵懂无忧地活在一片快乐里，我再次悲从中来，抱着她，放声痛哭。

就这样，戴着一顶"丑"的帽子，我艰难地翻过童年的篱墙，来到了青春。人丑就要多读书，这大概是亘古不变的真理，美好的初恋是专属于漂亮女生的，我这样的丑女孩，不好好读书，便一无是处，哪有什么恋爱的权利？换句话说，唯在书本里，我才能找到最好的自己。考一个好学校，成了我为我的"丑"打一个翻身仗的唯一道路，也是我唯一可以通过自己的努力去抵达的彼岸，于是，"成绩好"成了若干年后我的同学与我相认时最显著的标签。

然而，通往彼岸的路从来不是坦途，它布满荆棘，面色狰狞，随时可能让一个"丑"人持续一文不名。或许恰恰是战战兢兢地怀揣着希望，才会在患得患失中一败涂地，失去母亲的痛苦、马虎潦草的习惯和轻信于人的性格，种种原因使我在高考考场上意外失利，使我不敢正视推着自行车来接我的父亲，压抑的痛苦在那一刻彻底崩塌。

夕阳中，我们走到渡口，渡口这边群山环绕，对面绿树如云，那是我的家乡。站在河边，河水映照着夕阳，河面如一层铺开的金子。河水静静地流向远方，扑面而来的热浪中夹着水的腥味，"日暮乡关何处是，烟波江上使人愁"，一种看不到未来的绝望像一根粗大的绳子捆住我，我挪不动脚步，目光所及，全是忧伤。父亲跳到船头，船"咚"的一声，往后退到河中，渡夫又撑拢来，等我上船。

也不知怎样到了船上，等我有记忆的时候，船已经到了河心。河水清澈，水光映到我的脸上，明明暗暗，黄昏围拢来，岁月静好得让人心痛。丑人如我，失去了最后的倚仗，除了死，还能做什么？我痴痴地看着河水，水草柔柔地向我招手，哪怕是做一条水草呢，也是快活的！这样想着，我伸手想去抚一把，可能就直接栽到水里去了，一了百了。刚伸出手来，父亲马上冲到我这边，一把抓住我，喝道，我的崽呀，莫傻，你还有爹！船在他的喝声里往一边倾斜过去，船家高声唱起了歌，撑稳竹篙寻找平衡点。

这一声断喝是我生命中听到的第二声雷，一下子炸醒了我，把过去一段自怨自艾的岁月炸得血肉模糊，使后来的我，即使在最艰难的以为怎么也翻不过去的时刻，也能够倔强地走下去，走出一个模样来。我渐渐知道，那某些时刻，我失去的，只是一部分的我，我还拥有的，远远比失去的珍贵啊。

满目山河空念远，不如怜取眼前人。

岁月山河，风物满眼，个体的生命渺如尘芥，却没有什么能抹杀它的价值。最后，我所看到的我们，终究是突破了暗礁与巨浪的合谋，将一叶扁舟，驶向了开阔的海域，寄蜉蝣于天地，渺沧海之一粟了。

耳　环

一

　　面对眼前那一对闪着璀璨光泽的球状小家伙，我决计要戴耳环了，这是自上次我的决定之后最果断的一次。我对着镜子，看耳垂上面的那个小洞，还好，还在，不管时间过去多久，它们一直稳稳地待在那里，一副宠辱不惊的小模样儿，既不着急着长到填满，也不着急着让我注意到它们的存在，仿佛它们早就知道，只要瓜熟了，蒂自然会落。

　　当然，我无端地在耳朵上穿出洞的那一天，绝没有想过它们真的就此陪伴我的一生，静静地看我的喜怒哀乐，并且颇有些阴险地见证着我在岁月里的狂风与丽日，嘲弄着我小小的用心、酸酸的揣测，以及对自己暗暗的较劲。如果说生命是一团烈火，这为了戴上耳环而穿出来的耳洞，大概，顶多也只能算一根并不热也不亮的柴，在众多的柴里，从来很少惹人注目，但它们却一直陪着我烧，怎么也不甘心化成灰。想到这里，我不禁在镜子前多照了一下。

　　洞虽小，却鲜明。拿着耳环上的针对着轻轻转动，竟一下子透过去，没有想象中的"哒"的一声，也没有半点痛感，仿佛我昨天才戴过似的。耳环很小，熨帖地伴着耳垂，像个精灵一般，张了小嘴，对着我笑，说，再不下来了，就这样，挺好。我再看在耳环映衬下的下颌，竟然瞬间明媚精致起来，仿佛又回到了少女时候，于是又戴上了另外一只。虽然两只耳环永世也见不了面，却心有灵犀般地交相辉映，让人真心不舍再让它们回到橱柜里，再去任人挑选。果断地说，买下了。第一次不在乎价钱。

　　这是这个春天最让我心动的一次遇合。那对耳环从打造之日起便注定要归向我的耳洞，而我这两个小学三年级就穿好了的耳洞，也注定用了二十几年时光，等待这对耳环。世间的缘分，竟真的奇妙如此吗？

二

那时候，我还是一个混沌的孩童，比我大两岁的静姝与我一个班，成绩却远没有我好，所以总是一脸萧索地低着头，沉默寡语。她有一对美丽的大眼睛，一双能踢一百多下毽子的脚，和浑身使不完的劲儿，我试过与她打架，总是我还没来得及用劲儿，她就一叉脚一甩手把我放倒了，所以，我从来没想过，她在我的面前，也会有不自在。在我心里，我总只是跟屁的小妹，她的权威有时候比母亲还强。

本来我们的身高一直不相上下，可是忽然有一天，母亲说，你看，静姝比你高出一大截了，你要快快吃饭快快长啊！我猛地一惊，再看，果然，她好像一夜之间挺拔起来，脸上一扫以往的黯淡，无意中淌出骄傲的神色，这让我无地自容。因此，她在我心中的地位也就更加不可撼动。

那年端午节前一天，田野间烟色迷蒙，母亲坐在门口包粽子，父亲到池塘里扯菖蒲，到大堤上割艾叶。静姝悄悄地在我们家的后门招呼我，说，她们都穿耳洞去了，你去不去？我虽然不知道穿耳洞意味着什么，但是，戴耳环总是大人们的事，小孩子穿耳洞，大概与"作怪"划不清关系，所以心里慌慌的，不敢。她看我面色迟疑，眼里即露出鄙薄之意，果断说道，那好，你不去，以后，大家都能戴耳环，你可别在旁边干着急。我有些动摇，又问道，痛不痛？她说，她们都说不痛，就像蚂蚁咬一口。听她这么一说，我便决定去了。

我们是从后门口穿过竹林跑着去的，母亲依然在怡然地包着她的粽子，父亲也依然在割着他的艾叶，谁也不知道，有一个叫静姝的女孩，拐走了他们安静长大着的孩子。

三

从家到穿耳洞的医生那里，要越过一个小小的山冈，路两旁是成片漆黑的松树林。静姝拉着我的手走得很急，我的心惴惴地跳到了嗓子口，分不清到底是为了这松林的恐怖，还是母亲的责骂，抑或是对耳洞的惊喜期盼，总之，那天的那条路在我的生命经历中，显得格外漫长。

医生的家就在我们本应就读的小学学校旁边。我父亲不知出于什么原因为我选择了另一所小学，所以这个学校于我便十分陌生遥远甚至神秘，我无法明白为什么他选择那里而不是这里，但这样想来，生命中的无数个偶然，便汇聚成了今天的我吧？

医生的房门口排起了长长的队，全是一色的小女孩，从一年级到六年级，争先恐后，蔚为壮观。我怯怯地排在最后，总有几分退却之意。静姝紧紧攥着我的手，手心里也满是汗。不一会儿，两个女孩笑着出来了，我偷偷瞄一眼她们的耳朵，耳垂上都多了一根黑色的棉线圈。静姝扯住一个的衣襟，问，痛不痛？她们对着笑了一下，意味深长地说，不痛啊，就像蚂蚁咬了一下。我的心这才放下来，她手心里的汗也渐渐干了。

大概过了一个多小时，终于轮到静姝了。她很勇敢地进去，我尾随其后。医生说，你们两个，先用劲揉自己的耳垂，揉到麻木。我们照做后，只见医生从酒精里拿起一根上面穿了黑线的缝衣针，把静姝拉到跟前，捏住她的耳垂，飞速地将针从耳垂这边穿到那边，打了个结。我转脸看静姝的神情，镇定自若，好像半点也不痛。

但轮到我时，手心还是忍不住冰凉。只觉到揉得通红的耳垂被冰凉的手指使劲捏住，"哑"的一声，针穿过去，线走过去，尖尖细细的痛瞬间漫遍全身。我咬住牙，忍住涨起来的泪，把另一只耳朵送过去，又是"哑"的一声，针穿过皮，线走过肉，那样地果断，那样地清醒，故而痛也分外地清晰，令人终身难以忘怀。

四

与静姝一路回来时，两人都沉默，不再有去时的期待与雀跃。空气凝重，心情莫可名状。遇到相邀一起去穿耳洞的女孩，问我们，痛不痛，静姝依然骄傲地说，你看，不红不肿，一下就穿过去了，就像蚂蚁咬了一口。我奇怪于她的虚假，转过眼去看她，她嘴角上扬，有种得意的神色。我那时便觉得我好像是与她远了，只说不出原因来。

悄悄地回家，悄悄地做作业，悄悄地帮母亲烧火，但还是在灶口的火光里被母亲逮了个正着。母亲厉声说，谁让你穿的耳朵？我嘟哝着说，我自己。她极为生气，拿出一把竹枝，在我着薄薄外衣的肩上狠抽了几下，比穿耳洞还痛。母亲边打边说，看你还作怪！这么小，就这么作怪，长大了可怎么好？嫁人都嫁不出去！这么小就这么作怪，还怎么去学习？你干脆读完初中就找户人家嫁了算了！

我听得惶恐，不敢再照镜子，也不再关心耳洞的事。可是没过几天，天气热起来，耳垂火辣辣地生疼。我跟母亲说，好像耳朵在流水。母亲竟不再说前几天生气时说的话，爱怜地扯过我，把棉线拆了，折了两根茶叶梗儿塞进去。她说，其实，女孩是要穿耳洞的，因为结婚时要戴金耳环，只是你穿得太早了，妈妈心里痛呢，那既然穿了，就好好保护着它吧！

从此我的耳垂上，多了两根黑色的小茶叶梗儿，用手一摸，润溜溜的，进进出出，很好玩。而静姝，也不知是不是"作怪"的缘故，很快停止了长高，并在初二就辍学了，一个人闷闷地待在家里，洗着哥哥们永远洗不完的衣服，没事的时候，一个人在墙根下晒太阳，两只手捏着耳垂出神。

五

有一年我竟然喜欢上了一个少年，一个人在心里风起云涌，也不敢吱一声。

恰好那年云姨送了母亲一对耳环，是两片金黄色的叶子，做工精细，提起来到阳光下，会无风而自动，一闪一闪，波光粼粼。或许是因为女孩天生喜欢闪光的东西，我一看到它们，立即就想起了那早被我遗忘的耳洞和那时时在我脑海里盘踞的男孩。

我趁母亲不注意，偷走了她的耳环，在上学路上边走边摸索着挂在了耳垂上。这是我的耳洞梦寐以求的一天，我自认为也应是自己焕发光彩的一天。我走进教室，装着毫不在意、落落大方地坐下，装着不经意地甩头过去看他做题，装着不在意地举手答问，但我真切地感觉到耳垂上的分量。它们在那里荡秋千般左左右右，一定也荡秋千一样自在地闪光。那么，他看到了吗？他会觉得好看吗？他会不会也因此而悄悄地喜欢上我呢？

那一整天，我都是恍惚的。我甚至会为他与别的女生说了一句话而难过不已，我甚至想说，全世界就是我最在意他，就是我最好看呢，为什么还要与其他女生说话呢？

他依旧与我讨论题目，笑话我走路的样子，扯我的头发，还敲了一下我的脑袋，可他根本不提及我好看的耳环。我失望极了，但我不能把这种失望表现出来，我得装得很镇静，表现得对他没心没肺，毫不在意。我想起了静姝穿耳洞后回来时的神情，大概那时候，我的神情也是一样的，有点迷离，也有点孤傲。

谁知道，放学时，他扯着我，一本正经地说，其实，你不戴耳环会更好看，这耳环，应该是中年妇女戴的吧？

那一刻，我尴尬得想死。如果地下有个洞，我一定会毫不犹豫地钻下去。

六

从此，我恨透了我的耳洞。我把茶叶梗儿抽走，想让它自动长出肉来，想让时光渐渐将我当年的无知填满。我开始认真读书，绝不再理我的耳洞。

不知道过去了多少岁月，关于耳洞与耳环的搭配，终于在我的生活中彻底消失，好像我从来没有穿过耳洞一样。那一段青春流水，干干净净地淌着，再与"作怪"二字无涉。当年与我一起"作怪"的静姝，也在我的视线里渐行渐远。

有一年春节，雪下得很大，齐腰深。我艰难地跋涉回家时，路过静姝家，只见她坐在门口看雪，神态有些不对。我走过去与她打招呼，她勉强朝我笑了笑。我们确乎不再是童年时的两小无猜了，她的笑容复杂苍老，令我无法走近。她母亲走过来，牵她进去，她便顺从地进去了，再不看我一眼。我从背后看她，只能看到两只金灿灿的圆耳环，在雪光映衬下闪闪发光，美艳得决绝。

回到家，父亲说，静姝要嫁人了。

我的心里咯噔一下，怎么就要嫁人？什么人家？

还能是什么人家？她虽然长得漂亮，个头却太矮，加上没读什么书，又沉默，又倔强，进工厂打工，做事倒认真细致，但人家说手脚太慢，退了出来，跟着平儿去下海，不乐意招待客人，哭着喊着回来了。她母亲急着给她找人家，一家一家地介绍，不是嫌她矮，就是嫌她太安静老实，终究是难嫁，这回好，给她找了一个男的，死过老婆的，倒年轻，但公公婆婆重病在床，家里又脏又臭，她父亲愿意给她满身金器，并三万陪嫁，帮她建一个好家，她便默不作声地同意了，估计是怕看她母亲天天叹息。唉，做父母的，也不知道他们是怎么想的。

我心里痛得要死，对那对金光闪闪的耳环憎恨起来。

七

两年后，静姝生下一个男孩儿，竟然三天不到就死去了。她被接回了娘家，我那时在上大学，关于她，只得凭一星半点消息去揣测。所以去看她时，也不好问什么。她痴痴地望着我，半天没认出我来。我说，静姝，我是芳啊，你怎么能不认得？她又望了一阵，摇了摇头。我摸着她的耳垂，摇摇她的耳环，与你一起去穿耳朵的芳啊！她似乎从遥远的什么地方赶了回来，再看我，眼里便有了神采，说，啊，你是芳！

她的两行泪，像断线的珠子一样，迅速地滚落。她说，芳，我长得太快了！我的孩儿也长得太快了！我穿耳朵也穿得太快了，嫁人也嫁得太快了！芳，看你一个学校一个学校地读上去，我不甘心啊！你说，我们可不可以慢一点？

我被她问得怔怔不知所以。好似耳环是一个黑色的旋涡，我们这一跳，真是跳进各自不可知的命运里了！若当年，她不是那么好奇爱美，她定是能用心读书的；若她用心读书，也不至这样脆弱绝望无助；若她不肯早早地戴上那耳环，也许命运还有改变的机会。换过来，若我不是在穿了耳洞之后得母亲一顿好打，也一定以为爱美并非罪过且得意起来；若那个他不那样一顿讽刺，我也许早早恋爱了；若我在每一个岔路口做出不同的选择⋯⋯

芳，到底是你好命，读了书，毕竟是不同的。我当年要是读了书，也一定大不一样。可是，读书这样的事，为什么从来与我不相干呢？我嫁了一个这样的人，也终究只是死路一条！

我想劝她，说读书也不一定能改变命运，关键在于自己，要大胆一点，强大一点，却怕自己居高临下；我想安静陪她，又经不住那样的悲凄，最后逃也似的出来，只想从此不见她。唉！

又过了两年，一个春天的黄昏，父亲打电话过来，突兀地说道，静姝死了，喝农药死的，好像之前已经很久没与丈夫说过话，因为她一向沉默，大家便都没在意，一家人吃饭时，她去扫地，婆婆说，扫得到处是灰，怎么吃饭？她默默地放下扫帚，出去了，怎么找，也不见人影，第二天在她自家田的沟渠里看到她，手里好好地握着那对金耳环。

我不知道她的婚姻，但知道她的丈夫也是个安静沉默之人，估计家里除了两个老人的叹息、责骂，再没声响。我想起她走之前与我有过的最后一次谈话，她说，我就是喜欢那一树一树的桃花，一丘一丘的田，喜欢戴着耳环一甩一甩的感觉，可是我太矮了，不该喜欢这些。

八

多少年过去，捏起耳垂，硬硬的，偶尔能挤出洁白的肉脂，而提到耳环，终是隐隐的痛。

直到前年。路过一家饰品店，看到一堆各种式样的耳环，驻足流连于那种浩荡而来的美，虽不敢触碰，但触目处，也已渐渐放下少年心事，到底，时光是治愈伤口的良药，更何况我的伤口只是于别人的故事里生出。年轻貌美的店员热情邀我各个试戴一遍，虽然心里仍不愿，也知她的赞美不过是为生存计，但也正因为这点，我顺从地把耳朵让给了她。本以为耳洞已滞塞，谁知轻轻穿过去，竟然仍是通的，千挑万选之下，买了一对钛金流苏耳环。

人一辈子有些东西总在那里，比如对于璀璨之美的爱。这流苏耳环，我仅戴了一次，便令见到的人，都说高贵中蕴含万种风情，确是耳环中的极品，只是太张扬的东西，终是我从穿耳洞之日起就拒绝的，所以最后还是收了起来，只偶尔拿出来欣赏一下。

这样一晃，又是两年过去了。人生经得起多少个两年？这次遇到它，我不愿意放过了。我在我的人生里绕了一个很大的圈，被无数个偶然推到了这里。我对它一见倾心，就像我当年遇见一见倾心的爱。但当年，我毅然走开，怕的是它戴在我的耳朵上，太耀眼夺目，怕的是我的耳朵承受不起，怕的是它会让我消沉或者过快老去，怕的是它让我的耳垂溃烂难堪……或者应该说，这就是命运吧，那时，有静姝的因素吧，我怕得太多。如今，我与它遇合，而不是其他任何一只，在这样的年龄这样的心境下，它才能够真正属于我，并且紧随我，不丢弃我亦不被我丢弃，不过是因为我经过了万水千山，历尽了千帆。

是的，此时，我很确定，我决计要戴耳环了。

第二辑

性华何处更寻根

且壮行色

一

芬伢儿,今晚睡爷爷这里吧?爷爷给你准备了崭新的被子,新弹的棉花还有土里的香味儿呢!

祖父样子很健朗,脸色红润,看上去七十来岁,站在杨梅山中学那个光线不太明亮的食堂的窗口,一边给我打菜,一边笑着对我说,他的背后是他那口漆得发亮的棺材。我心里一阵说不出原因的不安,隐约记得,很多年没人叫过我的乳名了,而且明明我的儿子都读初中了,为什么我还会端着一个饭盆子来到这个破破烂烂的食堂?我又仔细看了一眼祖父,只见他清癯依旧,花白的山羊胡子根根抖擞,笑得那样安静平和,完全没有平时威风八面的样子。

看着这样的祖父,我总感觉有些不对劲,却不知道问题到底出在哪里,又不好直接拒绝他的好意,只好敷衍着说,爷爷,学校规定要睡在寝室里,我今天还要回家一趟,也给您带点吃的来,不在这儿睡呢。我匆匆地拿着空饭盒就出了那张锈迹斑斑的大门,围墙外荒草萋迷,路边大池塘里的水混浊不堪,也不似平时的样子。我看了一眼天上的云,一堆堆地挤在天边,天空辽远得很。我越走越快,只想把祖父远远地抛在背后,边惭愧心里边疑惑着,我这样抛开他,是多么不孝啊,可是祖父怎么到学校里来,还要到了房子?母亲都不在了,谁给祖父准备的棉被呢?

走了一会儿,算起了祖父的年岁,嗐,祖父今年得一百一十六岁了呀!我猛地一惊,忽地一下,睁开双眼。眼前一个黑色玻璃台面的茶几,一个黑色玻璃面板的大电视,阔大的客厅,灰白的落地窗帘,高大翠绿的滴水观音,各种鸡零狗碎,以及像潮水一样一浪高过一浪的市声。这是哪里?一时间我无法从那破旧灰颓的学校食堂、浑黄的池水以及辽远的天空，跳到这科技先进的城中鸟笼，一种遥远时空里的陌生感将我的呼吸堵住，我的脑袋一片空白。

空白让人心平稳，平稳之后，便是恐惧，被甩到时光深处，无法寻找归程的恐惧紧紧握住我，令我无法动弹，除了等待自我的复苏，我别无他法。这个过程，我明知它只有几秒，却又深知它漫长艰难。

祖父终究还是到梦里寻我来了，在他离世二十二年后，在我无数次渴望与他梦中相见而无果后，他以这样独特的方式召唤我，而梦中的理智让我再次以决绝的方式远离了他，继续属于我这一世纷扰红尘的生活。原谅您的孙女，哪怕遭遇艰难，坎坷，背叛，冷漠，哪怕红尘覆盖处，落脚步步危机，她还要继续留下她在这人世的痕迹，直到她真的心生厌倦。

二

伯母从我家西边的马路上摇着一把蒲扇走来，问我母亲道，老兔子今天吃了几碗饭？夏天傍晚的阳光依旧灼热，她的额头有细汗浸出来，呼应着她的蒲扇，渗透在空气中的不满溢出来。母亲微笑着伸出两根手指头，伯母眼睛睁得老大，两碗呀？食量这么好，不会死。说完，伯母猛劲儿摇了一下扇子，赶走试图围拢来的蠓子，顺带赶走下闷气，黄昏中，她被夕光照得亮里有些暗的脸色又暗下去一层。母亲说，是呢，我看他骂人劲儿好大，我饭做迟了，饿了他一会儿，你没听他怎么骂的。显然，向来与伯母不睦的母亲，在对待祖父的问题上，坚定地站在统一战线上。

湘方言中，"兔子"的音与普通话"头子"的音一模一样，从前我总纳闷，伯母和母亲分明说的是祖父，为什么却叫他"兔子"，我左思右想，模模糊糊中，祖父便长了长长的耳朵，毛茸茸的，怪可爱。只是听她们的交谈，又明显希望祖父速速死去，对他的长寿无可奈何的情绪蔓延着。时间久了，因为语气里的厌恶，我便猜这"老兔子"的称呼，应是源于他的精明，不过从不敢向母亲求证，这问题就搁在那里，直到祖父死去多年后，有一天，我那生活在常德的姨外婆叫我姨外公，北方方言稍稍一改，我才明白过来，原来她们不过是嫌他老了。

这种问话以各种形式，在各种不同的场合出现了无数次，她俩友好的窃窃私语几乎全部关乎我的祖父，她们的讨论冗长而重复，这无形中也拉长了时光，不知从何时开始，祖父还加了另一个名称，"老不死的"，她们叫起来，叫得咬牙切齿，使我的整个童年、少年阶段都认定了一件事，祖父是不会死的，他的长寿使他的孩子们遭遇苦不堪言的折磨，而他却旁若无人地享受着这份长寿的荣光。然而，分明，她们又对祖父照顾得无微不至，比如，吃饭前，照例祖父即便之前坐在饭桌前，也是要拄着他的拐杖，慢腾腾地走到他的内屋，坐在床沿，等着孙辈恭恭敬敬地跑到他房间里，大声地叫，爷爷，吃饭了，他便慢悠悠地又拄着拐杖走出来，在他动筷子之前，没有一个人敢动筷子，不管有多饿，也不管菜有多香。他坚持的仪式，使吃饭成了一件非常严肃神圣的事，也让我们完全不同于乡村里的其他人家，东家西家，都会端着一个饭碗，走家串户地吃，而我们一家人必须正襟危坐，安安静静，慢条斯理地吃，但凡有一个人不符合他的规矩，必定是一顿训诫。

多年以后，当我出席各种重要场合遇见各种礼仪时，一点也没有慌乱畏惧和自卑，我才明白，祖父的坚持是一个身在乡村却永远保持着贵族的骄傲的人在失去许多阵地之后的态度，这种态度使他作为乡村的异类倔强地存在着。于是，祖父在我年少的岁月里，成了一个矛盾的存在，一面是他极力维护的尊严，一面是因为老去而终究无法守护的颜仪。

那时的祖父确实很老了，每过一年都自豪地朗声报着自己的岁月：八十五啦，八十六啦，八十七啦……数字越来越大，而死亡却好像永远在赶来的路上，又总是迟迟不来，为此他报数字时没半分担忧畏惧，反而响亮自豪，而他的身影竟然依旧倔强地出现在家乡每一条熟悉而陌生的田埂上。田埂上的老祖父，或背着手，或拄着拐杖，细细察看着每家每户的庄稼，仿佛每一株苗都是亲生的孩子，他早已混浊不堪萎缩变小的眼里射出的光，含糊却坚定地抚过它们，然后，把它们一一记载在自己这棵老树的新年轮上。兴致高涨时，他会走家串户去告诉他们庄稼的长势，事实上没有几个人有这种宏观把握的胸怀，人人都将头埋在地里刨食，谁还来得及抬头看一眼天，放眼瞄一眼苗，跟庄稼们交换眼神，确认彼此？唯独祖父，不担负温饱的责任，因而也能把整片大地当作自己的责任。

乡下的春天总是激滟，祖父有时会被油菜花迷了眼，走到村子尽头的刘奶奶家去，一去就是大半天。村子里流传开祖父与刘奶奶的故事，沸沸扬扬，不外乎就是年迈的祖父竟采摘桃花和梨花给刘奶奶插瓶，两个老人一聊就是大半天之类。听光景他应该是在日落时分有了一场爱恋，这对于年纪尚幼的我简直是天大的刺激，在面对日益逼近的死亡时，祖父的风流不仅没有减损他的威严，反而使他挣脱沉沉暮气，有了鲜活的生机。

三

中国有句话叫"各安天命"，年迈且将死之人是注定不应该有爱情的；如果有，便是"老不正经"。伯父和父亲都是读了不少书的人，他们无法忍受流言的不堪，有一天在祖父准备出门时堵住了他。他们问自己的老父亲意欲何为，祖父抚了抚他花白稀疏的山羊胡，镇静地回答，我要跟刘奶奶处在一起，只有她能懂得我有多么孤单。

祖父的话像一颗炸弹在空中轰然炸响，炸得晚辈们目瞪口呆。那一年，他八十九岁。我的祖父以一种笃定的姿态接住了所有的流言，并豁出去一张老脸，只求能与自己心仪的人在一起。八十九岁意味着什么呢？大概是两三岁孩童的状态，生活勉强自理，能保证温饱，有一点小闲钱，就是安度时光了。但他不想安，他要三尺浪。

伯父勃然大怒，父亲怒发冲冠，祖父的话掷地有声指天誓日，丝毫没有犹豫和退让。

自然，在比他有力量得多的晚辈们的坚决阻挠下，祖父没有如愿以偿，而自己丢自己脸的事却传遍了村子的每一个角落。没有谁认真想过祖父为什么这么老了还要折腾，除了责任、讽刺，晚辈们一无所为。那段时间家里弥漫着硝烟的气味，祖父在饭桌上对我们管得也格外严格——食不言，寝不语！笑不露齿！话莫高声！他折了青竹条，谁犯就抽谁。然而，因为他那为人不齿的爱情，他的尊严已经失掉一半，再也没有晚辈愿意在吃饭之前等待一个自己都管不住自己的人。儿孙一辈，甚至对于他在礼仪上的要求也开始公然反抗。

有时候权威的推翻只需要一根稻草，对于祖父而言，这根稻草就是他暮年时对爱的妄想。没有谁问过刘奶奶是否愿意跟随祖父，没谁在意一个将死之人如一星风中摇曳的灯火的爱。

祖父与儿女们较劲，不到一个月便败下阵来。有一天，他吃着吃着饭，放下筷子，正儿八经地说，我同意你们的意见，刘奶奶那儿我不会去了。

我呆呆地看着祖父的嘴巴，嘴唇在岁月中失去水分，已经很薄，牙齿早已掉得只剩两颗，这使两边脸颊凹进去，形成了一个明显的窝，像一朵枯萎的花。他的语气里写着满满的绝望，而晚辈们却在这份绝望里长舒一口气，像揉皱的纸团吸了水，舒展开来。

然而不久，村子里便传来了刘奶奶的死讯。那天祖父没有从他房间挪动半步，饭都是送到他房间去的。

深秋时节，天气逐渐转寒，久未出门的祖父打算出去走走。刘奶奶已死，家人没什么好担忧的，便随他去。

晌午时分，我们正在摘橘子，只听见村东头有人敲锣鼓，大呼我父亲和伯父的大名，叫道，快来呀，你爹爹掉进池塘啦！父亲一听清楚，丢掉摘橘子的剪子，就往东边奔去。

于是我们看到了一个被冷水泡得浑身发抖的祖父。父亲背了他往家小跑，一家人忙开了，生火的生火，换衣的换衣，却无人言语。等一切忙完，祖父慢慢恢复，父亲才敢问他，怎么就掉进池塘了，语带埋怨，却是落到实处的关心。

祖父说，我一直想给村子修一下路，今天去察看地形，池塘边的路实在难走，踢翻人的大砖头有好几块，我想着小孩子从这路过不是会摔跤嘛，跌进池塘怎么办？所以我就弯腰去捡开，谁知道一不小心就滚到池塘去了……

当然，他是不小心，就是要磨我们了。伯母很生气，不知道是怪祖父摔进去了，还是怪他竟没有被淹死。

应该会重感冒一场，估计真的要死了。邻居家的菊婶说。

所有人都静静等待祖父颤抖，发烧，重病，死亡，毕竟，他已经虚岁九十。

然而并没有，他睡一觉醒来精神倍好活蹦乱跳，又去深秋的田野里巡视了，那挂着拐杖仔细视察的身影似乎一点儿也没受到刘奶奶的死和掉进河里的影响，倒是分外健朗了。

但我分明更清楚地看到了祖父的孤独。

四

过了冬天，祖父满九十岁。从九十岁的春天开始，他变得懒洋洋的，除了睡觉、吃饭，就是看看评书、写写毛笔字。他曾经在我的启蒙阶段手把手教我写毛笔字，又带我看评书，他的字秃头秃脑，并不美，却适合我练，而评书跌宕起伏，颇有意思。他似乎横下心来舍弃庄稼，一心一意等待自己与这个世界最终的告别。从那个春天开始，他热衷于坐在台阶上晒太阳，眯着眼看屋前的酸枣树，一看就是一上午。

春风和煦，万物复苏。我背着书包从屋前的小路上吧嗒吧嗒走回家，两面的田里，水光平静，映着天光，世界宁静，时间静止，远远望见祖父坐在春光里，弯着腰，似做着什么费力的事，于是大叫一声"爷爷"，祖父抬起头来，看我一眼，继续低下头。我很好奇，祖父甚少这样对我，我是他最疼爱的孙女，每天只要我叫他他都会抑制不住地笑着回我。

我小跑过去一看，祖父正在专心致志地剪脚指甲，只见他拿着我母亲剪布料的大剪刀，用力地剪大拇指的指甲。杀鸡焉用牛刀，剪甲焉用裁刀？裁衣刀的刀锋有两个手板那么长，又很重，虽然锋利，但运用起来十分不便，只见祖父右手拿刀，张开刀锋，左手捏住大拇指，将指甲缓缓送进刀口里，一层粉末伴随着指甲落到地上，祖父的皱纹随着飘落的粉末舒展开。我第一次知道人的指甲厚而硬，像铁一样，不过是岁月层层叠加的结果，这也是那些僵尸片里的僵尸全都长着锋利指甲的原因？我不由自主地看着自己粉嫩透明完全可以用牙咬掉的手指甲，怔了半晌，也默默地看了半晌，他的每一个指头的指甲都很硬，这费了祖父不少精力，但他一声不吭，完全沉浸其中，似乎有着无穷乐趣。

剪完指甲已经正午，他起身拍拍身上的灰，缓缓走进自己的房间，不多一会儿，就拿出了几件衣服，递给我针线，说，给我穿一下针。我对着阳光穿了递给他，只见他利索地将线开了的地方仔细对齐，再一针一线地穿引，不多久便缝好了。我惊异于祖父竟然自己可以缝衣服，更惊异于他不愿将这样的小事交给他的儿媳。

做完这一切，吃完午饭，祖父说要洗澡，母亲给他烧水，给他安排，不多久他也洗好了，换了干净衣裳出来，将脏衣服放在脚盆里，拿一块肥皂搓起来。

他安然平静地做着这一切，一点都不像一个垂暮之年的人，他不期待怜悯和救赎，也不愿意寄望于后辈。不知为何，我看得满眼心酸，又无比佩服。那时候我从未想过，有一天祖父会失去一切能力，连最起码的自理都难以做到。我不知道老去会狼狈，会失去最后的阵地，会尊严尽失。在我心里，此时的祖父就是老去最好的样子。

但这只是他日常里静静地做着的事，就像吃饭喝水一般，在做完这些事，睡完觉，看完书，写完字后，剩下的时光，他全部用来抚摸堂屋里那副乌黑的棺材。

五

关于这副棺材，说来话长。

自我有记忆起，这副棺材就一直在我家堂屋的左边角落里放着，乌漆麻黑，在寒冷的冬夜十分瘆人。母亲讲过多次要把棺材抬到屋檐下，祖父不肯，他说这副棺材是他唯一要带走的宝贝，任何人都不许作践它，他得让它体面且高贵地待在人间，因为一旦埋到地下它就永不见天日了。

每年农历六月初六这天，祖父都会要求儿子们把棺材抬到大太阳底下，掀开棺材盖，曝晒一天，然后他就提一桶黑漆在后面的十天里仔仔细细地将棺材外面刷三遍，那段时间，屋子里弥漫着油漆刺鼻的气味，而里面黄色原木露出的部分则散发着浓烈的清香。棺材头大尾小，头前画一个圆圈，写了一个大大的红"寿"字，我那时怎么也不明白，明明死是无寿，为什么棺材上要这个字？但关于棺材总是有诸多禁忌，我怎敢这样去问他？揣着这个疑问，我一直活到了今天。

这样的重复我们已经习以为常，因而也无所畏惧，直到他九十岁那年的六月初六。

这天早晨，露水打湿了屋檐下的青草，太阳一出来，它们就消失得无影无踪。晌午时分，日头更烈了，祖父照例叫了儿子和邻居们掀开棺材盖，抬出棺材，曝晒。趁着明亮的日光，我麻着胆子将棺材里里外外瞧了个仔细，它外面呈圆柱形，内芯方方正正，空间部分像是从一根巨大的木头里挖出来的，黄色原木洁净而温暖，想必即使在地底下也不会冰凉，难怪祖父如此在意它。棺材盖里面凹进去，形成一个小型屋顶，合上能扩大空间。

从晌午到日落，除了吃饭，祖父顶着烈日，扶着棺材沿，一圈圈仔细看，连一根多出来的木材毛都不允许存在。他右手大拇指留了较长的指甲，又粗又硬，遇到不平整处，就用指甲磨，直到完全磨平为止。他说，躺在里面的时间比一生要长得多，相比于无边无际的死，生只不过是时光之海里微不足道的一滴，万一被木刺剐了，几百上千年的扎在肉里，动又动不得，岂不难受？说这些时，祖父抚摸了一下他的山羊胡子，背过双手，脸上浮起得意又担忧的复杂表情。

日落后，祖父吩咐抬进去暂时不要盖上，儿子们不知何故，便依了他。半夜时分，我睡得迷迷糊糊，隐约听见窸窸窣窣的声音响了半响，睁开眼，看到一道黑影摸着墙壁，慢慢挪动，转过侧门，往堂屋去了，我吓得不能动弹，对自己说这是做梦，眯着眼睛继续做梦，慢慢又睡了。

第二天一大清早，便被惊叫声喊醒，爹，爹，您怎么睡在棺材里呀！我一骨碌爬起来，跑到堂屋。伯父，伯母，父亲，母亲，邻居家三木，炎伍，还有许多人都来了，围在棺材边，聚了满满一堂。我从缝隙里钻过去，冲到棺材边，只见祖父笔直仰躺在棺材里，脚朝门外，面带微笑，颇为狡黠地望着惊慌失措的儿女们。我俯身唤道，爷爷，你干吗呢，这么调皮，可是这一点都不好玩，昨晚差不多把我吓死了！祖父看了我一眼，伸出左手，得意地说，拉我一把。父亲赶紧扯起他，他还是不肯站起来，坐着，闭目养神。

父亲真的生气了，朝祖父吼，您这做的什么好事！不把晚辈们吓死不收场是吧？

祖父抚了抚他的山羊胡子，慢腾腾地说，有什么好怕的，我那么多亲人、朋友，全走啦，现在只剩下我，我得找找路，免得迷路了，听说活人躺在棺材里能看见死去的亲人，跟他们说话，我想试试看，躺了一晚上，睡也睡了，眼也睁了，一个亲人都没见到，都是骗人的鬼话，不过这棺材倒是挺舒服的，体面。

他的话让儿女们胆战心惊，他们开始私下里讨论祖父的状态，担心他躺过棺材后再也不会死去，事实上他确实从那以后越加健朗，红光满面，头脑清醒。

他让我觉得人只要活过年岁的某一个坎，就会永无止境地活下去，而在此之前，太多的人因为各种各样的原因夭折，仿佛一棵树突然就断了。四十岁的人脑溢血，五十岁的人得癌症，六十岁的人死于莫名其妙的中风，总而言之，有一个年龄的坎，让人感到无比威严，就像一座无法跨越的山一样横亘在生命的前头，而祖父是过了这个坎的人。

六

但人算不如天算，被祖父刷了将近二十年漆的棺材，最后也被祖父拱手让给了我的母亲。

祖父九十四岁时，他最小的儿媳我母亲突然去世，在此之前他的两位女婿早就被埋在为他准备的坟地里。他看惯了生死，倒没什么悲痛，而专门负责照顾他生活起居的我的母亲突然离开，不知怎么触动了祖父的衷肠，他老泪纵横，向每一个来致悼的人诉说着我母亲的种种好处。母亲走得突然，家里穷，父亲实在没有多余的钱为母亲置办一副像样的棺材，他们瞄准了祖父的那副。很明显，棺材太大，不适合我身材娇小的母亲，但全村上下再也找不出一副比这更体面的棺材了，而一副体面的棺材才是对我母亲过早离世的补偿。

没有人敢跟祖父开口，从一开始，所有人都沉浸在悲痛中的时候，祖父就一手抚着山羊胡，一手抚着棺材沉思了，他的小儿媳躺在冰凉的地上，棺材就在她的头边。如果他不让出棺材来，这个只有三十九岁还没来得及享受人世繁华的妇人，将睡在薄薄的棺材板里很快被虫蚁蛀透，尸骨无存。但如果让出来，他这许多年的心血岂不白费？况且，自己走了又睡什么呢？祖父纠结了一天一夜，最后他悄悄告诉我，看在你的面子上，我把它，这个我心血浇灌了二十年的千年屋让给你妈妈，她毕竟太年轻了。

听到这个消息，所有悲伤的人都欢欣鼓舞，唯独祖父更悲伤了。他或许还会活很久，或许明天就会死去，按他自己的话来说，管不了那么多了，如果明天就死，没有东西葬，也是命，这辈子，还不是命让他活成现在的样子吗？

是啊，除了命，什么能解释一个大家子落寞的晚年？他长达九十四年的岁月，绝不仅是我所看到的静好。祖父兴致高时会说起他的父亲母亲，说起跑兵的日子，据说他出自大家望族，自从他的父亲抛家弃子参加革命，他一个人从湘乡高处流浪至此村落，做过厨师和瓦匠，就是不肯乖乖做一个农民。他的过去就像谜一般留于人们的传说里，随着他的老去，他那一代人的相继离开、消逝，新的生命不断降生，他被推到了生命落叶堆积的最底层，越来越少有人在意他的喜怒哀乐，更无人愿意听他提起过往。更何况，因为他的长寿，他的小辈们都熬不过他，先他而去，更使人怀疑是他堵在某一扇门口，导致其他人都过不去，乡下传说老人太高寿对后代是不吉利的，因此九十岁后每增一岁，他都满怀愧疚，可他拿长寿又有什么办法？

他不仅长寿，还眼明心亮，据说是每天用早晨的漱口水洗眼睛的效果。但他耳朵却聋了，得用雷声般大的声音才能和他对话，时间久了，没有人有这耐心，重要的事都是比画手势。但我发现了祖父的一个秘密，每次我和他说话，声音稍微大一点他都听得见。母亲在时，似乎看穿了这一点，有什么重要的事都让我去传达。

祖父对我的偏爱令所有后辈羡慕不已，在一个重男轻女的时代我作为他满儿的第一个孩子，在被定义为女性之后，他不仅没有叹气，反而十分高兴，他喜欢孙女，把我的生辰八字用毛笔写在木门背后，每年我的生日都要求杀一只鸡为我庆贺。在长大的过程中，他陆续教会了我写毛笔字，看书，切菜，炒菜。

有一次，父母亲去赶集卖东西，中午还没回，他就教我切苦瓜，只见他左手五指并拢拱起，按住苦瓜，右手操刀，齐着手指拱住的地方飞速剁下去，左手从容后移，很快，一条苦瓜切完，每一片都是薄如蝉翼，然后烧油，滚锅，下菜，不久一盘漂亮的苦瓜做好，味道之美，连从不吃苦瓜的我都忍不住吃了很多。我被祖父镇住了。有母亲在，祖父从未下过厨房，谁都没有尝过他做的菜，但他那天，正经想将技艺传授于我。

多年以后，只要拿起刀，拱起手指，我的眼前就会浮现出祖父的模样，此时，他还存活在我的记忆里。而许多年以前，在漫漫无尽的岁月里，我们忘记了我们的先人，许多年以后漫漫无尽的岁月，我们的后人也忘记了我们，在后代的心里，那些血脉里流淌过的，都是一团模糊，唯一能留下的，不正是这一星半点的细节吗？

七

时光很快来到了他的九十六岁。

毕竟扛不过，尽管他的背只是一点点佝偻，但走路还是明显慢了许多，几乎可以用"颤颤巍巍"来形容了。他有了新的满儿媳，这个儿媳非常嫌弃他，从不进他的房间，任他自生自灭，也从不为他单独做什么菜之类，管他是否吞咽得下。祖父哪里受过这样的苦，便自己买了些皮蛋，剥了壳，装在一个绿色的塑料盒里，拌了酱油，一吃就是好几天。

离家一个学期，暑假回家，我进门就叫，爷爷，爷爷，冲到他的房门口，只见他坐在床沿上朝我笑，只剩一颗牙齿的嘴巴瘪得叫人心疼。他的房间发出一股浓浓的臊味，绿盒子里的皮蛋里有细小的白虫子蠕动，没有放下的蚊帐里，成千上万的蚊子嗡嗡地叫着。一时间我的鼻子酸痛得要命，大声叫来他的满儿媳我的继母，问她为什么不给祖父熏下蚊子，这个眼睛下方有一颗大痣的女人天生凶狠，她正值壮年，对我的问话置之不理。

我噙着泪，扶祖父走出阴暗的房间，开始为他清理。他换下来的几条裤子还没来得及清洗，上面沾满尿渍和干了的粪便，皮蛋早已过期变质，没有谁为他倒掉，那么多的蚊子需要满满一盒灭蚊片……

提了他的裤子，我大声对他说，不要进房间啊，房间里在熏蚊子。他笑着朝我点点头，他的耳朵并没有那么聋。我试着放低声音对他说，爷爷，我给你洗裤子去。他又点点头，对我说，孩儿，你会有好处的。

我不知道他这句话是否是对我的祝福，这是他清醒之前对我说的最后一句话。当我把他的裤子浸泡在池塘里，先搓第一道时，随着泛出的浊水，我的泪水汹涌。

曾经那么矜持的祖父，坚持自己缝补衣服，洗澡，并能切出那么薄的苦瓜片的祖父，坐在后门口的南风里读着评书的祖父，握住我的手，一笔一画教我写字的祖父，终究要走了，只是因为惦记的棺材还没有置办好，他只能慢慢走，再等等。于他自己而言，他还是要走得雄赳赳气昂昂，不能有半点颓败的样子，可他能奈那一床嗡嗡叫着的蚊子何？蚊子，蛆，还有无力搓洗的脏裤子，以及沾在胡须上的饭粒，让他成了一个因为衰老而令人讨厌的人。时光积淀得越多，他背负的厌倦也越重，但他依旧活着，从清醒往混沌一步一步走，走得缓慢而悲凉。

晚上，睡在洁净的床上，祖父打起了鼾，他睡得无忧无虑，婴儿一般。开始时，夜风安稳，一切平静，夜深后，他却在睡梦里叫唤起来，妈妈，妈妈，等等我，带我走；爹爹，爹爹，不该要我流浪四方！妈妈呀！……他的声音十分凄厉，似是把一生白付的光阴全都喊了出来，在深黑的夜里，我听得非常害怕，又满心悲伤，只经历了短短人生的我，何曾想过祖父也曾是父母手里的孩童，也经历了繁花盛开的青春，也曾是翩翩美少年，也有一路经历，心事万千？

听他叫得难受，我坐到他床边，紧紧握住他的手。他的指甲又长长了，很硬很硬，手指干枯，只剩骨头。握了一会儿，他不再叫喊了，又打起了鼾。那一夜，我一直陪着祖父坐到天明，在比我大七十八岁的祖父面前，我竟觉得自己是他的母亲，那么心疼他，希望他早早结束人世的痛苦，回到他想走的路上去。

第二天，在离家之前，我煨了一盒子瘦肉粥喂他，他顺从地张开嘴，嘴巴空洞洞的，接一口，很快吞了，又接第二口，第三口，动作机械，很快便吃了半盒子。他还在张嘴，我却不敢喂了，怕他太胀。但他一直张着嘴，看着我，我的鼻子又酸痛得要命，别过脸去，忍了一会儿，对他说，爷爷，过会儿再吃。

那天我离开祖父，离开家，去奔赴我的下一段旅途，匆匆又是四五个月。电话里父亲说，祖父最后被伯父接了过去，已经糊涂得认不出人，大冬天的，竟然脱了个精光，伯母照顾他非常不便，又说他见一个人就说伯母不好，又说满儿媳不好，女儿们来看她，他也骂，外孙们给他钱，他统统不要，对谁都发脾气，等等。父亲用了一个词，叫"吵死"，他说，你祖父是吵着要去死了。

死，在祖父的后辈们嘴里说出来，稀松平常，毫无伤感。毕竟，活得太久，对这个世界，是一种亏欠。

八

回家那天，雨雪霏霏，风雪中我走进家门，看到祖父的黑白相片摆在堂屋的牌位边，房子燃着香和蜡烛，我一下子明白，祖父终于走了，没来得及和我告别。我愤怒地问父亲，为什么爷爷已经走了，下葬了，也不通知我回来，父亲说，学校距离家里太远，你又是期末考试期间，一回来，不就挂科了？爷爷走是顺理成章的事，是白喜事，你不回，也没多大关系。

一时间，我悲痛无语，跪在祖父灵前，多想再叫他一声，再看他笑着摸着胡须，点头看我，多想他再教我写写字，告诉他，我知道了，他教我的，是《泰山金刚经》，多想能再喂他喝口粥……

刺骨的寒风和漫天的大雪里，我跋涉到了埋葬祖父的山冈，这里埋葬了我的母亲，以及我那两位深得祖父喜欢的姑父。祖父坟上的黄土在他们已经长满绿草的坟前显得隆重而威严，作为长辈，他的坟地在最高处，像他生前永远坐在饭桌最重要的位置一样，他要的，无非是一份秩序纲常。他的儿子很好地安葬了他，虽然棺材不尽如人意，但他在这里得到了生前一直维护着的尊严。

我跪在他的碑前，往昔的点点滴滴纷纷涌现。我想为他唱一首歌，送他上路，却找不到最好的歌词。他七十八岁与他的孙女我相见，剩下的岁月非但毫不颓丧，反而壮怀激烈，可以想见，即使在后人看来，全都是不值一提的尘土，于他自己，也必定是铿锵有力的书写，虽然他没有从过军，活得完全像一颗尘埃，可谁能否定他在横无际涯的生活面前的挣扎？至少，在动乱且贫穷的岁月里，他养活了四个儿女，也赢得了儿孙满堂。

风雪中，我的耳旁飘过一首曲子——《故乡的原风景》……

此路遥迢

一

握紧老王的手，试图给他一点信心，给老王按摩后背，抚平胸口，用热毛巾为老王擦脸，一汤匙一汤匙喂老王喝汤，用温和的声音与老王说话……

所有我认为山水遥迢不可抵达的事，都在这个年近七旬的老头儿大口大口吐着鲜血的时候，自然而然地发生了。我握着他长满老茧的手，摸着他黑红的脸颊时，他满头已经花白的头发在我毫无防备的状态下，一根一根以毋庸置疑的态度撞入我的眼睛，钻到我的心里，使我痛不可当。

仿佛岁月只是晃了一瞬，老王便这样老了，老得这样让我无法接受——我一直以为，他还是年轻时候的那个他，那个让我恼火让我生气让我瞧不起让我心生恨意的他。这些时刻，看着我的血脉源头，一点一点地接近他所害怕着的枯竭，我害怕的，竟然是，这个曾经给过我安静美好童年与苦难难言少年的老头儿，这个一开口就让我想反抗想叛离的老头儿，这个一直任由我水火不相容地对待着的老头儿，这个使我倔强坚硬冰冷如铁的老头儿，再也不能一开口就让我生气了。倘若真是这样，我的任性，有谁去包容？我的倔强，有谁去嘲笑？我的斤斤计较，有谁去承受？而我再要寻找我的"故乡"，谁又可以领我回去？

想到这里，我一边擦他口里的鲜血，一边流起了眼泪，这使我只得腾出一只手来狠狠地擦着这不争气的咸水，对自己说，不是想好了，不管怎么样，都一定不要为眼前的这位伤心的吗？

整整一晚，他吐了四次，每次要咳上几十上百口，一大口一大口，似乎整个世界都闷住了他，他非要咳出来才能甘心。我难过极了，他吐一口，那鲜血流淌一次，我的心就紧一次，一直紧到我根本无法合住眼睛，无法正常呼吸。我在心里说，我流着他的血，让我代替他呼吸。那时我近乎疯狂地相信意念的力量。然而，意念在遇到这个老头儿的时候无能为力，也许他感应到了，但他选择拒绝。

父亲，在我的心里，从来不是神圣的词语，他意味着整个男性世界的种种不堪，他让我无法仰着天真的眼睛看着爱我的男人，相信爱情这个东西会好好地光顾属于我这样平凡渺小不值一提的女子，很多年，所有靠近过我的人都曾被我浑身隐藏的刺刺伤，只有那一个浑身是伤依然愿意留下的男人守在我的身边，帮我平复早年的伤痕。我把这一切归结为拜老王所赐。如果不是这样生命垂危的时刻，我又如何能做到放下过往？

我曾经以为，我永远不会试着靠近他，哪怕他无数次做出靠近我的努力。然而此刻，我开始在惨白的日光灯下，在他咳嗽停息累得睡着的空隙里，满怀柔情地望着他，思考他给我的一切：坚韧、顽强、百折不挠，以及对待感情，永远保持的冷静态度。我忽然明白，正是因为他给了这一切，我才获得如此稳定的幸福。

我开始看着咳累后静静睡着的他，如此苍老，如此安宁。对于他而言，他的人生，那承受过的将近七十年的辛酸苦楚，那坚冷的性情，那失去的从未有过欢愉的青葱岁月，那些本该有着万丈豪情千般抱负最终却不了了之的理想，又该谁来为他买单呢？

生命是一场一场的接力，在孩子的眼里，父母就是依靠；在老人的眼里，孩子就是依靠。我正处在这一场又一场的依靠的当口，那么，我依靠谁？这种感觉使我既感到自己的肩上有重担千斤，又感到深深的无助与绝望。我开始觉得自己如同飘零的蓬草，动荡而且不安。我的眼泪，便一直流着，撒欢儿地流，勒都勒不住。

二

前些天，老王来电话说，昨夜咳嗽，竟咳出了血来，跑到镇上的卫生院去，医生说是支气管扩张，打一两天针就好，你不必担心。

我也不担心，我好像从来不用担心。老王一向身体都好，什么农活儿都要争先，种的西瓜仍然是队里最甜最大的，橘子也种得特别肥，他说他一辈子好强，不想被人看扁了。想起来，老王自视那么高，自认为是将门之后，还是书香门第，还是知识分子下乡，没成功转型的那一种，受了社会、人心的挤兑与嘲弄，如此落魄，所以，安心做个农民后，还要处处都争先，以至于人也狭隘了，某些方面，也丑陋了，最后也还是不自知。也是，若不是这好强的性格，他也不会把我们逼成今天这个样子——别人眼中的成功人士，自己心里的傻蛋。自弟弟参加工作能自立以后，老王仍在劳作，说是多多活动手脚，才能更康健，同时，也不愿我们还在创业阶段就背上他这样的包袱。我见老王近些年除了谈论他的诗文，便是沉默，也不似从前一般癫狂自负，暴躁易怒，更不似从前的自私小气，想是人老了一切便平和下来，慢慢地也理解了他昔年的种种苛刻，大概是生活待他苛刻，他便将这些苛刻一一让我们承受了。

只是他昨天还好好的，打算把那些曝豆荚送到学校食堂里来，一次性全部卖掉，便有了上半年的生产费用，就不用我们负担家里了，怎么可能回去就咳血呢？

我敬他喝了二两"小糊涂仙"，特意留给他的。他喜欢喝酒，虽然血压有点偏高，但总是要喝，我若不许，他便认为是我不舍得花这二两酒钱。他又骗我说，最近血压早降下去了，我看他脸色确实不似从前暗沉，便允他多喝了几口。

结果，晚上到家便咳，午夜时竟咳出几口血来！

我说，要不去市里的医院好好照个片子吧？

两天过去，咳血不仅没好，还渐渐严重，先只是晚上咳，后来白天也会咳上几口，他也有些害怕吧，就去照了片，结果出来，是结核，他想，也不太严重，就带着四百元去医院弄药。

老王虽然有众多不是，但在勤俭节约方面，却是楷模。入院动辄上千，岂是他几百元解决得了？于是经济告急。等我赶到他所住的医院交费，端出他收在床底的垃圾桶来，触目之下，惊心之至——竟是一小桶浸透了鲜血的纸，血还能流动！老王向我隐瞒了病情！

于是，第一次，在《病危通知单》的"亲属"一栏上，我郑重地签上了名字。那一刻，一股浓厚的"死"的气息，横亘在了"生"的当口，我感到了无底黑暗的恐慌。

三

一天以后，老王住院无效，血越咳越多，他总疑是肺癌，他不愿浪费钱在必死的病症上，就不断吵着医生给他办理出院手续。医生拿他没法子，只好电告我。

黄昏时分，早春的细雨带着刺骨的寒意，有种浸透每一个毛孔的森冷。赶到医院时，他咳血方才平息一两个小时。医生说，搬动病人会使刚刚愈合的血管再次裂开，如有剧烈颠簸，很可能因途中大量出血而使其丧生，我肯赌上他的命，他们才愿送他转院。

我狠狠地望了医生一眼，却无力对他们的责任推卸进行批判，这事关老王的生死，只有我，他的大女儿，才能背负，但正因为事关老王的生死，我如何背负？然而，我还是背负下这使他"生"的使命，签了字。

站在昏暗的病室门口，看见昏暗灯光下的老王，在短短的一天之内，面色变成土灰，瘦得只剩皮包骨，身子蜷成小团，显得那样孤单、虚弱而无助，第一次，我看到昔日威风凛凛的老王，如此无依无靠。我动情地喊了一声"爸爸"，泪瞬间就淹没了眼眶。老王见了我，先是十分安静，默不出声，然后，两行混浊的老泪，滚滚流出。

马上接你出院，放心，不会让你死。我是那样不习惯流着泪的老王。

他摇头。

我恼火了——不配合，你想死吗？死的事反正早晚会来，你不用这么着急。

他喘息着说，我只有一桩心愿未了，满儿没有成家，我想看见他成家。

我说，那就好，乖乖配合医生治疗。

他说，那要用多少钱？

我明白，老王心疼他那点钱，老王一生穷怕了——钱全部由我出，不动你一分，可好？

他这才似乎放下心来，点头同意。

我眼见医生抬着他，平生不愿麻烦别人的老头儿，只能任人摆布，脸上满是无奈，我也坐上了那平时只远远望着决不愿接近半步、顶上闪着蓝光的家伙——120急救车，将老王接到了车上。我从来很少仔细看他，这一次，却望了望他的眼睛，他眼里满是哀切的光，孩子般望着我。我说，爸爸，你放心，有我在，你会好的。他的神色便渐渐有所缓和，对我投以了完全的信任。在窄小的救护车里，我坐在一条小凳上，一手握着点滴瓶，一手给他擦吐出来的血，恐惧将我层层笼罩，但我却一直笑着望他。老王见我笑，竟渐渐平息，睡去。

我凝视着暂得安宁的他，往事一幕一幕浮上心头：老王抄起一根扁担掷向烈日下正在翻晒枳壳的母亲，母亲长了一个大疖子的背顿时鲜血直流；老王跟邻里吵架，青筋暴露；老王一生气，就摔碗，摔得地动山摇；老王威风凛凛，给人写状纸，受人敬重、追捧；每年过节，老王都亲自磨墨，用毛笔字写对联；老王对着门外的大雪教我读诗……

成年以前，老王在我心里，是很矛盾但也很有分量的，我随着他一起日出而作日落而息的那段岁月，天上的云，河里的鱼，山上的风，无不是我生命中最能让我宁静的东西，他会讲那么多的不着边际却美不可言的故事，能做那么多别的农民做不了的事，那时，我是多么以他为豪！可是，蔓延的岁月会令人看到残酷的真相，他的吝啬、苛刻、自夸、骄傲也随着我的成长慢慢展露在我面前，而这些，没有一点是我能接受的。

与老王真正的撕裂，是在我十四岁那年的夏天，老王趁夜摸到我们房间，只因房间里睡着母亲的表妹，一个风流的乡间女子。但月光之下他没能正确辨认那张俏丽的脸，却摸到我的床上，惊醒了我，我正在似懂非懂的年龄，却瞬间明白一切，撂下狠话：你老了，我不会管你！我会要弟弟妹妹也不管你！因这一句，老王狠狠扇了我一个耳光。在此之前，我是老王的骄傲，他从来不舍得弹我一下。那时，母亲尚在，流着泪对我说，不要声张，他始终是你们的父亲，不管我先走多久，你们都要好好待他。那时我多么想长出一双翅膀，保护我的母亲！第二天，表姨仓皇离去，我们一家人沉默了很长一段时间，在我的凌厉眼光和尖刻话语下，老王失魂落魄，几天之内苍老许多。

母亲去世后，老王沉沦了很久，对什么事都不闻不问，是我和妹妹撑起了这个家。那时的我们，想起母亲的叮嘱，把全部对生活和爱的希望都寄于老王一身，何曾想过自己？只想老王能好好地活着，他是我们在这世间唯一的依靠。可是，他悲伤一过，不出三个月，便不顾众人反对，讨了老婆；妹妹退学前，每天早晨腹痛不止，他从不问及；六月天，妹妹倒开水烫了脚，流了脓，他也没说过给她找药；妹妹离家出走，在外打工的每一分钱都寄回家，他却并没有多给正在读书的我半分；我读大学时身兼三份家教，赚得的微薄工资，使我顺利完成大学学业，在此期间，他每次来学校看我，都说没有回家的路费……唉！艰难、贫穷，竟可以成为他对我们的爱日渐麻木的借口！

他最关心的，或许唯有弟弟吧？毕竟那是他的儿子。但弟弟读高中、大学，以及患病，在经济上，他也管之甚少，他知道，他不管的话，我们便会拼了全力去管。那时，我们尚且年少，如何能承担得了这许多！且我们身体也不好，过度劳累与生活过程中的种种伤感使我一个暑假就瘦了二十斤！但他毫不在意。他可想过，我们的肩膀那样稚嫩，我们还只是小小的女孩！他可想过，当他觉得艰难时，我们几乎是颤抖着过的每一天！

所以我回顾我的青春，全都是困苦，是难受，是煎熬，连分秒的幸福与甜蜜也没有！我唯有沉默，奋斗；再沉默，再奋斗！如今想起，真的没有勇气面对当年那举步维艰、孤独无依、飘零无助的生活！倘若那生活里，还有一星半点爱的光辉，亦是我全部的喜悦。然而，什么也没有。我们的青春时代，走得如此贫瘠，物质与精神，皆没有安慰，倘若不是骨子里的清洁自守，真不知会坠入怎样不堪入目的生活！

我常常想，艰难与贫穷，或许会让人难以安然度过，但若有爱，一切便要变个模样。我们一直渴望他的爱，因为我们一直爱着他，我们的父亲，尽管他一次又一次使我们灰心，但我们对他陷入困境的不忍，而自愿承担起生活的重担，不都是我们深深爱着他的明证吗？然而，他不懂得。

四

转院这一晚，老王经历了生与死的挣扎。

他咳一口，就是一纸鲜红的血。我去买了三斤卫生纸堆在病床边，堆起来有一尺半高。然而，随着他一口一口的鲜血，那摞纸渐渐变低，直到天亮时用完最后一张。他已然虚脱，连咳的力气也没有了，才静静睡去。

在此期间，老王开始断断续续交代遗言。他说，已经写了二百四十首诗，在他死后一定要结成集子，留给后人；银行存折的密码要记住，他死后留给小儿娶老婆；乡下的土地和房子留给那守在他床边的可怜的妻；要去见我母亲了，他也有些欢喜……

老王的遗言中，没有我和妹妹。他向来不牵挂我们，可能是因为他相信我们生存处世的能力吧。用他曾略显得意的神态说过的话来复述，因为不牵挂，我们才强大。也是，人在临了之时，总要回归到最本真的状态，毕竟，他还有所牵挂，比起了无牵挂，到底要好很多。

老王是二十世纪四十年代中期出生的，据他说，五十年代小升初的考试，他考的是琼湖书院，名字能在数千考生中高居榜首。然而，家境困窘，母亲离世，他的父亲把十一岁的他交给了他的姐姐们，就一个人在外做事，再也没管过他。于是，他衣不能御寒饭不能果腹，成了流浪儿。好在他天资聪颖，初中时不仅免了学费，一并连饭食也常能赚到，那时还发表文章，时有奖励，很是令人瞩目。

然而，高中时，姐姐们没有能力供养他了，他只好退学。后来，部队来地方招航空兵，他在最后政审一关被刷下了。后来他又当过民办教师，由于他性格太较真，后被找借口辞退了。从此，他彻底成了农民。他说命运弄人，便是如此。

他虽穷，却心高过顶，结果三十三岁方娶妻，就是我的母亲。母虽灵秀，无奈却是孤儿，且不识几个字，他教她，她学得再快，也仍惹他瞧不起。他常想起平生种种不公际遇，忧愤难平，把一腔怨气，悉数倒在我那无辜的母亲身上。

我出生后，他渐渐安心于农村的生活，也帮人写家信，写状纸，赚酒喝。闲暇时，他会喝上一二两白酒，唱一段《沙家浜》，音调里，全是悲怆。

贫贱夫妻百事哀，印象中，老王对我母亲虽恶劣，母亲也非软弱之流，因而他们的冷暖，大概只有他们自己知晓。但那时，他对我们，却并不严厉，尤其待我，特别爱护，在诗、书、画方面，教授颇多。如此数年无事，我的童年呈现祥和美好。

家中渐渐富裕，老王终究也过不了通常男人难过的关，家庭的祸患接踵而至。从此，怨与恨，无法打开的心结，总也跨不过的障碍，像幽灵一样，盘踞在我们的心头，久久驱之不散。

老王若此时死去，会后悔当时所做的一切吗？他或许从未想过，是他，亲手毁了一个完好的家，让我们过早步入成年的困苦，让我们承受着无法承受的一切。他难道不知道，生活的路有千百万条，在那样的艰难岁月里，我们随时可能走向那万劫不复的一条？

在他这接近人生尾声的边上，回过头去看，他的苦难人生，又是谁给的呢？想到这里，多年的心结，有些松动。

五

折腾一夜，熬到凌晨五点，药物起了功效，老王咳血的次数明显减少，我们都松了一口气。

正午，我正在打盹，医务人员急匆匆进房，让我马上腾出陪护床，说是有一病人要入住。

五分钟后，门口推进一辆担架车，上面卧着一个四十来岁的壮汉，穿得还算整齐，眼睛半眯，口中鲜血泡沫不停涌出，喉里还发出痰涌动的声音，像垂死的牛一般。医护人员使尽九年二虎之力抬他，他完全不能配合，似乎除了呼吸，已经没了知觉。

120急救人员刚走，医生还没来，那人便要翻身，病房里只有我在那儿站着，眼见他已到了床边，再翻必定掉下床去，我只能使劲叫，别翻！别翻！会掉下去！可是，他似乎没有听见，还是翻了一下，只听"砰"的一声，那人沉沉地掉在了地上，血还在汩汩地流着。

我吓得不知该怎么办，只好飞奔向医生办公室，边跑边喊，掉下来了！掉下来了！医生，快点来呀，那人从床上掉下来了！

医生、护士，一大堆围到了那人身旁，各种仪器也被抬了进来，整个病房很快被挤满。有的导痰，有的注射，有的用心脏起搏器。只听那人不停地呼气，喉口发出的声音越来越小，脸色也渐渐地变白，唇色却变成了乌紫，直到血也不流了，声音也完全没有了。点滴还在静静地滴着，医生走了出去，只剩几个年轻的护士在那儿继续导痰。

隐约间，听医生在问，办好入院手续了没有？

一个护士轻声回答，没有。身上没有任何证明身份的东西，好像抬上来时，说了一句身上有手机，要不，在他身上摸摸看？

医生说，好。

于是，一边抢救，一边就掏了一下他的口袋。结果，除了几十元钱，什么也没有。

医生说，先救人吧，总有办法。

没多久，护士们连接好心电仪器后，也都出去了，病房里站着的，又只有我。我一眨不眨地盯着那人，眼见那人身体渐渐地明显僵硬，再看点滴，也静止下来。我的脑门感到冷飕飕的，全身不可抑止地发抖。这大概就是死亡了？人距离死亡，竟然这么近！如此健壮的生命，进来时还能翻动，不出十分钟，便完全没有了热度！

那一刻，我第一次感受到了对死亡的恐惧！

他定然也有健在的父母，有爱他的妻儿，此刻，他们或许还在开心地玩乐，却不料，这世上他们最爱的人，便这么迅疾地走了，不再回头！死，当真是一件可怕的事情啊！

老王也被惊醒了，一直默默地看着那人。他在想什么呢？也许，那人的"死"，正好给了他"生"的欣喜吧？！

六

那日以后，老王使劲忍住咳。慢慢地，过了两三天，他的血止住了。那几天我正好要在市里上一堂高三第二轮复习学科会的课，因为日日夜夜要跑医院照顾他，我只能在他的床边备课，也没时间试课，眼里自然流露焦急。老王怎能不懂？他脸上渐渐有了血色，与同房的人也能开几句玩笑了，便对我说，我已经好得差不多了，你回去休息，这里有阿姨照顾，会好的。我信以为真，回家睡了一个安稳觉。

谁知第二天一大清早，电话铃就响得刺耳。那段时间我特别怕听见电话声，拿过来看，果然是医院的，战战兢兢接了，医生在那头冷冷地说，你爸爸又大口吐血，需要输血，还有，我们昨天下午推他做了CT，肺癌的可能性极大，你们必须立即转院！

这样的电话令我头脚发冷，难道我真的就这样要失去老王？

叫车飞奔向医院，跑得腿脚发软地冲进老王的病房，他又一言不发地看着我，嘴角还留着血迹，然后，急剧咳起来，像一片风中的叶子不停打着转，就是不落地。我一把握住老王的手，叫道，爸爸！我的泪水再次像洪水决了堤一般。老王紧紧抓着我的手，我从他的手掌心感受到他的痛，和他全部想要诉说的话。我对他说，爸爸，我们转院，我不会让你死的，你放心。

这个时候，我们谈论"死"，竟是如此的稀松平常，我一点也不担心老王对此产生恐惧，恐惧的尽头，应该是不恐惧吧，面对那么多的鲜血，"死"也就顺理成章。更何况，他那些童年的伙伴们多半已经入土为安，他就算是死，也算不得太反常。

医生告诉我，老王因出血不止，输血太多，不能保证转院的过程中不会因大出血而停止呼吸，我又要去签字。又是与第一次转院相同的问题，不同的是，多了一重危险——肺癌，这个词是太锋利的刀，刀锋寒光闪闪，我不相信这会是属于老王的光。我提出带CT片子去省肿瘤医院请专家会诊后再做决断。做出这样的决定对于老王是危险的，因为他躺着的状态，或许就像他亲眼见到死去的那个人一样，只是十几分钟的事。但是，掌握着他生死的我，还是选择做了这样以他生命来冒险的决定。

下午，我拿着片子，第一次进入一个以"肿瘤"命名的医院。我是多么害怕这样的地方啊，到处都充溢着死亡的气息，然而，我又是多么期待这样的地方啊！它竟是将生命从死亡的边缘拖回来的地方。当专家目不转睛地盯着片子看的时候，我第一次感觉到静止的时间，那么鲜明地一秒一秒从身边淌过，然后，专家取下眼镜，很严肃地对我说，我可以负责任地说，病人并没有患结核，更没有患肺癌，他就是支气管扩张，回去积极消炎。

我的心，从提着在喉口，一下子放了下来。我已经忘了生医院的气，生那些庸医的气，而只剩下欣喜、感激。老王，我失而复得的老王！那一刻，我恨不得抱着专家狠狠亲上一口，感谢他将我的老王从庸医的"判决"里救了出来！不，是从死亡的边缘拖出来！

很多人都以为，连我自己都认为，对于老王，我的感情，是爱恨交加。仔细想来，我什么时候恨过他呢？只是岁月里经历的种种，渐渐冲淡了我原本深厚的情感，如今想到尽力让他安享晚年，不过是对于他曾有过的苦难生活和挣扎心灵的补偿吧。

关于爱，不是每个人都能明白，能爱人，远比能被人爱更幸福。而我们所付出的爱，也不是每个人都能承受得来，我情愿从来不要承受那所承受不起的一切，而付出我所能付出的所有。

七

然而，老王并没有好起来。我将专家写的诊断结果给老王看，老王在相对平静的空隙里一字一句看完诊断书，对我说，看来，死不了了，可这血怎么止不住？

他的怨气又来了。他一旦重拾"生"的利刃，就忍不住原形毕露。但这一次，我对他的原形毕露是多么地欢喜啊！只有活蹦乱跳，才能原形毕露不是吗？我没管他的埋怨，迅速为他办理了转院手续，既然不是传染病，当然不能在传染病医院治疗，我要给他最好的医疗条件，让他快快好起来！我调动一切人脉关系，在最好的医院里给老王安排下了床位，我多么期待他快快好起来，无论是下地干活，还是继续将我气得吐血，我都愿意！

换好医院，给老王请了一个护工，加上阿姨日夜相陪，老王的病情稳定了三天。这三天，眼见他咳得越来越少，痰里渐渐只剩血丝，我的心渐渐放下，只准备给他办出院手续了。

谁知道，那天夜里十二点，电话铃再次响起。

接通。医生说，你必须马上来医院一趟，你父亲必须马上动手术。

我的头皮一麻，不是已经好得差不多了吗？

是，可从下午五点开始，他又持续性吐血，如果不动手术，他会因咳血而死！

还是免不了一个死！我往外奔，小区里树影幢幢，昏黄的路灯像极了鬼的眼睛。夜晚十二点的街道是那样寂静，几乎见不到一辆车，我只能步行。但我没有步行，我以最快的速度奔跑。我怕去迟了，会见不到老王最后一面。无数往事的影子再次向我扑来，我又流泪了，在这样黑暗的夜中，我不停地呼唤着我的妈妈，妈妈，你一定要保佑老王渡过难关，一定要让他等到我呀！

我披头散发地冲进病房，冲进去的那一刻，眼前的景象让我完全傻了：老王的枕头上全部是殷红的鲜血，他就睡在血泊里，他那个呆傻的老婆坐在他旁边抹眼泪。见我进来，他一直望着我，不说话。我走过去，硬着喉咙说，爸爸，您撑会儿，马上手术。他又看着我，不肯闭上眼睛。我说，爸爸，你放心，你交代的事我会处理好，我们都会给阿姨养老！

医生进来，说，你快点来签字，马上动手术给他接上血管，手术风险很大，可能导致全身瘫痪，你要做好思想准备。

我再次接过病危通知单和手术通知单，不容犹豫，匆匆签了字。因太晚，老王进手术室，没有人帮忙，我一直在旁边跟着，将老王从床上抬到手术车上，从一栋楼送到另一栋楼，拐过三个弯，进电梯，再将老王搬上手术台。看着虚弱的老王，我心痛如绞。没有一个词语能形容我当时害怕失去老王的恐惧，更没有一个词可以表达我看到那么多鲜血时的麻木。我呆呆地看着他，这个给我生命、鲜血和热情的人，只剩一个念头，让他活着。

医生坐在电脑前，冷冷地说，给他脱了所有裤子，我们的手术导管要从大腿根处伸进去。我还没反应过来，护士就用几乎责备的口吻对我命令，赶快脱下你父亲的裤子，我一个人又要拿吊针瓶又要摁他胸口……

此时老王意识尚清醒，用极微小的声音说，不要让我女儿做这些事啊，她是个教书的，没什么力气……就这样，我脱下了老王的裤子。

给他安顿好，我一直守在手术室外，等到凌晨五点多，等到医院又在人们的脚步声里活过来。手术室门开，医生出来，说，手术成功，血止住了。

那一刻，我再次放声大哭。

八

术后一周，老王的血完全止住，他得以痊愈出院。

回到阔别近两月的家，他所牵挂的鸡和那只叫作小灵通的狗全部朝他奔过来。他摸着小灵通的背，顺着台阶坐下。阿姨将门开得轰的一响，门楣上的灰尘扑扑落了她一身。这个眼下长着巨大肉痣的女人立即欢快地尖叫起来，父亲转过尚苍白的脸，看了她一眼，说，还是家里好，连灰尘都欢迎我们回家。

我站在井边看着他，他却不再像在医院时那样看我。他的眼睛落在了其他一切他所牵挂的事物上——他不在家的这些日子，他那当教师一直与他没有言和的兄长帮他照顾着这个家的生灵们，每天早晨将鸡放出门，喂食，捡好它们下的蛋，又给狗和猫准备好饭菜，它们要等老王回来，就必须酒足饭饱，健健康康，精神抖擞，鸡能生满几百个蛋，狗能叫出全村最响亮的声音，猫能依旧与狗对峙。

它们终于等来了老王。小灵通不知道有多高兴，一个劲伸长舌头舔老王的脸。老王很久没刮胡子了，它舔一下就汪一声，接着又舔。这种令人肉麻的亲昵惹得老王咧开嘴笑了——这是两个多月来老王的第一次笑。笑，使他露出了我前年给他镶的假牙，那牙齿显然给他增添了许多灿烂。

邻居们都来看他。他朗声叫，老婆子，烧水，泡茶，把柜子里的花生拿出来炒了，来客啦！整个灰扑扑的家，在他的声音和阿姨生起的烟火里又活了过来。老王一边笑着接待每一位来看望他的乡亲，一边对他们说，是我的女儿救了我一命！没有我的女儿我活不到今天！村人们听他这么一说，便都赞叹，你真有一个孝顺的女儿啊！他就在这样的赞美声里满足地忙活起来了，尽管脸上的苍白还是那么显眼。

等到宾客散去，老王搬了条凳子，招手让我坐在他身边。我有点诧异，老王很少与我这样面对面地交谈，我们说话多半用吼。我步履迟疑地走过去，这时，老王忽然用他那双曾被相面先生定为"顶笔上天"的手，捂住他的双眼，低低咽泣起来。

爸爸，你怎么啦？又不舒服了吗？

他没有回答，过了几秒，用手掌抹干眼泪，用他被岁月变小了的眼睛看着我，说，芳儿，感谢你救了我一命。

一瞬间，我怔住了，时光仿佛已经静止，那颗试图靠近父亲的女儿的心，又逃离到了千里之外。原来以为已经抵达，谁知道千山万水，路途遥迢。

半晌，我掏出早就打算给老王的存折，对老王说，爸爸，我答应过你，你生病，我不会用你的钱给你治病，但是当时情况紧急我一时凑不齐那么多钱，只好在里面取了一万六，现在全给你重新存上了，你看看有没有少。

老王闻言，接过存折，戴上眼镜，仔细查看起来。

我默默地看着他，泪水再次冲得鼻子酸痛。忽然明白，此生，我们恐怕真的无法抵达了。只是，有什么关系呢？我付出那么多的努力，不就是为了他还能这样戴着眼镜检查我给他的钱的数目吗？

为了冲散那股混浊的热流，我昂起头来看着屋顶。屋顶上结了个蛛网。一只小小的蜘蛛一直在努力地吐着丝，把整整一个屋角都封了起来。它要干什么呢？看着看着，一切缤纷的思绪，烟消云散，而老王已经打开柜门，藏好存折，念叨起他荒废已久的庄稼。

日月忽其不淹兮

一

早晨，微雨，寒风割面，夹着雨丝，有戚戚的冷。

提着才买的一件棉大衣和羊毛衫，顶着风，走在横跨资江的大桥上。这桥，我还是十几年前读大学的时候认真走过，那时候喜欢看左右薄纱轻绡似的水，看岸旁低矮破败的民房的灰背脊，想象小人物悲欢离合的故事，有无穷的趣味。可是这天我却没有闲情，因为要赶回去给父亲的老婆过生日。我原本并不记得她的生日，只是要回家看看新装修好的房子还需要什么家具，结果父亲怯怯地说，你阿姨生日，你也该表示点什么。

我在岁月里认输了，仔细想想，我不该嫌恶她，毕竟她也随父亲近二十年了，她并不曾对我施恶，相反，若没有她，父亲或许不能安然度过这许多岁月。只是她不够灵敏也无法贴心，且对她在我母亲去世三个月都不到就占据了我母亲的床这一点，我总无法释怀，觉得她享用了我母亲创造的一切，所以总也无法不漠然对她，随着年龄的增长，当对生活局面的掌控权渐渐转到我的手里，我的居高临下与她的卑微迎合便那样漫不经心地在每一个我与她相处的时刻上演。

冷风吹来，我扯了一下衣领，不小心目光落到了河北岸的一栋楼上。十几年来，这条河流静静目睹着各种变迁，孩子长大，成人老去，有人生，有人死，房子拆了重新建起，店面不断被新的主人装修着……那些曾经无比熟悉的街道，已经不再是往日模样，前些天我再去，已经无法找到我当初刚刚与这城市接触时的那些树，以及在有些灰暗的楼道里追赶着嬉戏的孩子。但那栋楼依然在那里，红砖的外墙，风蚀着它的面色，当年的红显得那样辉煌，如今却蒙上了苍灰，阳光照过，一个一个时光的脚印满腔孤勇地呈现，踩了我一个仓促踉跄。

一栋建在河边的楼，六层，两室两厅，有公用的通道阳台和私人用的厕所，从房子里可以看到流动的资江水，而公共阳台上养着各家的花，和一两只串来串去的小狗，冬天有太阳的时候，女人们坐在各家门口晒太阳，打毛线衣，神态悠闲，有一种睥睨一切的优越。毫无疑问，在当时这是富人区，住着既吃公家粮，又干着点个体户营生的那批人，他们的房子里，家具电器都是最新的，地板砖发出干净的釉光。

谁都不会想到二十年不到，这房子，会在一片高出许多的房子的阴影里存着，市声依旧，高地的优势会如此迅速地逝去，就像一个女人的容颜凋谢，甚至只需要一个昼夜。要知道，那时候，女主人的倨傲是那样理所当然。

二

这栋楼是我走进这个城市的第一个地标，也是一个乡村孩子对城市的第一次仰望，或者说试探。毫无疑问，这种试探是刻骨铭心的，比我经历的第一次爱情更让我魂牵梦萦，它深刻到任何一个细节都无法逃过我记忆的那双眼睛。这当然得感谢我如今已风烛残年的父亲和对我开始谄媚微笑的继母。

当时，父亲还不算老，而继母还很年轻，三十四岁，比父亲整整晚生了十五年。她带着自己的两个孩子，看着我母亲留给她的三个孩子，眼神里竟没有丝毫惊诧，我甚至不知道她哪里来的勇气接下这样一个烂摊子，或许只因为她对未来根本没有预测，也不具有判断我父亲能够给出的幸福的能力？她素来木讷，从一开始就令我觉得她的人生比一只狗或是一棵树强不了多少。除了看电视时和打牌偶尔赢一场时，她很少哈哈大笑，很多时候她安静地在厨房里摸这摸那，或者洗衣，有时候随父亲下一会儿地。但我父亲喜欢她，比喜欢我聪慧的母亲要多得多。我看到他们恩爱白头的样子，决心永远离开这个家。

那年春天，母亲离开，夏天，她进来，秋天，我进入大学中文系。父亲说，除了开学要交的这些，我没有能力养你了。我看着他，眼神里写着恨，因为我知道，继母的儿子读书也需要钱，她用她那傻傻的神情毫不费力地从我父亲那里得到支持。我咬着牙说，放心，我会自己去赚。

那一年我十七岁。为了活下去，我到桥北批发市场一家一家门脸去问，阿姨，你们需要家教吗？一直问到一个化妆品批发店面，一个皮肤白皙（当时我想到了肤如凝脂这个词儿）的女人看了我一眼，说，能教六年级吗？我使劲点头，能。她旁边一个男人，黑黑的脸，敦实的身材，横扫我一眼，问，怎么算？我说，一百一个月，每周六，可以吗？女人与男人对视了一下，说，可以。

就这样，我在没什么思想准备的情况下，进入了他们的豪宅，那栋有着长长的通道阳台的楼房。与我后来所见过的其他房子不同的是，它的楼梯拐道处没有人堆煤球，雪白的内墙上也没有泥足印蜘蛛网之类。六年级的小女孩胖胖的，像她母亲那么白。她母亲说，那么你就周五晚上来，也顺便可以在晚上给她讲点数学，在这里吃晚饭。为了省一顿饭钱，加上有线电视的节目也吸引人，我也没有想她这其实是对我劳动的一种剥削，直到后来我成年才恍然明白这一点。小女孩属于比较笨的，由于她父亲是国家公务人员，而她母亲天天做生意，晚上要数一堆一堆的钱（那是我见到的最多的钱，是用箩子装着数目），也没有谁过于在意她的成绩，所以，我也算度过了比较自由的一期，并且她也有很大的进步。只是她一到午饭时间，便像兔子一样奔向她奶奶家，一边看动画片一边等着吃饭，她叫她奶奶"郭家奶奶"，一度使我非常惊讶，莫非城里人可以这样生分中带着亲切？而我呢，似乎从来没有吃过像她奶奶做的那么可口的饭菜。城里人的生活那样富足，悠闲而且无忧无虑，城市给我留下了不同于童年的美好印象。

一个学期过去，四周一百，我该得五百。结果，结账时，女主人给我四百五十。我很惊讶，问，为什么？她说，说好了一百一个月呀！我无话可说，含着满满一眶眼泪离开了。在转身时，我对自己说，有一天，我也会住上这样的房子，过上他们的这种生活，并且，我会让我的继母尝尝见到我的房子却住不进去的味道。

第二学期，我接了三份家教，每天中午一份，周末两份，我也学会了与请我的家长讲价钱。我赚的钱足以让我生活得很好，并且有余钱买点我喜欢的书，或者在父亲来看我时，给他一两百块。

三

在真正的城里人面前，我一直有着无法挥去的自卑，我会悄悄地对比他们的言行，然后发现他们对什么都大惊小怪，买菜的时候会讨价还价，为了五毛钱可以与小贩吵上，但有时候他们又无比从容，面对一大桌菜肴的浪费毫不可惜。他们大多皮肤很白，穿的衣服即使很旧也会很干净，走路时显现一种与生俱来的高贵与优雅。

有一段时间我反复告诉自己其实我也是城里人了，回到乡下去时，我表示出对土生土长的孩子的爱怜和对那些从地里长出的庄稼的欣喜，当然，这种欣喜不是源于我真正的亲近而是要显示城里找不到这么干净新鲜且放心的东西。我的这种表现使我的父亲和我的继母逐渐发现了我与他们之间的距离，他们只能是乡下人，而他们的女儿已经不折不扣是一个城里人，在这样的城里人面前，他们开始表达欣慰和局促不安。但这样的时间并没有持续多久，我便沮丧地发现，不管我怎么装，我还是那个我，装不了恨，也无法不真正热爱那些庄稼。见到它们时的欣喜，从一种故意，到一种渴望，这使我开始怀疑我挣扎了半生要挣脱的那些东西是否真的使我这样厌恶，比如我的父亲和他的老婆。

走下桥，那栋房子在视线中渐渐消失。我走向了乡下的家。

一下车，父亲和继母就迎了上来。我朝继母挤出了一个笑，用宽恕的语调说，"生日快乐，阿姨"，她接过我的礼物，一件送给她的羽绒衣，很感激地笑着说，还是我的芬儿记得我。我没有理她，转过头来对父亲说，爸爸，也给你买了羊毛衫，我帮你们试一下。

我先帮继母。最大码的衣服，她穿上去居然有点紧！我说，你太胖了，怎么可以这么胖？她不好意思又讨好地笑着，我也不知道，是在你们家过得太好了吧？你爸爸太会养人了。

父亲耳背，没听清，问，你说什么？她便尖声笑着娇嗔地白了父亲一眼，说，该听见的总听不见，说是你养胖的我！父亲嘿嘿地笑道，是的呢！语气里满是骄傲。

我皱了一下眉，她马上收了口去厨房做饭。我拿出羊毛衫，爸爸，你也试一下。

父亲顺从却艰难地脱下外套，我隐约觉察到他的手有些不方便，但七十岁的老人，也正常吧？羊毛衫总算套过头，穿进手臂，从后面扯下时卡在背上，父亲使劲去扯，左扯也扯不下，右扯也扯不下，像那追着自己尾巴咬的小狗（这样比喻我的老去的父亲似乎有些不敬，但老了的人与孩子何其接近），便索性不管，任其穿得马虎就要穿外套。我笑着说，还没扯好呢，老人家。我伸手去帮他扯，一下子就扯好了。他笑了，说，老了，没用了啊！我不由一阵辛酸，什么时候我这不服老的父亲，也只得承认自己的衰弱了？

去照照镜子吧，老头挺帅！父亲不好意思地笑了。

四

父亲的笑忽然使我无比的难过，仔细想想，许多年来，当我为我的童年与少年遭受的种种不快而忧伤，为母亲的去世而恨意重重，把这一切清算到父亲头上时，他过的是一种怎样的生活呢？他在贫穷中不可逆转地老去。他并没有为自己添半件新衣，或者杀过一只鸡独自享用，他吝啬地积攒着每一分钱，不在乎日渐佝偻起来的身材以及悄无声息爬上脸庞的皱纹。然后，在他七十岁这一年，一咬牙，拿出所有的积蓄装修房子。

我一直反对他修房子。人都这么老了，房子凑合着能住就行，可是父亲执意要修。他找到各种理由，让他身边的朋友和亲人帮他一起说服我。他说，其实他只是希望每年我们回家时不要急着离开，在他的概念里，有个好一点的地方睡觉，我便不会离开了。我曾粗暴地告诉他，即使你修好了房子，我也不会待在家里，我看着她就会想起我的母亲，我无法与她共同相处在一个屋檐下。父亲听到这样的话总是神色黯然，但他修房子的意志仍无比坚定。

房子终于修好，加了一间房，换了不锈钢门窗，吊了顶，贴了地砖，连外墙都刷白了，还加了一米多高的灰色线脚。为什么线脚不刷上绿漆呢？我很惊诧他的选择，灰与白的搭配很有点徽式建筑的风格。他说，一清二白，我喜欢这样，好看。我心里暗暗一惊，虽然已经离开城市五十几年，他却依然保存着城里人审美的直观感觉，但我没有说，而是在背着手检查时故意夸张地说，没想到这个老头还真不简单，房子弄得像别墅。我这么一说，父亲就得意地笑，还用手去捂下嘴，抹平那份得意。他一生最得意的事，是生了三个争气的孩子，长得好看还聪明，如今这房子焕然一新，当然是他第二件得意之事了。我终于懂得了一生节俭至于悭吝的父亲，花费所有积蓄完成他的房子，不过是圆一个梦，我终于懂得时光带给人的无奈。因为害怕死去时不能留给他的孩子一份属于他的骄傲与念想，他选择要造一个连年轻人都会羡慕的房子，让所有人知道他在这世上总算没有白走一遭！

我又想起了资江边的那栋代表着城市生活的房子，那曾经也是我的梦。我在一往无前地朝着梦前进时，父亲背上的担子那样重，梦，对于他而言，是渺茫而奢侈的，我那满怀着生命热情的父亲，何时丢下过属于自己的倔强呢？

照照镜子吧！我把父亲拖到镜前，他抬头看了一眼，低声说，老了，怎么穿，也是老了。年轻时候，有好样子，却只能穿城里的姐夫穿旧不要的衣服，有时候能够拿到一套完整的旧衣都觉得很幸福，如今有新衣服也是枉然啊！说到这里，父亲神情黯淡，像行将熄灭的烛火。我看到他的大拇指的指甲满满一指缝的黑东西，扯了他一把，说，爸爸，老了也要讲卫生，别把指甲弄得这样脏，你虽然是一个农民，但你是一个从城里下放到农村的诗人啊！

五

哦，这不是脏东西，是烟丝，烟丝里的血凝固，看上去就脏了。

我拖过他的手，盯着看，然后我的腿骨开始一阵一阵痛，那种痛无比清晰，以至于我只能顺势坐下，因为我看到了父亲大拇指几乎砍掉了半边的伤口被那已经凝固的黑血糊成一团，血肉不分。那一刻我深深体会到了父女连心。

父亲看我脸都白了，笑着说，没什么可怕的，前几天劈柴，不小心一刀砍在手指上，当时鲜血直冲，我还不觉得疼，扯了一把烟丝放上面，堵住血，谁知堵不住，流了一摊。继母听父亲说起，便得意地补充，是啊是啊，你看你爸爸，砍柴把刀砍到自己手上去了，玩也不能这么玩啊。面对她的莫名其妙的兴高采烈，我白了她一眼，为什么不让他去医院包扎一下？这样会发炎的，到时就不是小事了！父亲说，小意思，搁我年轻的时候，止住血还要做事呢，现在强多了，砍坏了手还能休息，柴也不劈了，只是穿衣服有点不方便。

为什么劈柴？不是给了钱烧煤么？液化气也可以。

柴可以省钱啊，你们赚钱也不容易，我不能老向你们要，再说，你们城里人不是都喜欢吃柴火饭吗？我想你在家多待一些时间，所以堆点柴准备着。

我无语了。父亲，为什么在我们年少时，你不这样时时处处想着你的孩子？是你不懂得，还是我们太小不知道？而且，我出去再久，也不是城里人，我是你的女儿啊，在我的面前，你需要那样谨慎吗？

我知道，父亲从下乡的那一刻起，一直保持着对城里人的一种敬畏，但是，儿女成群的父亲，七十本该从心所欲的父亲，为什么还这样执着于这一生不能实现的城里梦呢？时光流过我们的面庞，难道不能改变的，除了山川，还有心中无法释怀的执意？我都说我与过去握手言和了，终于把房子修好的父亲难道至死也无法做到？

六

临走时，在寒风中送我的父亲猛烈地咳嗽起来。他感冒了。

感冒而大拇指上有伤的父亲让我很难过，但我无法温和。我说，爸爸，不要抽烟了，这样咳，我怕你像去年那样大病一场，去年我被你害苦了，你不要再害我了啊！父亲怯怯地说，就戒烟就戒烟。那神态，像一个温顺的孩子。其实我想说的是，爸爸，时序流转，春秋代序，你的女儿已经长大，能原谅和不能原谅的一切都被抛到身后了，你如果爱我，就好好保重身体，在这世间多享几年福，以减少我在未来因失去你而生起的悲痛吧！

车子渐渐远去，远到不能看清父亲在时间深处留下的黑点，远到又回到资江边，看我少年所经历的一切，远到坐在桃花仑的十字路口，看来去的车辆，像海底虚幻的蜉蝣生物，那些拼搏在这个城市的光阴又一层层地涌上来……

我看见岁月“轰”地一下，呼啸而去了，拖着带白烟的尾巴，渐渐彻底消失，无迹可寻。

顺藤而下

一

如果我是一条藤，必是那山谷里最粗壮的一根，不是攀着大树，而是沿着崖壁，一直长，一直长，长到与山同高，然后站在山巅，毫无顾忌地伸展绿叶，沐浴阳光，呼吸山间流岚，闻听风中幽响，俯瞰众生喧闹，让那自在自得、自信自开怀的神色，定格在我的叶尖。

当一切关于生命的挣扎与思索安静，我会回望来时的路，问问自己，这便是顶峰吗？或者是，这就是终点？那么，在万古沉寂的阳光之下，在千年婉约的柔风之中，那些剩下的时光，我会拿来做什么呢？我又该回到原点了，那个朴素得不能再朴素的问题开始绕着弯儿，和我伸展绵延的藤蔓一般，如影随形，或偶尔忘却，但终还是跟着我攀上崖顶——我是谁？我从哪里来？我所延续坚韧的生命上游，是一番怎样的景象？

我无数次带着这些问题顺藤而下，然而我的母亲的亲缘已经消失不见踪影，许多儿时模糊的影像只剩碎片，无法连接成面。直到有一天，有一个人，在一个深黑的夜晚，幽幽谈起过去的时光，那是我虽未经历过，却从那处来的时光，我的生命仿佛瞬间打开了一扇门，在这门内，一个又一个女人的影子，在飞尘静舞的光阴里，在冥冥浩荡的魔咒中，上演着命运的剧目……

二

"我的妈妈一共生了一十二个女儿，我是她最小的女儿，她生我时，已经近五十岁。"

说这话的，是我的小姨外婆，她的妈妈是我的外曾祖母，我母亲的母亲的母亲，我所见过的与我有血缘关系的最老的女人，一个颠着小脚走路，眼睛失明耳朵失聪口里有胃气最后躺在床上等死的女人，她死去时，枯瘦如柴，羸弱不堪。她从二十世纪初来，到二十世纪末去，刚刚好一百年。对于我来说，她，好遥远。

我惊讶地"哦"了一下，静静地看着这个比我母亲仅大五岁的姨外婆，她已经六十二岁，但依然很美，乌黑透亮的大眼睛，小巧红润的嘴唇，秀丽婀娜的身姿，明雅安闲的神态，使你无法不去联想她年轻时候的倾国倾城之貌。女人可以美一辈子，她就是明证。你还可以由此想象她的姐姐们，若在如花的年龄里全存着，是怎样一片绝美的风景。

十二个女儿，那是一个什么概念？从二十岁起，一年生一个，也要生十二年。当然不可能一年生一个。也就是说，在从十几岁到近五十岁的三十年光阴里，我的外曾祖母把生命的全部奉献给了生孩子这一光荣的使命，其中暗含着一个希望：男丁。直到最后，希望完全破灭。

外曾祖母的十二个女儿，我只见过两个，一个是大姨外婆，一个是小姨外婆。最后，我能用我仅剩的记忆刻录下来的，与外曾祖母扛到最后的，只有一个眼前的小姨外婆。是她给她送的终。那么，其他的女儿们呢？我那些素未谋面的姨外婆们，还有我的外婆，这么庞大的一群，都到哪里去了？都被时间葬到了岁月深处。一个接着一个，在未成年，或是成年后离开，仿佛从来就没有来过，早些年，还有人说起她们的故事，慢慢地，人们也淡忘了。但是，她不会忘记，那一个个，都是她的女儿，是她拼尽全力养大的女儿们。

外曾祖母有四个女儿成家生了孩子。我的外婆是老六，我云姨的妈妈是老七，我的大姨外婆是老八，小姨外婆是十二。

最美的，是你云姨的妈妈，你云姨还不及她妈妈一半好看哦，七姐可是方圆百里的人尖儿，多少人爱慕过她的美丽，有多少人想尽办法要得到她。尽管三年自然灾害时期人人都没好衣裳穿，也没东西吃，在一色的绿军服里，即使一件破旧的衣服穿在她身上，也能衬出她红润的脸庞来，这给她招来许多妒忌的目光。七姐因人长得太出色，眼界也高，试图接近她的男子常常被抹了一鼻子灰回去。她的小儿子还不到一岁时，她失踪了一个晚上，大家到处找啊，天亮时在一个无人的山坡找到了她的尸体，死时，她的手里还握着一根水莽藤。七姐是吃水莽藤死的，水莽藤是一种巨毒草，无药可救。如果她是自杀，可见当时一心寻死的决绝，如果不是自杀，又是谁一定要置她于死地呢？这已经是一个谜了。

她这么说时我想起了云姨。我常常说，云姨是一个不老的妖精。她已经五十岁了，但是她的面貌身姿，只是三四十来岁的样子，常常大笑，却竟然没有皱纹，喜欢赤着脚走路，喜欢穿黑色的裙子，喜欢赌博，也喜欢骂男人，但云姨明眸善睐，耳环叮当，浑身上下妖娆妩媚。很小就没有母亲的云姨是怎么带着她的弟弟在人群里冲锋陷阵直到今天的呢？她的父亲到哪里去了？……

我的外曾祖母为她那么多不明原因就死去的女儿，特别是为她最自豪的七女儿，流尽了眼泪，并吐出很多血来。老年后她失明失聪，大多是因为泪水流多的缘故吧？！

三

"五十年代末吧，你母亲四岁，你的外婆就被你的外公杀了。两年之后，你外公在牢里得了重病，无药可治，也死去了。"

我听得打了一个寒战。

外婆死在她七妹之前。外婆读过一些书，喜欢写诗，人长得也美，神情里自然便有了一种令男人们恼怒的傲慢。

年轻时的外婆敢想敢说，言辞锋芒激烈，为此受了不少挫折与艰难，但是她倔强非常，绝不肯低头服软。

这时我的外公出现了。他年轻、高大、威猛、憨实。不知他用了什么办法，追到了外婆。

外公的表白打动了外婆柔软的内心，外婆在拒绝了众多提婚者后，毅然嫁给了这个穷小子，不久就有了我的母亲。

成婚后的外公，一反追求外婆时的温柔憨厚，常游走四方，周旋于各种人之间。外婆对此曾有劝说，劝说不果，便决绝地说，"我与愚昧者、投机钻营者势不两立！"从此外婆拒绝外公靠近自己，她摆出了冷漠与鄙视的姿态。外公当然恼羞成怒。

从此，激烈的争吵，打架，冷战，成了他们生活的主题。外婆基本上足不出户，每天以泪洗面，而外公，更是很少回家。直到有一天，数天没回家的外公，突然气势汹汹地回来，说外婆有野男人才会对他这样冷漠，因为他这样的男人到哪里都不会没有女人喜欢，偏偏就是我的外婆对他不屑一顾，除了心里有人，床上有人，还有什么原因呢？

他们打了一架。那天晚上，外婆哭到很晚，第二天早晨，她就飘在了自家池塘的水面上。

外公以她自杀为名，企图草草埋掉。外曾祖父不信自己的女儿会选择这条绝路，叫来警察验尸，才查出外婆身上多处致命之伤。我的外婆是被我的外公活活打死的！后来，在审讯中，外公一口咬定外婆有外遇，说她是死有余辜，至于外遇是谁，却又无法举出明证。他在牢房中一直咳血，咳了两年，最后也死了。死之前，他对外曾祖母说，杀我外婆那天，他其实并没有出去，而是潜伏在家门前的山里，明明看见了一个穿黑衣服打着伞的白面书生从他家门前的小路上走进了家里，他便冲进去到处寻找，竟然一个人影也没逮着。他逼问外婆，外婆脸色铁青，一语不发，神情中已有死意。为此两人吵闹扭打起来，一直延续到深夜，外婆一心想死，他便成全了她。

这便是我的外公与外婆吗？我是从他们的血脉里延伸出来的一个分子？这许多年，我除了知道他们的姓氏，什么也不了解。乍听之下，寒意侵身。

四

母亲六岁便成了孤儿，她是怎么走过出嫁前的漫长岁月？在那样的年月，饥饿、贫穷、各种风波，充斥了她幼小的心。她从一家住到另一家，尽她最大的能力做最多的事，换取她的食物和衣服。她过得如何屈辱，如今已不得而知，但那"一粒豆豉要分两片下两口饭"的细节一直刻印于我的脑海，儿时母亲向我倾诉的泪水，依然流在我的心坎上。

从某个意义上来说，了解那一切，我才算是真正了解了我的母亲，她的倔强、她的坚强与她的所有委屈。

我又想起母亲去世前的许多事来。我童年时，她常常一边一瓢一瓢地给猪喂食，一边对着将落的夕阳，讲述她四岁之后有记忆的苦难点滴，有时候，我父亲打了她，或是我伯父伯母欺负了她，她无处诉说，就一个人坐在灶角哭泣，我偎着她，听她一桩桩说起她的卑微，她的轻贱，她那从未有过印象的父母，她总是说，女人的命运终究是系在男人身上。我的母亲三十九岁未满，就因为一次与父亲的争吵事件而选择了死，关于她的死，关于她的丈夫我的父亲带给她的种种伤痛，令人不忍细说。时光在静静流淌，我成年之后，想起当年的点滴，心会绞痛得无法抹平——一个人绝望到一心想死，连最爱的儿女也不顾，那是对人世一种怎样的决绝！父亲常常为了自我救赎而对我说，苦乐自知，你母亲若是在，她会告诉你，其实她并不真的想离开我。父亲说这句话时，我总是投他以嘲笑的目光。

五

藤蔓升到了山顶，我挣脱了谷底的阴郁，相比之下，我明媚的充满着生命激情并迎风招展的枝叶，使我如此饱满不群。很显然，在融合了一代又一代不同父系的不同血液之后，我已经远远没有我母家先人们那样美丽，但终究，那茎脉里流淌的汁液，我的生命之源，似乎总有着某种属于宿命的未解密码。

比如，我曾将自由奉若神明，曾自以为一切都可以由我掌控，只要我还在满心诚挚地爱着这个世界，只要我还活在自己那一份上，我便可以成为我自己的主人；

比如，我曾并不在意自己是否美丽如同任何书上关于女性的描写，因为这个皮囊并不是我执着于生的缘故，我只要属于自己的那份纯粹明净；

比如，我曾倔强地想，我的命运不要与任何男人牵扯上关系，我不要男人成为我生命的全部，我只要独属于我的那一场轰轰烈烈；

比如……

活着不如想象的容易，你想要的，往往到手便变了模样，不是吗？

如今我顺藤而下，又腾跃而上，如同解开了九连环，所有的环"哗啦"一下全散了。

为你，千千万万遍

一

如果你此时倔强，就永远倔强。微胖的李风荷拖着两条长长的辫子，漾开一脸朗月般的笑，眼睛里像有星星闪着，对我说了这句话。很多年以后，我只要做一件事情想放弃，就会想起她，不知道她现在到了哪里，是不是在继续做她的语文老师，唱着《满江红》里那句"怒发冲冠，凭栏处，潇潇雨歇。抬望眼，仰天长啸，壮怀激烈"，把那种本该属于男人的襟袍未开的惆怅唱得朗朗山月一般壮阔。

那年我才十岁，是一个不足五十斤，下巴尖尖的小女孩，但我已经读五年级了，觉得自己了解全世界，看得懂男老师对漂亮小女生的偏爱，也看得懂女老师眉眼里对某个男老师的情意，把后桌的男生打得哭过几次，老师不带我参加书法比赛，摆过一幅自己的作品给他看，硬是逼着他带我参了赛拿了个奖回来。我们老师叫秋麦，高高大大的，很帅，一下课就跑到李风荷的房间里坐，对我们这群小屁孩问问题有些不耐烦，一心要和李风荷聊天，眼珠子只要到了李风荷身上就挪不开。在我强烈要求参加书法比赛的时候，李风荷目不转睛地盯着我看，然后吭地笑出来，说，好倔强的小姑娘，我喜欢。

不久，不知道发生了什么，秋麦忽然改成教数学，李风荷走进了语文课堂。她拿着课本走进来的时候，仿佛背上有光芒，整个人都亮闪闪的。她往讲台上一站，教室里瞬间安静下来，风从窗外呼呼一吹，掀得小凌子桌上的语文书自己翻开了几页，我坐在旁边，打了个冷战，一种说不清道不明的秋凉情绪漫卷全身，我张目看了看同学们，所有人都屏气凝神，我又看李风荷，她也正看着我，笑意盈盈，我的身子不由地又暖了。

她说，孩子们，语文是什么呢？我说不清楚。但是，我只要教你们唱一首歌，你们应该就能知道语文了。她这句话像消隐水一样，将她身上的神圣光芒吞没了，同学们像解除了某道巫咒，觉得自己与她平等了，一下子活跃起来，嘲讽她，自己都说不清楚呢，还教语文，语文又不是音乐，干脆去当音乐老师好了。我心里有点替李风荷担忧，可又总觉得她教的一定不是秋麦那样的语文，所以即使是唱，也打算接受她。

只见她清了清嗓子，右手张开，缓缓伸到半空，眼神迷离，低声开唱，"无言独上西楼，月如钩"。慢慢地，幽怨中有了几分高亢，音调在她嗓子里打了几个转，轻轻吐出来，有着千钧之力。所有人再次陷入安静之中，屏息凝神，期待下句。"寂寞梧桐深院锁清秋。剪不断，理还乱，是离愁，别有一番滋味，在心头。"然后她重复了一遍，除了窗外飞鸟的声音，就是她的声音在空气里环绕，带着她的气息，也带着李煜那种无法挥去的愁绪，虽然我并不知道那愁是什么，却又分明感受到了那份愁绪的凄美，那时我才知道，世上有一种美，是让人心痛的，而且恰恰是这种心痛才长长久久地诠释着人生。同学们忘记了鼓掌，都傻了，然后，第一个掌声响起，便连绵不绝。所有人都要求她继续唱这一类型的歌，这是迥然有别于当时流行歌的音乐，歌词之美，虽然那时还小，说不上到底究竟源于什么，但在动情处，却是泪都听得出来。

从此，李风荷教会了我们唱《虞美人》《扬州慢》《满江红》《声声慢》，《红楼梦》所有的词曲，我们课本里所有的诗她都自己谱曲子给我们唱，萧萧古风立马就从她的唱腔里溢出来了。因此，她布置下来的作业，大家没有不争先恐后完成的。所有人都想看她没有看过的书，讲给她听，看她惊讶而喜悦的表情；所有人都工工整整地抄诗歌，抄各种漂亮的段落，想看到她批红红的好字；所有人都希望写出一手好文章，被她用唱歌一样的语调读出来。但是，只有我的名字是李风荷提得最多的，因为我唱歌没天赋，有的调子老是唱不上去，就在放学后找她重新教，咬着牙一遍一遍地唱，又因为我太喜欢那些词，成天抄各种其他诗词，搜集大量小说来读，谁想阻止我都做不到。父亲见我这样痴迷，很担心我荒废学业，让李风荷来劝我至少放弃唱歌，我偏不肯。她便说，如果你爱语文，即使全世界反对你，你都要走下去；如果你此时倔强，就要永远倔强。我猛劲儿点头，说，我记住了。

六年级时，我几乎每一篇文章都被李风荷表扬，有一次她当着全班同学的面说，将来某一天，她会以曾经教过我而感到自豪，因为她说不定能在教材上看到我的文章呢！那时我是多么春风得意啊，虽然其实什么也不懂，可就是拼命地想让她觉得我什么都懂，我那么地热爱语文，希望成为一名赫赫有名的大作家，终身理想是能够让我的文章进语文课本，让李风荷看到时，眼睛里的星星闪闪发亮。

人生是有很多命定的，如果我没有在那么懵懂却又自以为什么都知道的年纪遇到李风荷，也许我就不会爱上语文，如果我不爱上语文，我就不太可能在高一分科明明有理科优势的情况下选择文科，如果我不选择文科，就不能在高考志愿栏里毫不犹豫地填上中文系，如果我没有填中文系，那我自然就不会做一个语文老师啦！如今，这语文老师的讲台一站就是近二十年，我常常会在上课的某一瞬间跌回李风荷进教室唱"无言独上西楼"的那个秋天，想起那天的凉风和她眼里的暖意。我总想，一个老师，真的可以决定一个人的一生，因此，我又怎可懈怠属于我的这份神圣呢？

二

有狠说你就给我做一个最厉害的语文老师，或者作家，没狠说，你就乖乖读书，将来有什么饭吃什么饭。王国勋瞪着他王氏家族独有的大眼看着我，眼睛里几乎要喷出血来，而我，只能悄悄瞟他一眼，然后将目光移到他手中的象棋子上。

王国勋是我亲伯父，是我父亲的偶像，也是我初中学校的校长，语文特级教师。他声音低沉，表情严肃，似乎从来不知道笑，个头很高，站在我们身边，能挡住大半边太阳。每次只要我蹦蹦跳跳没正经，他就特别生气地站着看我半天，他的目光里有一根捆仙绳，把我捆得死死的，令我无法动弹。为了管好无法无天的我，他主动担起了我班的政治教学，用摸象棋子的方式进行抽查。那时候我成天看金庸、梁羽生、琼瑶、三毛，政治实在是我极抗拒的，根本无法听进去，所以每次抽查到我必定挨批，就只能期待象棋子轮到那个名字不是我。但事与愿违，我被抽正的频率很高，而我又总是对于答不出题目不屑一顾。伯父这次火山爆发，不仅罚我抄题，还把我关在那间校长专属的办公室里，让我从寝室搬出来一个人住在那里直到能够端正学习态度为止。

冬天来了，晚上七点还没到，整栋教学楼就安静得吓人，风在三楼顶上跑兵一般一拨一拨不停，读寄宿的同学全都缩在被子里读书，我一个人被关在伯父的房间里，看着那雕花的大木椅和掉了漆的大木柜发呆。背政治题，这是我死也不想做的事，可是，翻翻伯父的大柜子倒是可以考虑。就这样，我一时没忍住打开了木柜的门，然后，我明确且唯一的未来轰然洞开了。多年以后回想那个时刻，就像李风荷头上的光一样，柜子里的光闪花了我的眼，我甚至怀疑，伯父是故意不锁那个柜子的，他故意把我带到只有语文特级教师跋涉许久才能看到的世界。

那是一柜子期刊，从80年代开始的纯文学杂志（这是到后来才知道的名词）《人民文学》《十月》《收获》《当代》《钟山》《青年文学》……应有尽有，当时我并不知道这些杂志到底有多牛，更不知道就是在这些杂志里的那些作家们，是后来文字世界的领军人物，我唯一知道的是，书多，而且跟以往看的作品气质不同，他们井然有序的样子令我肃然起敬。我抽出一本《人民文学》，发现上面竟然还有木刻画插图，非常精致，便盘腿坐下，一头扎了进去。当时怎么知道一扎就是一生？只知道文字的排列组合，故事情节和人物形象与武侠言情里的大不相同，有种别别扭扭的正经，却又是招人喜欢的正经。相比之下，我好像更希望自己写出这一类文字。

那一晚，以及之后的许多晚，伯父柜子里的书成了消遣长夜最好的东西。孙悟空进蟠桃园，摘一个桃子吃一口就丢，我进了书园，可舍不得丢，一个个"桃子"囫囵吞下去，短短几个月，撑得半死。人却像成了仙一般，忽轻忽重的，快活不已。方才知道世界上有一种文字，长着各种善变的面孔，唯一点不变，即是对人、对世界内在的探询，这就远远不同于那些武侠言情以情节为上的文字，奇怪的是，我竟自然而然地喜欢上了这种文字，在阅读中感受到了如跟着李风荷唱诗一样的愉悦。我如饥似渴地阅读，兴奋地挥动笔墨做读书笔记，写心得写到半夜，夜深人静之时，我甚至能感觉自己走到了文字的深处，与作者同呼一口气，共饮一杯水。

就这样，在伯父王国勋的办公室兼书房里，我与语文正式结下盟约，将来的某一天，我也要像他一样，做一个拥有这么多书的语文教师，把我从文字里感受到的愉悦传递给那些同样热爱文字的人，我还要做一个将文字重新排列组合的人，把属于我自己心灵的那些故事——安顿，让它们也能遇到一个两个读者，珍视它们，收藏它们，那我就心满意足啦！

一直寒冷而漫长的冬天，在那一年，显得分外温暖而急促，呼呼刮着的北风，全只做了我那一灯如星的背景，往前照亮我蒙昧未开的幼年，同样大雪纷飞的日子，父亲打开大门，对着门前雪白的田野教我看书写字，一笔一画，都是对人生壮阔江山秀美的憧憬；往后照亮我所有彷徨无助的岁月，那些看似跨不过去的艰难，母亲早逝，洪水席卷，家贫如洗，分配边远，在芦苇荡边的小学校教语文，每天黄昏漫步于大堤，看风在芦苇里滚过一浪又一浪，只觉前路茫茫，心灵苦难，但终究因为心中那份对文学的执着，跨过去了。

直到今天，我还常常疑惑，当年的伯父是否是有意的呢？前年我表侄结婚，我去赴宴，见到两年未见过的伯父，想要问他讨要答案，谁知见他时大吃一惊，当年魁梧帅气的他早已不见踪影，取而代之的是一个门牙掉得只剩一颗的衰朽老人，他朝我笑着时，我差点没认出他来。然而，他笑着说，我在杂志上看到你的文章啦，真是成才了，我的侄女还是有狠说的！我便确定，这个伯父，就是当年的那个有着一柜子文学期刊的语文特级教师，我才确定，确实是他悄悄领我走上了一条鲜花盛开的道路。

三

本来想，像我这样已经被领上语文这条路的人，应该没有别的选择了。然而，读高中的时候，我竟意外地被物理和数学迷住了。可能这还得归功于语文，我好像通过文字看到的那些题目内在的东西超过了计算本身，那些什么惯性啊，加速度啊，浮力啊，机械能啊，还有数学中出现的种种计算，都呈现出令人惊讶的美。为数学和物理，我简直要疯了，有时候整整一个晚自习两三个小时，我一道又一道题目算过去，就像翻了一座又一座山头，因为过程的艰难、结果的正确而在最后一览众山小时无比自豪。做完一抬头，满脸红嘟嘟的，样子特别傻。

那时候语文课我已经基本不听了，除了看看小说写写东西就是迎接考试。后来当了语文老师的我，每天给学生讲着解题技巧，写作方法，阅读方式时，连自己都会怀疑那些方法的可实行性，以及荒诞不经，事实上，语文的全部，难道不是在识字会意之后，大量的阅读，自觉的动笔，深层的领悟？反正那时我确实并不怎么听课做练习，但语文成绩一直遥遥领先。这样一来，我已经无法分清楚到底更喜欢做什么了，但一年后必须做出选择，或者文，或者理。那时我觉得文理分科简直是世界上最不人道的安排，为什么红玫瑰和白玫瑰不能得兼？最后，经过激烈的思想斗争，我还是选择了文科，只因心中那个语文的梦，我默默地对自己说，这一次，老师和作家，我要两者得兼。

看似一时冲动的选择，将我推向了大学中文系，我把自己的一叶小舟驶进了茫茫大海——读大学的那些日夜，我几乎把自己完全交给了图书馆，从一楼的外国文学，到二楼的哲学，到三楼的艺术，四楼的期刊，我不愿放过任何一本我能看得下去的书。那时候，老师是铁定了要当的，至于作家，我渐渐明白，谁也不能确定不可知的未来，只是往前走着罢了。那时候寝室按时熄灯，我就搬着凳子坐在女厕所边，借着灯光写文，或者干脆借着路灯彻夜读书。我几乎争分夺秒，好像稍微浪费就会永远无法弥补。

很多时候，我们在某一个阶段为了某一件事拼命努力，只是因为爱，并没有想过，在将来的某一天，这些努力全部会以最好的样貌回馈给自己。后来，在那么长的语文教学生涯里，无论是谈及写作还是阅读，我总能对于学生所说的书籍说出个子午卯酉，而在文字的安排上，又总能有些不同的见解，让学生们既能接受又不觉得陈腐，这无疑让我做了一个备受崇敬和爱戴的老师，对许多的学子产生了良好的影响。

一晃眼，当语文老师已经近二十年，而作家的路还很漫长。今天的我虽然既没有李风荷那样的古典优雅，也不像伯父那样胸襟辽阔，但我教出了自己的个性，活出了自己想要的样子，毕竟没有辜负从前那些为语文废寝忘食的日日夜夜。

若干年之后，当我与语文已经无法分割，我开始追问自己出发的初衷。对于语文，我该怀着一颗怎样的心去爱才不负当初那么多人、那么多书和那么多时光？在我面对其他的选择决定一直做一个语文老师后，我将要担负的是什么，我又该给我的学生播种下什么？多少年来对文字的热爱一丝未减，而抵达彼岸的路依然漫长，我的写作是否该中途止步？每当我这样问着自己的时候，李凤荷眼里的星星又闪烁起来。

黑塞曾说，对于每个人而言，真正的职责只有一个，即找到自我，然后在心中坚守其一生，全心全意，永不停息。我想，借由语文，我已经找到了自我，那么，剩下的时间，应该是全心全意的守候吧。

为你，千千万万遍。

第三辑

知我者谓我心忧

骨骼：遗落、捡拾和重建

当我打算用颤抖的笔写下这些，荒芜的青春，杂草丛生的岁月，等待救赎的心灵，以及难以跨越的栅栏，永不放弃的爱，我不知道，书写是否真的可以替代那些铺天盖地的焦虑、无路可退的抗争，拼死挣扎的努力，是否有一种东西，真的可以超度心灵的苦难。

尽管时过境迁，但重新叙述，依旧每根骨头都是疼的……

一、半夜离家，清晨归来

哪怕时间往后流逝五十年，只要还有记忆，我也绝不会忘了那个晚上，那些晚上。凌晨十二点，我准时关了电脑，停止写作，走进房间，故意将房门关得重重一响，穿着拖鞋啪嗒啪嗒走向床边，然后迅速脱掉鞋子，光着脚，蹑手蹑脚地一点一点靠近房门，缓缓旋动门把手，门很重，与门框交界之处卡住了，得用力往上端，才能无声无息地拉开，张开半厘米，一厘米，五厘米。眼睛凑到门缝处，静静地盯着小乙卧室的白门。夜已深沉，整个城市都已半睡，人们沉入梦境，市声渐渐远去，对面房门紧闭，默无声息。

我静静地站着，一动不动。屋子外天寒地冻，渐渐地，寒气丝丝缕缕侵入肌肤，至于骨里，令我浑身冰冷，上牙床磕着下牙床，但我忍着，屏声静气，死死盯住。我的目光，在黑暗中，如一支精准的飞镖，稳稳地钉在那扇白门上，一根无形的线通过飞镖的尾部延伸到我的手中，只要门打开，绳子就会被扯断，这结果，既叫人害怕，又叫人期待。害怕的是我的猜测是对的，期待的是早点发生早点了结，对于门内那根我抽离于人间的骨骼，我此生寄托了全部爱与希望的孩子，我有一种世人无法看懂的疯狂。是的，我要疯了，除此之外无人可以解释我何以要忍受如此深重的黑暗和寒冷。

我感受到黑暗中处无处不在的敌意、冷森森的怀疑、无法放下的关怀和过于沉重的宠爱。我知道这种默无声息的窥视对他是最大的伤害，但我无论如何也无法放下这种伤害，好吧，我承认，在长久的对抗中，伤害已成定局，还没有定的是，这种伤害的程度，不在于他是否能够接受，而在于我是否愿意抽身离开。如果小乙的门不开该多好啊，这样即使冷得倒下，我也是值得的。我思绪纷繁，瑟瑟发抖，却坚持站立，像一座雕塑。

再站十分钟，我对自己说，再站十分钟他如果不开门，我就去睡。看了一眼表，表盘幽蓝，表针指向十二点十五分。按正常逻辑，他应该要开门了，如果不开，他也必定已经困倦，不过十分钟就可以入睡。从他来到人间开始，几乎没有一个晚上，我胆敢先于他睡去。我的睡眠已经被这样的生活切割得七零八落，不在乎再切割一点。

疲惫与高度紧张，令我时而困倦时而清醒。我怕自己意志不坚定守不住，使劲将耳垂往下扯，钻心的疼痛提醒我，坚持就是胜利。

此时，对面微微一响，门开了。我的心往下一沉，几近窒息，唉，终究开了。白色静悄悄地隐去一半，一个高大的身影站在门口，迟疑了几秒，闪出来，蹑手蹑脚地穿过客厅往大门边走去。我全部的神经瞬间山崩海啸般活跃，悄无声息地尾随其后，借着雪夜的微光，只见他穿戴整齐，在门口站定，系好鞋带，动作娴熟，然后，轻轻地打开大门，一闪，便出去了。门外就是电梯，我是选择继续跟踪，还是叫住他？或者，干脆听之任之？

站在已经关闭的大门口，我停住了脚步，既没有发声阻止他，也没有穿鞋追出去。在万千种声音的指引下，我来到阳台窗边，俯视楼下道路。风雪已停，夜晚结了冰，树叶上时有碎雪散落的微声。一个黑影出现在通往小区外的道路上，步伐果断，既没有抬头望一眼"家"的窗户，也无法以第六感觉察楼上系于他身上的目光。不，也许他是有觉察的，但他依旧义无反顾，绝不回头。对于此时的他而言，一个网吧，几个网友，一场过瘾的游戏，远远超过了母亲的守望、家庭的牵念。

我久久目送他，直到看不见。我知道，明天早晨，他依旧会躺回自己房间的床上，不到中午绝不起来，我若问起他，他就会说还睡一会儿，只不过是因为想睡，就像他从来不曾在夜晚出去；他依旧不愿意拿起书本，读哪怕是一点点书，试图去改变他的现状，他已经完全忘记他曾经写过那么多的好文字，有过过人的音乐天赋，而他正是一个高三的学生；他看不见自己的长相，不知道每一次我久久凝视，都会惊讶造物的神奇，他无论五官还是身材，都如上天精心刀裁，这是命运的偏爱。他活在一片暗处，奋力甩开我拉他的手，他在暗处待得很舒适，看上去自得其乐，毫不痛苦。

小乙，我最最亲爱的儿子，我倾尽一生去守护的人，这副我留在人间的骨骼，我正在日渐散失，遗落着他。

在深冬暗夜最黑暗的旋涡中心，我的心被什么撕咬着，痛感一波接一波地冲击着我，我想声嘶力竭地呐喊，我想跟着他出去，甩他一记耳光，喊醒他，我想跟他讲许许多多道理，我想求他不要这样，猛醒回头，我想……

我想从楼上跳下去，从此不再牵挂他。或许，只有我死了，他才能醒来。

二、被拆散的骨骼，遗落了第一根

在他离开后，我跪在客厅那两尊小佛前，双手触地，磕头，祈愿，佛啊，求你唤回我的儿子吧！我这样无能的母亲，无法走进他的心里，将他带出困境。

地板冰冷坚硬，佛沉默无语。

客厅里原先有一尊浅棕色玉佛、一尊木刻三面佛和一尊白瓷观音，我把他们摆在同一个台子上，仅视为艺术品，从未敬过香火。棕色玉佛是我们买第一套房子时我用来镇宅的，三面佛是柬埔寨特产，观音是因为其羊脂玉净瓶能滴水，很漂亮，便带回了家。然而，因为某一次我凭一个母亲的直觉去网吧里抓他抓个正着，借口是观音的点醒，他一怒之下，摔碎观音，观音像的位置便空了出来。如今祈祷，对着空出的位置，心里也像空了一块，观音若震怒，我这深夜的祈祷恐怕只会搅扰佛们的睡眠，再加碎像之错，恐怕要有更重的惩罚了。

想到这一层，我只好站起来，往房间走去。男人心大，早已鼾声如雷，对于突然钻进被子的冷气，他本能地一推。我靠着床沿，瑟瑟发抖，往事缤纷，一层层地，如涨潮般，漫到我的心上，几乎要将我淹没。

我的儿子，在他母亲彻夜无眠等待他回来的时候，沉浸在游戏的欢乐里，难道他没有一丝难过？还是说，其实，他的难过远胜于我，只是他不愿意被这种难过缠绕，只能选择另一种决绝的方式？是什么时候开始，我们成了最熟悉的陌生人？而他，仿佛迷路的羔羊，找不到回家的路？

回忆有时是甜蜜的秘境，有时是痛苦的深渊；它自带过滤功能，总是把一切不够好的，轻轻略去，让人们回首往事时能够轻松以对谈笑风生。除非我们愿意直面，剥皮见肉，刮骨疗毒，不害怕血肉模糊的真实再次侵扰，否则，一切爱与痛，都可以只剩下美，优雅的美，忧伤的美，当我们说起它时，全部的现实，只有一片诗意的祥和，被粉饰了的太平。其实生活怎么可能波平浪静？单只是成长的心灵，就足以掀起三丈高的巨浪。

事情是从什么时候开始的？青春来临的前兆是什么？原谅我，这是我第一次做妈妈，对于一个在闭塞的农村长大只知道埋头苦读的年轻妈妈，我的青春一片荒芜，乏善可陈，我无法提供合理且正确的模板，对于我而言，从当"妈妈"起，所有扑面而来的一切都是新的，所有城市男孩会遭遇的欢喜忧伤、诱惑纷扰，于我都是陌生的，没有任何一本书告诉我，一个男孩的成长也会经历分裂之痛，也需要呵护，所以我理所当然地以粗糙的方式养育，还自以为是真理在握。

脑海中浮起明明灭灭的岛屿，引我向岁月深处泅渡。那年他十岁，五年级。也是这样寒冷的冬日，小小的孩儿迷上了漫画，每天回家做完作业就是去书店蹭漫画看，那时我并不知，孩子们的童年，最希望被同类认同，漫画曾是他们第二天见面的共同话题，如果没看过，就只能被孤立于群体外。我若知道，就会慢慢渗透给他，人可以享受孤独，在独处时跟自己好好对话，那么后面很多的事就可以迎刃而解。

年关将近，寒假来临。小学放假早，我们还要上班，只能丢他一人在家里。有一天，我惊奇地发现钱包里少了一百元。我非常纳闷，又怕自己记错，一直没有说什么，但总不会是这么小的孩子就知道"偷"钱了吧？直到我在他枕头底下翻出十本崭新的《偷星九月天》，非常漂亮的漫画，线条流畅，纸张细腻，每本标价九元九。他买书的钱从哪里来？我的神经一下子紧张起来，他真的学会了"偷"！我如临大敌，每一根头发都炸裂般竖起，仿佛我们已经处在教育的万丈深渊前，一脚不慎，就是粉身碎骨。

可以肯定，我们确实站在了教育的关键当口上，前进或者后退，都是风险，停止更是错误。我只能把这个发现告诉他爸爸，两人商量好先审问他，若他讲实话，再慢慢教育。可是，事情从来不会按我们的一厢情愿发展，等他在外面兴致勃勃玩完雪回来，我们一个把着门，一个捉住他，命他跪下。他显然被这样的阵势吓着了，顺从地跪下，小脸由红转青。

我的钱少了一百，你偷了吗？用到"偷"字，我的心头紧紧一痛。

没有。他语气坚定，毫不犹疑。

给你认错的机会，撒谎罪加一等，如果我打你，会因为撒谎打得更重。

我没有偷，妈妈的钱就是家里的钱，妈妈说我也是家的主人，我只是拿了自己的钱。他高声回答，理直气壮。

我和他爸爸被他的话噎住，不知道怎么驳他，只能转移话题。

那你拿钱干什么？

买漫画。同学们都有，我没有。

你要买可以跟我们说，为什么要自己拿钱还偷偷买了藏起来？那就是你自己也觉得不对！

我没有不对，妈妈肯定不同意我买漫画，可我就是要买。他倔强得像头小牛。

爸爸一时气不打一处，根本控制不好情绪，一手拎起他，一手提起书，就往楼下冲。黄昏时分，大雪纷飞，已经积起一尺多厚，爸爸将他丢在雪地里，要求他继续跪着，然后把一袋子书倒在雪地上，一本一本细致地扯开，撕烂，点燃，就这么生生地让他看着自己心爱的东西被烧了个精光。

他一直跪着，雪在他的膝盖下挤成一块。望着被烧掉的书，他默无声息地流着泪，火光中，他的泪水和无助的身影，定格成了某种永恒，无论过去多少年，我也能清晰记得。如果时光可以倒流，我要抱起他，温暖他，跟他说声"对不起"，带他去买他心爱的书。可那时的我在哪里？我站着，是傻了，还是给他爸爸做了鼓手？可以肯定，我没有帮他说一句话，我唯一的念头，是想让他知道，无论谁的钱都不能乱拿，那会接受很大的教训，而漫画，也只是不务正业的东西，不可沉迷。

那时的我，为什么感受不到一个十岁孩子的痛楚、绝望？而他，是我在这世间最爱的骨血，是我的生命之生命啊！我们只知道教育给他正确的东西，却不知道，这样的正确是否是他想要的，这世间父母，有多少借了爱之名，在做着肆无忌惮的伤害之事？或许，就是从那一天开始，我这分裂到人间的骨骼，开始被我遗落？

三、紧闭的伤痕、累累的门

城市的夜色，从来不是漆黑的，远处霓虹闪烁，余光映照之下，客厅影影绰绰。市声已静，人们沉入梦乡，户外雪紧冰结的声音时时传来，破这岑寂。我浑身冰冷，却不愿暖它，这样的躯体，暖有何用？身旁传来梦呓，来睡！来睡！

期待的门响声、脚步声不曾响起。无数个他放学、晚自习下课的时刻，我在四楼阳台眺望他的身影，迎接他那一句开门大叫"妈妈"的时刻，在我的脑海中浮起，年复一年，那一切我以为永远不会丢失的唾手可得的幸福时刻，终究渐渐远去了。门一响，他只会悄无声息地回房，关门，将我推出他的世界之外。门内，是他的小天地，乳白的衣柜、书柜、书桌、床，暗绿的篮球人物，土黄的篮球分别点缀在衣柜和床头、玻璃柜门，是他儿时想要的样子。书柜里摆放着他心爱的各种高达战神，一些他曾十分喜欢的书，唐家三少的，马尔克斯的，杨红樱和郑渊洁的，一把可以插话筒的日本进口吉他。墙面重刷过两次，又已墨迹点点，桌面即使铺了塑料护膜，也被反复划破。房门门框四周已经松动，石膏块碎开脱落，落锁位置的铁接口已经弯了，锁的把手被取了下来，只剩一截锁心。很显然，锁已经坏了，但依旧可以关门，门外之人除了踹开再无打开的方法。

他用这种方式拒绝了我，关门时没有半丝犹豫。

凌晨三点，我又起来去看那扇木门，门锁已坏，只能从里面打开，门如果关紧，说明已经回来。然而，门依旧微微开着。心一阵又一阵绞痛，那个会在自行车后座紧紧搂着我的腰，说"妈妈我爱你"的儿子不见了，那个指着地上挣扎的蝴蝶兴奋大叫为之命名为"烟花蝴蝶"的儿子不见了，那个因为他买一套昂贵的衣服会流着泪对我说"谢谢妈妈"的儿子不见了，那个只要出门旅游一定会给我带礼物的儿子不见了，那个喜欢看书、人人都夸有才的儿子也不见了，剩下一个深夜空空如也的房子。我是什么时候把他弄丢的？

　　是那一次吗？他进网吧，回来迟了，我逼问他，他撒谎撒急了，一把推倒沉重的餐椅，餐厅发出巨响，椅背的一个榫头被推断，明明证据确凿，他还是暴怒不肯承认，我拿起衣架要打人，他逃进房间，将房门反锁，我大声吼叫，命他开门，威胁他不开就要踹烂门，惊恐的少年赌我实践诺言，无辜的门承受了第一次暴力袭击？

　　或是那一次？他交了手机后又自己买了个二手手机偷偷用，半夜，我悄悄打开他的房门，只见他躲在被子里玩得不亦乐乎，一怒之下，叫来他父亲，逼他认错，他将门死死反锁，不让我们进去，我与他父亲合力将门踹开，门框被踹松，一些石灰块掉下来，锁心被踹烂，开门时他头发倒竖，像一头愤怒的小狮子。他父亲抢过手机，一钉锤将他的两个手机都锤得稀烂，奋力抛向窗外。他大声号叫，泪流满面，一半恐惧一半仇恨，不顾一切冲向他父亲。我与他父亲一个抓着手一个压着脚，用绳子将他捆住，使他动弹不得，斗了整整一夜，直到他筋疲力尽，都一直在绝望地高喊，那手机里，有我最美好的回忆，我高中所有的相片！我恨你们！喊到声嘶力竭，沉沉睡去，眼角也挂着泪痕。我心里不忍，趁他睡着，在微亮的晨光里打着手电在小区楼下找了个遍，那手机碎片的影子也没找着，也不知是否为天意。那一次，他不理父亲超过一个月。

　　还是那一次呢？我兴致勃勃给他买了一套他喜欢的牌子的棒球服和羽绒服，都以藏青色为主，款式是成熟了些，但贵得可以给我自己买五件了。结果他一看到，当场就给我甩脸，不留任何余地说，去退了，我不喜欢，你这品味也太差了。他完全不在乎我的美意，脸色坚定毫不退让，这使我怒从中来，当时我们在学校里做饭，学生来来往往，我一气之下就要把衣服扔掉，两人吵起来，他眼睛通红，面色倔强，我逼他接受，他大声问我，凭什么你觉得好的我就必须接受？我不执着接受这样的好意！凭什么我要委屈自己成全你？我没有接受别人好意的义务！

　　一来二去，他父亲听不惯，便作势要打，竟挥手叫来班上四位男生，团团将他围住，捉手捉脚，再次令他无法动弹。他大声吼叫，满面通红，青筋暴起，如同困兽。那次回家，他反锁房门，连续两天不肯出门，还是他姐姐过来与他交流，为他祷告，他才肯继续上学。

　　抑或是那些次？他连续进网吧，开始被发现，还有畏惧，会躲避，会逃跑，回家必定是一场战争，后来次数多了，彼此也麻木了，他索性也不再惧怕我，见我来，只是说，我打完这盘就回家。然而又渐渐延长回家时间，完全不顾及自己还是一个高中生，还有学业，还要奔一个好前途。我忍无可忍，无计可施，只能报警。允许甚至引诱未成年人进网吧，网吧的责任不可谓不大。我请警察配合我进行教育，令附近网吧全部封了他的号，尽一切所能阻止他，尽管明知这是治标不治本。后来有一个网吧不听劝告，为他打掩护，我打110后，强烈要求给网吧罚款，最后网吧把罚款之事全告知于他，他觉得颜面失尽，责怪于我，很多天都不愿与我说话。

　　……

　　冲突的次数太多太多，数不胜数，每一次都加重了一点关门的劲道吧？是我，让他把门一点点向我关上了？就像有一次，他在房间里号啕大哭，妈妈，你从来没有懂过我，你不知道我并不是真的爱玩游戏，不是真的不爱你，你不知道你想要的从来不是我想要的，你不知道，哪怕做一个流浪街头的乞丐，只要我愿意，也跟你没多大关系！你不懂我！是你让我不愿打开这扇门！

　　我站在门外，一样泪流满面，茫然无措，他的呼喊看似正确，但他的所谓正确并不会把他送往最好的地方，我只是想让他未来能好一点，不为曾经的无知后悔，我到底错在哪里，为什么时光流逝，我如此努力生活，用心教育的结果却是这样？这破坏了的门啊，还能修好吗？它何时才能向我敞开？

　　在门边伫立良久，我似梦似醒，恍恍惚惚回到房中，发着抖睡去，过了不知多久，隐约听见开门关门之声，想挣扎着起来和他说话，已经没有力气睁开眼了。

　　唉，儿孙自有儿孙福，莫把儿孙作马牛。该怎样就怎样吧，生死有命，富贵在天。

四、遗落的第二根骨头，他要把自己捡起来

睁开眼，天已亮。面对关着的门，我问，你今天去读书吧？

他含糊地回答，嗯，去。他的语气里写着笃定，但模糊的回答又让这种笃定阴云密布。

他是爬不起来的，因为他刚入睡。然而，在他每天呼呼大睡时，他那些高三同学们正在日夜奋战，参加各种补习班，深陷题海，只为一次考试提高那么一点点。一点点，往往就是一个世纪的距离。此时，我有一万个念头要破门而入，将他拎起来暴打一顿，打醒他，让他睁开眼睛去看看这个奋斗着的世界，打得他知道，他所握住的幸福，并不是人人都有的，而他是有多么不珍惜。但是，在经过无数次这样毫无精进的冲突之后，他习惯了我们的愤怒，也不再在乎他那点颜面。他拿出了破罐子破摔的姿态。

他终究没有去读书。在这样的状态下，读书还有什么要紧，让他做一个阳光健康的人尚且难上加难，高考，这件对所有高考生家庭而言最为紧张和重要的事，对于我们而言，变成了最不重要的细枝末节。在门外，我先是高声大叫，然后一边流泪，一边痛诉，最后，泪水把早晨的我冲洗得狼狈不堪，而高声的控诉、叫喊，估计也惊醒了楼上楼下的邻居。那时，我多么想只是一个任性的女人，而不是一个孩子的母亲、一个男人的妻子、千百学生的老师。

表针冰冷果决地指向七点，必须收起眼泪摒除个人情绪去上班了。如果不去死，那么，活着的每一天就要严阵以待，使自己不至于活成一个笑话。我们这个家庭，不能因为一个不能自救的孩子垮下去。我这样对自己说着，擦干眼泪上了他父亲的车。他双手紧握方向盘，眉头紧锁，额头青筋暴起，一言不发，车中空气凝固，天气冷得出奇。此时，任何一个人先开口，都必定会点燃一个炸药包，各自的推诿、批判将把我们炸得血肉横飞。

下车时，他一字一句地对着我说，真是丢丑啊，自己是老师，教出来的孩子竟是这样的，我索性也不要上班了，因为我实在没脸见人。

难道你所在乎的，只是你自己是否有脸见人？我回击，铁青着脸，紧咬着牙，下车，使劲地关上车门，努力使自己没有口出脏言。

　　那一刻，我恨他，无以复加地恨，我后悔当年一时冲动嫁给了他，一个自己心智都没有成熟的人，他没有做好做父亲的准备，便迎来了他的孩子。如果时光可以倒流，如果我知道孩子会成为一个家庭唯一欢喜怨怒的原因，我宁愿从未遇见他。他不懂孩子，不懂耕耘，只问收获。这些年的往事一一涌上心头，我气血翻涌，见他怒气冲冲一路往前，恨不得冲上去，在校园里与他大吵一架。

　　在一个为培养出优秀孩子而付出一切的时代里，作为一个高中老师，我亲眼见到那么多家庭都在不计成本地拼力把孩子带上一条光明而正确的道路，有的为了孩子一方放弃工作去陪读，最终挨到高考后离异；有的抱团四处打听寻找最好的补习老师，拿出全部积蓄逼着孩子不分日夜地学习；有的则不惜重金买练习资料、各种秘籍宝典；有的提前与名校联系，打通自主招生的关节……他们用行动暗示着我，一个成绩不好没有考上好学校的孩子意味着可能会有黑得伸手不见五指的未来，他将不被这个社会接纳，他会活在人群底层，他会活得猪狗不如。那些什么不读书也会有别的出路、行行出状元之类的话，不过是安慰人的托词罢了，如果真的不读书会另有一番天地，为什么人人都要削尖脑袋往更好的学校去？如果孩子过得不好，我前半生的努力只能是一个笑话。

　　回望年来种种，心中不禁荒凉。如此兵荒马乱的时光，何时是个尽头？有谁可以帮我和我的儿子，度过人生中最艰难的阶段？

　　我想到了心理医生。前些天隐约听说湖南师大有一个很厉害的心理学博士正在一些重点社区搞一个青少年心理介入的实验，效果很好，也许我的儿子正需要这样一位老师牵引他，帮他走出心里的沼泽地？也许，用科学的方法能找到解决问题的办法？

　　就这样，我下定决心要对小乙进行心理介入，但前车之鉴，这次必须在他完全不反感的前提下。

　　雪依旧下着，中午回家，我在门外，对不知是否起床的小乙说，妈妈为你请了一个心理学博士，要把他从长沙接过来，你同意吗？

　　他闷声回答，我的心理健康得很，不用。

　　妈妈把朱博士的相片发给你，你看看。

朱博士年轻又帅气，孩子们都是"颜控"，也许一看之下会动心。

过了不多一会儿，他打开门，说，你请朱博士吧，我自己也想知道到底问题出在哪里。

五、分离的焦虑

他的回答太让我意外了，我的儿子，他完完全全毫无抗拒地接受心理介入，也许，他才是那个最想自救的人？

我欣喜若狂，立即拨通了朱博士的电话。再过两天便是周日，朱博士答应抽一个上午从长沙乘火车来与儿子见面。虽然大学时我也曾为了教育而学过心理学，但时过境迁，在我与儿子多年的较量之后，我的自我怀疑感严重加剧，深感对心理学知识一无所知。他将是我溺水时的一根浮木还是一根稻草，尚未可知，但对于儿子而言，也许那是一线光吧。

连续两天，大雪纷飞，天地一片雪白，夜里滴水成冰，街道两旁堆起两三尺厚的雪，路中间的积雪也没有融化。车行缓慢，人行亦倍感艰难。也许是期待看清自己的内心，也许是其他原因，那几天小乙晚上再没有出去，周日上午的文科综合模拟考试，竟也去参加了。朱博士到上课地点时，已是晌午，我去叫小乙，从教室窗户里望去，他正埋头飞速地写着试卷，极为投入，这是进入高三以来未曾有过的景象。我不忍心打断他，等他做完最后一题心满意足地交了卷才叫住他。

我们往授课中心走去，那雪白得呀，要刺伤人的眼睛。授课处积雪很厚，只有一条留着脚印的小路通向里面。小乙习惯性地揽住我的肩，妈妈，你不要忧伤。我鼻子一酸，泪又扑扑落下来，是啊，我为什么要忧伤？这雪让我忧伤，这冷让我忧伤，他不可把控的身心让我忧伤。泪掉在雪上，一个两个极小的洞，很快淹没不见。

心理咨询室很温暖，朱博士年轻帅气，书卷气扑面而来，儿子脸上浮起不易觉察的欢喜神情。他们把我关在门外，一聊就聊了一个小时。然后，朱博士把我叫进去，把儿子关在门外。他对我进行了心理测试，并简单询问，然后，他告诉我两个让我意外的结论，一是我的儿子很正常，没有心理疾病，相比之下，有问题的是我，我的过分焦虑使我必须与儿子同步进行心理干预；二是我的儿子最崇拜的人是我，这在青少年中并不多见，而我并没有好好利用这种崇拜处理好正常的亲子关系。

我的心又痛了。往事的碎片一一重现眼前，只要停下来想想，他有多叛逆我就有多少对他的逼迫近于残害——是我没有做好母亲，而非他没有做好儿子。这是一个多么残酷的结论！那么，如何重建一个优秀的儿子？关键是已经逝去的时光之不可挽回，成长已然半成型，而我的种种问题，又怎么可能在高考的压力下改变，将其他关系放在这样一堂决定命运的考试之前？

那次以后，朱博士每周来咨询一次，那段时间，是家庭难得的平和时间，也是儿子极为难得的平静时间。我们在尝试进行心理学上所谓的"分离"实验。事实上，在朱博士的帮助下，我们超过一个月没有争吵，他开门的时间也明显延长。我在艰难地捡着那些被我遗落的骨头，试图重新搭建一切。

在这段时间里，母子之间的分离成了我们之间最重要的课题，而非日夜悬于头顶的利剑——高考。我最需要的是处理自己的焦虑，接受孩子的表现和我的期待之间差异确实不容易，但这种差异是真实存在的，我们不能要求他人都达到我们的要求，即便是自己的孩子。

暂时不焦虑于高考，而聚焦于儿子的"成长"，这使我慢慢地领悟到，如果我们认定人的本心是自私自利、冷酷无情的，那人的独立和自由自然会加剧人与人之间的隔绝，所以才要用孝道之类的规则去约束一个人。可是如果我们相信，即使没有被胁迫，没有必须和应该，人仍然愿意对别人表现出善意，那独立和分离只会让人与人之间的相互支持和帮助，回归自发自愿的本心。当我们这么做的时候，我们不再是害怕别人失望，也不是期待别人的感激或回报，我们的付出只是出于对另一个人本能的爱和同情，尽管我们知道，我们也可以不必这么做。

孩子只有经历过离家，才能选择回家。同样，他只有在关系中独立了，才能真正自主地，以一种成熟的姿态投入到一段关系中。他所有的挣扎，只不过是相对早一点，在世俗认为的不适当的时间里，在不知不觉中，试图确立这种关系。而分离从来不是人际关系的终点。

自省是改变的前提，因为，反省并不轻松，它有时候还让人痛苦，可这正是改变的契机。没有谁能说自己是完美的，每个人都带着问题和长长的过去在生活，有很多人不焦虑、不纠结，因为他们意识不到自己的不足；而只有那些能意识到自己的不足人才有发展的空间。心理学家荣格曾经说过：如果潜意识的东西不能转化成意识，它就会变成我们的命运，指引我们的人生。而自省，就能慢慢把潜意识的东西意识化，然后让其与真实世界慢慢接触，重新成长。

我们都需要反省，在反省中不断确认正确的路。

凭小乙的悟性，他定然也意识到了，这才有了长久以来持续时间最长的一次改变。

六、一场毁灭性的恋爱事故

但使一个即将高考的孩子放弃挣扎甘心堕落的原因，并没有表面那么简单，在朱博士取得了小乙的信任后，他发现了一个令人震惊的真相，小乙平日里云淡风轻，不以为意，我以为早就已经过去，从未想过，那才是他心底深处最不愿触及的痛，那才是他的烂疮疤的根结。如果此生他不能将此连根拔起，那烂痛也将追随他的一生。

刚上高一时，小乙十四岁半，少年风姿，甚是俊美。我怕他谈恋爱，多次普及早恋危害，无奈他年轻懵懂，又有同学示范，还是起了好奇，与一个女孩恋上了。我虽有心反对，又怎能阻止他们的相互倾慕？最终，只能为更多知道他们之间的情况，装作不把小儿女之事当洪水猛兽的姿态，索性把女孩叫到学校的房间里吃午饭，暗中观察他们的动向，并因势利导，明里暗里告诉他们，他们这种要好不过是同窗情谊，并非传说中的爱情。并叮嘱他们不要在校园里有任何大胆举动，一个人要懂得爱惜羽毛。

如此平静地度过了一年，他们的交往似乎正常，也没有什么风言风语。

忽有一日，女孩的母亲告诉我，夜间十二点，她家有人敲门，开门又不见人影，不知是否是我儿子。我笑着说，怎么可能？我几乎每晚超过十二点睡，那个时间他不可能出门。然而细想，不禁冷汗淋漓，那个日期，似乎正好是我唯一早睡的一次。难道他们的感情已经发展到半夜也要相见的地步？我不敢相信，从此留了个心眼，发现他们在我的眼皮底下交往，却逃过了我的观察，恐怕已经不能"发乎情，止乎礼"了。

知子莫若母，小乙是潇洒随性的孩子，情感也随我，比较清冷，加之年龄尚小，应该不至于太过分。然而，若是深夜也要相见，用情之深自然也不言自喻了。人在年少时，能全心全意爱一场，也值得，当然，前提是这爱是美好的，给人力量的。他们这么小，能处理好这样的情意吗？那时我便悬了一颗心，怕用情深处，彼此伤害，不能收场，但我实在无能为力，只能静观其变。

他们不愿意告诉我，我旁敲侧击，看他们的神态，来判断晴雨。到高二第一学期，分分合合五六次，闹得成绩也是上上下下像坐过山车，小乙也几度出现厌学情绪，又喜怒不定，常为一点小事就与我大吵，那时的我，已经为此焦虑到近乎疯狂，哪里还能冷静考虑种种，心平气和地因势利导。如今回想起来，因为迎面而来的一切过于特别，完全跳出我的青春经验之外，又如何能够加以正确引导？终究是我对不起他。

高二第二学期期中考试前，一个黄昏，我正在做饭，他父亲十分愤怒地说，我给你看个截屏，你看看你儿子都做了什么好事！我的脸都被他丢光了！

一张QQ空间截图赫然在目，上面用极深恶痛绝的语言，描绘了小乙如何当街打了那女孩一个耳光然后扬长而去。下面跟帖无数，均是骂声一片，极尽难听之言。我气得浑身发抖，他纵然再调皮，我也绝没想过他会打女生，并且是在大街上！真想狠狠地甩他一个耳光，真想跟着那些人一起，将他骂得狗血淋头！打女生，这将是他人生中何其耻辱的一笔。可到底发生了什么，让我一向理智的儿子如此冲动？

门响了，他耷拉着脑袋进来，一声不吭地坐在桌边。

儿子，怎么啦，发生什么事了？我装作什么也不知道。

我以为他会如往常般撒谎哄骗过去，谁知他站起来，一把抱住我，大声哭起来，妈妈，前天下午，我把她打了，在大街上打的。

我一把推开他，问，那你为什么打她？你不知道男生不应该动手打女生？

她劈腿，当初，明明是她追求的我，现在她突然告诉我她又喜欢别人了，这等于给我戴了绿帽子，是可忍孰不可忍。我们约定，找一个隐蔽的地方，我打她一个耳光，所有恩怨一笔勾销。谁知道她走到半路不肯了，我拖她她也不走，我一怒之下，当众甩了她一个耳光。有人把我的事写到了学校贴吧、QQ空间，人们不分青红皂白全来骂我，没有一个人问我到底发生了什么，事实是不是如他们的眼睛看到的那样清楚，那些平时跟我十分要好的朋友，也全都不再理我，今天，我走到哪里都有人在背后指指点点，辱骂我是渣男，等我回头盯着他们，他们就一哄而散，说我又要打人了。我没有这么坏，他们凭什么这样对我！他们就是一群吃人的人！我在这个学校待不下去了！

他一口气说完，揪着头发，低声吼叫，其状如同一头被困住的小兽，痛苦至极。

听上去，他是有理的，换作是我，我也可能不分场合不计后果地给对方一个耳光。那时，我多想拥抱他，给他一点安慰和力量，但是我忍住了。我心里有一万个声音，不能安慰他，要给他教训让他牢记一生！要让他自食苦果！要让他知道，宠爱是有底线的，自己犯的错只能自己承担，父母不能教训的，社会会给他教训……

他盯着我看，眼睛布满血丝，试图从我脸上看到一点安慰的痕迹，以抚平他的创伤。但我脸色冷漠，对他的困境丝毫没有同情，而是被我压抑下去的指责、愤怒，甚至谩骂。这几年来，遇到问题，我不都是一通发泄吗？

不多久，他眼里对我期待的火焰熄灭了。

第三天，事件持续发酵，全校传遍，据说外校都有很多人知道了此事，他走到哪里都有人向他吐唾沫。那些天，他从早到晚黑着脸，一言不发。然而那时的我，竟然随着大众一起，任由他被孤立、被嘲笑和指责，除了告诉他他做错了，我并没有试图教他怎样从一场网络暴力事件中走出来。就像一位丝毫不讲情面的法官，我站在正确的这一边，而不是爱的这一边。而且我坚信，时间能冲淡一切，伤痛很快就会过去，人们会被新的事件牵住目光。事实上确实如此，一周之后，这龙卷风般的事件，势头明显减弱，一个月之后，人们已经把这件事当作蛛丝轻轻抹去了。小乙除了不肯搞晚自习，不愿去食堂等公共场所外，玩游戏的次数增多，其他都恢复了正常。

一年以后当朱博士旧事重提，与这个事件相关的点滴细节，使我对他的种种行为恍然大悟。比如，他会经常有意无意跟我提起在校园里又遇到那个女孩，看她矮矮的个子甚是可笑；比如，哪天哪个朋友终究知道了事情的真相，理解了他；比如，他又与一个比那女孩漂亮几十倍的姑娘恋爱了……是的，他从未忘记，这件事的隐痛一直在。

当时你怎么处理的？你跟大家一起批评他了吧？

是啊，难道不应该吗？难道我应该纵容他再犯？或者告诉他被辜负就应该用武力解决？那时他正处在读书的紧要关头，他自己拎不清轻重，对于他的成绩我已经焦头烂额，根本无暇顾及他的那些小情绪。

当然不是，如果你当初拥抱他，再告诉他，他打人错了，但他愤怒的心没有错，那么，后面很多的问题就不会有了，因为你才是这个世界上最应该理解他的人。所谓做一个严厉妈妈的站位，使你失去了走向他，引导他的最佳时机。你要深感庆幸，你的儿子还存活在世上，在那样的打击中、那样的旋涡里，他完全有可能选择去死，你不妨再想想，在过去的日子里，是不是有这样的时刻，他反复问你活着是为了什么？那样的时刻，是心理学说的最脆弱的时刻，你该庆幸，你有一个内心强大，深深爱你的儿子，他告诉我，只要想到你会为失去他而痛苦终生，他就不忍心脱身独去。

我的心，像被什么猛地揪住了，又像一根钢针刺了进去，痛到无法呼吸。

七、高考来了，又走了

原来，这被我痛骂的给我带来无穷无尽的灾难的该死的生活，使我只在镜中看到了自己的影像，我纠结于自己的苦痛，哪里知道，那时饱经灾难的，恰恰是他，十五六岁，衣食无忧，离经叛道的他。他承受着不知道如何化解的痛楚，与此同时，他也将我的痛楚揽于一肩。

将近两年，我们的每一个早晨都是不堪回首的：他要在这个学校读书，而我们，都在这个学校上班，他父亲是班主任，每天都要提前进教室，我是语文老师，几乎每天都有早自习。因为害怕迟到，耽误他父亲的工作，我只能大声叫他起床，大声叫他吃早餐，怒气冲天地等他上车，在车上，为晚上是否在家吃饭争吵，为他鞋带没系好争吵，为补习争吵，为他的前途争吵……每一天都鸡飞蛋打剑拔弩张口不择言。那段时间的我必然是面目可憎的，无数次我都希望所处的生活不过是一个噩梦，我的儿子还没有长大，还是那个告诉他喝了泡泡饮料就会飞到月亮上再也见不到妈妈，他就会信以为真地不再喝半口的儿子，是那个为了参赛能够拿个一等奖埋头苦写拼尽全力的儿子。

生活的狰狞面目，只有身处困境的人才能看到。也许是我太不美好，也许是生活过于紧张，他的父亲，这个向来喜欢平静、性格平和幽默的人，渐渐变了，他变得越来越冷，看上去，对这个家，对我，对儿子，厌弃极了。他骂我们，与我吵架，除了上班和睡觉，其他时间都不待在家里。很多时候，我与儿子发生激烈的争吵，儿子怒极而欲摔门而去，我死死地拖住，浑身发抖，却没有一个人可以帮我，他父亲打电话回家时如果正遇上我们"火拼"，便会嘲笑一声挂了，不再管这些事。

那是一段怎样的岁月？对于我，是孤身一人，在茫茫雪域行走，毫无方向，寒冷绝望。对于儿子或许更是如此吧？可即便如此，只要我们稍微平和，情绪正常，他见我为他父亲之事不开心，就会来劝我，说父亲的种种好处，要我多担待他们父子俩。直到那一天，他父亲提出与我离婚，我想到十几年恩爱，竟如流水般逝去，大哭一场，他一直默默地陪着我，说了句，妈妈，离吧，离了，你会飞得更高更远！

就是在这样的相互绞杀、相互扶持中，我们跌跌撞撞迎来了高考。

高考啊，这是一场怎样的考试？它既是一个可怕的妖怪，让每一个人在它面前都深感恐惧，甚而心灵变形，但它也考验一个人强大的抗压能力，被高考的车轮重重碾压过而能生存下来的人，都是强者。我的儿子，在逃过高三以来连续十次大型模拟考后，会从高考的考场上逃跑吗？

六月五号，他说，我要请数学老师来家里，有一个关于对数的问题始终没弄明白。

六月六号，他说，给我讲一下高考作文，我想好好写篇文章。

六月七号，七点半，他打开房门，说，准备考试了，有点紧张，抱我一下。

给他做的早餐，他一口未吃，我送他到学校。校门外人山人海，他走到考生安全通道，我目送他高挑瘦削的少年背影，五味杂陈。

十一点四十分，他给我发信息，来接我，考得不错。我买了他喜欢的凉面、蛋挞，在马路对面等他，见他满面笑容走来，又习惯性地揽住我的肩，东西递到嘴边，仍旧一口不吃，摇着手说，吃不下。一路上一直跟我讨论他做的题目，估算考了多少分。那时，我才知道，我的儿子，他是在意高考的，他在意到不敢面对，直到最后，他终究战胜了自己，勇敢地面对了。

中午，他马马虎虎地吃了点饭菜，立即进房背数学公式去了。数学是他的拦路虎，如果没有数学，也许他不会是现在的样子。他念念有词，不停地要我打电话问老师这个那个问题，直到要进考场，他还在记着。

如果三年都是如此该多好！那么，他的青春，还会如此不堪回首吗？第二次送他到安全通道，看着他孤单的背影，我感到鼻子酸得发痛。

数学考完，他提前给我发信息道，做好只有六十分的打算。我在原地等他，他不再有笑，一路上沉默，进门时，突然一句，妈妈，从来没有哪个时间比现在更让我希望时光能够倒流！

那一晚，他还是没有吃东西。晚上背英语和文科综合到深夜。他父亲隐隐担忧，不会明天又因为今天考得不好掉链子不考了吧？唉，明天的事，谁知道呢？

然而担心的事没有发生，他极为投入地考完了所有科目，在第二天晚上，才吃了这两天来第一餐正儿八经的饭。吃饭时，我问他，你们班的毕业照你照了，毕业晚会就在晚上八点，你会去吧？

他毫不犹豫地回答，不去。

可是，不去你会憋坏的，去吧。

他把椅子一甩，进了房间，门使劲一关，再不出声了。

晚上八点多，班级群里陆续发出班主任讲话，同学们表演的视频，毕业狂欢，人人都在为自己的青春喝彩，为终于结束的苦难欢呼。我一一转发给他，希望他能多一点感受到集体的温暖，但他毫无反应。

那么好吧，苦难的高中，不管结果如何，总算结束了。就是这样，结束意味着新的开始，我们得共同开启新的旅程。我不想再纠结于过去，准备为他张罗毕业旅行的事。谁知，第二天晚上，他突然生起气来，推开书房门，对我大声吼道，妈妈，你知道吗，别人的妈妈是创可贴，是港湾，你从来都不是！在我受伤时，你只会将我的伤口撕得更开，今日之我的不够优秀，全都是你造成的！原来的我，也经常考第一名，写得一手好文章，人人都说我才华出众，现在的我，狗熊一样！连毕业晚会也不敢去参加，因为我怕丢脸！因为你把我放在全都是精英的班里，让我相形见绌！

那我受的那些苦算什么？难道作为妈妈，我就该死？我忍不住与他争辩起来，他就开门，摔门，再开门，再摔门。房子闹出惊天动地的声响，他撕心裂肺地大哭，一点一滴地诉说他这三年的痛楚。

妈妈，三年一不小心就过去了，我一无所获，这一切全是拜你所赐！

我试图争辩，但他不给我争辩的机会，他只管要自己一口气说完，完全听不到看不见我。我走过去试图抱住他，他推开说，说，迟了，一切都迟了，我的高考，考得很糟糕！说完，他再次使劲关门，不再发声。房子里立即安静得吓人。

不多久，他又猛地打开门，冲进书房，俯身一把抱住我，号啕大哭，用尽力气喊道，妈妈，对不起，这些年让你受苦了！

他哭得不可抑止，我的孩子，他还只是一个孩子，却过早地面对了成人世界的一切，我想起了自己绝望无助的那么多个日夜，瞬间，那么多他肯定我而我否定他的时刻，那么多几乎无法翻越的黎明前的黑暗时刻，一下子全来了。

就在高考之后的第二个晚上，母子俩抱头痛哭一场。被泪水冲刷过日子，如同被春雨洗过的天空，在长久的阴云密布之后，开始有晴空乍现。

我的脑海里浮起那句诗，"我用等待的时光 / 抹去灰尘的蛛网……去战斗，直到石头能抵达太阳 / 抵达未曾期待的瞩望"。

八、只要我愿意，我心中的全世界崭新如初

三个月后的一个黄昏，秋风依旧温热，我投掷在人间的那根骨头，静

静地立在山坡上，目光忧伤，戾气褪尽。他前所未有地沉默着，向着白色亭子的方向望去，只见近处是丛生的杂草，乱蓬蓬的荆棘，草丛深处裸裎的黄土，迎面飞来的蚊虫，远处则是"山气日夕佳，飞鸟相与还"的群峰，苍翠转黄的秋叶，中间窝心里是一排排建筑，明明最是热闹，却被这天与山化解了，只剩寂寞，孤独。

夕阳西下，余晖映得他半边脸亮堂堂，半边脸沉在阴影里，被剃得只剩发根的青色头皮，也褪去了凶猛与倔强的暴戾之气，柔和地独对着暮色。他的轮廓如雕刻刀路过了一趟一般，他妥帖的五官、黄金比例的身材、恰到好处的胖瘦，素来引人注目，每到一处，都会有类似于他真像某某明星之类的窃窃私语，其实在我眼里，哪一个明星有他好看呢？论起长相，他在我心里，已经是最完美的样子了，常常，在他弯腰系鞋带的瞬间，在他揽过我的肩膀我侧过脸看他的瞬间，在他笑着哭着的某些瞬间，我都会又惊叹又疼惜，唉，真是美少年啊！我的美少年！你知道你在经历最美的年华吗？

他转过头来，看着我，妈妈，可以让我复读吗？我想重来一次，你知道的，我不喜欢军校。给我重来一次的机会，我一定会珍惜的，相信我。

他说得十分诚恳，确实，这里生活条件不好，学习要求严格，各种规矩很严，对他这种自由散漫惯了的学生，是残酷的考验——这是一所军事院校。高考，他没有意想中的不好，自然也不可能在意料之外的好，世界上从来没有不耕耘而收获的道理。春天撒下秕谷，秋天收割饱壮的禾穗，这无异于痴人说梦。在高考志愿填报时，他因为想到选无可选，便同意了我对他的安排，提前批填航空类院校定向士官专业。定向士官并不容易考，要经历体检、面试、成绩三关，录入专业之后还有长达两年半的高强度训练，身体与文化同时过关才能入伍。但他这样的性子，正好在军队里磨磨，再注入点家国情怀、铁血担当，唤醒点他心中那男子汉的梦想，也许，他很快能从浑浑噩噩的状态里清醒过来，这才是我为他填报这里的初衷。

当被通知身体检测已过，要去长沙面试时，他如大梦初醒，拒不肯去。不去会怎样？这所院校是他的高考分数能进的最好的院校了，我把现实摆在他面前，他退无可退，谁都必须亲自为做过的错事，失去的时机买单，那时他懵懂无知，可以选择听取意见，而他没有。小乙在大是大非面前是清醒的，十七岁，他的同学奔向全国各地，各自光明的前途，他呢？难道窝在家里？他同意去面试，却死都不同意将一头染绿了的头发染回来——他瞒着我去染发，为此我们发生了高考后再一次事态严重的冲突。

军队面试是严肃的。那天烈日炎炎，他一出面试场就对我做了一个胜利的手势。他说，考官问了他几个问题，他都回答得很好，他深知只有认真对待才能得到选择的机会。他顺利通过面试。

剩下的事交给录取线。分数虽不高，在士官专业里却也不算低，八月上旬，我们收到信息，他被顺利录取，一家人欢欣雀跃，他却并无预见的欣喜。开始准备复读资料。我默默看着，不作评价，等待的就是他向我提出复读的时刻。

此时，此地。航院的山头，身处困境的母子，面对着是否要复读的问题。人生不是打牌，输了可以重开一局，或者玩游戏，结束了又可以重来，生命如同逝水，我们没有重来一次的机会了。我不想重复噩梦，他也没有资格重复噩梦，在若干个被他挥霍掉的本该奋斗的日子里，他一意孤行，过于专注内心的苦难而毫不在意迎面的现实，丢失的不仅是时间，更是坚韧的心性、文化上基础性的知识，这些不是一年能够补起来的。他的基础不允许他重来一遍，没有更多更好的理由支持他重来一遍，我不会被他一时的冲动迷惑，事实上作为母亲我比谁都更希望他能够进一个最好的大学，过一帆风顺的人生。

儿子，Game over，你要开启新的征程了，妈妈从此以后再也不会陪伴你，你得独自面对，如果你有决心，在这里，也可以，用你的毅力表现给我看。

他痛苦极了，揪扯头皮，陈述着各种需要复读的理由，直到第二天天亮。但这次，我不再妥协。相比于不愿重复不堪回首的过往，更让我不能接受的是，我的妥协可能带给他的侥幸心理，以及经不起再赌一次的高考，我能够把握得住的是现在，至于未来，还是让他自己去把握吧。

这一次，他没有吵闹，也不再怒吼，自始至终，他都体贴我，理解我的感受，并且显出了退让的姿态。高考之后，他的状态稳定，好像完全变成了另一个人，自律，冷静，平和，喜欢高声谈笑，能耐心忍受我的唠叨。高考彻底改变了他，让他看清了现实的残酷，体会到个人在社会面前的渺小，也让他在此之后有足够的时间去反思回味，那些犯过的糊涂、虚掷的光阴、痛彻心扉的爱。

最后，妥协的是他，决定担当的也是他。将要面临烈日炎炎下的军训、严苛的内务整理、等级分明的制度，以及乍然离家的思念，会令他如高中时一样再次退却吗？送我时，他眼神坚定地看着我，妈妈，放心，只要是我自己决定的事，我就一定尽全力做到，你不要再为我操心了。与他挥手作别时，我心里不再担忧，如果一开始我就选择信任，生活定然是另一番风景吧。

生活总要继续，母子一场，在长达十七年的相伴之后，我们终于走到了挥手作别的路口，从此，各奔前程，我能给他的，唯有信任和祝福罢了。

把他留在学校，我独自返程，夏日的阳光照耀我，我心中虽有牵扯不断的不舍，更多的却是毅然决然的离去。从公交车到地铁到高铁，一路乘过去，离他越远，我越平静——我和小乙，无数家庭的父母与子女，终究在高考的洪流席卷之下，翻山越岭，历尽艰辛，抵达各自的站台。看上去，高考的结果无关紧要，在新的起点上，刚刚才开始的人生存在无穷变数，然而那一段一个家庭共同经历的或光亮或不堪的青春，或焦虑或坦然的态度，成了此生的底色，是一生处世安生的根据。人世寒凉，人世亦温暖，值得我们去歌哭，去书写；活着，终究是以有知向无知泅渡，这是多么值得期待的事。

小乙一定也会慢慢懂得这一切：在我们的漫漫人生途中，每一个人看别人，都像河面上的浮藻，不真切，只是油油一抹绿，近港处，汽油浮在水面，被风吹得往岸边挤，变幻成五颜六色的泡沫垃圾，一并靠过去，挨挨挤挤，形成奇异的斑斓，当你怀疑我们的人生，不过是被上帝抛弃的泡沫或油星，漫漶成一湖时，你会用经历过的一切，告诉自己，即便如此，也要挣脱命运，开出自己的花。

从此，我这人间的骨骼，在被我遗落，又被我捡拾回来后，将重建一个自己，一个纯真、坚定且美好的——人。

遇洪记

在灾难面前，

人容易，

低估韧性，而夸大痛苦。

殊不知，咬咬牙关，

一步一步走，

就走过去了，

回头看，不过是，

群山险峻，步步惊心。

一

在将近半个月时断时续的雨中，在闷得能拧出水来的天气后，连天而至的暴雨又猛地下了三天三夜，屋子前的池塘里，黄色的泥水上漂着许多细而圆的绿色小叶片，父亲前年在池塘里插了一根胶瓜秧，今年好不容易长成茵茵一蓬，前些天父亲还说，今年胶瓜可以吃个饱，得空要给你城里的姑姑送点去，谁知道被这雨一淋，水一涨，全都东倒西歪，露出一点点细长的尖儿，像要溺死的妇人。房檐上的水淋淋漓漓，像永远都断不了，父亲戴着斗笠，在房檐下抽水沟，背上淋得一摊湿。雨特别大的时候，水在沟里急匆匆跑马一般，一波赶着一波，沟道太窄，水跑得急，漫出来，把旁边的土和草泡开，浸染，洇成大片，形成一条一条的小沟，蚯蚓一般，密密麻麻布满空地。

屋顶的青皮小瓦被雨打得厉害，浸的时间久了，也承不住，房子里这一处那一处，滴滴答答，家里的盆子桶子，全都用上，还是不够，地下这里一片那里一片湿着。空气黏糊糊的，一种是霉又不像霉的味道，透过重重的空气侵到鼻子里，让人想呕。

这雨什么时候停呀？刚满十一岁的弟弟，似乎也因这雨，有了挥除不尽的惆怅，他的声音亮亮的，是透过雨幕的太阳。父亲看了看他，又看了看面前装了几只炸辣椒和一点炒茄子的菜碗，皱着眉头对我说，天老爷的事，谁都说不准，等下我要去大堤上抗洪，你是老大，要把家里安置好。

我抬头环视四壁，有什么要安置的？除了几件破家具，一台旧电视机和小洗衣机，两个弟妹，一位患有癫痫病的后妈，我们再没什么了。我不敢问，洪水会不会来，只是听大人们互相传递消息，说水又涨了，袁家坝的大堤快撑不住了，《晚间新闻》麻麻点点不甚清晰的画面并不能阻止我们向往一个外面的世界，这段时间，城陵矶水位不停创新高的消息通过女播音员那甜甜的声音传递，显出一种怪异的紧迫，我们也只能感受到隐隐的焦心，毕竟，城陵矶是个什么地方，有多遥远，我根本无从想象。

傍晚时分，父亲抗洪回来，报告水的消息，说十有八九今天晚上要倒垸子，得收拾好东西，并去新田坑上（我家挨河边的一片西瓜地）把那几千斤西瓜抢到高地上。他忧思沉沉地说着时，雨停了，人松懈下来，才可怕。此时，久违的太阳从西边露了脸，天上一道彩虹横跨南北，七彩绚烂，清晰异常，我因是生平第一次见到传说中的彩虹，便盯着看了许久，我试图将那些颜色，赤橙黄绿青蓝紫啊，全部用水彩模着再涂一遍。这么晴朗的天，这么明媚的彩虹，明天准是一个大晴天，只要晴上几日，水位一退，一切就都过去了。

"东虹太阳西虹雨，南虹北虹长大水。"父亲阴阴地说，芬伢，走，我们去摘西瓜，能抢出多少算多少。说完他将板车架搬到滚轮轴上，将两对大簸箩往上一放，就出了家门，一边走一边回头叫他老婆，王友元，你带两个小的，把灶屋里的东西搬到秀园咀的橘树林去，那里是村子里最高的地方，万一倒了垸子，我们总不能饿死，西瓜卖了，还能换点钱，芬伢，快点跟上，我们得跟洪水抢时间。

纵然无数次听过"涨大水"，但那也只限于文学的想象，如今事儿真来了，只能毫无主张地跟在父亲的板车后，随着父亲脚步的加快，我心里跟跟跄跄，慌得很。父亲许是见我一声不吭有些奇怪，便停下来看着我，说，兵来将挡，水来土掩，不要怕，什么坎儿，我们都得过，快点走，西瓜能抢回多少算多少。

我说，嗯，我不怕。我咬咬牙，几步一小跑地跟着父亲的板车，走了两三里，终于到了新田坑上，这块河边的西瓜地，在无数个清晨和黄昏，和我一起孤单，一起寂寞，一起饮水汽，看荷花，是我最喜欢的去处。

河水已经齐土边，父亲走过去视察一番，拿下箩筐，往土边一放，命令道，从土边上摘起，你摘了搬到土边，我来挑了拖到那边的橘子林，动作要快，不然怕来不及。神情严肃的父亲，眉头紧锁，令人害怕，我没有拒绝的可能性。

那天是农历五月的最后一天，我十八岁生日，是考上大学的第二个夏天。除了我自己，没人记得。

二

从西瓜地到橘树林上的高地，有两百多米，父亲一个人拖板车，因为路被雨水泡稀了，尽管有卵石，板车的轮胎上还是沾了很多泥，推不动，我搬着西瓜放边上的时候一抬头目送父亲，便看到他拖着板车，脸差不多贴到地上，奋力往前拉的背影。我鼻子一酸，恨自己不是个男孩，不能为父亲分担些体力。这使我多年之后中不再需要用体力劳动换取生活所需后，对于大街上任何一个以体力劳动为生的人充满同情和敬意。相比于那些坑蒙拐骗不劳而获者，他们黝黑的皮肤和佝偻的身躯恰恰是他们高贵的标志。

为了减轻父亲的负担，我咬紧牙，搬着西瓜在地里和路上小跑。我身量小，父亲种的西瓜大，我搬着西瓜，不咬紧牙，根本跑不起。我先把西瓜搬到土边上，估摸着大概有一担了，就一个一个搬着往路上移，这样，父亲拖过去的距离就能尽量减少些。父亲看出了我的用意，目光感激地看了我一眼，就继续弓着背拖起板车来。直到太阳下山，天黑了，河水安静，波澜不惊，与天空相互映衬，发出幽蓝的光，我和父亲都没有再说一句话。

父亲种西瓜的技术远近闻名，其产量令人交口称赞，因此，我们再使劲，也只摘了那块地的一小部分。天黑下来，光线不好，做事的效率自然也低了许多，更重要的是，我明显感觉到土里已经进水了，开始只是土湿，慢慢地，水从土里冒出来，然后，水漫过了我脚面，到了脚踝。我以为是正常现象，不敢告诉父亲，他还在那条路上尽其所能地拖着西瓜。直到水淹过我的小腿，漫到了拖板车的路上，父亲才惊觉，大声说，芬伢，水涨得太快了，我们要再快点，再抢几百斤就收工，说完他又拖着板车往橘树林去了。四周除了天边深蓝的幕布和河水静默的轻绡，以及近处隐约浮起的瓜藤，再看不见什么。我只能在水里摸西瓜，即使如此，我的脚步也没有放缓，且西瓜借了水的浮力，滚到土边上要比自己抱过去容易多了。

就这样，水漫到大腿的时候，父亲说，算了，其他的只能丢了，我们回家吧，我才松了一口气，可恶的西瓜，终于可以暂时和你们说再见。

这堆西瓜，应该不会有人来偷吧，父亲从橘树林经过的时候，暂停在他的西瓜边，语声忧伤。我想，有人偷又怎样呢，距离家里这么远，你还能想出抓贼的办法？唯一的期待是水不要来吧，只要这两天过了，就可以运到城里卖，就不担心了。说完话的父亲长叹了一口气，拖着两担箩筐，穿过大半村子，走了两里多地，终于回到家里。我跟在他身后，他好像全无知觉，因此我也一直静默着。

父亲一进家门，看了一眼墙上的钟，就叫醒王友元和我的弟弟妹妹，说，趁着还没停电，快点收拾东西，能打捆的打捆，我们要躲灾了。

他的声音在静得出奇的夜里显得突兀而闷沉沉的，让我深感害怕。我也看了一眼钟，表针指在十二点。我先去收拾厨房里的东西，直觉告诉我，躲灾先要考虑吃的。然后，收拾书。什么都不多，没多久就收拾好了。有一套四卷本的《笑傲江湖》，陪我度过了高考时空闲下来又十分紧张的白天和黑夜，我留在旧书桌的抽屉里，我想，即使进水，未必水会涨到桌子面上来，把它留着，做镇宅之宝——我到底对这即将到来的水存了一点侥幸。

三

多年以后我才知道，丘陵区涨水与湖区不同，湖区一坦平洋，垸子一倒，洪水瞬间便可吞噬村庄的一切，而高低不平的丘陵区，若信息不通，水不来到面前，谁都不能确定。

恍恍惚惚睡去，可能是太累，锣鼓声、喊叫声连成一片，弟弟摇了我不知多久，才把我从模糊的梦里拔了出来。等我清醒，村子里各种呐喊声响，远远近近，闹成一片，传入耳鼓，家里更是情势紧张，继母大声叫着妹妹帮她抬火炉子，父亲的身影却是不见。我顾不得昨晚的劳累，连滚带爬起来便代替了妹妹，安排她拿饭锅碗筷。我们开始往不远处的秀园咀橘子园运东西，东边的黄家，西边的李家，远一点的其他几家也都往同一处运着东西，队伍浩浩荡荡，乱糟糟一片，平时家里不常翻出的东西，都亮相在众人的眼皮底下，红红绿绿，叮叮当当，平时没说过的互相帮助的话，也都在迎面遇见对方时说了出来，如此，竟少了几分逃难的凄凉，多了些期待中的兴奋，似乎洪水来临，反而成了一个重大的节日。孩子们设想着，坐在自家大门前钓鱼、洗脚，简直还十分有诗意，大概是平时安逸的日子过久了，这偶尔的刺激，让人暂时忘却了可能会有的艰难。

从五点多东方露鱼肚白开始，到将家里所有重要的东西全部运完，大概用了两个多小时。父亲到屋后砍了一堆竹子，在橘树林中辟出一块空地，又抱了一大块彩条布，开始搭建临时的房子，我停下来喘着气，看其他人各自找地安置，一种奇怪的快乐笼住了我。

伯父家的房子就在这块橘树林的下面，借着地理优势，他们搬得最从容，且占了最高点。一切安置好，伯母过来问我，你家还有多少米和煤？如果没有，趁水来还有些时间，快点去买些来，这水来得慢，也必定退得慢，你爸爸没有经验，只有住的用的没吃的，有什么用？

听她这么一说，我立刻向继母要了钱，骑上单车径直往四里外的粮店奔去。这一路平行的，有一条子堤，平时上学，我们都喜欢在子堤上玩，尽管荒草没径，但陌生感让人更生向往。然而此时我骑车经过一个堤的断口，发现已经有水穿过堤打湿了路面。路上行人稀少，我的心怦怦地跳着，两脚生风，两个轮子呼呼的，简直要成了哪吒的风火轮。不多久，粮店便到了，前来买粮的人排成长龙，我心急火燎的，想着那渗水的堤口，怕回不去，可没有粮食，一家人如何度过？想想，心一横，继续等着，直到买了三十斤的粮，往自行车后座上一绑，便硬挺着歪歪扭扭返回。

渗水的堤口已经有没过脚踝的水急匆匆地流，横过路面往下面的田里冲，水哗哗响着，白花花的，像个小瀑布。路面被拦腰截断，水势越来越大，如果此时不过去，怕便更难过去了。想着橘子林里的家人，我心一横，推着自行车，一步步蹚进急流的水中。这时，水不再是平时温柔安静的样子，而是像一双无形的巨手，用力要把我和我的单车推到坑下去，推向更远的地方，我一步一步，扶着车子，拼尽力气与水对抗着，路面下，水奔腾而去，平时的稻田已经成为一片汪洋，如果我连人带车被冲下，便是神仙也救不了。就这几十米的路，当时一往无前地走过，真有走过漫长一生的感觉。

那时，对面一个要过来的男人站在干地使劲喊，太危险了！你这是自寻死路啊！他试着向我靠拢，也许是因为自行车上有些重量，也许是因为有什么冥冥中帮了我，我竟慢慢走近他，他一把拖过我，又帮我将车子推上岸，骂道，你这是不要命呢！好在你过来了，阿弥陀佛！快点回家去！

我谢过这无法去到对面的陌生人，来不及感叹，又歪歪扭扭踩着单车往橘树林去。我听到了轰轰的，像雷而又不是雷的声音，越来越近，越来越真切，就在橘树林的后方，那条将村子一分为二的子堤那里，孩子们在橘树林里喊，水到王家了，水又到李家了……

四

我家地理位置最低，最先进水，然后是西边的李家。虽有巨大的水响，但我家的水是静静升高的，涨得不动声色。它们从村子后方如无数匹野马狂奔而至，似乎到我家后面就放轻了脚步，漫过我家后，往前面的子堤涌去。子堤环绕前半个村子，暂时没有决口，堵住了它的去路，它便迅速升高，在此处形成一个大水涡，水位迅速蹿高，一直升到伯父家门前的路上，这条路，是通往橘园的路，再涨，淹掉伯父家的房子，便淹到橘园了。

水浊黄一片，水里带来了腐坏了的小动物尸体，四处流窜的老鼠，各种植物的碎枯枝，折断了的大段绿树条，塑料袋，泡沫，以及各种颜色的衣服。小孩子们却看到了他们期待已久的大鱼，大大小小贴着水面的飞虫，甚至，还有平时难得一见的神秘甲鱼，它们看上去精疲力竭无可奈何。孩子们站在高地，伸长脖子观望，忽然，邻家的子云指着水叫，看呀看呀，好大的水鱼，快去拿篓子来！快去砍竹子做钓竿！这叫声立即引来兴奋的尖叫、欢快的鼓掌和似乎没有止境的期待，大水的危险被这样的叫声送到九霄云外，而大人们则跑到橘园的最高处望水，摇头叹息，目光散乱，不知所措。

橘园后面的水还在轰隆隆山崩一般倒下来，水位继续上涨，渐渐地淹到了伯父家的前坪。我的心里害怕极了，如果失去橘园这最后一片领地，我们便去无可逃了。李家的发明叔跑来跟伯父说，再上涨两米，我们就危险了。我们不能就这样坐以待毙啊！

伯父面色严肃，沉吟半晌说，再看看，水涨起来再说，天无绝人之路。

水继续不动声色地涨着，不到一个小时，便将伯父家的墙淹到了一米多高，我们在房后的坑上看着，傻傻的，失了主意。此时已近中午，太阳毒烈，蝉发奋嘶鸣，却盖不过水声轰隆隆不止息。被水驱赶到园子里来的人全都站在坑边看水，伯父说，一旦水真漫上土坑，你们就往秀园咀的方向走，那里地势高，是通往外面的唯一出路，就站那里呼救。

所有人的心都提到了嗓子口，没有人愿意离开家园，哪怕是临时的橘园，至少还有大部分家当，总好过居无定所的流浪。

不多久，伯父大声说，没有危险了，大家各自安置去。我不懂，凑过去看，在过去的一个小时里，水位不仅没有继续上涨，反而有所下降，土坑边留下了水来过的痕迹。可是园子后面的水响在继续，为什么危险就解除了呢？

发明叔说，我去看个究竟。他妻子一把扯住他，不行，你听，后面的水还在直往下倒，你这么去会出事的。他笑着说，放心啦，我就找个最高点，爬到树梢，看看，又没船，我天大的胆子，也不敢啊。发明叔爬树很厉害，夏天打酸枣子时，我们这些猴儿最喜欢跟着他跟，他一棱棱到顶上，能把树尖尖儿上的酸枣子摘下来，我们呢，脖子都仰疼，不多久就可以捡一地的枣子了。

这下子他又一梭，梭到园子里最高的树上，大家都在下面屏息以待，他一手攀着树枝，一手遮住前额，远眺许久，跳下来说，暂时没有危险了，老王家前的子堤决了口，水冲到那边的河里去了，大家都各自安顿去。

大伙儿这才放下心来，大人们扎棚搭临时的房子，安置搬出来的东西，准备午饭，孩子们有的找稍低一点的地方刨坑，引饮用水，有的削竹子做钓竿，有的到处疯跑追赶，橘园里前所未有的热闹，像过节一般。

五

黄昏渐至，天边的晚霞分外艳丽，从橘园往秀园咀的方向望去，成片的绿色在橙红的阳光下重叠，繁茂得异常令人心惊，树影一动不动，沉静安然，好像什么都没有发生，而另外一面，则浊黄发黑的水汪洋一片，家园面目全非。由于长时间的积雨，乍放晴，且太阳猛烈，围着水中这块地一蒸，空气中弥漫着水的腥味，飞虫屎的臭味，朽烂了的木头气，潮湿的泥土气，陈旧的家具被褥气，各家晚炊的香气……使人头昏目眩，抓心欲呕，轰隆隆的水声，依旧如同山崩般，一刻不止息，近处的人声遂逐渐淡下去，虫声又升起来，太阳西沉后的天空投下奇特的光，诡异得很，无边无际的恐惧再次席卷我。这构成了我一生中最无法忘怀的一个黄昏，在往后的生命中，每每遇到艰难困苦，它都会在我的梦境里再次浮现，仿佛要提醒我，劫后余生便是这般，还有什么比这更艰难的时刻？

父亲的临时房子搭好了，平时看上去家徒四壁，而此刻小小的彩条棚却显得十分拥挤，一张床就占了大部分空间，衣物、被褥全堆在床上。做饭的地方在一棵大柚子树下，没有搭棚，我担心下雨，父亲却说，这一个月之内，再没什么雨下了，柚子树荫大，白天做饭也不会太晒。

那一晚，水整整响了一晚，我在恐惧中睡去，又在恐惧中醒来。水响一直延续到第三天，水响也用三天时间让人们习惯了它的存在，习惯了洪水的存在，橘园里的人们暂得安稳，混乱过后，又秩序井然。但赶到园子里的鸡鸭猪狗都要吃东西，自己的口粮尚且没有存够，哪有匀出来给牲畜的？第三天，父亲提出，要将家里的鸡先杀了吃掉，这种天气，若杀猪，怕肉坏掉，得养着，他吩咐我们去秀园咀没有被淹的地方找猪草。继母平时养鸡最上心，每一只鸡都是她的心肝宝贝，不到关键时刻，她可舍不得，因此，她对着父亲眼一横，你不会想办法呀，就靠着这只鸡的吃食？

两人正争论不休，发明叔敲起了脸盆叫集合，大人们立马丢下手中的事，往发明叔的棚子跑。

发明叔说，要给牲畜们找吃的，有一个现成的去处，你们去不去？

父亲第一个回应，只要有，没有不去的，灾后还得靠这些牲畜们换点钱。

发明叔又一敲脸盆，说，好，我岳家给我来一只大筏子，能装两千斤，得力的劳动力跟我上船，咱们运米去。

西边李家问，哪里有米？有米也没钱啊，水一来，今年还什么都没来得及收。

发明叔颇得意地笑了，说，袁家坝先前抗洪，投了几十上百卡车的豆子和米去填洞，现在堤垮了，那些豆子和米不知道有多少人在抢，我们不去，可就白白便宜了别人。

伯父马上阻止，不行，这太危险了，一则，就在决堤口，水太急，一则，这是国家财产，咱们不能偷盗。

发明叔生气了，对着伯父问，人人都拿得，我们拿不得？再说，反正决堤了，不起作用了，你不去就算了，愿意去的随我去。

不顾伯父反对，父亲毫不犹豫上了船，西边李家，东边黄家，也都去了。他上船的时候，我真想跟他说，爸爸，别去，可我看他果断上船的身影，知道一切只能交给命运。我远远地目送他们的筏子像一片叶子般往水口漂去，心紧到嗓子口，真怕父亲就这样一去不回。那时的秒钟、分钟于我，也是时钟的漫长。失去父亲的恐惧远远强过了洪水滔天的恐惧，洪水滔天之时，尚有父亲可以依靠，如果失去父亲，我又该去依靠谁呢？

在见不到父亲的这几个小时里，我对父亲的死产生了各种设想，我设想他在巨浪滔天中被掀到水里，没挣扎几下就死了；我设想他为了一袋子米，使尽了最后一丝力气；我设想他们安全回到这片开阔平静的水域，放松了警惕，船桨被水草绊住，父亲去扯水草，一伸手就被水里的怪兽拖下去了……

死亡再次以虚假的面目袭击了我，我害怕得浑身发抖，我的眼前是白花花的汪洋一片……

六

但父亲他们安全回来了，他们带回了十几袋子米和豆子。发明叔，这个平时很少说话的老实人，在危机之中，给大家带来了这么大的福利，脸上显出了春风得意的神色。

我看到从船上跳下来的父亲，双手红肿，却面露喜色。父亲对伯父说，去搬东西的人很多，我们幸亏去了，这多少能撑些日子，我也给您掏了一袋，您没有猪喂，给鸡吃足够了。

伯父接过父亲的米，神情复杂，或许此时他终于懂得，毕竟是亲兄弟，太平年月里为鸡毛蒜皮急赤白脸的争执，终究动摇不了患难时刻相互扶持的真情。

一船米和豆，在水里泡了三四天，早就泡开变了质，为了能给牲畜们吃，得晒干了才好。于是，前所未有的宏大工程在橘园里展开了，家家户户都找空地摊开晒粮。农历六月，大雨过后的阳光极猛，橘园里东一片西一片白花花的全是米和豆子，极为壮观。浓烈的馊气笼罩住了所有其他的气味，令人既难受又幸福。为了试探米能否食用，父亲在煮给猪吃的第一锅米里悄悄试吃了一碗，他说，困难的时候，没粮就会饿死，我们得知道我们有没有退路，人啊，在生死关头，哪有那么多好讲究。

经他这么一说，我才知道，我们将可能面临的最糟境遇，便是断粮。不能盼着别人来救济自己，得有办法自救。我想起了大水前那一夜我们抢出来的西瓜，那也是一处高地，应该没有被淹，可是被水隔着，该怎么弄出来呢？但我也只能这么暗自想着，不敢言。父亲有自己的打算，就像弄来这些米一样，在最黑暗的时刻，他是我的光，是这个家的光，哪怕在母亲去世的那些日子里，我曾对他充满恨意，但这并不妨碍他成为一个好父亲。

洪水之后第五天，晨光熹微，炎热稍有缓解，父亲说，芬伢，我向发明借了船，今天我们去新田坑上搬西瓜，运到城里去卖，能卖多少钱算多少钱，总比在这里坐着等死好，你跟我一起去。

终于可以脱离这片橘园啦！我并不害怕未知的危险，害怕的是被囚禁的痛苦，从前卖西瓜的苦差，如今倒成了重获自由的美事，我完全忽略了洪水带来巨大变化后的挑战，只有挣脱牢笼的兴奋。

在茫茫水域里，从前的村庄不见踪影，船从房顶旁划过，大树腰划过，电线杆顶划过，也从大水响了三天三夜的子堤豁口中划过，子堤就像一条潜伏于水中的长龙，一动不动地露出半边脊背。村庄使我陌生，一眼望去广阔无边的水域使我再次被恐惧袭击中，放目四望，我全然不知那个放西瓜的橘林在哪里。多年以后，我到千岛湖游玩，得知湖山盛景，不过是水库的水放进来淹掉山谷形成，多少人家都沉在湖底，湖中的岛，原是山的尖尖，而清澈洁净的水，当年也曾无比浑浊，才知道所谓的沧海桑田，真有其事，情人当作永恒的誓言，不过是瞬间的山呼海啸，多少把事实的刀子，一刀刀划中我从洪水深处探出头来深呼吸一口的心。

但父亲似有一双透视眼，穿过水底下的道路，准确无误地找到了五天前存放西瓜的橘林。橘林完好，这一片高地上纳着村子里另一部分人家。父亲带我去搬西瓜，发现西瓜已经丢失了一部分，却也无可奈何。混乱之中，只管保命，谁还能行"君子慎其独也"那一套？我与父亲匆匆搬了五六十个上船，还剩一些，只能放在那任其自生自灭了。

七

船往城区方向划去，城区也已是汪洋一片。楼房矗立在水里，水大都到了第三层第四层，街道已不见踪影，往日的车水马龙，消隐在水的世界里。斯皮尔伯格在《人工智能》中，将"雄狮流泪的地方"设置为曼哈顿，未来的曼哈顿淹没在一片大海之中，只有少量高耸的建筑物高出水面，让人想起创世纪时代的天地混沌，洪水滔天，唯有诺亚方舟，让能人在绝境处寻找到生之道路。此时我们载着西瓜的船，孤独而骄傲地行驶在街道上空，面对那些向我们招手的城里人，有一种无法言说的优越感。

很多年来，父亲耿耿于自己与其他三兄妹不同的身份，他们都吃公家粮，是城里户口，衣裳干净，十指不用沾泥，而他，却因一次选择而留在了农村，永远与泥土为伴，因此，每次他城里的姐姐们给他一袋面或者几斤肉，他都要炫耀一番，以显示他从血缘上与这些地道的农村人本质的不同。但此时，父亲看到被洪水困于水中央的一户户人家，他的眼里，竟然有一种奇异的欣慰。

这里是机械厂啊，是多少人梦寐以求的地方，只要进了这里，就是金饭碗了，这垸子一倒，厂一淹，机器最进不得水的，这厂怕是要倒闭了，失业的城里人比乡下人要可怜得多，乡下人至少还有土地，城里人没工厂，怕要吃空气！父亲一边划着桨朝一个向他招手的妇人划去，一边感慨万分。

那我们这西瓜可以翻价卖不？物以稀为贵嘛。本能的狡黠在关键时刻派上了用场，我给父亲献计献策。父亲回头看了我一眼，似很认可，但那妇人问他价格时，他还是讲了一个平时的价格。我不解地看了看父亲，但他眼色平静坦然，显然已经十分笃定。

妇人说，今天这儿来了几只船了，就你们的西瓜价格最低，莫不是坏了的瓜吧？她这么说着，里屋又走出一个年老的妇人，看情形是年轻妇人的母亲。老人说，开一个试试，怎样？

唉，城里人，无论什么时候都是精明甚而刁钻的，他们又怎能理会一颗善意的心呢？我真替父亲不值，应该狠狠宰他们一刀，兴许被宰才是他们需要的快感。父亲见我不高兴，搂起一个西瓜，拍得"咚咚"响，手指甲掐进去，双手一拍，西瓜裂开，红红的西瓜水流下来，手上还留了细砂，这正是西瓜最好的时候，妇人看了，再不说什么，便立即买了六个，一百斤左右，且立即付了钱，又伸长脖子吆喝上下左右，都来买瓜，只这一处，西瓜便卖掉了一半，父亲接过一张张钱，眉开眼笑，这是平时卖西瓜不可能有的好运气，平时的城里人哪有这么好说话呀！多亏了这洪水，我们再划进一栋楼，这些西瓜便可卖完了。

果然，很快，六十个瓜，平时要走街串巷一整天还可能卖不完的，不到两个小时就卖光了，且钱收得很利落，不似平时，抹掉尾子，还拖拖拉拉。

回去的路上，父亲只管沉默地划船，我坐在船尾看白花花汪洋不尽的水，也自缄默。这一趟，让我心里既喜又悲，喜的是，到底减少了些损失，又可撑些时日，且城里人也有求我们的时候，悲的是，即使死亡面前人人平等，但死法还是不一样的。城里人在洪水面前，仍旧不必晒毒烈的太阳，仍旧可以体体面面地拿着钱去买自己需要的东西，而我们，只能躺在橘园里，看天吃饭，晒得乌漆摸黑，坐等家园被毁。

就是坐在"诺亚方舟"的那些时刻，我感觉到洪水带给我的终身享用不尽的财富，它让我知道即使同样面临灾难，也会因为对待灾难的不同态度，而获得截然不同的结果，也让我知道，困难没什么可怕，一天一天挨，总会有挨过去的一天。

一切都会过去。那些日子，我总是这样对自己说。

八

整整二十天，洪水退去，橘园里的人们陆陆续续搬回家，唯有我家地势最低，水退得最慢，只能等到最后。在橘园里的那些日子，眼看着粮食渐渐耗尽，只能压缩牲畜的口粮，鸡还可以到处找虫，猪却只能低声哼哼。父亲长吁短叹，盼着水快点退，但水擅长考验人的耐心，你巴巴地望着它，它偏偏一动不动，几天才退一米，这可真令人绝望，为了减少父亲的忧愁，每到下午，我们趁父亲午睡，就悄悄跑到秀园咀找猪草，在水退了些的淤泥里翻泥鳅，偶尔冒点险还能捞到陷在泥里的鱼，改善一下缺少荤腥的生活。

有一天我们走得有点远，到了最广阔的水域边上，那里鲜有人去，我看到一大蓬南瓜藤，虽然有的叶子被火燎了一般，但这并不能阻止我的目光与一只硕大的南瓜相遇，紧接着是另一只，我迫不及待地拨开叶片，看到了更多只。我生怕惊跑它们，悄悄地走近，使劲掰下最大的一只，它粗壮的柄上连毛刺都很硬，磨得我的手生痛，但我顾不了那么多，咬着牙，和妹妹一起把它抬回了家。此时烈日当空，蝉声热闹，午睡着的人们发出此起彼伏的鼾声，没有一个人知道南瓜藏身的地点。我猜，这必是村子另一边的人家种的，就像父亲将西瓜落在那一片橘园里一样。反正别人也享用了我们的西瓜，如今我们用这些南瓜抵了，如此想想，心里到底平衡多了。

因为担心别人也发现这些南瓜，我和弟弟妹妹们以最快的速度，悄无声息地将它们全部运了回来，大大小小十来个，堆在柚子树下，我望着它们，觉得自己简直富甲一方。父亲醒来，看到南瓜，十分惊讶，逼问我们南瓜从何而来，得到答案后却安了心，他说，这是对河人家种的，你们不背回来，也会烂掉，特殊时期，特殊对待，以后这样做，就是偷了，不可重犯。

"偷"字何其严重，十八岁的我已有羞耻之心，哪里愿意沾上这字的半点儿污浊？晚上桌上一盆黄灿灿的南瓜，我竟提不起半点吃一口的兴致，且从那以后，我再也无法吃下一口南瓜，所有食物中，唯它，提起都让我反胃，那是不能言说的痛。

等水退到房子前面的子堤边时，回家的时刻到了。父亲说，芬伢，带上弟弟妹妹，一起回家清理淤泥。说完父亲背起锄头，拿起水桶，带着三个儿女，浩浩荡荡往家里走去。

终于可以回家，哪怕那曾是一个贫穷的家，想起它来，也是满满的温暖。我们说说笑笑，却各自怀揣惶恐，越接近房子，脚步越慢。父亲说，我先进去探视一下，确定房子不会倒塌再叫你们进来，等着啊。

我们在外等着，弟弟蹲着用一根棍子划着差不多晒干了的淤泥，妹妹指着房后的竹子，说，姐姐快看，竹叶上都是泥。我放目展望，房后高于房子的竹林，一半高齐刷刷一片黄黑，那是洪水来过的痕迹。家园萧条一片，需要时日来修整容颜。我看到我家房顶的小黑瓦，干干净净，似乎没受惊扰，想来，水是没有没了房顶的，我松了口气。

不多久，父亲大喊，进来吧，应该安全。

我们一跃而下，像获了特赦令一般，回到了暌违已久的家。门框以上，原本白色的墙壁一片苍灰，已经干得差不多了，地板上是齐脚踝的淤泥，发出令人作呕的腥臭，一些不知名的极小的虫子贴着泥地飞来飞去，许多杂乱的小物品浮在泥面上，我们没来得及搬走的几件旧衣，甚至几年前怎么也找不到了的一朵珍贵的头花，以及高中毕业那年我送给父亲的一只杯子，还有些从未见过的东西，一个陶瓷缸，一把缺齿的木梳，一匹颜色仍旧艳丽的玩具木马……

我们都赤着脚，脏臭的淤泥冰凉凉的，柔软细腻，时不时冒出个什么东西啃脚，我们只能小心翼翼地先作巡视，再考虑怎样搞好卫生，使它还原。

很明显，这样的现状让久经世事的父亲也手足无措，他沉默不语，走来走去，我们只能静静等待他的号令。

我缓步挪到小房间，只见书桌卡在门口，没有漂走，四卷本《笑傲江湖》躺在抽屉里，被淤泥粘住了每一页，面目模糊，完全废了，就像从前虽然贫穷却还算安稳的岁月。

孩子们，你们去橘园提水桶来，池塘里的水清了，我们提水清扫，争取今天搬回来住，不要担心，明天，后天，不要多久，我们就能恢复以前的生活啦，只要勤劳，一切都会有的，一切也都会好的。沉寂了很久的父亲，终于开口说话，就像一道光，他的声音划破沉沉的暗幕，为我们撕出了一大片亮堂的颜色。

潮汐去还，何所节度

我在无数往事中穿行、停顿
并被其中一件绊倒
不知觉中
天光已经微亮——
大海宁静，而人世汹涌

——李南

一

农历七月初一，时令临近鬼节，秋已立了，但夏的气势仍壮，天气一日多变。黄昏时分，我们一路飞驰，路面十分宽阔，车很少，视野空旷，太阳落下，西天一抹红霞，捎带走夏日残存的炎热，前方天空湛蓝深沉，预示一个清澈广阔而深沉的秋天的到来。

忽然，一道闪电划破天幕，片刻间，无数巨大的雨点像小石头般向车窗玻璃掷过来，噼噼啪啪响成一片，像要将玻璃、地面，两边的植物统统砸碎。雨刮器匆匆忙忙刮过这边刮那边，一波一波的水迅速地往下淌，似有无数个嘴巴，刚扑上来吻住，便咧着变个形，消隐了。

道路上漫起水雾，两旁的树湿漉漉的，显得格外阴森，视线极差，车子穿过雨幕艰难前行。传言鬼节的黄昏，阳气下降，阴气上升，众鬼出行，一阵寒战从头顶贯到脚跟，一股不祥之感滑过，我全身再次紧绷。车子在大雨中继续龟行，车辆很少，没有行人，雨虽大，但只要车行慢，便无危险。孩子们坐在后座望雨，兴奋地发出各种声音，海全神贯注地紧握方向盘，我默默端坐一旁，帮他盯紧前方。

缓慢中，灯光逐渐密集，近市区，豆大的雨也已变成了麻麻细雨，视线依旧不好，但有路灯的照耀，清楚许多，总算是把危险渡过去了。我松了一口气，往座位上一靠，闭目养神。闹市繁华，人气很旺，过了桥，过了公园，便可平安到家。啊，这个黄昏的经历如此独特，该庆祝一下。眼看窗外是湖山相映的秀峰公园，家在咫尺，可以准备晚餐了，我转过头去问孩子们，晚上想吃什么呀？

孩子们异口同声回答，饺子。

与此同时，"砰"的一声闷响，从前窗发出。我转头一看，窗玻璃上出现一个巨大的蛛网，车猛地一刹。莫非是哪家这么没有素质，掷下花盆？或者谁不小心扔了块石头？我转头看海，他沉默了三四秒钟，用冷静得可怕的声音说，我撞人了，让孩子们待车上，你跟我下来。

一瞬间，我的头猛地轰轰地炸开，恰似天边那道闪电，只觉得天塌地陷，我的心，一直往下掉，掉到看不到底的深渊。

只见马路中央一个人扑倒在地，一动不动，他的身下，有很大一摊血。很快，行人聚集起来，零零星星有人说，快看，不得了了，这人要死了，估计没得救；有人说，这是在双黄线上，又是上坡路段，车速太快，是司机的全责；还有人说，抓住司机，别让他跑了，肇事逃逸的，该判死刑……

我的脑袋再次轰轰炸裂，腿抖得几乎无法站立，央求着路人，大家快帮我报120，救他，救他，报122，我们不会逃，车子停在这里呢！我一边说着，一边止不住地呕吐了起来。

海搂着我的肩，低声说，老婆，对不起，我真的完全没有看见他，直到他撞到车窗上我才反应过来，我开得并不很快，是因为视线太差了，他应该是在车子的盲区，我避不开。

孩子们都在车上，不敢下来。儿子打开一小扇窗，极为惊恐地问我，爸爸不会坐牢吧？

看着他们惊恐无助的样子，我清醒过来，我是一个妻子，一个母亲，我逼迫自己，必须平静。哪怕一直呕吐，我还是坚持站在伤者的身旁，看着他一动不动地躺在马路正中，救护车还没有来，我只能毫无助益地祈祷。

时间一分一秒过去，不知道经历了多长久的等待，救护车终于来了。他们手忙脚乱地把他抬了上去，海留下来陪孩子们，接受警察调查，我坐到120的车上，看那人额头、手臂上的血凝固了，护士给他擦掉血，打吊瓶。我素来怕血，鲜血使我恐惧与不安，疼痛与战栗，但也只能任自己继续颤抖，干呕，任恐惧一层比一层加深，就像潜入到深水里，很久很久才能浮上来吸一口气。

随车的是两个中年农民样的人，我说，请通知他的家属来处理后续。他们摸索着从伤者身上掏出手机，寻找号码，拨打电话。通过对话，我才知道，这是一个来自陕西宝鸡的农民工，给苏宁电器搞装修的。

二

夜很深了。我陪着昏迷不醒的伤者，陪着跑来跑去抢救的护士，抢救，却无能为力。

一个护士拿起大针管，注入伤者手臂，抽出一管子血，递给我，说，送去住院部六楼化验。我拿起装血的管子，走出急诊室。医院一片寂静，并不通明的灯火在林木的映衬下显得明灭难辨。住院部的电梯"叮"的一声，门开了，我走进去，电梯里只有我一个人，四面都是镜子，一瞬间我看到了无数个我，恐惧使我再次沉到深水里，挣扎着冲出水面呼吸，直到电梯门重新打开，我经历了另一场生死。

医生不厌其烦地给作者的脑袋绑上无数层纱布，而他，这个与我素不相识的陌生人，一直紧闭双眼，婴儿般沉睡。

他被推入了重症监护室，等待医生的判决。看上去他毫无醒转的征兆，这个倾注着我前所未有的关注，收获了我最诚挚祝福的男人，渐渐面目清晰，他黑瘦，高个，年轻，左右手上全是茧。一种新的难过笼罩我：毫无疑问，他是家里的顶梁柱，如果他倒下，那个家将面临万劫不复的灾难。

坐在重症监护室的走廊上，我惶急，惊恐，念念有词，要挽救他的性命，除了向那也许并不存在的神明祈求别无他法。他的工友们只留下一个陪护，而海正在到处找朋友准备处理接下来要解决的问题。时间一分一秒过去，医生的结论迟迟未下，我的等待，有一光年那么漫长。

夜深人静，医院幽深而寂静的走廊上，光线分外明亮。我时而走进去看他，时而在座椅上发呆，判决的声音既让我害怕，又让我期待。

凌晨五点多，监护室门吱呀一声，打开了，医生的白大褂显得分外刺眼。透过门缝我看到病床的一侧，显然，那人依旧处于昏迷之中。恐惧又涨潮般朝我急漫过来，眼看着就要淹没我的嘴唇，鼻子，眼睛，头顶，一直将我卷入到深不见底的茫茫黑暗之中。医生朝我走来，我瞪眼看着他，他递给我一张纸，说，脑外伤，颅骨骨折，蛛网膜破裂，暂时没有生命危险，当然，还得观察其他部位，还有三天观察期，这三天会不会颅内出血，会不会苏醒，会不会有更大的问题，还不确定。

潮水退了，从我的下巴退下去，到胸口，腹部，小腿，停留在那儿，我终于可以喘息了。那么，他完全康复的可能性有多大？我试探着问。

那要看他醒来之后的情况，可能性还是有的，不过需要很长的时间，你们要做好长期战的准备。

我对长期战是没有概念的，一周，两周，一月，两月？除了死亡给人确切的恐惧，伸手可触，其他，谁又能对不确定的未来妄加揣测？

然而仔细回想，这对于我而言完全陌生的惨烈车祸，曾经与我只是一张办公桌的距离。坐我对面的旷平，因为春节回家省亲，车子开得过快，撞伤一人，两年多里，伤者一直深度昏迷，成为医学概念上的植物人，为此，她赔上了两年多的光阴，打官司，赔偿，财产冻结，出行受阻……她因超出常人的坚强与理性，虽负累重重，诉说起来却轻描淡写，使听者无法想象背后的种种艰难，但看她阴霾不去的神色，勤勉于公转移注意力的态度，已能感同身受。谁想到她的官司还未了，我又遭遇同样情形？想起漫长的彼此深受折磨的时日，我深感后怕。

且行且看吧，活着，就有希望。

要通知其家属尽快来医院，如果脑内积液严重，根据个人身体状况，需要开颅，必须家属签字，医生冷冰冰的声音再次将我的希望掐得只剩一点点。但不管如何，这已经是我们能得到的最好的结果了，他能获救，便是上苍给了我们机会，使我们稍得安稳。

我将这个结果告知海，他接受完交警问询，安顿好孩子，一直在焦虑地等待结果，必定也是彻夜无眠，接电话时，声音低沉，一样满怀恐惧，只是反复地说，老婆，对不起。而此前，他无论做错什么事，也从未对我道过歉，我们的日常，是彼此的不满，尖锐的讽刺，毫不顾惜的伤害，甚至反复考虑的离婚，一场车祸，将他重新变回了一个能够深怀歉意的人？或者说，一场车祸，又把我们拉回了共守患难的当初？

从医院到家，我是怎样走过的，已经完全没有印象了，唯一能记得的，是我们在夏日的清晨眯着眼睛努力想睡，但几小时前发生的一切总是扑面而来，令人战栗，我们不断地翻身，叹气，唯有那一时刻，才发现我们是如此需要彼此，生怕对方难过和害怕，更生怕失去对方，在河清海晏时考虑过的分离，此时都见鬼去吧。

<h2 style="text-align:center">三</h2>

众鸟高飞尽，孤云独去闲。天空高远，云朵骄傲，那是车祸前的我。

那天，是去见能够改变我命运的关键人物，那时，我正接受南方大城市一所全国重点高中的聘任邀请，只要去那里的教育局报名，到学校参加一个考试，就可以调动户口，步入繁华了，而海，则打算随同我一起去南方，转行做他喜欢的外贸，再奋斗几年，我们就可以扎根于一线城市，为我们的后代打拼出一片天地。我们扎起裤管，挽起袖子，准备大干一番，未来一片光明，只待我们去行走，为了这一天，我们几乎准备了整个青年时代。然而，这一场车祸，只用一秒钟，便将一切光明隐匿到背后，捧出一片黑暗。我们被抛在急流涌动的旋涡口，遇到巨石，前方深不见底，黯淡无光。

"一只南美洲亚马孙河流域热带雨林中的蝴蝶，偶尔扇动几下翅膀，可以在两周以后引起美国得克萨斯州的一场龙卷风"，在诡异的命运面前，我们无能为力。

等待他苏醒的时间不可确定，等待他亲人出离愤怒的际遇不可想象，那个去南方的梦，就这么不管你是否甘心、干脆利落地碎了，除了清醒地回到现实，我们别无可选。海第二天晚上还有一个竞聘演讲，原本因为打算离开而要放弃的演讲，只能紧急拾回。在这样的情境下去竞聘，他又能有几分成功的把握？

　　刚发生完车祸时的那股恐慌已经慢慢平息，到第二天晚上七点，我基本平静下来，在有经验的朋友的劝说下，我不再整天守在医院，而是回到生活的正轨，一边等待伤者苏醒，一边处理工作事务。那一晚的应聘，用事后同行的感慨形容，是极精彩的，海的演讲尤其突出。看着他上台，我的心就跳到了嗓子口，担心他忘词，担心他因车祸窘在台上，担心他要承受不成功的沮丧。然而，演讲台是他最喜欢的地方，这个曾在最简陋的舞台上担纲主持的男人，凭着一件扎在裤腰里的藏青色衬衣，一个清瘦的背影，和一种从容不迫的态度，从一群男人中脱颖而出，让我终身跟随了他，后来，只要镁光灯打亮，话筒送到他嘴边，台下的我便要起身离开，仿佛台上的是我，而片刻头脑一片空白，一字不出，是我上台的常态，但每次我的心怦怦跳到嗓子口时，他总是能及时把它按下去，他一字一句，从容地吐出来，一个一个程序地走完，从未出过差错。这一晚，他依旧如此，竟然将稿子一字不落地演讲完，情绪平稳，没有一个人看得出他才经历生死大事。

　　自然，他的竞聘非常成功，从此，我们也只能安定于此小城。命运的手指轻轻一拨，许多设定的未来便只能如沙上的城堡，瞬间倒塌。时间的潮水涨涨落落，个人的命运在生活的狂风席卷中又是何其渺不足道。

　　那一晚，伤者依旧昏迷，我们只能相拥等待。那一晚，竟然是爱情绚烂归于平静后的我们最能彼此体贴、懂得的一晚，他不再霸道，我也不再埋怨，我们回忆起当初，他在楼下唱歌，在楼上唱歌，便在这样最古老的方式里，得了我们的爱，这些年来，锅碗瓢盆，油盐酱醋，琐碎的生活，将他变得戾气冲天，也把我变得粗糙无比，除了指责对方，我们哪有时间回观自己？这一撞，把我们被涨潮的浪声追逐得急速向前奔跑的假象打破了，我们停了下来，看看对方的脸——我们终于在结婚十年后的这一天，再看了一眼彼此的脸，这张脸过早地焦虑、苍老，写着厌倦，不应该是深深相爱的人的脸。

　　我们彼此安慰、补充、提醒，告诉对方必须平静、从容，在一场即将面临的持久战前，只有准备好充足的钱粮，才不会迅速弹尽粮绝，困死城中。接下来，交警队、医院、保险公司，伤者、家属、工友，医生、护工、药店销售……一切陌生的领域都将变得熟悉，所有从未想过能有交集的人，都将频繁地出现，避无可避，除了学习，适应，我们别无选择。

那是睡意深沉的一晚，也是黑云压城却坦然无惧的一晚。

四

第三日清晨，他还是昏迷，但是，已经被移出了重症监护室，医生说，其他病号更需要重症监护，而他，应该很快就能苏醒。我去看时，躺在普通病房床上的那个人，呼吸平稳，双眼依旧紧闭，但脸色基本恢复了正常，看上去，只是在睡觉而已。旁边，他的工友正在陪伴他，向我索要误工费，一想到这人对朋友的义道，我便立即给了他。正午时分，工友给我打电话，很激动地说，申巍醒来了，申巍醒来了，我那一颗吊着的心便放下了一半。

学校同事见我如此紧张，告诫道，你只能公事公办。该保险公司的，让保险公司处理；该交警的，交给交警；该医院的，医院负责。你参与得越多，越后患无穷，因为人性都是欺善怕恶的。

理论上确该如此，毕竟，关于这样的车祸的纠纷，常常让我们对人性绝望，恶者总是能更好地维护自己，受损一方固然无辜，但肇事一方又何尝不倍受折磨？但我要怎样，才能对一个身处异乡又被莫名其妙丢在医院里的年轻人冷漠残忍？何况他已经醒了，设身处地想想，他一睁开眼，看到满壁的白，回想起来出事的瞬间，必定茫然一片，又不见亲人，心里凄然，如果我不去看他，他还要添一层惶惑，这飞来的横祸，又怎能让他安心养病？

我们邀了从南方来的朋友波一起去医院看苏醒后的申巍，海因自己撞了人，感到惭愧，也有些害怕，不愿进病房，波便代替海进去问候。原以为他会对我们大动肝火，十分抗拒，谁知，当工友告诉他我们就是撞他的人时，头上缠着纱布、脸膛黝黑的申巍竟然向我憨然一笑，他还无法开口说话。

那一瞬间，我所做的所有抵抗他的准备，都涣然冰释，而我为此而生于内心深处的小，竟全部跑出来挠我的心。我也朝他笑了笑，我想，那时，我的笑容里是写满了歉意的，大概，他也看到了吧，所以一直保持着那种宽厚的笑默默地看着我们。我说，你放心，我们一定会将你治疗好了再让你出院，你在这里安心养病，一切都会安排好的。他双眼眨了眨，表示听懂了，微笑一直挂在他脸上，没有褪去。

我们坐了一会儿，他示意要撒尿，我只好出病房。过了一会儿，波出来了，他的手扶着申巍，因用力过度而被他抓破，伤口还不知怎么的被申巍的尿液淋着，虽然后来洗干净了，但血还是不停地渗出来。我心里不知如何感动和感激，毕竟，波在南方创业，是一家大型外贸公司的老板，要指挥多少人的，就因为与海做了一场兄弟，便代他为人把了尿，倒了夜壶，还被抓伤。我们何其有幸呢，在这样的困苦面前，能获得如此不离不弃的友谊，那么，接下来的困难，也一定可以一桩桩地去面对了吧。

这可真像是做了一场梦，一场噩梦，然而，也是一个吉祥的梦。看到病床上渐趋稳定的伤者正在养着伤，虚弱，无力，时睡时醒，昏昏沉沉，就像一片羽毛，随时可能被一阵大风吹走，而朋友们关怀我们、给我们出谋划策的信息铺天盖地，让我觉得，相比于躺在床上的这个人，我是强大的，有力的，尽管平时，我总觉得自己没有背景，没有势力，完全靠双手劳动吃饭，活得虽不倍感艰难，但绝不优裕富足、地位显达，在人群中，我只是广大弱势群体的一员。而此时，无助的异乡人，将所有康复的希望寄托于我，我绝不能简单地将他抛给医院，只是给点医疗费，唯其如此，在这样巨大的祸事面前，我才能暂时获得内心的平静与安稳。

找来了他的主治医生，请他尽最大努力治疗伤者，不要给他留任何后遗症，因为他是靠力气吃饭的，他伤不起，钱，总能凑起来的，我们会努力去赚。医生知道我们与伤者的关系，因而用特别惊诧的眼神望着我，有些不可置信，也许他看多了事故双方因为金钱的纠纷，不肯相信彼此的体谅吧？

但我的心里却也是隐隐悬着的，不知道时日的漫长会给未来什么样的际遇，也不知道可能出现的无休止的治疗是否会拖垮两个家庭。我们的前途已经因此拐了一个大大的弯，他会不会拖着我们，或者说因为我们的这一撞会不会拖着他，一路走到无边无际的黑暗？

山重水复疑无路啊。

五

傍晚时分，病房门被推开，一对陌生的男女走进来，女的黑瘦而矮小，冲到床边，一把握住申巍的手，哀哀哭泣起来，申巍被她惊醒，却依旧不能动弹也无法说话，只能用温柔的眼神抚慰她；男的中等身材，微胖，白净，公务员模样，浑身上下流淌着如我等升斗小民的平凡与善意。

男人将我叫出病房，自我介绍，原来，他是申巍的妹夫，叫王大智，出了这样的大事，家里派他来处理，千里迢迢，他是请了公家的假来的，也不知要处理到什么时候。

可能是他的陕西普通话有些生硬，也或许出于维护自己威严的需要，也或许对于伤害他兄长的人有本能的怀疑，他显得很严肃，近于严厉，话语中充满着抵抗的敌意，我听懂了他的言外之意，一是他是官家的人，见过世面，不会轻易让步、上当，一是他在这里的所有费用当由我们来承担。

我的心里一阵难过，意料之中，情理之中，他们是警惕的，遇到这样的事，要维护自己的权益，在了解陌生人之前，无论谁都会是警惕的。我多想告诉他，不是他想象中的样子，我们不是坏人，只想彼此的损失都减到最小。但是，显然，初来乍到，他的敌意不会无故消失，来日方长，我们有的是时间慢慢消解。

或许，直到此刻，一场真正的较量才刚开始，这么想着时，我正送他到医院旁边的一家小旅馆入住。我让海回避这件事，是有私心的，一是男人在女人面前总不好乱发脾气，乱提要求，一是示弱，让他觉得我家男人不管事，我一个弱女子非常可怜，请他们得饶人处且饶人。因此，当他问我们在哪里工作时，我回答，我在乡下小学教书。我也是防备着的，直觉告诉我，不能把自己经济状态完全暴露于他面前，让他以为我们经济实力足以让他们持续很久地维权——我终究还是为了自己的利益，开始要心计了，我对自己说，必须狠下心，否则，可能无休无止，这也是有经验的朋友告诉我的。这么说着时，一种巨大的羞耻感笼罩着我，我必须给自己找一个堂而皇之的理由。

医院对面的小巷子里，到处是小旅馆，如果不是带他来，这些地方我恐怕一辈子不会涉足。我们走进一家看上去稍微体面点的，只见进门就是一个吧台，一个浓妆艳抹的妇人漫不经心地看了我们一眼，问，开房吧？语气暧昧，黏糊糊的，让人感觉有条湿鼻涕虫趴在耳朵旁，捏不走，甩不掉。我问，还有两个房吗？女人有些惊讶地上下扫视我们一眼，有，我带你们去看看。她抓起一串钥匙，风摆杨柳地带路，只见左边一条很窄的廊道，房间相对开着，大约有十来间。打开一间，一股霉气扑面而来，拧亮灯，只见里面空间狭窄，仅可容一床一桌，床单白里泛黄，隐约可见被心的不洁，有一台空调，没打开，却张着发黄的口子，房子里的空间像凝滞的一潭死水，又像那女人的话语，黏稠得化不开。她说，有两间连着的，一间有窗户，一间没有，看行不行，价格也不贵，每间八十元一晚。

我有些为难，如王大智挑剔，也在情理之中，而条件好的，肯定在一百五以上，一天光住宿就是三百，那我又该怎么跟他谈判呢？谁知，王大智竟说，就这里吧，不知道要住多久，太贵的也不合适，都不容易。我被他这句话说得一愣，一则是见他如此恳切，不仅不刁难，反而很体谅，很是感激；一则是看他有持久战的准备，很是忧虑；一则是惭愧，当我打着各种算盘要怎样提防人家时，人家根本就没有把事情想得复杂。人与人之间，真的可以如此善意地相处吗？无数的社会经验都在告诫我，要警惕，要提防。无论如何，这个选择，于他，并不算好，于我们，却是最好的了，他们带着戒备而来，或许是外乡人的身份，或许是善良的本性使然，他们的宽容与理解，让我暗自对自己说，他敬我一寸，我让他十分，尽一切努力助申巍康复并获得最大可能的赔偿吧。

六

知道这件事的朋友渐渐多了，有人告诫我，对待伤者，应该公事公办；有人说，该赔多少钱就赔多少，医院则是不需要多去的，走得越近，越是掰扯不开；有人说，让他们自己先垫钱，等出院时经交警判决，保险赔偿，一次性解决问题，顶多我们出于人道，出了陪护者的食宿误工费用；有人说，找交警队的熟人，让判的时候伤者自己承担一部分责任……大家你一言我一语，当然都是把伤者当成敌对方来看的，也无不是为我们着想。我也想按他们告诉我的做，但是，一看到申巍的笑、他老婆无助的表情，我就忍不住一天两趟往医院跑，给申巍送补钙的骨头汤，到医生那里咨询情况，找熟人医生给他最好的护理，我狠不下心去对付一个受伤仍旧朴实的年轻人，更无法对一个无助的妻子冷下面孔，夫子说，己所不欲，勿施于人。而那个稍微强势点的王大智，异地他乡，也一副哀哀于人的样子。

或许是因为妻子来了，申巍明显好转起来，到第八天，他可以简单地说一两个字了，每次看我送骨头汤，都会轻轻地说谢谢，但他的语言能力恢复得不太好，第十天时还不能组织完整的句子，更别说思维敏捷了。问医生，说，这需要一段时间，要慢慢恢复。他妻子也很温和，虽然对丈夫的担忧使她看上去非常忧伤，但每次我来，她总是充满感激地接过汤，仿佛我是他们的大恩人。因为每天熬汤，我的厨艺日益精进，汤越熬越浓，申巍喝起来，笑眯眯的，点头称好，王大智有时在病房里，有时不在，有一次他对我说，我们也算有缘吧，说不定，为了这事儿，我们还能成为朋友。但有好几次，他尝试着问我海为什么不来，我都以工作忙为借口搪塞过去，他便摇头说，很难见到自己闯下的祸，却面都不露一下的，可见这个男人的担当，话语里还隐隐为我惋惜，觉得我可怜。从他的眼神里我感觉到他的真诚，而作为承担责任的一方，我又何尝不是一面希望申巍早日康复，回到家乡，一面又担心他留下后遗症之类的，后患无穷，哪里有什么心思与人谈论一份意料之外的友谊？我又怎么可能让他知道，不让海来交涉只是我的一个计谋呢？

形势一片大好，我也慢慢从车祸的阴霾里走了出来。按照这个情形，不出一个月，他就能康复出院。然而，时间一天一天流逝，费用一天一天增多，申巍的病情却停滞了，连续六天，他没有任何变化，我有些坐不住了，却又不敢去问医生具体原因，只能等待。

到第十八天，我正在家准备着工作上的一些事，申巍妻子的电话铃忽然响起，她带着哭腔说，申巍的情形变坏了，医生说，胸部要上支架，脑部积液也非常严重，如果不开颅抽掉积液，不知道要多久才能自行消失，即使抽掉了积液，也保不定合拢后又重新积起来，而积液压迫神经，使他不能正常交流、行动，还不知道要拖多久，家里孩子已经马上要开学了，爸爸妈妈都不在，孩子闹得厉害。说着说着，她哭了起来，你们要多准备些钱啊，我家申巍要是下半辈子不能做事了，你们要负担我们一家人的生活，不然怎么办呢？都是你老公，乱开车，好好的人被他撞成这样，医生说，即使好了，也不保哪天复发，这个事儿，你们要不是能给我满意的答复，我们要走法律程序的！

对，这才是正常的状态，一团和气，圆满解决，怎么可能？听她这么说，我心里悬着的石头总算落了地。法律冰冷，不似人情，反而好处理。我便狠下心回她道，你说要怎样都行，如果走法律程序，那么，当下所有的费用你们都请暂时自理，到时候法庭判下来，该给多少，加上保险公司的，我一分不少都会给你，但他的伤残程度不是你我说了算，要法医鉴定的，等他可以出院的时候，我们去做个鉴定吧。

那边安静下来了，然后王大智接过电话说，我要回家一趟，家里出了点事儿，这边拜托你，我嫂子是一时冲动说的，不要信她的，等我回来再说。他的声音里，倒有点委屈求和的味道。我趁机说道，事实上，我做了很多无用功，完全是出于人情，我的钱也用得差不多了，这些天我会考虑让保险公司先垫付一部分钱，开颅与否，你们自己做决定，我都服从。

王大智沉默了几秒，说，我们原本也不想他开颅，一是费用太大，二是风险太大，赌一把吧，赌他能自己吸收了，慢慢好起来。我回去的时间，你可以给我嫂子换个地方，下次我可能要把申巍的妹妹我老婆带过来，超出的费用不用你们支付的。这里一切交给你啦，我相信你这么善良的人，不会为难我家哥哥嫂嫂的。

我听得很辛酸，换个角度想想他们，又何尝不能体会他们的难处？我心里才升起的火焰，便黯淡下去了。

七

上了支架的申巍行动非常不便，王大智回去后，我给他暂时请了一个护工。因为电话里闹了点不愉快，申巍的老婆见到我时，基本上是黑着脸保持沉默。恰好那几天我开学工作十分忙碌，只能敷衍，她可能更以为我不想管他们了，言语间反复有威胁之意。我想，她一个孤单的农村妇女，非常无助，也就不忍再为难她。

那些天气温回升，竟又回到了酷暑一般，我心里的焦虑、不安，进出医院时的各种情绪，都使我失去了一贯的从容。我得去为自己的心超度一下，我想，不如去趟白鹿寺为他诵经吧，愿菩萨保佑他早日康复，他一家人也能早返家乡，回复可贵的日常。

　　大清早，山门大开，通往正殿的几百级台阶一尘不染，灰白的大理石砖反射出洁净的光，能让一切喧嚣在瞬间里淡下去。我拾级而上，焦躁的心仿佛被一只宽大的手轻抚，慢慢空灵平静，棒槌一下一下敲击着禅钵，声音在山谷中回荡，飞鸟惊起，掠过头顶，从西往东去了，我想起白鹿飞来此地的传说，从前不信，如今在这禅音里，恍若隔世，竟似看到飞奔的白鹿在时光的长河里展露笑颜。愈往上，缭绕的檀香和诵经的声音愈深浓，人在这样的环境里，脱去满身的腥臭，成了洗净凡尘的赤子。我们需要一些东西来巩固我们的内心，无论是对疾病的信念，还是对自我的肯定，因此有了宗教。宗教让一个人回归，懂得所求究竟为何，故而宗教适时地帮我们渡过苦厄。

　　我是来为申巍诵经的，又何尝不是为我自己诵经？步入大殿，只见殿中，一尊巨大的观音正襟危坐，长而细的眉眼流露出慈悲，对视之下，心灵平静，座下莲花灿灿生华，静穆温厚。中空悬着许多或金黄或大红的布帛，上面透着白的红的绿的各色荷花，徒增庄严。殿的两边是四大金刚，地藏王菩萨，普贤菩萨……菩萨不同于凡人，他们的嘴唇更厚，眼神更威严，姿态更奇特，仿佛世间有太多待做之事，随时要做好去摆渡的准备。

　　大殿里挤满了黑压压的人——全都穿着黑色的佛袍，尽管袍子下花花绿绿不一而足，可见他们来自不同的行业有着不同的社会身份，但站在这里他们只有一个名字，居士。他们朝着一个方向排得整整齐齐，每一张脸上都写满虔敬，在大殿和尚的带领下一边诵着经，一边缓步往前。不知道是谁发现了我没有穿黑衣，便拿来一件披在我身上，一把把我推进了队伍里，我便跟着队伍往前走起来，只是我委实不知他们诵的是什么，只能默默随着，在一下一下木鱼的敲击和钵的震响下，献上我的虔诚。

　　让申巍快快好起来，让申巍快快好起来。我轻声地祈祷着。菩萨会原谅不知道诵经的我，只要心诚，一切都能理解，如果没有慈悲心肠，菩萨又为什么要做菩萨呢？我不是他们的菩萨，如果他住院治疗时间过长，我顶多能做个泥菩萨了，所以只能求这里的真菩萨，我说，菩萨，我们不小心撞了申巍，我们知道错了，请保佑申巍不要开颅可以慢慢好起来，让他早日和亲人们快快乐乐回家乡去。

我反复这么念着，又抬眼与菩萨的眼神对视。菩萨无语，只是默默微笑。微笑便是同意了吧，我也微微笑了。观音度人，我要度的是自己。如果不怀慈悲心，又怎么度得过呢？

在白鹿寺观音殿里，我跟着诵经的队伍绕着大殿缓缓转动，至少转了一个小时，我看到这世间有多少苦厄要度，无论贫穷富有，人心永有所求；我也看到菩萨凝视着这一切，人啊，是多么痴迷不解的动物，总是索求完这个又索求那个，可是人世间哪能得那许多的双全法呢？我看到后来新进来的一个穿着光鲜的女子一直跪在菩萨座前的蒲团上，痛哭流涕，念念有词，也看到一个满头银发的老人匍匐于地只留给菩萨一个瘦削苍老的背影，忽然便心内空明，想来，我们这样的苦难，申巍那样的苦难，至少还有盼头，有尽头，该是多么幸运，如果当时死去，跟爱人一句道别都来不及说，菩萨又能怎样度我？

下山时，我遇到一树繁花，也遇到种菜的老农，繁花在山林深处，老农满脸平静幸福，山谷平静幽深，梵音回响，世间一切，都可度越了。

八

四天后，申巍病情又稳定下来，医生诊断，不开颅，积液也应该能慢慢被吸收，只是出院时间尚不能定，支架的作用很好，骨头恢复情形也乐观，在同类车祸的伤残中，他的恢复让人惊讶，可能是年轻，也可能是他回家的心太急迫？我说，这都是菩萨的功劳。

王大智回来时，带了他的妻子，申巍的妹妹——申艳，这是一个小眼睛小脸笑起来跟申巍极相似的女子，他们在医院外围租了一户民居，打算住到申巍出院。申艳妹妹见我的第一眼，也是微笑，目光和善，只是他们一家人都耗在这里，又该以什么为生呢？她可能看出了我眼里的疑惑，指了指手中的电脑，我是做窗帘设计的，只要按时交图纸就可以了，哪里都一样，陪着我哥，我才放心。说至此，王大智竟诡异地笑了笑，说，她不是不放心他哥，她是不放心我。

听他这么说，我惊了一下。坦荡？信任？朋友？调侃？夫妻间的事，怎么好向有矛盾的陌生人如此袒露？听他这么说，申艳也明显生气了，说，不放心你又怎样？时间这么久了，你怎样照顾我哥的？你为他争取了什么权益？你只知道一味退让，什么都不争，我倒不知道你在家的那股子豪气和干练都去哪里了？异地他乡并不能阻止我们维权，我哥也不可能拖着病体回去。好好的一个人出来，回去是个神经反应不过来的呆子，你叫他还怎么养活一家人？你倒无所谓，不是你们王家人，他是我哥，我必须来看着他。

噼里啪啦一口气说了这许多，说得王大智眼中升起了怒火，看情形两人积怨已深，非一时一刻之因，我得马上离开这硝烟弥漫的战场。我丢了句话给申艳，不管您维不维权，都不影响我自己的处事原则，这几天我不会过来了，你们要保管好医院的所有收据和其他一切费用的凭据，等你哥哥康复，法医做好伤残鉴定，交警队的责任认定书下来后，与保险公司交涉完，我一分责任不会推卸的。

申艳被我的话堵住，不再开口，王大智向她手一摊，说，你能，你就处理吧，正好，这段时间我也有些事情要忙，反正哥哥一时半会儿好不了，咱们慢慢来吧。说完拉着申艳的手臂往他们的出租屋去了。

去住院部交了一万元，将近一周时间，我不再去医院了，只是偶尔电话问一下医生他的康复情况，也许这样才让这件事回归到正确的行驶轨道，双方无事，只等申巍完全康复。

在此期间，身边同仁发生两桩意外，一是因为车祸，一位老师飞车从长沙赶回益阳，因车速太快，越过高速公路，撞到了一辆宝马车上，车上四人，两人当场丧命，另两人重伤。这位老师，也为此丧生。大家对此均唏嘘不已，丧生的老师竟在当时还报了警，陪同伤者到了申巍所住的这所医院，把一切安排好后才闭上眼睛。对于他而言，或许死去比活着要轻松许多，至少不会一生背负两条人命前行，而他又何其可贵，撑着一口气，硬是像没事人一样安排好了所有的事。医生皆说，生命的奇迹原在于创造种种科学无法解释的可能。

另一桩意外，则发生在开学前的一天。那天下午三点，海打电话来，劈头就是一句，兰平死了，漂在资江里，才打捞上来的。我一下子蒙在当地。这是一个何其聪慧、美丽而年轻的生命，我与她搭档一个班，我教语文，她教化学，她工作非常严谨踏实，为人谦和低调，我们常常在春日正午，就着阳光轻风，坐在浏阳蒸菜馆的院子里吃饭聊天。她爱笑，总是露着两颗小虎牙，举止娴雅，她的丈夫总是按时来接她，她总是满脸幸福地回应着，那么令人羡慕的一家人。究其死因，竟源于她QQ空间里的一篇文章揭露了一个天大的秘密，她的儿子不是她丈夫的，这使夫妻俩彻底决裂，她因受不了羞辱，选择了结束自己的生命，将乱七八糟的一切留给身后的这个世界。

短短几天，身边鲜活生命的逝去，使我又回过头来看自己这场突如其来的祸事，思考从陕西辗转到湖南，为苏宁电器搞装修的年轻人申巍，切身体会他在这场苦难中感受的一切，我感到庆幸，也深感惭愧。

九

远离亲人，漂泊异乡，饱尝思念，只为多挣一点，给家人更体面一点的生活，这便是申巍当初来到这里唯一的念想吧，如今，因为一场由我们制造的车祸，他的美好愿景被打碎了，他不知道脑部积液何时能全部消失，而骨骼是否能再承受繁重的体力劳动，而我，又能给他什么保证？

我将希望的一部分寄托给了保险公司，在成熟的保险体系下，得到应有的赔偿，应该不难，前提是我们必须在交警队备案时标注此事故我们是"全责"一方。"全责"意味着什么？如果在交警队为"全责"签字，是否意味着以后无论他有什么后遗症，都归我们负责？为此我顾虑重重，事实上，如果他的余生病痛都由我负责，我将背上沉重的包袱前行，而如果不由我们的全责，便只能赔偿百分之八十五，但那样剩余的钱全部由我自己出，交警队那边还要去不停地备案，且这样的结果申巍未必能够接受，我自己又怎么能交得上良心的差？

理想丰满，现实骨感，没有能两全其美的办法。事实上，从撞上他的那一刹那起，双方关于现实交道的烦恼就千丝万缕纠结在了一起，再温暖的情感也无法解开现实的结，既然如此，不如坦然面对吧。

交警队副队长是我一个极好的朋友的下级，他向我陈述了利弊，并暗示对我有利的处理方式，在没有违法的前提下，是完全可以做到的，但思虑再三后，我还是选择了"全责"。王大智和申艳见我们如此爽快，便同意在交警队结了案，然后就是保险公司的报保。无论是医院的医疗保险还是车保，所有环节都严密近于苛刻，他们往日让人买保险时的热情周到全都不见，排队，等待，无尽的询问，图片的核实，一个又一个工作日的查验，到最后，才确认这起事故中，我们确实负全责，只能等申巍出院，所有费用的单子上交，才能将医疗过程中能报销的部分报销。

在这段时间里，我熟悉了医院、保险公司的所有流程，与形形色色的人打交道，对人巴结讨好，只希望能获得他们原本承诺给我们的保障。其中有一个姓赵的做保险理赔的，一开始对我态度冰冷，在听我介绍完自己的工作后，立即对我恭敬有加，原来她的孩子即将到我们学校就读。这让我既自豪，又深觉恐惧，平时我生活在象牙塔里，何曾需要经历这些鸡毛蒜皮的小事情，如此善变的人心，不过是从书上习得，何尝亲自经历。

相比之下，申巍他们又何其无助，如果我不为他尽力争取，他回到家乡，与我几近万里，又怎么方便来索要属于他的保障？我所能为他做的，大抵也只是多为他要些钱，以便给他多一层保障吧。

那段时间，我几乎每天都奔忙于学校、保险公司、医院，仔仔细细阅读《保险法》，多方询问保险界的专业人士，一次又一次争取更多的权益，深感人世艰难，唯有坚韧者可以蹚过危险的河，越过高峻的山。

又过了一个月，申巍的病情一天天见好，两个月之后，他的脑部积液虽并没有完全消除，但骨头已基本长好。伤后第七十二天，我不堪承受巨额的治疗费用，多方寻找医生问询，确认他出院不会有大的问题，加之看到他们自身也很焦虑想回家，我便请医生正式宣布，申巍可以出院了。所有人都长舒一口气，而陪伴他住在银城的申艳，当场就哭了起来。她说，哥，嫂嫂，我在这里住这么久，一直跟大智闹别扭，大智让我回家乡，我舍不下你，但这里的事没他不行，加上以前的一些事，你们知道的，这些天，我跟他协议离婚，又和好，我都不知道你这车祸是救了我们的婚姻还是毁了我们的生活。

王大智在一旁，不好意思地瞟了我一眼，干吗在别人面前说这个，这是我们的家事，哥哥这一出事，我们的生活也算是改写了，都没想过，一场车祸，就像上海的一只蝴蝶挥动翅膀引起亚马孙河的一场风暴，我们的人生轨迹全都改变了，说起来，也是缘分，事情处理完，我们和益阳说再见，就真的怕是永远不会见啦，说做个朋友，都是双方的情意。

<h1 style="text-align:center">十</h1>

出院后，为免后患，我要求做法医鉴定，定好伤残等级。然后，将所有的赔偿款，包括保险公司的、我自己出的，全部带齐，叫上海，与他们一家人相约吃最后一餐饭。

餐桌上，一开始，气氛比较紧张，大家无话，王大智从我手中接过钱，放进包里，端起酒杯说，敬你，你是我见过的最有担当的女人。

他头一仰，一杯酒全部下肚。

在这个过程中你作为一名普通农村小学老师，为这个事故所付出的，我们看到眼里记在心里。

他头一仰，第二杯酒全部下肚。

我也端着酒杯，但我一口没喝。我心里十分惭愧，我想告诉他，其实我不是他想的那样，我也有纠结，也有算计，我心中万分抱歉，不知道申巍此去，是否从此平安康健，正常劳作，虽然我确实是一名普通的老师，但我不是教小学的，更不农村中学，我没有他想象的那样弱势。但是，事情已经结束，为什么一定要让他们留有遗憾呢？或者，与其让他们知道我内在的小，不如让他们相信世间有一份美好吧，要知道，相比于他们，我甚至于觉得自己是可耻的啊。

海哥，我们在这里两个月，你只今天出现了，可撞人的是你，你不应该啊！整个事件的处理，我看在眼里，特别知道你老婆不容易，你有一个好老婆，又漂亮又有担当，值得珍惜，为她的好，我喝第三杯。

他头一仰，第三杯酒全部下肚。

海与我对视了一眼，没有回复，我们都知道，如果他知道，让我来处理，只是因为我是一个女人，或者说，还因为我有他说的那份好看，就更好与人交涉，利用了他是男人这个身份，只是希望他们得饶人处且饶人，放我们一马，这杯酒，他是咽不下去的。

　　我给自己倒了一杯，说，为了申巍大难不死，为了他们一家人平平安安在益阳两个月，虽然受伤，却对这里留下美好的印象，我也满饮一杯。

　　我对着申艳、王大智、申巍和他妻子，一口饮下饱含我歉意的一杯。

　　王大智说，那好，不管你丈夫是否同意，我都要加你的微信，从此我们两家就是朋友，所谓不打不相识，回去之后，多多联系，申巍的后续我会持续报告给你们，请你们放心。

　　申巍自始至终不言一词，只是满脸温和地微笑着望着我，望得我心里生痛。他只是"基本"好了，并没有痊愈，他的语言功能障碍便是明证，此去是凶是吉，怎好断言？之所以出院，不过是因为他们自己也扛不住这么久不回去，他们年迈的父母带着孩子，一天几通电话，让他们无法安心，而我也是被这一桩事拖得筋疲力尽，只想尽早了结，我便恰到好处地利用他们的主事者王大智对我的好感，陈以利弊，劝动了他。但看得出申巍的妻子是无可奈何的。因此，那天桌子上始终没有笑的只有她，她是带着沉沉的忧虑离开的，而我只能对此视而不见。

　　那天，我送他们四人上了火车，看着火车渐渐远去，心头五味杂陈。终于，一个事件结束了，一段历程跋涉完，他们再返已无可能，申巍以后的人生不会跟我有任何交集了，我却并没有轻松之感，这匆匆过客留给我的，又岂是忙累和烦恼？

　　后来，在长达三个月的时间里，王大智时不时地翻看我的朋友圈，渐渐知道了我的真实工作情况，却也毫无责备，反而更对我夸赞有加，告诉我申巍回去后恢复得很好，又隔天发申巍的照片给我，照片上的申巍仍是憨憨地笑，慢慢地有了他在工地搬木头的健壮模样，在家里带孩子的欢快笑脸，我的愧疚才渐渐消退。

　　直到有一天，王大智给我发了一张申巍的相片，相片上的申巍站在一个巨大的吊车手臂前，戴着一顶黄色的工程帽，穿着一套天蓝色的工装，手里提着一个写了电话号码的工具箱，眼神明澈，笑容灿烂，看得出，已经完全恢复了健康，我才在心里为这件事画上了句号。

让尘土复归于尘土

一

家有老父的人，晚上是不敢关机的，怕突发情况。

初冬周末，睡到深沉时，手机声响，睁眼去接，断了。被铃声振醒，看了一眼，凌晨三点，王国忠。知道他睡不着，也知道他为了什么事，但我无能为力，狠心不理，继续睡。

五点，手机再次响起，只响了一声，又挂了。六点，七点，均是响一声就挂了。这一晚，他只怕是没有合眼，弄得我也时睡时醒的，好不容易盼来的周末懒觉，就这么被他毁了，心里窝了一团火。

七点半，手机再次响起，响三声，等我去接，又挂了。他一定在等着我打过去，他当然没有其他事，就是那两万块钱，他知道我的态度，怕我生气，可不找我他又能找谁去？我完全能想象他唉声叹气的样子。可为了他那根本拿不回来的两万块，我难道得牺牲半个月才能有一次的假日清晨？等我睡醒了再回吧，这样想着，我打算继续睡，可他那事儿，得解决，不然，以他的脾性，非出事不可。

父亲已经七十五岁了，头发花白，脸色古铜，身材比年轻的时候矮了好几寸，背微驼，指甲缝里还是总有些泥，开着一辆小电动车，载着他有癫痫病的老婆，满世界跑。吃饭时舀汤，用大拇指、食指和中指捏着勺，无名指和小指微微翘起，缓缓伸进汤碗里，不碰碗边不打底，吃饭时掂着筷子，从不翻菜，把菜送进嘴里时，总是慢悠悠的，一口一口吃，有时候眼睛微微眯着，眼神涣散，像在出神地想些什么，全不像我们，急吼吼风卷残云；很久不回家的我们把车开到家里的禾场里，他也不会出门来，脸上挂笑地迎接一下，他坐在房间里，等着我们推门进去，叫一声爸爸，才缓缓地站起，勉强地笑笑，呵，你们来了？——我一直搞不懂，明明心里是欢喜的，为什么却非要做出个宠辱不惊的样子来。他当了一辈子农民，为什么身上那种没落贵族的荒凉倒越发浓了？

他老婆癫痫没有发作的时候，样子很憨厚，带着发病时摔得鼻青脸肿的身子，乐呵呵地去厨房忙活，他呢，则拿起一本诗集或《南洞庭》之类的杂志，给我看他最近的诗，他的眼里基本上没有其他人，包括他的外孙、女婿、儿媳，只有他的诗，这样他就显出了一种不可描述的冷淡。

但他又老是打电话催我们回家，怪我们回家太少。儿女们生气的时候，总是说，他就是盼我们回家给他钱，钱就是他的命，你看他，我们递钱给他的时候，他接得那么自然，仿佛我们只是在还一笔账。作为老大，我禁止弟弟妹妹们这样说父亲，但我自己私下也常这样觉得——他接钱时，脸上有一种努力控制住的笑意，一边说，这怎么行呢，你们也不容易，一边便接了，递给他的老婆，叮嘱她收好，等我们离开，他就拿去银行存下来。折子上的数字一天天大起来，他的心被填得满满的，一种安全的、平静的、大度的笑，慢慢从他表情凝固的脸上浮起，我们再见他，也被他这种一生少有的笑意感染，觉得很平和安宁，也很满足，家的温度渐渐有所升高。

我总想，如果真能用钱换得父亲的笑，我愿意倾我所有。他来日也许还长，但他过往的岁月一直处于秋风扫落叶一样的窘迫中，他没有如他自己所向往的那样优雅从容地活过一天，如果真的用钱可以平复他内在的那种不安，那种在艰难岁月里无处可以落脚无人可以支撑缓解满世界面孔苍白的恐慌，我有什么可以吝惜的呢。于是我们约定定期定量给他钱，这俗世里最俗的阿堵物，很能安慰他半世沧桑辛苦。他很勤劳，一直没有放弃劳作，果林的收入可观，老两口还有退休工资，加起来一年很能存些。我也知道，他不会胡乱花掉，无非是积聚在一起，做点房子改造准备做祖父之类的事，那就随他吧，他能快乐就好。他呢，总是在无人处悄悄告诉我他存钱的秘密。除了他和他老婆，全世界就只有我还知道他的存折密码和他的存款数了。他显然已经被那越来越大的数字魅惑了，脸上的安宁妥帖，话语中的平静自信日渐明显。

谁知道，九月初，我从北京出差回来，他来电话时语气低沉，很不快乐，像一个犯了错的孩子，他说，我借了两万给你阿姨的大侄女，借钱的时候你在北京，我就没给你打电话请示。我听得心咯噔一声响，知道麻烦来了，否则，以他的性格，绝不会把这种事汇报给我。果然，他说，她说好一个月还，现在一个月过去了，她还没有还，怎么办？听上去，他的语气是那样无助，像一个面对困难无能为力的孩子。

一个月而已，爸爸，你干吗那样急？给别人一点缓冲好不好？

不是的，她肯定是骗了我的钱，不会还了，我这两万，只怕会要不回，她当时就给了我四百元利息，说是预付一个月的，我看她诚恳，就借了，现在想起来真后悔，她那是给我的陷阱。

听他这么说，我的血直往脑门冲，我在电话里吼起来，你现在知道四百元是陷阱啊，你一辈子舍不得多用一分，十分谨慎，不会莫名其妙借出去，你在借的时候为什么不想想，我们这些给你钱的儿女希望你用钱过什么样的日子？

父亲沉默了。我戳中了他的痛点，最关键的是，可能经我这么一说，他更疑心那两万是要不回了。但那人是他老婆的亲侄女啊，不是骗子，怎么会呢？我嘴上说得吓人，心里却想，让他受点教训也好，下次跟钱有关的事，他就能警惕些。但这种想法，在我看到那张借条的时候，被我彻底推翻了。

二

贫穷，是从贫穷里生活过来的人一生的死穴。在我们贫穷的时候，我们比谁都能更清晰地看到尘土飞扬的生活深处，那些未经掩饰的人心。当我们极度需要一笔钱来解困，而有钱人只用傲慢的神情表达对我们还债能力和诚信度的怀疑时，我曾发誓，我要过一种水清气净世不扰我的生活，让尘土归于尘土，而我在尘土高处睥睨众生。

但贫穷对于曾长久贫穷的父亲而言，或许并非如此。他在尘土深处，深情地爱着尘土，尘土们再弥漫满天不见天日，他也要活出独善其身的样子来。我想，这大概可以解释他那又在乎钱而又希望给人以信任的态度吧。从艰难中走过来，可以静坐喘口气时，他选择回望，选择伸出手，度一回同样艰难者。他给予贫穷者信任，以解脱他长久处于因贫穷中而不被信任的噩梦。也许多年以后我也能理解他没有底线的悲悯，但看到借条的那一刻，我不能。

借条上只有一行字，"今借到王某某两万元"，下面一个歪歪扭扭的签名，日期是6月1日。很显然，一个自以为聪明的年轻人，轻而易举地利用了他的信任。

字条既没有写什么时候还，也没有写利息是多少，更没有注明借款人的身份证信息之类，也就是说，她借钱的时候，就已经打算了不还的，她根本不是借，而是骗，我精明一辈子的父亲怎么能被骗了呢？只有一个理由，他的潜意识里是心甘情愿的。

那一瞬间，各种情绪奔到我的脑子里，没有谁能懂得那一瞬间我的愤怒和我对愤怒的压抑。6月1日就借出去了，也就是说，根本不是我在北京时借出去的，也不止一个月了，父亲为什么选择信任别人而欺骗他的女儿？只能说明，当时他肯定知道告诉我我会阻止他，而他却一定是想借给那人的，他穷了一辈子，就是想终于也可以做一回债主。为什么他借钱出去的时候不跟我说，要不到钱就要我来解决问题？因为我是他的亲生女儿，他也知道，只有我，才是真的爱他，他很聪明，知道利用女儿的爱。无数个问题无数种情绪一齐涌上来，我控制住种种燥火，甚至不愿意揭穿父亲的那一点点小聪明，只冷冷地问，爸爸，以你的性格，你必定不会愿意借钱出去，难道你是为了得到那四百元的利息？还是阿姨支持你借的？

我的矛头直指他的老婆，他立即感受到了，看了一眼她，怯怯地说，不怪她，钱是我做的主，当时她说很困难，还发誓说一定在一个月之内还，说得很可怜，我一时起了怜悯心，就去银行取钱给她了，我只想她从前是一个多么乖巧的女孩子，又在外面做了大事业，如今遇到困难，能帮一把就帮一把，都没有往骗钱的方面来想啊。

那你为什么不给我打电话问一下？一个在外面闯荡的年轻人，至于要回家乡来找老人借钱吗？她没有父母兄弟，不能解她一时之困？她怎么能想到来借你的？她给你打借条的时候，你也不推敲一下这借条有没有法律效力？

你不是帮别人写一辈子的状纸？你不是一个普通的农民呀，你是读了很多书的！

我说话的声音越来越高，父亲被我说得脸色阴沉沉默良久。他当然无法辩白，因为要他借钱出去的是他的老婆，也是他自己。现在他如此大方，从前对他的亲生孩子们吝啬的时光，都是假的吗？往事的阴影，好不容易被我驱散几年，又聚拢起来统统漫上心头，我努力平息下去的恨意，在我连珠炮一样的提问中，齐扑过来要打我的耳光。

父亲嗫嚅着，没有回答。屋后竹林子里的鸟不合时宜地欢唱，房间里被阳光照透的灰尘无所忌惮地恣意飞舞，我看到有些灰尘落到了他的头发上，有些扑到衣服的褶皱里。我深呼一口气，不再说话，在心里对自己说，然而也就是两万元而已，即使不要，也不至于就让一家人走上绝境吧？父亲已经年老，左不过两万，不要再责备他了。想到这儿，我复转过来安慰父亲，反正这两万元你是打算给阿姨的，你不是担心自己先走，她会无依无靠就给了她这两万吗？她这些年来我们家，没有功劳也有苦劳，两万元还是值得的，你权当是给她她自己没有保管好吧！她侄女倘若不能还，你就让阿姨住到她家去，让她给阿姨养老！

我还是没有放下过往，想用过激的态度试试父亲的真心。多少年的父女，我终究还是想从他那里得一点点温暖，想知道，在他心里，这个病歪歪一天到晚示弱的老婆不过是一个伙伴，并没有多重要，以此来安慰我在天上的母亲，也安慰我们在尘世的一场父女缘分。

说这些话的时候，阿姨就在旁边，垂着眼，一声不吭，一副哀哀的表情，仿佛对我的无情与冷漠毫不知情。这个眼睛下长着一颗巨大的肉痣的老妇人，身材魁伟，眼神凶狠，曾经扮演着恶毒继母的角色，然而岁月夺走了她的威风，人到老年，除了依靠我们，她别无倚仗，所以，她识时务地扮演了弱者的角色。从我母亲去世、她进家门起，我从没有忌惮过她，作为翅膀已经硬了的老大，我似乎也是她认定的唯一可以和平相处并且终身依靠的人。

但历史是一根刺，一旦长进肉里，是无法拔掉的，要拔掉就只能面对鲜血淋漓。在我还不愿意揭开往日伤疤的时候，他们的沉默恰到好处，一旦这相对于父亲而言的巨款成为可能永久性消失的一个幻梦,他又怎能做到平静地从容以对?他自己要去拔那根刺了,并不惧怕血淋淋的面对。

不行,让你阿姨住她家绝对不行,父亲坚定地摇头,去要钱,也不能让你阿姨受委屈,我是男人,当时借钱是我做的主,决不能让一个女人来承担责任,还有,如果我先死,你们要好好养着她,她的儿女们都没用,不会养她的,她来了二十四年了,是我老王家的人,你们要给她养老送终!

至此,两万元已经被成功转换为生养死葬的大事,事后我回想起这一幕,在我的父亲七十五岁的时候,我是多么坦然无惧地与他讨论属于他的死亡,毫不在意他是否因此而悲观厌世,仿佛他走进墓穴这一迟早会发生的事很快就要发生,而我对此并不会有任何难过与不舍,我所考虑的,不过是一些现实生活中必须处理的问题,与情感无关,我与他的父女关系,竟是如此脆弱,不堪岁月压迫。是啊,既然是他自作自受,我为什么要为他的人生买单?

三

自从我规定父亲的三个儿女必须每年都要定量供给后,父亲为他的收入孜孜自喜,又常因为弟妹们拿得迟了,而多出许多没有必要的担忧,临近年关,见弟妹们在电话里也没有交代,他总要悄悄地问我,他们收入还好吧?给我的能到位吗?有时候我会很生气地回他,他们不吃不喝也会到位的,您放心!他又不好意思地讪笑,我不是那个意思,就是怕他们不记得这回事了。

他的儿子我弟弟这些年在大城市闯荡,换动工作,成家,经历着这个时代绝大部分年轻人都经历着的艰难困苦。但父亲的世界是简单的,他只能看到他自己的那一亩三分地,每次与弟弟交流,总是象征性地先问他生活得怎样,很快就落到重心上,收入如何?规定给的能不能到位?去年弟弟无法给全,他整个正月都不开心,作为他的长女,我太了解那钱没有到位的不安全感对他造成的痛苦,我对弟弟说,虽然父亲并不缺钱,但你给是你的责任,无论你在外面有多大的困难,都必须保证他的养老收入,毕竟,你并没有尽到陪伴和赡养的义务。于是，弟弟开春就给父亲打款，他长年在外，也只有这点心意才能表示这世上他还是父亲的儿子，他们之间有着必需维系的温暖。

收到款后的父亲喜笑颜开，他说，我不逼他，他在外面就不知道怎样努力。

父亲的做法常常让我与妹妹在一起痛陈往事，往事叠加起来，他慢慢地就开始变得不可饶恕。

母亲三月去世，六月，父亲竟然接受了别人的介绍，把他现在的老婆带进了家，当然，我们成年之后，这一在当时无法原谅的举动慢慢得到了理解；上半年，妹妹还在读初二，下半年开学的时候，便因经常晨起腹痛不能上学，父亲既没有带她去看病，也没有去学校说明原因，便让妹妹辍学了，对于当时那个贫困的家庭而言，这也可以原谅；十三岁多的妹妹在家受到各种漠视，甚至打骂，我们把这理解成为妹妹倔强，少不更事，也原谅了；妹妹十四岁离家，学做缝纫，去武汉姑妈家里学理发，把每个月挣的两百元一分不剩地寄回家，而父亲并没有更多地承担我大学的生活费，后来妹妹回来为读高中的弟弟陪读，骑着一辆自行车走街串巷卖书挣钱供弟弟读书，那时她还只有十八岁……这一切，都可以原谅，我们理解父亲的不易，从未责怪于他。

生活琐碎，我们能够谈论的，不过是一些形而下的具象，是凡夫俗子的喜怒哀乐罢了，是尘世里最稀松平常的爱与恨，但对于身处其中的微末个体，却是切肤之痛，是永世不能忘怀的记忆。

三个儿女，无一例外地生怕父亲生病，生怕这个家没有他，夏天给他扇风，冬天给他炭火，只要是他劳作归来，必定有做好的饭菜和递上的茶水。我们已经没有母亲，不能再没有父亲，我们全心全意为他着想，只希望他脸上的阴云能够少一点，每次回家，能够看到他由衷的笑脸。

那时候，没有谁有力气去埋怨，各种各样的艰难，一一历过，当时竟也并不觉得有多艰难，终究一家人能够健康平安地相聚，已经是最大的幸福，贫穷又怎样？走过那段泥泞后很多年，自己为人妻为人母后，回首往事的时候，才开始猛然醒悟，当年之种种，倘若不是父亲过于怯弱，或者力量不够，不能将一个破碎的家以一己之力扛于肩上，便是他对儿女们的情感寥寥，不过任其生灭。这样一想，似乎当年所有苦难都是父亲的错，心中也便渐渐淡漠。

这当然不是我想要的情意，作为长女，我是父亲倾尽心力培养的孩子，直到今天，我的敏感自尊，宁为玉碎，皆是因为他从来舍不得对我冷脸批评，更别说弹我一指，也很少让我做重活，只是教我写字算数，下棋吹琴。在家乡高高的山冈上，过去的岁月留下了父亲背着锄头带我上山开荒的背影；盛夏的黄昏，一长一短的影子是父女俩种菜的剪画；清晨，露水未干时摇起橹将一船西瓜运到河对岸，称完父亲甩过一串数字便让我算钱，向顾客炫耀他的女儿数学学得多么好，语气中的那份得意给了我一生的自信；跟我谈论诗文时的谦虚让我希望自己不断进步以能跟上父亲求知的步伐……

父亲，从来不是我的偶像，却给我的人生无法替代的影响。如今，这个给我起卧坐行为人处世处处留下影子的人，遭遇了人生中的又一次危机，且因为此时的他在暮年，无能为力，只能求助于我，我该如何摒弃心中的芥蒂帮他渡过这一难关呢？

四

手机连着充电器，插在墙上充电，父亲已经等不及充上，便按照那侄女给的号码拨了过去。他穿着灰色的长袖T恤，眼睛混浊，神情阴郁，脸色乌沉，就着插座站在门边，握手机的手微微颤抖，人都有些站不稳了。

电话"嘟——"地响了无数声，却始终没有人接听。他不停地打，直到打到第十遍时，电话里报出"您拨打的电话已关机"，他才绝望地放下话筒。他暴跳如雷，亏我还相信她呢，从前她也算是有情义的人，场面也还气派，谁知道竟是骗子，我要按她亲戚给的地址找她去！连她姑姑的钱都敢骗，真的太无耻了！

从四年前他从鬼门关走了一遭后，我已经很久没有见到如此急躁暴怒的父亲了，虽然母亲意外去世后他曾在墙上写了一个大大的"忍"字，并告诫我们，"忍"字心上一把刀，且悬着刀刃，但是他并没有让自己稍微从容一点点。但四年前他因咳血住院近两个月才康复，死里逃生感慨丛生，常说人生苦短，真是没有必要过于计较一些事情，太急性也不是件好事，渐渐地，冬天的早晨也不会太早叫我们起床了，话也明显减少，甚至拿起了锅铲学做菜，细细品尝每一道菜的酸辣咸淡，颇见出几分淡然悠远的样子。谁知道今天故态复萌，不过是为了些他并不急用的钱，可见钱真是好东西，有起死回生的功效。

我并不忍心告诉他真相：要回这些钱，基本上是不可能的了——既然存心要骗，必定做得天衣无缝，比如她的电话，她的地址，她现在的生活状态……都不可能是真实的。如果起诉她，只单说起诉费，各种周折，为官司而生的疲惫，到底会得不偿失，这些想必她也——想过了，才只是提出这个数目的。想到这一点，我便安慰父亲，不要那些钱了吧，她若肯还，你只要慢慢等，她若不肯还，你便是再追索也只是枉然，倒不如转移一下注意力，做些有益健康的事。

父亲的脸色愈加黯淡了，他一声不出，走到床边的电视柜旁，抖抖索索地翻动各种杂物，摸出一个本子，戴上老花镜，一页一页比对着翻看，然后捏着本子上的一串数字，走到手机旁。随即，手机里播放出他按下的数字。我留了个心眼，悄悄记下，以备不时之需。

在"嘟"了两声后，电话接通了。父亲叫了声"大舅哥"，语气便有些怒发冲冠的味道。我的脑海里立即印出一个高高瘦瘦长着双牛眼睛的老人来，他是阿姨的大哥，也是借钱的这个女人的父亲。父亲是想通过他来要这笔钱吧，然而，如果通过父亲要得到，她怎么可能愿意落下如此丑陋的名声？

"大舅哥，你女儿借了我两万元，这事儿你可知道？"父亲声音渐渐提高，以最简略的语言说明了事情的来龙去脉。

"我知道啊，"对方毫不慌张，"我女儿现在欠人很多钱呢，我也不知道拿她怎么办。当时你借钱给她也没跟我说，我也没办法跟你细说情况，何况我如今老了，她妈妈又在尼姑庵里吃斋，你说我能怎么办？你自己的事，只能自己去解决啊！"

"……"父亲气极，一句话都说不出来，脸色更黑了，捂着胸口，一巴掌拍在门上，门被拍起一层灰，肆意飞扬。他很努力挤出一句话："那我就给你其他的儿女打电话，直到找到她为止。我的是血汗钱，她也敢要，就不怕上天报应？"说完，他挂了电话。他的老婆惶恐地站在旁边，一副做错了事，很无辜的样子。"我大老兄怎么能这么说话！"她很气愤，"我要告诉我的二哥、三哥和四哥，让他们没脸做人！"

"算了算了"，父亲长叹一口气，"快给我拿速效救心丸来！"

阿姨便急急地去拿药，我被这情形吓呆了，我竟不知父亲需要这种药来救命，等他吃完药缓过来，我第一件事便是问他吃这药多久了。父亲面有愧色，就是这两个月，为钱的事，已经出现心闷气短的情况，医生便开了这味药。

我又感觉到头顶的怒气了，我们努力上进，保障他的晚年，只是希望他快乐一点，宁静一点。不管曾经发生过什么，父亲始终是我最亲的人，在这个尘世，我已经没有母亲，怎不希望父亲能代替母亲好好地活着，寿终正寝？为了这点钱，他竟然把最宝贵的东西丢了，岂不是"得不偿失"？

扶父亲歇下，我开始正视父亲面临的这个难关。令人无奈的是，对于我而言，两万实在不算什么大事，我在尘世的事，哪一件不大于它？渐渐地，就慢慢地把它遗忘了。

五

在这个周末的清晨，父亲的电话声唤醒了好不容易按下的事，这事已经笼罩在父亲头上三个多月了，尽管我们想了诸多方法为他解忧，但仍无济于事，而讨债这样的事于我而言简直比登天还难，我便想了一个折中的办法，干脆我暂时给他两万好了。

想至此，我便回电话去，平时响无数声都接不到的电话在一声响铃之后便接通了。他刚准备开口，阿姨就接话："芬儿啊，你爸爸整晚没睡，心脏病更厉害了，这样下去怎么得了？"她语气里带着哭音。

她总是这样带着哭音的，总让人感觉她生活得很不如意，非常可怜，试想一下，一个庞然大物成天用极尖细的声音扮演着弱小的角色，这会不会令人厌烦？她还敢向我求救？这一切不都是她造成的吗？我真想说几句尖利的话怼回去，但还是忍住了。我冷冷地说，让爸爸接电话。

然后就是父亲咳嗽和叹气的声音，因为他耳背，我便大声地像吼一般说，爸爸，你不要生气了，这两万块我给你，你就没有损失了。每次我一这样吼着跟他说话，我自己总是满怀愧疚，而这次尤甚，仿佛我并不甘心情愿给他这笔钱一样。

满以为他会激动、兴奋、平息，谁知电话那头停了两三秒，便是很剧烈的咳嗽，然后，咳嗽渐渐平息，他才果断地说："不行，你的钱是你的钱，给得再多，她欠我的钱还是没给我，这不是一回事！"说完，他就挂了电话。

这次拒绝十分果断，不似平时给他钱时的半推半就，可以想象父亲在电话那头心脏难受的样子。我实在无策，便拨通了以前留下来的所谓"表哥"的电话，作为借钱者的兄长，他多少应该知道一些她的情况，或者也能帮她。然而事情却并没有按我想象的样子进行。当对方知道我打电话的意图后，果断回答不知道，并且说是父亲自己不对，就不应该借钱给她，哪里可能竟要借钱借到老人那里去呢，也不用脑子想想。

听他这么一说，我便知这天下的无赖聚到一家了，除了无赖手段，不可能要回钱了。我心一横，狠狠地说，你们让我的爸爸不得安生，他现在心脏病已经被引发，倘若我爸爸因此出事，你们也休想安生，还有，我找得到你们一个人在家的父亲，更能找到你们在尼姑庵里吃素的母亲，我会定时骚扰他们的！

"表哥"的语气在我这番话后明显软了下来，他答应会联系妹妹，尽快还，如果她不还，他承诺帮还一半。看来这招奏效。我又电话给"舅舅"，老人开始还语气油滑，一副悉听尊便的样子，当我说我有公安局的同学，通过定位我一定找得到她，如果我爸爸有事，我会许她不得善终，老人的语气也软了下来，说一定会联系女儿让她尽早还钱。我用了平生最凶狠的语气，电话打完，人都要虚脱了，倒并没指望这样真的能让对方还钱，但吓吓他们也算我出了一口恶气。

谁知道中午时就有了回音，父亲打电话来，语气转晴，说侄女回话了，钱是一定会还的，只是暂时比较困难，在大城市漂着，实在不容易，答应年底先还一万。我欢喜万分，说你这下可放心了。

然而……父亲说话有点吞吐，她这么可怜，想想自己也有身处困境之时，我心一软，就说了，那就等你明年有钱了再还吧。

说完，他沉默，等我暴跳如雷。但我没有，他耳背，再大的声音也传不到他的心上。我多想告诉他，大城市，年轻人，全都是满满的套路，可是他不知道，他只知道他那农民式的敦厚，只知道以己度人，这么久的折腾，他要的不过是一个可以让他安慰的答复和一种没有被欺骗的欣喜。等明年春天钱再拿不到，他必定又要每天长吁短叹，懊悔不已，但此时他应该是为自己在大方慷慨感到了欣慰，身体应该好了。也许这比还给他两万元更能让他开心吧，毕竟，从前都是他需要别人的帮助，这次他总算可以帮到别人，这该是一种多大的满足与幸福！

我没有再多说什么，且让他过一段舒心的日子吧，到了春天，自然有春天的办法。

六

父亲为他的两万块耗尽心力的事，让我想起"阿堵物"的故事来。人们素来以提钱为庸俗，但凡有钱者，无不以摆脱金钱来显示自己的高雅。然而，对于在这尘世翻滚了一辈子，又穷苦了一辈子的父亲而言，儿女不在身边，他孤独而忧伤，独自在寂静中度过那些无人能体会的夜晚，往事翻涌，曾经有过的不安又来袭击他，而他所渴望的儿女们的问候轻若鸿毛，无法给他实质性的温暖安定，这时，只有那些他所拥有的数字才能给他安慰吧？尽管为了钱，平静的生活可能鸡飞蛋打，尘土飞扬，他也在所不惜，他必须抓住点什么。

在父亲平静下来的这个周末，我也平静了。阳光很好，通过高高的落地窗照透了整座房子，也照透了我的心。为了父亲的两万块钱，我焦虑不安，愤怒难抑，说了最可怕的话，差点做了最可怕的事，然而，对于父亲而言，解决问题的办法竟然如此简单，这又何尝是那个骗他钱的人所能料想到的？倘若她知道，只要是一个承诺，哪怕对于一个可能并不能存世多久的老人遥遥无期，也比躲着不见面好，或许她便要轻松许多吧？何况，年轻人又怎知老人经历世事后的善良竟仍旧保持得如此完整？

我这样想着，不知不觉间来到了商业街上，发现一家老年人医院前排起了长长的队伍，老人们彼此也不交谈，就静静地等待着队伍往前移动，一问才知道这里每周六进行免费体检。也许，只有免费的，他们才会抽出时间来检查吧？但是，他们又何尝知道这里面的玄机？人老了总会有各种各样的问题，检查出来有大病，为了不给儿女们添麻烦，往往不肯就治，没有大病的，在选择医院和保健品之间又总是宁愿相信保健品推销者夸夸其谈的话语。

谁不希望自己健健康康的，还能给儿女做贡献，到最后无病无痛地离世？但就是这点小小的愿望被那些像我所谓"表姐"一样的年轻人利用了，他们骗光了老年人袋子里用一生的经历积攒下的钱，然后无情地将他们丢在尘土里，继续下一段行程。这时的儿女又在哪里？

一位老人朝我走来，是小区里常常坐在桂花树下拉二胡的那位。他笑着对我说，这里的保健品质量很好，我用了一个洗脚盆，现在浑身暖和，血液流畅，你让你父亲也试试吧。

真想告诉他，这只是欺骗老年人的伎俩，如果保健品真有用，还要医院做什么？对于老年人而言，真正的保健是身心舒畅。话到嘴边又咽下，如果这种欺骗能够让在孤独中衰老的人得到暂时的心安，也未尝不好，只是，被欺骗后的失望可能会搜刮走他们仅剩的一点对世界的希望吧。儿女们啊，我们该怎样去提醒，去陪伴？

看着他写满真诚的脸，我微笑着摇摇头。对于父亲而言，没有什么比安全地帮助人更能让他血液流畅的了，那么，明年春天，我是决计要瞒他一回，让他安心下来，且让张牙舞爪的尘土落在地上，复归于尘土，而善良宁静的本心复归于淡定安然吧。

另一条河

一

春天雨多起来时，清明节来了。

因为弟弟妹妹都远在他乡，多年来我总是一个人拿着一大把清明球，代表他们去埋葬母亲和祖父的小山冈扫墓。墓地寂静，前面是一条静静流淌的河，从山冈奔跑过去的河风很大很大，有时候可以把我掀得打个趔趄，有时候又像一双大手拖着我往前，以至于我被这样的风吹迷了眼，好几次找不到去墓地的路。有一次我从一大片橘树林中穿过，从左边穿到右边，野花和杂草绊住我的脚，把我指向别的地方，直到走了很远很远，站在河对岸看着那片熟悉而陌生的山冈，一种永远无法抵达的遥远攫住我，使我几乎窒息。手里的清明球还没有打开，已经被我紧紧攥着变了形。

父亲说，一定是长眠地下的亲人在怪我不够虔诚。是啊，那一次，雨很大，路泥泞，还没出发我就打了退堂鼓，犹豫了半天才动身。从那以后我再也不敢认错路，但即便如此，我也总是因为俗世种种原因，不能毫无阻碍地回来，莫非就是这个原因，我从来没有在山风中顺利地点燃蜡烛和檀香，连最易燃的纸钱，也总是刚放下就被风得到处打窝窝乱转。他们故意让我在墓地多待一会儿，不能按照预期匆匆离开。我在墓地逗留很久，直到蜡烛不再熄灭，鞭炮轰轰地响起，我捂着耳朵迅速跑开，直到鞭炮点完我跪在母亲的坟前，一年的时光全在脑子里过一遍，然后，对母亲重复着把愿望说了一遍又一遍——我怕她没有听清楚，又怕她做不到，风实在太大了。

以前，我总是久久伏在坟前默念，妈妈，保佑你的儿子，让他身体好起来，找份好工作，找个好女孩。可是七八年过去了，一切似乎都没有改变，想来想去，只能怪坟前的风水不好，一棵橘子树拦住了母亲看河的视线，偏偏这棵树每年都要结好多果子，父亲舍不得砍。我便晓之以理动之以情疏之以财，终于扫平了坟前的障碍，竟然真的不久我弟弟就有女朋友了。后来我又念，妈妈，保佑你的儿子快点抱上孩子。我念了三年，忽然有一天，弟弟给我报喜，姐，我有孩子了，取名为一一。

弟弟名道，道生一，好名字。我在心里跟妈妈说，真好呀，妈妈，道终于要做爹，你终于要做奶奶了，道的生活一定会因为他孩子的到来完全好起来的，您可以放心了。

这天，从细雨中路过母婴店，看着满屋子干净得令人心疼的小衣服，又想起还漂在上海即将当爹的道，想起他的孩子，那个待在弟媳肚子里已经八个月的王一一，多年来历经的种种浮上心头，欣喜忧伤，各种情绪滚滚而至，把我的鼻子冲得酸痛难当。

手机的震动分散了我的注意力，平息了我的起伏的情绪。是道打来的。

道向来沉默，轻易不打电话，要有喜事？——提前出来了？

姐，孩子没胎心了。道的声音冰冷低沉，我似乎没有听清，但，每字，每句，我又都听清了。一瞬间，我怔在原地，不敢相信自己的耳朵。异于我所有时候的冷静，我说，再检查一下，不要搞错了，八个月了。

检查了三遍，确实听不到胎心了，姐姐，孩子没了。道的声音低沉，像地窖里的冰块一样冷硬、确切。

我不知道说什么了，那一刻，我拿手机的手僵在半空中，无数句话在我脑海里飞驰，最后凌乱不堪地散落，就像什么锁住了我的喉咙，我无法吐出一个字，然后，那头挂了电话。

可是，孩子为什么突然就没有胎心了呢？前些时候还听道说每半个月做一次胎检，怎么会说没就没了？到底是哪里出了问题？是因为道的病遗传给孩子了吗？……太多太多的疑惑使我无法相信这个突如其来的消息，就像当年那个凌晨，无法相信推开门进来报信的人说母亲死了一样——我抗拒没有任何过渡的消息，那种猝不及防让人承受不来。

过了一会儿，道发来信息，姐姐，你说是我们这一代八零后格外艰难，还是家里风水不好？我会不会重复爸爸的命运？爸爸也是十一岁丧母，第一个孩子没了。老天爷也是那么早就夺走了咱妈妈，我大学毕业十几年坎坎坷坷，我不是不努力啊，现在，我人近中年，却连我的孩子都要夺走？

在这条信息里，他生活里唯一的一点光似乎都熄灭了。作为姐姐，我却无法找到一个可以安慰他的句子。苦难无从超越，面对这样的打击，什么样的安慰是有效的呢？

这样悲观的宿命论，这样无奈的迷信，应该是一个名牌大学理工科毕业的男人脑袋里会有的想法吗？我拿什么理由去说服他继续振作起来？如果面对生活的打击他选择逃避与沉沦，我能救得了他吗？即便说服得了他，我能说服得了自己吗？我的弟弟比我小六岁，他如同与我同源的另一条河，他命运的谜题，在失去王一一的这个下午，像奔雷一般轰轰地滚过我的脑海。

二

二〇〇一年，暮春，黄昏。水乡。

青翠的芦苇叶子刚长起来，空气中弥漫着各种野草的气息，乡村中学破旧的教学楼，在学生离开之后，甚至可以听见植物们噌噌往上长的声音。校门口小卖部的电话铃声划破了湿答答寂静如同一河水的空气，黄师母对着教学楼喊，芳，你的电话。

正在三楼半做晚饭的我，答答跑下楼，往小卖部狂奔。电话，无非是父亲或者弟弟妹妹打来的，那个时候，整个世界的牵挂不过如此。这年弟弟道要高考，妹妹艳给他做陪读。一个二十岁的女孩子，在市政府围墙外的幽静旅社边、一片租客成分复杂的民房里，租了个小阁楼，陪着自己的弟弟，给他安排饮食起居，仅有的一张桌子上放着一尊白瓷观音，每天早晨拜拜。为了生存，妹妹骑着一辆破自行车穿梭在银城的大街小巷，靠推销书为生，整个人凄惶无助，给打我电话自然多些，但这个时间却让人无来由的心慌。

姐姐，道高考前的体检结果出来了。妹妹语声带悲，我的心一下子沉落。

乙肝……三阳……怎么办？学校建议他休学治疗……姐，我一怒之下把观音菩萨像摔碎了，她那么大慈大悲，偏偏不保佑我们，我不再信她了……

你等我的决定……

挂掉电话，我不知怎么踱回三楼半那间昏暗的小厨房的，在沉默很久之后，我对着窗外无边的杨树林，号啕大哭。往后许多年，那哭声一直回荡在三楼半的春日黄昏，也回荡在我无法安寝的生命里。

第二天清晨，我请假踏上了去银城的旅程。我从一条窄得只能容下一辆车的灰尘满天的路，经过四个渡口，经过渡口前前所未有的漫长等待，以及渡河时的满眼空白，一秒一秒滴答数着度过整整八个小时后，抵达那一间拥挤而闷热的阁楼。在这一过程中，我尽己所能地问遍所有人，得到的最悲观的答案是，这病最终可能导致肝癌、纤维肝、爆发性肝硬化……没有乐观的答案，也就是说，我终将在我的有生之年失去我们的母亲留在世上的唯一弟弟，我将眼见这条饱满壮大的河流走向枯瘦，而与他并行的我无法将我的河水灌入其中。我无能为力，这可真是一个令人绝望的结局。

我反复地回忆到底是哪个过程让他染上了这种几乎无法治愈的疾病，又到底是什么使我们对于他患此病全然没有知觉。与此同时，一种可耻的担忧紧紧缠绕住我，使我几乎窒息：既然是传染病，我的妹妹，我那如花盛开在最好年龄的妹妹，我那孤独无助一心只为家人的妹妹，与他朝夕相处，是不是也患病了？我呢？我也常和他在一起，我是不是也患病了？一种毁灭般的绝望令我感到无法描述的害怕。以后我们要把他隔离起来吗？怎样帮他渡过这段艰难日子？无边无际的联想，无法治愈的疾病，不可预知的孤独，使我的眼前一片黑暗，更加黑暗的往事裹挟住我，把我投向无底的深渊。

那一年，母亲去世。他还那么小，在原本属于祖父却终将装下母亲的黑漆棺材边玩玻璃弹子，任由一屋子的人哭声哀戚，也没有半点悲伤。有一粒弹子滚到架棺材的横木缝里，他便整个身子钻到棺材下，专心致志地找。堂屋的墙壁上挂满了做法事用的图片，十八层地狱，滚油锅，画面色彩艳丽，人物面目狰狞，满堂守灵的人都服从道长的安排，跟着一会儿转圈，一会儿唱颂，有时需逝者的儿子（道）走在前面，大家到处找他，却见他正在找弹子，一副懵懂无知的样子，所有的人都忍不住悲从中来。多年以后我们说起当时，不胜唏嘘，问他是否记得自己那天做了什么，是否知道母亲已经永远没有？他竟说，怎么不记得，历历在目。看到躺在地上再不睁开眼睛的妈妈，死亡像一双大手捂住了我的嘴，巨大的恐惧如同一个深不见底的峡谷，除了无视它，我不知道怎么办，我想，玩弹子至少可以拖延掉落深渊的时间。他这么说着时非常平静，让我诧异。想起来，或许只是因为我只顾着过自己的人生，从来就没有真正尝试去懂得他吧？

他读初三那年，我读大学，半年才见他一次，他像春天地里的草，疯长，仿佛只在一夜之间，就长得比我高出整整一头，但同时，从前玩硝、玩油墨，叽叽喳喳对什么都好奇的那个孩子突然就不见了，取而代之的是一个安静温吞的少年，谁都不知道他在想什么。在艰难的岁月中，只要孩子好好活着，也没有谁会在意他在想什么。回家时听父亲说起他的成绩，倒是平稳的，县里的一中应该是考得上的，总不会辜负我们这个家族的智商。

一不留神夏天又到了，家门前田埂上的花开得喧闹不已，远远地，他的班主任郭老师手里摇着一张通知书，喊，老王，你家的道考上市一中啦！虽然不甘心平庸却早已沦为地道农民的父亲，丢下正在锄草的锄头就往田埂上奔，道拉开房门，淡定地站在门口，阳光照得他有点睁不开眼。郭老师一把握住父亲的手说，你家的道是全校第一名的成绩考上的！父亲站在田埂上，已经微驼的背轻轻耸动，他左手接过通知书，右手抹了一把眼睛，转身笑着对道喊，道啊，快去跪一跪你的妈妈，让你妈也高兴一下，我们这一大块地方，你是第一个考上市一中的！

就这样，道从我们封闭且贫穷的家乡走了出去，一个小小的乡村少年，成了人人当神一样看待的市一中的高才生。与此同时，他的大姐（我）正临近大学毕业，在就业和恋爱的旋涡里挣扎。我们渐渐流向了不同的水域，似有交集，却已迥然相异。

三

然而，在短暂的兴奋和奔走相告的虚荣过后，整个家庭阴云密布，父亲不分日夜地长吁短叹，道更加沉默寡言。考上市一中固然是喜事一桩，有没有经济实力读完，却是另一回事，毕竟，在市里读书，不仅仅意味着美好的未来，也意味着陡然加重的家庭负担。那时，我读大学的学费还有一年没有交清，又面临着是否读研的选择，我的老师告诉我，以我的能力保研很有希望，读他的研究生意味着在我热爱的学术道路上，我将能走得更远，而我却一直没有答复他。多年以后，每每说起研究生，老师充满期待而最终熄灭的眼神总能刺得我生疼。

我必须工作，我的弟弟必须在市一中没有任何思想负担地读书。那时，我多么希望自己这条河流快快壮阔起来，以便有足够的河水汇集到他的河流里，让他也壮丽澎湃。但刚刚步入社会的我自保尚且困难，何况保他？那段时间，我是多么焦虑啊！在无路可走的时候，我把目光放到了那个深深爱我的男人身上，我需要他的力量。将近半年的恋爱，令我有足够的理由，举着爱情的旗帜，把自己的青春献给他。在他，或许是爱到极致的自然流露，在我，却给了自己一个献祭的理由。在那一场烈火般的爱情里，我献出自己，连自己也不知道是因为爱，还是因为需要爱，或者说需要可以依靠的力量，这为我后来决绝的离开埋下了伏笔。

九月，道如期开学。我把自己、道，全部托付给了那个人，我的第一场爱情，那个爱我的人成为我稳定而温柔的保护伞，暂时的危机解决了，我却像把自己出卖了一样。为了早早自立，我悄悄借钱租了一套大房子，把道带在身边，并着手创业。道每天安静地上下学，我按时给他准备早餐和晚餐，日子平静安然，仿佛永远不会有变故，只等道一飞冲天。然而，正因为急于自立而现实残酷，我变得焦虑不安，脾气暴躁，我恨自己不得不依靠男人，更恨自己利用了那人纯真的情意，我想在爱里平等相处，而绝不愿成为爱的附庸，然而我无能为力，于是我吵闹、哭泣、歇斯底里，有时与爱人亲密无间，缱绻缠绵，有时又摔东西闹着分手，他被我弄得手足无措，不知道那样毫无保留地付出为什么还是让我不满意。这一切都没有避开道，那时的我自顾不暇，哪里顾得了道的感受。道真是卑微极了，放学一回家就躲进他的小房间，吃饭的时候才出来，吃完饭又进去，埋头做作业。那段时间，房子里充满伤心和动荡的气息，我一个月都难得和他说一次话，更别说和他交流学校同学趣事之类，他的青春是如何度过的，在我的脑子里完全不成章法。难道，他的病，是那时抑郁而至？难道，我身边那条河静静流淌，那时差点干涸，而我从来不知？他命运的河流是不是因为我的无知，而在这里打了一个弯？

这样浑浑噩噩过了一年，一年里，我的爱情碎不成章，事业原地踏步，日子历经艰难，生活无以为继。因此，工作分配的任命再次下达时，我背起行囊到了那个偏僻的乡村中学。走之前，用我一年所得为道在市政府围墙外成分复杂的租户区租了一间房，留了一点生活费，并把还在理发店当学徒的妹妹叫回来，一边走街串巷卖书维持生计，一边陪他。那真的只是一间房而已，做饭、上厕所都在走廊上，房东老贺在楼下做了一个简陋的小卖部，常有形形色色的人半夜买东西时大声喧哗，有时甚至打起架来，惊天动地。莫非，病是在那种复杂的环境中染上的？

道每天下晚自习穿过那条没有路灯的窄巷子到达小阁楼，而我，开始在乡村沟壑与田亩交叉的寂静里做起隐世独居的美梦。我们相隔遥远，又互相鼓励，我以为我已经洗尽铅华，可以负担得起自己的人生，也能撑起他的梦，我们可以从容走完剩下的一年。直到前几次去看他，他总是精神不振，不停打瞌睡，一点也没有冲刺高考的紧张感，我就生气地骂他，怕他这样怠惰会毁了一家人的希望。莫非那时他患病已重而我们因为漠不关心只懂责怪？没有谁注意过他的身体，如果当时就带他去检查，也不至于这样严重吧？

道说得最多的一次话，是关于他班上第一名的女生的。他总是满脸无奈地说，她并不怎么搞学习啊，轻轻松松地就拿第一名了，他们城里人就是天之骄子，任我们怎么努力都赶不上，白搭。那种语气里的沮丧之情，曾使我感到害怕。

在获知他患病的几十个小时里，我的脑子将过去过滤了一遍又一遍，似乎找到了答案，却又一无所获。最后，我向疾病妥协：除了治疗，别无他法。那时，我还根本无法展望未来，那被疾病纠缠一生的痛苦，叠加上独属于他这个年代的人难以突围的艰难，这两根无法抖落的绳索十年来把道捆得紧紧的，让他这条河为了挣脱束缚，时而安静，时而泛起泡沫，时而咆哮，生生把他折磨成了一个悲观的宿命论者！

四

自知他患病之日起，我们家用起了公筷，道被家人关爱着，但他同时被最亲密的家人隔离，这也意味着他被世界隔离。道自愿且坦然接受隔离，即使这种自愿对他自己是一场无法预知的灾难。看上去他对这种无形的隔离是那样毫不在意，看上去，我们一家人也都毫不在意。常常这样，我们面对生活塞给我们的一切无能为力，为了让日子更阳光，我们必须笑着接受黑暗。

道怎样笑着走过那段黑暗，只有他自己知道，因为我们仍然自顾不暇，并且看到他波澜不惊。

七月六日，高考前一晚。地上像下了火，租户区三教九流的租客们，男的穿着背心短裤，女的披着湿答答的头发，趿拉着拖鞋摇着扇子出来乘凉，几个小青年吹着口哨骑着摩托车呼啸而来又呼啸而去，惹得闲聊的人们一阵唏嘘。女房东尖声说起那个一晚上赢了当官的二十几万的贾胖子时，众人开始激动，有好几个人说，要不咱们也都别工作了，跟胖子学手艺去，这年头，赚一万都要脱层皮，他一个晚上就几十万，这活儿就是提着脑袋学也值了。

我陪着道坐在小阁楼里看书，一台破旧的风扇猛烈地转着，发出呼呼的风声，吹出来的风却是热的，道的背心湿透了。十点时，我熄了灯，要求道休息，他便乖乖躺下。可楼下聊天的声音，车来车往的声音却无比清晰地破空而至，在这个蒸笼似的小阁楼里徘徊不去。道翻了一下身，过一会儿又翻一下身，直到凌晨两点多外面静下来，房东小店里的灯熄了，他才没有再翻身。

高考，那是种只有乡村孩子才能体会到的压力，有点像面临别人描述的深渊，唯其是别人描述，所以还存着关于深渊的言论不过是危言耸听的希望，又因为是别人描述，便因不知实情油然而升起恐惧。这种感觉覆盖我的一生，常常使我在战栗中惊醒。而那时，我的弟弟道必然比我的感觉更强烈，因他是冒了险才参加了高考的。

回想着几个月前，我从乡村中学请假、乘八个小时的车，来到小阁楼，已是黄昏。道坐在床沿，双手捂住脸，只露出鼻子和嘴巴。姐，我不休学，高考只有三个月了，不管考个什么学校我都认命。他喉咙嘶哑，肩膀剧烈地耸动。看着眼前这个高大而无助的男孩，想起我们已经化为黄土的母亲，是她将我们从同一处带来看世界的，她却撒手不管了，让我们自己来面对这样的风雨。我的心口痛起来，每呼吸一口都觉得困难。

事实上，我们的家庭经不起休学，来的路上我就已经决定边保守治疗边让道复习迎考。可他能承受得了自己的疾病，能承受得了别人下意识防备传染病者的小动作吗？一个乡村少年源自贫穷的自卑，加上源自疾病的自卑，还能让他正常考试吗？而且，多少大学都拒收这类疾病的学生，他即使考得好，也要受到各种限制，根本报不了那些理想的大学。命运真是跟他开了个不小的玩笑，但不管现实如何困窘，路总延伸向远方，硬着头皮一步一步走，就挺过去了。

就这样，那个春天，草疯长，万物蓬勃，我们心中的希望却像被裹在塑料里的芽儿，黄黄的，冒不出来。最后的三个月冲刺，这芽儿一直挺立着，不冒绿，也没蔫，一直在等待破开生活那不透风的塑料袋，探出头接受阳光雨露长得苗壮。好在经过检查，我和妹妹都有了抗体，至少没有更坏的消息。为了给道寻医问药，艳改行进了药店，以期找到能为他治疗的方案，而我呢，回到乡村中学，与他们音讯难通，只能等待暑假来陪他高考。

七月七日中午、晚上。八日中午、晚上。八日以后的中午、晚上。我陪他高考。

漫长的分分秒秒。直到分数出来，清华梦早就破碎，尚可填其他一流大学，我们最后选择了湖南大学，这退而求其次，对于一个农村的孩子，也算是值得欣慰的了。

九月，道去了湖大。银城距湖大并不远，四年大学，我一次也没去学校看过他，任他在那里自生自灭。多年的姐弟，我了解道，他从不知道撒谎，也很善良，为了不把病传染给别人，他肯定不参加同学的集体聚餐，即使聚餐，他一定是一个人自己用公筷。但别人会怎样看待他这份善意？时间久了，他的病必定会被知道，被不动声色地嫌弃。他将缺少朋友，越来越孤独，更别说来一场轰轰烈烈的爱情了。据他描述，他四年大学生活的唯一亮点，是去参加过一次大学生T台秀。这于古板寡言的他简直不可思议，因此被一家人热议很久，颇为引人兴奋，仔细想来，他身材挺拔面目清秀，明明朗朗一枚美男子，活活被各种原因的自卑断送了原本可以有的风流倜傥。

逃避现实、没有悲苦的光阴最易过，我这四年似乎只是一晃眼。毕业时道一声不吭去了四川泸州的一家国有企业，与家乡相隔数千里，跋山涉水，我们常常大半年断了音讯。他的选择，大概是因为想去一个没有人认识、想回也回不了的地方吧，免了牵挂，也好。那些年，我忙于结婚生子，从乡村中学辗转到城镇到县城，过我的人间烟火云起云灭，负责一部分他在学校的生活费和药费到他参加工作为止，我想我该有自己的家，他也该有，所以让他去吧。我们的交集，在彼此的忙碌中越发少了。那曾与我并行的另一条河，是壮阔还是枯瘦，于我，似乎也不再重要，直到他做出了一个石破天惊的决定。

姐，我辞职想出来闯闯。

我愕然。好不容易平静几年，他这又是要闹哪样？

这个地方过于闭塞，太看重人情，这里根本没有升职空间，只能多年媳妇熬成婆，而不是各凭本事，我不甘心我的青春就这么像个老人一样耗费在一个没有希望的地方。

可是这是铁饭碗！你现在一个月的工资抵得上我半年！生活没有你想象的容易，不要轻易打破啊！——其实我还想说，你考虑过你的病吗？但话到嘴边又咽下了。

……

可是姐姐，我在那里，每天都只能闻到陈腐的气息，我真的不想动都不动一下，人生就没了。他的语气很坚定。我知道，一旦一个闷葫芦开口说话，那他就是决定而不是商量了。那就让他去碰得头破血流吧，我这一辈子小心翼翼，也没见自己活成什么想要的样子。

就这样，工作三年后，他从泸州出来，开始了他在北京和上海长达十年的奋斗，也可谓之飘零。

他远远没有想到，那疾病竟可以断送他所有的前途；他远远没有想到，每一次在大公司的升职，他完全可以手到擒来，却因为体检而被卡在门外；他更是远远没有想到，他想象得十分美好的自主创业刚有起色，就经历金融风暴，刚入房地产，就遇到一波又一波的政府调控，似乎每一次政令都与他作对。他在大城市举目无亲，每一步，都如在冬天的朔风中行走。

还能支撑的时候，他曾冷静地对比他所有的高中同学，发现很多同学都面临着各种不如人意的处境。道说他自己，前有七零后前辈稳居重要位置，正当年，后有九零后一往无前。他当年的勃勃雄心全被现实淋个透湿。但是他还没有悲观绝望，总在期待改写命运。

在最艰难的时候，他在电话中对我说，姐姐，爸爸交给你了，我对不起你们。

五

如此过了五年。

二〇一一年正月十六晚十一点多，喧闹的城市，在某一个特定的时刻寂静下来，车默默地奔驰，人默默地行走，天上一轮月，发出极满极白而又极淡的光，像从浸着的冰水里拖出来后被晾在寒风中的一块布，边边上还挂着冰凌。

道拖着行李箱，嚯嚯地往前疾走，我跟在后面，大步跟随，我们穿过广场，进入火车站。这是一个小站，但它通往上海，因此，即使深夜，那谨慎的灯光也一直亮着，亮彻整栋大楼。候车厅里零零落落坐着几个人，地上黄蒙蒙的，灰尘和垃圾随行人一会儿滚到这边，一会儿滚到那边。这时，广播里喊："通往上海的T57次列车已经进站，请要前去的旅客从第21号入口检票。"道头也不回地往检票口冲去，我又紧跟着，攥着两千元，塞进他兜里——我终于还是不舍得他吃苦，把那个月工资的一大部分给他了——一家人的生活还仰着这些钱呢，但是，我总有办法想的，弟弟不能在外面受苦，他还没有成家，一个人在上海漂着……

他转过头来看我一眼，叫一声，姐——，我的泪，一涌就上来，热烫烫的。可是他已经二十几岁，虽然前段时间闯得头破血流，让我恨不能替他去受那些苦，但我深深知道，自己的人生谁也无法代替。我说，去吧，家里的事，交给姐，你放心，在外面，要照顾好自己。他有些哽咽，姐——，又转过头，往站台深处走，走到黑的影子里，直到看不见，我的目光从怅然里收回，街市恢复了热闹喧嚣，生活这条河，继续奔流，转折，一如从前。

其实，我多想对他说，回来吧，回来至少还有姐姐，还有熟悉的土地。但我知道他不会回来，他曾满含憧憬地描述他的梦，曾说不管他有多么落魄，他也从没后悔过从那个收入高而且稳定的单位出来，他从不后悔在上海打拼，哪怕他明明知道在那片巨大的海域里，他就只是一小滴水而已，平凡无奇，渺小得可以被忽略，但他宁愿在海里被包裹埋没，也不要在没有任何比较的地方自欺欺人，做那个"以为莫己若者"的河伯。他那一展抱负的梦，只有在大城市才能实现，那些霓虹灯、拥挤的地铁、攒动的人头、林立的高楼……让他兴奋，让他充满奋斗的激情，哪怕一无所获，他也心甘情愿。

又一个五年迅速融解。他继续做房地产，结果那几年房地产持续走低；他试着自己经营快餐，坚持绿色环保用油，结果他租的地方一年之后整体拆迁；他试着再进公司做专业技术人员，结果还是体检不能过关；他试着自己开公司，结果发现不善喝酒应酬送礼就很难打开局面；他相过亲，说起自己的病，没有女孩子愿意和他在一起……

直到那个女孩出现。知道他的病，仍愿意接纳他。没房没车，仍愿意嫁给他。结婚的仪式无比简陋，也没有嫌弃他。始终仰视他，奉他若神明，不管用俗世的目光来看他是多么失败。两人在一起，相亲相爱，免了我们的牵挂，属于他的日子仿佛一下子敞亮起来。那时我想，终究，命运是公平的，谁都有权利获得爱，也总是会有一份爱在远处等你，生活再糟糕，只要坚定地抱有希望，终会有好起来的时候，河遇高山阻隔，只剩一线飞瀑，也总能有再壮阔的时候！我们的母亲，你为儿子祈祷的福祉，也该随着那个叫王一一的孩子的降临而来到了吧？

六

两天过去。

由于孩子已经成形，引产需要时间，成为死婴的王一一，待在她最初的宫殿里又度过了两天。这两天对她的爸爸妈妈是怎样的折磨，我无法想象。

是我最想要的女孩，脐带绕颈导致窒息，出来时面色乌紫。是我们太大意，让孩子还没来得及看一眼人世就离开了，姐姐啊，我甚至不知道还能不能再有孩子……

看着道发来的信息，我似乎再次看到那一条与我并行的河，流过险滩，水声呜咽，而我无能为力，那个在三楼半的厨房里号啕大哭的黄昏再一次浮现于我脑海，堵住了所有去路。然而，十几年过去，那以为会断流的河道，不也汇入了新的河水，逐渐平坦宽阔了吗？那么，眼前这横亘的石头，狭窄的山谷，也必定可以绕过，那些尖锐地划破河心的嶙峋山石，终将沉淀为河底的金子，在他变得丰饶，并成为另一条河的源头，更强劲有力地流淌下去之后，静静地回忆往昔，咀嚼岁月苍老的黄草。

我想起里尔克的话来，"你不喜欢艰难？它能够将你杀死，它具有威力，这是你所知的艰难。你对轻松了解多少？一无所知。我们对轻松毫无记忆。即使你可以选择，你难道不是必得选择艰难吗？它难道不是真正的来自故乡的东西吗？"

道，无论如何都要相信你的河水不会干涸，即使秋天会露出白白的河床，但春天来临它依然会沛然磅礴。如果真的有命运，你更要相信流了那么久的河，不会在这里断流。振作精神吧，姐姐将永远伴随你流淌。

当我按下发送键将这些文字闪到他的名字旁，我仿佛看到，这条离开故乡的河，多少年来，一直流淌在异乡遥远的歧路上。他所熟悉的花，那些重重的青山，那些人物和土地，都已经完全改变，所有往昔的声音，往日的事情，早已蒙上神话的色彩。我决定保存岁月，连同欢乐与苦难，等待日后与他一一道来。

> 这个冬天雪还不下
> 站在路上眼睛不眨
> 我的心跳还很温柔
> 你该表扬我说今天还很听话
> 我的衣服有些大了
> 你说我看起来挺嘎
> 我知道我站在人群里
> 挺傻……

张楚嘶哑的歌声不知从什么地方传来，在我们彻底失去王一一的那个下午，飘过我们一起抬头望过的天空，在彼此的河流里洒了满满一河……

油彩之下

我当学徒时的工厂
早已夷为平地
我初恋的情人
今生再也不要见到他

——李南

一

这是我第三次尿血了。

最早是我二十岁那年早春，第二次是去岁暮秋，这次则是仲春，相同的是都痛得要人的命，不同的是，病一次比一次来得急，毫无征兆，如山崩海啸，你还在海边嬉戏呢，忽然间它就一浪接一浪扑过来，让你傻看着，忘记后退，整个世界在瞬间都熄了光灭了色，什么人世的情义、生命的理想，那些毕其一生追赶着去实现的东西，完全退到这痛的背后，阴森森地朝你笑。

我当然知道，它不会毫无理由地侵犯我。

春天这样张扬、肆意，刚开始时新叶子把旧叶子挤得掉下来，铺了满地，每天打开门第一件事就是抹掉窗户口不小心飘来并未枯黄的几片，后来索性任由它去，直到新的叶子从嫩绿变成放出油光的纯净之色，才肯把堆了一槽和着雨水的叶片儿除去，那时木兰花也从开到败，历了好些风雨，整条街的香樟树上，细细碎碎浅黄色小花不管不顾地散发着清芬，即便是下雨，也要从雨的缝隙里溜一点出来。

偏偏这段时间我梦特别多，有时是在荒无人烟的大堤上追赶飞机，飞机呼啸而去，我只能一直站着，气急败坏地看着天，无助地跺着脚；有时是上课要爬很窄很陡的楼梯，好不容易爬上去，才发现走错了教室，此时铃声已响，无法返回；有时是满地的毛毛虫，脚都无处可落；有时是在船上，忽然船就进水沉了，我穿上鞋在水里狂奔，呐喊，茫茫水面无人回应……

我以为自己是最懂季节的人，每一首歌都有它的旋律，而我能随着那些旋律舞动，以为那些映着阳光发出光泽的树，可以让我安宁，可是，无数琐细的事件向我奔来，没有任何商量余地地侵扰了我的生活。

二

忙碌？无止境的琐碎、望不到边的忙碌？混乱的生活？不知道目标何在的生活？躁动不安？无所适从？在脑海里搅成一团的各种事件各种情绪？从梦的黏着里拖着疲惫的身子，我看到了新一轮晨曦。

起床啦！唤身边人。身边人依然酣睡。但上班是争分夺秒的事情，他知道。不出一分钟，他翻了个身，擦着眼叫，给我在衣柜里拿那件蓝格子衬衣！天色依然不明，又怕伤他眼睛，不敢开灯，就着昏暗的晨光，我胡乱拿了一件丢过去。

他摸了摸，不对！你怎么找个衣服都找不到？真不知道你一天到晚脑袋里都在想些什么！

我感到了无法控制的委屈，觉得无论你怎么想温柔以待，他都不愿给你制造温柔的机会。就着这句话，一场火药味越来越足的对话，在这个清晨展开了。

语气越来越不对，一瞬间，有什么推着我冲向他，一脚朝他踹去。动手的是我！事后我无法认出那样一个暴怒的我，像毛发竖起的狮子，样子一定是难看极了。一场巨大的风暴在这个毫无信任感的早晨来临。关于这场婚姻的所有，以迅雷不及掩耳之势席卷我，往日生活中积淀的怨怒的碎片，像电影还原的镜头一般，齐齐向我飞来，我恨不能永远不再见他。爱过又能怎样？终究我们在岁月里变成了各自憎恨的模样。

打理好儿子的早餐，我摔门而出，第一次没有坐他的车去上班。满载着我的恨意的道路居然出奇的清静，在路边等的士，花了近十分钟，结果奔到学校门口时，黄黑相间的车栏正缓缓关上，铃声随之而起，我迟到了。

三

各种奔袭而来将要完成的任务，无数的事件，正在我脑里轰轰地转，手机信息又响了。瞄一眼，是儿子的班主任老师。我的心"咯噔"一下，手颤抖起来。我知道，好事绝对犯不着发信息。打开一看，"你儿子最近退步很大，请引起重视，如有时间，可放学时来接他，共同教育"。

情绪溃不成军，背起包就冲出了办公室。我一路狂奔，从三楼到了长满爬山虎的办公楼边上，风在我耳边呼呼响，天气闷热，我明显感觉脸上长东西了，一摸，天，两边脸颊有小疙瘩！停下来掏镜子，一照，全是小黄泡！再看镜中的自己，眉头紧锁，目光混浊，肌肉绷紧，很难看。我不能这个样子去见他老师，否则人家以为我要寻仇来了。

返回办公室。肩膀痛起来，好像左腰也出了问题——儿子还没进青春期呢！每天回家，开门第一件事是大叫一声"妈妈！"，然后进房间写作业。因为忙碌，也因为对他的信任，我很长一段时间没有看他的作业，也没有辅导过他的功课了，偶尔抽查，见做得很敷衍，命他重写，他总是眉毛倒竖地回答"我不！"，我气极，冲过去就要抢他的作业丢了，他呢，直接用手抓住我，使我无法"行凶"。我气得大喊大叫，历数他的种种不求上进，他也大喊大叫，还直说，"你根本不是一个好妈妈！"就这样，每次冲突都以我极为生气却只能不了了之结局。

这次恶果来了，退步到老师要通知家长的地步。如果自己不是老师，可能还意识不到事情的严重性。我决定把这事向他爸爸通告一下。一个电话过去，他爸爸没好气地说，孩子的事不都是你在管吗？你没见我忙得不可开交？再说了，男孩子有自己的个性，你不要总是大惊小怪！——可是，老师那儿——还有，记得回家做饭，上午四节课呢，饿！电话果断挂。

还没有接触到事件的核心呢，我这儿已经悲愤交加风雨满城。我恨自己在所谓的教育面前失去了所有的尊严，关于一个自命为思想者的尊严！明明知道孩子学的那些东西陈腐不堪、二十几年前我学过的、我反感过的那种种呆板知识和教育的方式，现在又加在我儿子的头上，明明清楚我的儿子并不是一个坏孩子，更多时候他体现出与众不同的思考应该得到我的赞赏，明明他是那么富有个性阳光开朗能说会道的少年，明明清楚他甚至不多不少地遗传了我热爱大自然的天性，与小鸡小猫待一起时灵性十足，一遇到政治历史题目就变成了呆瓜一个，这并不是他的错，偏偏就因为一个成绩，一个在普天之下都无法逃脱的考试面前，我放不过他！为什么？长久以来，我信奉言传身教，我执着于自己所热爱的事业，只是想让他知道每一个人都必须靠自己。我错了吗？

他爸爸去哪儿了？永远像这一次，他在旁边，就好像与我们隔了一个屏障，他单方向地屏蔽了有我们的世界，超然物外。

四

正在此时，电话铃响了。一看，是父亲。我的心从深渊落到更深的深渊。

电话那头说，我要来检查病，这几天脸肿得厉害，早晨起来，头要昏上一两个小时，还咳嗽得特别厉害，怕是高血压和冠心病复发，又怕像前年一样引起支气管扩张吐血，已经在路上，不久便到。

我开始手脚冰凉。自前年血泊中的抢救，长达一个月的陪护以来，父亲主动打来的电话总是让我胆战心惊，给他设置的独特的铃声使我成了惊弓之鸟。事实证明，一向并不愿惊扰孩子的父亲，到了万不得已的时候。

父亲的电话刚挂，我还没来得及整理情绪，又一个电话进来。

姐，午饭来你这儿吃，下午还要去省城，事太多，只能麻烦你了。妹妹语气匆忙，旁边还有小外甥的叫喊。

我说，好吧，好吧，反正爸爸也要来。可以确定，我回话时，语气冰冷，她应该可以想象我紧蹙的眉头。

放下电话，眼前堆叠如山的作业，再也无心去看了，那些约写的稿子，那些时时涌现的写无数个短篇和长篇的灵感，那些来不及付诸实践的写作计划，以及对想要有的高度的仰视与攀爬，滚蛋吧！什么理想，什么为自己活到十二万分的精彩，什么从书中得到宁静与平和，什么写作令人获得释放，都滚得远远的，我已经没有理由为自己活着，我他妈的为什么就活得这样憋屈？为什么一辈子都为别人活着，就不能痛痛快快地为自己活一场？！我阴云密布地坐在简陋的、乱糟糟的办公桌前，前所未有地委屈，前所未有地厌世，黑色的、黄色的，混浊不堪的气流像龙卷风一样把我团团围住，三十几年来，我所受到的所有委屈、苦难，我所经历的类似于蚍蜉撼大树般不自量力的挣扎，我被别人称道的伪装的坚强，以及种种贤惠，循规蹈矩看似波澜不惊的生活……足以将人淹没的种种碎屑，齐齐席卷而至，我的疲累、辛苦、无奈、悲愤，我为了尊严体面地生活而付出的努力，我时常上演着幸福实则充斥着怀疑的婚姻，我这个一时兴起而怀上并养大到今天淘气无比的孩子，全部积于一处，使我在这个旋涡的中心越转越快，有一刻，我觉得自己要爆炸了！

电话铃再度响起。父亲来了。

我毫不犹豫地奔出校门，看到几个月不见的父亲，面如土色，浮肿，头发灰白，眼神混浊，诗人的意气风发完全没有了，剩下的，全是颓丧，以及对死亡的恐惧。晌午的太阳明亮刺眼，长了泡的皮肤要炸开一样痛。我强忍住种种难受，与他并肩走在大街上。红灯，绿灯，车来，车往，他根本不看，他只是喋喋不休地说着他的病，毫无目的地跟我穿过这座城市，仿佛世界只剩下我们父女俩。他说话时，总是咳，喉管里总像有痰，却不吐出来，不上不下，堵着他顺利地讲完每句话，听得我恨不得代他咳，代他吐，我本来就紧绷的脸无法在这样的声音里放松下来。

那个，道儿与你联系吗？父亲在咳嗽平息的间歇怯怯地问。

终于还是忍不住提起他，我的弟弟。这是每次相见必修的功课，不管他是身体康泰还是命在旦夕，他的儿子是他永远的牵挂，尽管我无数次提出抗议。他已经长大了，有自己的人生，我不愿意参与他的成功与失败。父亲总是长叹，他终究与你一母同胞，你有能力，应该帮他，何况他是一个正宗名牌大学毕业的，只是运气不佳而已，你该关心他。

我大声说，你知不知道这许多年我又是怎样过来的，为了他我经历了多少本不该我去经历的酸楚？他不是我的儿子，爸爸！

可能是第一次听到我这么愤懑的喊叫，父亲噤声了，低着头，像个犯了错的小孩。

<h1 style="text-align:center">五</h1>

我开始手忙脚乱地准备所有人的午餐。父亲坐在客厅里抽烟，一边抽，一边咳，那声音，像极了不规则的鼓点，敲击着我的每根神经，一下下地发痛，这痛感很快传到了小腹。不多久，一阵盖过一阵的痛逼出我满头大汗。我跑进厕所，尿是红色的，里面有一小块一小块的血！接着，痛感一波接着一波，让人有眩晕的感觉。

我只好不停地跑厕所，父亲见我的情形，不知所措。我没有叫疼，不敢叫，下午还要上班，要带他去检查呢，我不能就这么屈服于这突如其来的病！记起去年秋天，情况没这么急，也没这么厉害，好像药还剩了些，先将就着吃点。

就这么扛着，我一边频繁地开厕所门，一边做饭，居然也把六七个菜做好了。孩子他爸爸，妹妹妹夫，也都在我做好饭后如期而至。他们吃饭，我只能坐一旁冒汗。药物缓解了一下疼痛，但小腹的坠痛感依然强烈，尿里的血块一点儿也没少，我得去医院看看。

可父亲怎么办呢？那我先忍着吧。

下午，带父亲去医院挂号检查，三个小时，我至少上了二十次厕所。父亲一脸茫然地看着我，轻声地说，这可怎么办？又说，你这是太累了，又说，你要注意身体啊！我一句话都不想回他，我无法让他懂得，每一个人都只知道自己的那一份，不会想到叠加起来对我而言是什么。我的思绪开始全部集中到下腹，对琐碎生活的全部恨意，已经消逝得无影无踪，除了希望不要再疼，我无法再想其他。

胡乱吃一把药，躺床上休息。我得想想这病为什么来得这样急，我得确知它并不是妨碍我活下去的绝症。于娟形容三十二岁的自己是"雄视天空的鹰隼"，这个比喻曾深深触动我，我也想啊，但我飞不起来。

在将近一个月手忙脚乱后，因为疼痛，这个晚上我获得了短暂的休息——躺着，闭目养神，虽然天阴阴的，有点闷，欲雨未雨，一点也没有我想要的满地斑斓，但总算整个世界都安静着。我想起了二十岁那年的第一次尿血。

大学刚毕业，因为没有回家乡去工作，我辗转于省城某报社，在一个清晨毅然决然地回来，开始自己创业。那天晚上我熬了一桶糨糊，用毛笔写了二十几张大红纸，趁着夜色出去贴广告（如今这些都已成为城市的牛皮癣），皓月朗照，每一块有空地的墙面，刚去刷两把，就有人过来，说，走走，快走，这里不许贴。语气里写满嫌恶，仿佛我就是那种无缝不叮的苍蝇。我只能赔着笑说，您看，这么多人都贴了，您就给个机会，等我贴好，您想撕就撕吧！说这话时我几乎是点头哈腰了，多么令人恶心的自己！

回到家，接到父亲的通知，弟弟已经考上市里最好的高中，可是家里根本没有学费，我得想办法。我能做什么？我肩膀尚稚，他凭什么相信我能够扛起？他是要逼我卖掉自己吗？种种往事一一浮现，各种情绪山崩海啸而至，整整一晚翻江倒海，不能平息。第二天清晨，我腹部隐痛，尿呈红色，偶有血块。因为年轻，我扛着，继续我紧锣密鼓的创业，以期保证弟弟开学之前的学费能够有着落。三天过去，病自然痊愈，此后自然也没把它当回事。

没想到事隔十五年，那种疼痛会以成倍的力量一路奔涌过来。

六

十五年，我经历了多少？爸爸，你知道吗？除了把自己卖掉，能做的我都做了！黑暗中，我的心呐喊着，如果我的血管里真的是流的他的血，他为什么竟然丝毫感受不到我的痛？此时，我感觉浑身上下都要胀开，时时处处皆不通畅。

身处黑暗之中，我必须为自己寻到出口的光亮，我何尝没有为此做出努力？当我的老师告诉我有一个学习四十天的机会时，我毫不犹豫一把抓住它，就像溺水之人抓到救命的浮木。文学并非可以学来，但可以有四十天的光阴散漫不羁，这对于从未停下来审视过自己的人来说，实在非常必要。在去之前的几个月里，我无数次想象自己抱着书本重回学生时代，在离开"学生"这个身份多年以后再坐在座位上聆听师者之诲，该是一番怎样离奇而又纷繁的情景？！

然而，事实上，我一脚踏进文学院的大门，便开始了长达四十天的逃离之旅。报名时，老师，同学，都那么热情，我看着他们，不能明白他们的热情从何而来；寻找到寝室后，洁白的床单和纯木色的床也唤不起我入住的兴趣；第一天晚上的自我介绍使我十分尴尬，因为我从来羞于在大庭广众之下说起自己；每天黄昏时走过宽阔冷清的马路去食堂令我孤独；听各路有成就的作家评论家们的研讨会令我坐立不安。离开了琐碎平常的我，新的轻快的生活，令我无法承受。

于是，有假日时，我急急地往回奔。我奔回到被我厌弃的工作之所，一群孩子跑来告诉我自我离开后他们的种种不适应，他们想我了。那原本令人厌倦的大堆作业，看上去，每一本都充满了温暖而熟悉的气息！而我的儿子，那个淘气得令人头晕的男孩，则扑了我个满怀！对我永远充满怀疑的他，眼神依然冷冷，说，那里既然是你向往的地方，又还回来什么？可是我竟然不再似往日一般排斥，而听到了他的在乎，和对于我回家的欢喜。

我觍着脸皮对他说，很明显，我已经没法离开你。他笑了，抱紧我。

随着学习生活的深入，新的一切铺展开来，我发现，一旦我开始融入这个志同道合者的群体，离开时竟有不舍，而回到日常生活的常态，我也能欣然忘却那种在云端的生活。那时我才明白，我已经成为惯性的奴隶，不可救药！事实上，在旧经验与新经验的对抗中，我摇摆不定，回望来时之路，我的种种不如意，难道不正是我自己混沌不明的结果？我一直以为生命的投注是消耗在正在做的事上，其实，它恰恰是消耗在从此处通往彼处，不断奔跑，逃离，回归，再逃离的途中。娜拉出走之后？突破现实生活，向上，向下？

暮秋的某一个下午，天渐渐冷下来。再次回到琐碎日常中又无所适从的我，忽然感到刻骨铭心的绝望。腹痛如天边的雷声，闷闷地滚了很久，然后，迅猛而准确地袭击了我。我又尿血了。

七

这次，我再不能不了了之。

我躺在了B超机前，让医生给我看我的肾。

冰凉润滑的黏液在B超手柄的滚动下布满了我的腰侧。我屏住呼吸，深感害怕，亲人痛哭流涕的场面在我脑海里反复排演。检查过程显得无比漫长。

漂亮的双肾。医生说，如此漂亮的双肾，真是难得一见啊！你很健康，可是，情绪这个东西，会在身体内窜，一不小心，它就能彻底毁了你！

一瞬间，我的眼里有了湿热的东西。这东西憋得太久太久了，此时它如同腹痛一样毫无征兆地如潮涌至。自从长大离开家乡，把我的触角伸向这个拥挤的世界，我在各种经验里奔突，从乡村到城市，我既不能留住乡村的安静与淳朴，也走不进城市的喧嚣与繁华，我无法触及生活真实的核心，因此，也无法与一切爱我和不爱我的人握手成好。无论什么都在我的对立面，不，我站在无论什么的对立面，我所爱和不爱的一切均化作了一支支利箭，毫不留情地射向我，使我原本健康的身体，承受着突如其来的痛楚，逃无可逃。

大概，哪一天，我能与这世界把酒言欢，哪一天，这奇怪的疼痛才不再袭击我？在那冰冷的台子上，我第一次感到了无法描述的安全。我看到生活这幅五彩斑斓的油画，在我眼前铺展长卷。我看到隐藏在油彩下的底子，素笔勾勒，一笔一画，均用力到十分，我看到浮在上面的艳丽油彩，随意点染，不成体系，没承想，退几步，竟成就了完整。

于是胡乱在脸上抹一把，下B超台，笑着走出医院。暮春的阳光温热明净，空气中弥漫着香樟花的味道。

标　签

一

又要填表，而且是限定了时间的申报晋级表，而且时间已经过了，而且我必须在过了之后死缠烂打要求人家接受我迟交的理由，因为这关系到我的级别和金钱。没有谁愿意来蹚这一趟名利的浑水，但也没有谁真能置身事外一世清欢。一想到这些我就抓狂，疯狂搅动的电风扇，再也搅不走夏日午后的狂躁和皮肤上渗出的汗水。

平生最不喜欢做的事是填各种与自己相关的表格，没有之一。

从学业表格，到工作总结表格，再到各种晋级表格，申报奖项表格，病历表格，银行表格……我的姓名、性别、出生年月、身份证号、家庭出身、父母、联系方式、家庭住址、婚姻状况、毕业学校、所获奖励与惩罚、生活现状，有时还要我那段时间露出双耳的照片，都要规规矩矩填在每一个限定了大小的方框里，而且是不厌其烦地无数次重复。每每此时，我都感觉是自己被分割了，耳朵、眼睛、鼻子、嘴巴、四肢，一个一个放进小盒子里，每个盒子都有一个标签，如中药铺的药格子外的长方形纸条上写的中药名。一个标签套着一个标签，不能有半丝松懈，冰冷得没有一丁点儿情绪。

当我意识到，向一个陌生的单位，一个陌生的人介绍自己时，我竟然不得不拉开这些贴了标签的抽屉，我感到无比沮丧。那一层层干净利落的标签下，是大众默认的用途，就像当归活血、蒲公英降火一样，一张毕业院校的标签下藏着我少年时代付出的努力，而一个工作单位的标签则决定了我的收入高低，人们凭此自认为看到了一个赤裸裸的我，凭此判断我已经具备了哪些能力，可以胜任哪些事情。我无法自己给这些标签添加特别说明，没有什么说明比结果更直接，我更决定不了谁愿意取到哪个标签，人人都知道"灵芝""人参"比"枳壳""艾蒿"要贵重无数倍，但每一个人又都清晰地知道如何各取所需，我这一辈子所能做的，无非是努力使这些标签听上去更名贵响亮些，让自己看上去有一棵"人参"的品性而不只是在一棵不起眼的"蒲公英"身上徘徊。

认识到自我的存在要靠一纸表格来证明后，一种无法言说的绝望席卷了我。

被标签化了的人生，注定无处可逃。就像俄罗斯套娃，你一个接一个地打开，期待收获意想不到的惊喜，然而并没有，一样的神情和衣裙，缩小到极小时，才会面目模糊。失去惊喜的生活，到底是令人逃无可逃的神秘之所，还是规范僵化一成不变的平庸套作？

最可恨的一类表格，是通过一段时间的奖励情况给自己打分，然后去与我的同事竞争一个岗位。它要求再次拿出我的原始学历和最高学历证书，如果我出身高贵，我将为此自豪，如果我半路出家，不管我有多辉煌，面对证书，我将被毫不留情地打回原形。所有的学术成就，以及一切能证明我能力的硬件，如果曾经有过却被我不幸遗失，那就意味着证据被毁，竞争将无法继续，没有它们，即使你满肚子学问，无论是在熟悉还是陌生之所，所有曾付出的时光一概可以被否定。这类表格还要求拿出近段时间的工作业绩，自吹自擂一番，因为自己不显摆自己，别人就不知道有那么回事。

事实上，那些获得的所谓成绩，必定各有记载，而学历证书我已经数不清楚是第几百次上交，没有学历证书我根本不可能在现在的岗位上，那么，交它们的意义在哪里？因为它不停地被交上去又发下来，我已经没有耐心把它再装进那个毫无意义的锦缎封面里了，也不愿再当宝贝一样摩挲珍藏，每次拿回来就当一张纸随便往抽屉里一丢，反正不知道什么时候又要上交。

无疑，这种随便的态度给我带来了麻烦。上午，当我发现已经过了交表时间，再不交将会影响到前途时，我想，不能再拖了，快填！于是，艰难的寻找证据之旅再次开启。

第一步是找学历证书，而此时，学历证书就像被喷上了消隐水一样，在我的脑海里消匿无踪，我努力回想上一次交它拿回后的情景，却像抓往事一样一扑一个空。我必须一个一个书柜找，一个一个抽屉翻，还可能是结果满头大汗毫无进展。有那么一个瞬间，我觉得，我完蛋了，没有学历证，我等于对一切晋级弃权，我的存在成了一个笑话，或者，我完全可能被别人当作空气。

被否定、被无视、被遗弃的恐惧缠绕着我，使我在这样的一个夏日感到惶惑不安无所适从。丢失了我的学历证，更意味着丢失了我曾有过的一段辉煌的进取的吸取各方营养的人生。而丢失我的人生，应该是退休之后无所事事的生活中才可能会想到的事。我曾经多么厌恶被放进抽屉赋予一个冷冰冰的称呼，那一个个标签是我兜售自己的依据，我急于甩脱它们，没有想到的是，一旦他们真的被抽走，我竟成了一个空白的人，再也找不到自己应该在的位置，惶惶不可终日。在这样的矛盾中，我疲倦万分，沉沉睡去。

二

我可不能就这么败给了自己。醒来之后，我决定到那四个专门存放"标签"的抽屉里仔仔细细再找一遍。

第一个抽屉，满满装的，都是我发表过的文字。我把它们从各种杂志上撕下来，包括目录，一一订好，这些似乎构成了我"作家"的标签。也许夹在这堆我基本已经不怎么光顾的纸里了？它们的颜色比较接近，有这种可能。我开始一张一张仔细翻阅，当我再次回到自己的文字中时，我一下子被过去那个单纯得有点傻的姑娘吸引了，俯视的目光让我发现了自我的变化。很明显，十多年前发表过的文章，大部分在报纸上，我都工工整整剪下来，贴好，五年前发表的文章，我也都非常珍惜地聚在一起，分类别按顺序排好。可是后来发表的，已经是我非常重视的纯文学类杂志了，却存放得有些潦草，既没有排列，也没有分类，有的更是撕都没有撕，整本杂志就丢在那儿。这是我对发表更在意了呢，还是更不在意了？

打开这个抽屉的午后，在翻到第一张发黄的报纸豆腐块《赤足天使》时，雁子的笑脸扑到了我的面前。如果这些文章构成了我生命中"作家"这个标签，那么，看不到的文字背后，又怎么能少了与她相关的点点滴滴？

　　大雪纷飞的那天猝不及防地涌现，往事缤纷，将贴了标签的抽屉打开，当年窗外的白光照进来，弄花了我的眼。那时她多年轻啊，穿着浅浅的橘黄色大衣，在门外抖落一身雪，从大衣里掏出带有她体温的本子，上面全部是她已经发表的文章和获得的奖励，她将它们剪贴得工工整整，集合在一起做成厚厚一本，这些成就使她成了闻名远近的名师，而那一切于爱好文学的刚毕业青年我，是可望而不可即的，除了远远地羡慕，便是奋起直追的雄心。

　　事实上，世上真的存在无缘无故的爱。也不知从何时起，写作于我，就注定是一件永不会厌弃的事了，因为内心的渴求，我才拿起笔，无论生活多么艰难或者忙碌，我也从来没有想到过放下。然而像雁子一样一篇篇变成铅字，去走向外部的世界，面对众人审视的目光，却不像写作本身那么容易，它要经过层层考验，还要等待恰当的时机。很长一段时间我孜孜不倦试图作最好的表达，却陷于敝帚自珍的泥潭。我就像那只叫作乔纳森的海鸥，每天除了练飞，还是练飞，享受飞翔的速度带来的快感，是生命唯一的乐趣，尽管在天天以觅食为唯一使命的海鸥眼里，飞得再快的海鸥也终究是荒谬的存在。然而，雁子会兴奋地给别人读我的文字，向所有她认识的编辑不遗余力地推荐我，说到我的未来时，激动得满脸通红，在她看来，我简直是她发现的一个天才。就这样，我终于打开了第一扇窗，有了第一篇发表的文字《赤足天使》，它使我找到了另一群也是以飞翔为唯一使命的海鸥，并慢慢地发现，这个群体的庞大足以使我满怀希望地走下去。

　　这篇文章，就这样载入了我生命的史册，开启了光明的篇章。而那以后七年，雁子一直欣然地看着我成长，以我的作品能发表而自豪，直到她去世之前都还在叮嘱我要好好写。她短暂的生命就像天边划过的流星，而她在我生命里留下的光，是藏在"作家"这个标签之后的所有神圣。

　　夏日的午后，因为寻觅一张毕业证，我大汗淋漓。重读多年前写下的文字，以为会被自己当时的稚嫩、敏感和多情弄得如芒在背，谁知，那时的清新，却以不可阻挡之势洗涤了我。在往后的岁月中，我是否忘记了出发的初衷？我慢慢地一篇一篇浏览过去，那些被我丢在了过往里的文字，裹挟着当时留下的记忆，齐齐地奔涌至眼前，那些与文章相关的人、事，那时的心绪，全部清晰地重现。当我以一个陌生人的眼光重新审视过去的思想印痕，我发现自己仍可耻地喜爱着它们的组合，哪怕是那些最清浅青涩的、矫情文艺的，都让我爱不释手。

近些年来，除了往抽屉里添加东西，我已经不怎么回头看过去了。斩断与过去的联系，似乎是我向来决绝的姿态。时间是不留情面的强盗，拿走一切我们所珍惜的，青春、纯真，皮肤上的水分，一尘不染的爱。我是一个胆怯的人，从来没有试图向时间争讨着什么，或许写作是一种默默抗争的方式？事实上，"作家"这个标签，使我用文字留下细节，它们比相片更确切详实地留住了过往，它们是我曾经来过的证据。想到这里，我忽然明白我热爱写作的原因里，凌驾于"陈述"之上的理由：让时间的流逝使我心安。

一转眼，雁子已经离去将近六年。在没有她的六年里，我在"作家"的路上越走越笃定，每一次小有所成，我都会对她默念一次，我终究没有辜负你的信任。

三

第一个抽屉花去了一个多小时，然而，毕业证没有在里面。炎热环绕着我，汗水从额头滚落，流到眼睛里，有刺痛的感觉，就好像我应该为没有找到它而大哭一场。我打开了第二个抽屉，这个抽屉里满满都是各种证书原件，我又燃起了希望。

这些证书，大部分的封面都被我丢了。我素来不喜华而不实的东西，封面的笨重远比它的华丽更令人不喜，保留它们的内核是为了各种年终考核、升职评级，进而确认我在人群中的位置，而丢掉它们光鲜的外衣，只是告诉自己那些红色的精装不过是唬人的把戏。我一本本翻开这些证书，有辅导学生获奖的，有论文证书，各种培训证书，各种协会会员证，以及评优证书、荣誉证书，不胜枚举。那些默默流逝的时光，那些消耗掉眼睛光泽和生命热情的事物，那些隐藏在生活中，构成我血肉的细碎点滴，全都随着时光流逝了，但证书还在，它们是我作为工作中有所追求的"人"的唯一明证。像异形占据人体，它们代替了我本身，所有当时为了获得它们所经历的情绪、挣扎、无奈、绝望、欣喜、眼泪、欢笑，都被直接略过，当人们说起我的时候，它们作为我的标签，在我的背后闪闪发光，没有人在意它们怎样闪起光来，他们单纯只是相信那光。

　　一张毕业证对一段生命时光下结论，一本正经的青涩面庞浓缩在方寸之内，目光漆黑纯净，校长的印章赫然在目，签名飘逸飞扬，多少年过去，青春的自己和当时的校长都停留在证书上，一切都定格在最后那个日期里。驮着沉重的书包从家走向学校，再从学校走向家，途中的青艾、甲虫以及被阳光拉长的影子，和同伴一路的欢笑，沉默面对群山的忧伤，毕业证没有记住；抱着一堆书从图书馆出来，遇见熟人就向人推荐近来所读的精彩作品，而周末校园舞厅的暧昧将青春时对异性的试探表现得欲说还休，初当家庭教师完全不是简·爱的清奇，唯剩艰辛，毕业证没有记住；深夜读到一首好诗叫醒全寝室的姐妹要给她们诵读一遍，一个小女孩躲在被子里啃了一夜蚕豆，毕业证又怎能记住这些？

　　一堂公开课的获奖证书背后，是对课堂每一句话每一个动作的推演，对一个课件反复修改的疲惫，是一次又一次试课的执着，而证书只留下了一等奖或者二等奖的客观等级，多年以后没有谁还记得那堂课是什么样子，又有谁还在意你流过的汗水？一张一等奖的证书，是一两年所有成绩的清理，要在一群同样优秀的人里过五关斩六将，才能脱颖而出，成为众所公认的佼佼者，其中付出的汗水，咬紧的牙关，承受的委屈，最终像压缩饼干全部压进了那三个字里。我清理着这一类证书，试图从中找到我毕业于哪里的证据，于是仔细打开每一张浏览，那些灼人眼目的荣誉不足为奇，唯独刻骨铭心的经历不该因标签的冰冷而淡忘。

　　我打开一张特殊的证书，时光静止下来。"某某同志于某年某月某日执教全市高三现代文阅读示范课，特发此证，以资证明"，证书上这样写道，日期停留在五年前的三月。

　　这是一段无法忘记的日子，是人生中最难熬的时候，父亲重病住院，一个多月咳血不止，新房子搞装修，每天都要跑建材市场，而我，接了任务，要上全市高三示范课。从医院到家要半小时，从家到学校要半小时，我上完课就往这两个地方跑，稍有空闲，装修师傅的电话就来了，这使我根本没有心思去备好一堂示范课，更别说为了展示出更好的状态而反复打磨。有一天在父亲的病床前备课，写着写着睡着了，父亲心疼我劳累，不忍叫醒，结果一觉睡了两个小时，课又没有备成，只能回去深夜加班。课要在别的学校上，场地、学生都不熟悉，一般这种严肃的场合，老师们都是提前一晚去学校与学生熟悉后才开始上，可我不可能离开，父亲要是半夜咳血需要手术，我返回的可能性都没有，会留下终身遗憾，又因那段时间过于劳心劳力，我连备的课本身也不熟悉，一次都没来得及试。那天早晨从医院出来，我抱着一摞资料乘上往那个学校的车就去了，气喘吁吁刚找到教室，上课铃就响了，课上到一半，提问时，才发现发给学生的资料是第一次备课的版本，春二月，我硬是急得汗湿了背，但课得进行下去，从发现问题到决定临时改课，我只花了不到五秒。那堂课最大的创新点就是我大胆用了自己的作品作为学生的阅读题，从作者的角度解读常见的考题。因为出了差错，教研员没有评我的课，而是对我的示范作品竖起了大拇指。没有谁知道我为什么会出差错，没有谁能原谅一个在示范课上出差错的老师，但证书还是给我了。在往后的岁月中，除了我自己，谁还能记得那堂课上的差错，又有谁会在意那堂课是否成功？示范课的标签验证我的付出，如此而已。

一张中国作协会员证，是经过多少里路的跋涉才握在手中。尼采说，最好的作者是羞于成为作家的人。我常常以此自勉。在文学的路上你经历了多少，谁会在意？除了自己，谁都不能想象那些曲折幽暗。大学时代的作家梦，激荡着青春时代的我，站在路灯下我读完了《平凡的世界》，坐在女厕所边奋笔疾书，我从不在意别人怀疑的目光。后来在乡村学校，每天黄昏，整个校园静下来，我就从一堆打打闹闹的年轻老师那里走出来，躲进我的小房间，继续阅读和写作。曾有一位极喜欢打牌的女老师预言我不出两年必定也要成为乡村老师里最普通的一位，丢失我的梦想，在牌的世界里获得安宁。两年后，二十年后，她每每遇到我，就会服气地给我一个拥抱。因为热爱，无论多么孤独，一句偶然欣赏的话就足以让我鼓起所有前行的勇气。我曾遇到县里泰山北斗般的老作家，因为我的一篇短作，他给我写了一封长达六页的信，表达他的赏识，这让我走进了县作家协会。他让我带着所有的作品去拜访我们的作协主席，一个美女作家，为了献上我最虔诚的敬意，我挑选了一支自己觉得极好的钢笔送给她。然而我交给她的作品如同石沉大海，或许在她眼里那些作品是不值得一翻的，这曾让我以为自己写得糟糕透顶，之后的两年我几乎不再提笔写作。但热爱者的光，总能射进密不透风的现实。直到今天我仍感谢那个对我的作品视而不见的美女主席，如果没有她，我不知道我对于文学的爱是如此执着，哪怕严冬冻僵万物，只要我一息尚存，那写作的心仍会活过来，日益蓬勃。因此，许多可望而不可即的梦，慢慢地就实现了。

某本书上某篇文章的作者，再没有比这更冰冷的标签，更温柔坚定的心。

四

炎热席卷，往事沦陷。需要的证书还是没有找到，我继续打开了第三个抽屉，这是一抽屉职称参评材料汇总。职称越高，工资涨幅越大，这不仅意味着我世俗的地位越来越重要，也意味着我离黄土越来越近，这是我在与人竞争许多年后突然悟到的。但令我宽慰的是，不管这些专门给人看的冰冷标签我有没有去争取，离黄土越来越近的事实不可改变，而且每一个在红尘中摸爬滚打的人都难以逃脱这个现实。

我看到一张高级教师证，获得这张证已经两年多，在名额限制极严的当下，对我这样"年轻"的高级教师，这当然是一个极漂亮的标签，它意味着能力、才华和态度。在任何场合，只要配合我还不算衰老的容颜甩出它，总能获得一片惊叹、赞美、艳羡。当然，再过五年或者十年，这个标签就不再意味着独特，而只是理所当然。

获得它的时间早晚，决定了它的质地。这是我在初三看到伯父的高级教师证升起敬仰之情后，经历二十几年才懂得的道理。没有得到它时，它神圣无比，终于得到它了，它却不过是一纸证书，这与婚姻何其相似。

这让我又想起了初三那年的冬天，想起打开伯父抽屉的那个晚上，无论有多少时光冲刷都不可能将它从我的记忆里带走。

伯父是我读初中时学校的校长，他低沉的嗓音与法令纹深刻的面孔自带威严，他所经之处，连最调皮的孩子也要屏住呼吸。在紧张的初三生活中，他的出现更加重了那种紧张感，没有人敢接近他。谁知有一天他突然把我叫到他的房间，好像完全没有注意到我因为紧张而瑟瑟发抖的双手，他告诉我，他的房间可以让给我住，前提是我必须保证好好读书。当时我在校寄宿，寝室是一大间教室改的，各种不方便，能住在校长的房间，这不仅意味着方便很多，更是一种特权的体现。

他都已经开口，我没有选择的余地。后来我才知道，没有谁可以确定哪一个时刻就决定人的一生，比如住进伯父在学校的那间房子的时刻，会决定我一辈子要走的路，想必是伯父自己当初也没有想到的。

房间里只有一张雕花床，一把雕花椅，一张学校办公用的老式桌子，一个资料柜。所有家具上都有白漆刷的编号，一种公家的气息莫名让一个乡下孩子幸福得发晕。那一晚，雪光照亮了天空，在橘黄的灯光下，我打开柜子，半柜子《人民文学》《十月》《收获》勾走了我半边魂，我又抽出屉子，一摞红色缎面的证书勾走了我的另外半边魂。我打开证书，迎面便是伯父的中学高级教师职称证。"高级"二字深深打动了我，我当时想，要是一辈子能在那几本杂志看到自己的名字，能拿上这样一张写着"高级"的证，便是死而无憾了。

二十年后，我也拿到了"高级"，才知道"高级"只不过是一个教师必然经过的道路，远没有当年想象的神圣。但若仔细想来，又真的只是一张证书那么简单？看不见的刀光剑影、补不完的听课备课、证书、论文、奖状、流逝的岁月、消耗的青春……一个标签叠加另一个标签，一种材料覆盖另一种材料，最后终于浓缩成这薄薄的一张。而此时，我又开始神往它能再加点不足为外人道的细节，浓缩成一张"特级"。我期待这样的定位，也害怕着这样的定位。但人生又何尝不是处处都在期待与害怕中迎接着未来的分分秒秒？

五

第三个抽屉终究也还是没有我要寻找的证书。只剩最后一个抽屉了，但这是装我先生和儿子的各类证书的地方，我要的那张证书怎么会在这里？即便知道希望会落空，我也不愿放弃最后寻找的机会。为了这份貌似愚蠢的执着，我将他们长长短短的人生路里那些标签一一仔细阅读，哦，原来，他们也被标签将进了一个又一个小盒子里，使用期有长有短，有的标签是我陪他们一起获得，有的则是只有他们自己知道的幽暗。在一路高歌向前时，他们没有忘记甩给我生命中永远撕不下的标签：妻子和母亲。

我是怎样被贴上妻子这个标签的呢？这必得经过爱情之途。乡村中学晚饭之后的时光是寂寞的，而没有人陪伴的青春，又是多么空荡荡。不管我有多不愿承认，很多时候爱情是地域与时间的综合体，它只是恰到好处地来到，而不是什么神圣不可更改的唯一。那时他的歌声从楼下的杉树林里飘来，在整个校园里回荡，摇荡了多少少女的心。一起参加工作的女孩子为了吸引他的注意，每天都拿着小本子坐在他的教室后面听课，他富有磁性的声音和近乎完美的发音令人神魂颠倒，她们力邀我一起去听，被我断然拒绝，只因为我们同在食堂吃饭时，我看到他眼角的不屑。然而一次文艺汇演，他走在前面，迷人的腰线、臀线，竟然牢牢地吸引了我的目光，站在台上，他极富磁性的声音散发着荷尔蒙的香味——这只开屏的孔雀并不是以我所渴望的学识饱满知情识趣的形式吸引我，而纯粹是他浑身包裹的雄性因子诱惑了我，这是我始料未及的。然后，我们开始了长达一周的正面交往，他忘记了他远方的女友，我也不再牢记第一次恋爱的伤痛，我们一拍即合，在一个漆黑的夜晚，往复十趟的水杉林里的散步中，完成了我们爱情的交接。直到那一天，他买回"爱妻号"压力锅，开始做我们一起吃的第一餐饭，我才发现自己在不知不觉中被他贴上了一张"妻子"的标签。

妻子意味着什么？家，一个全新的、不属于我原生家庭的家。属于我成长出发的那个家的一切，就在我被确认为妻的那一刻，慢慢地退到我的身后，与我渐行渐远，直到最后与我完全脱离。每一个人必然都是这样的吧，妻的标签，必定都是生命中最美也是最残忍的一个，它意味着你不可以再躲在父母的伞下避开风雨，而要成为那个撑伞挡风承担一切的人。你的坚忍不拔，你的顽强不屈，你的宽容随和，都会随着往后延展的岁月，在"妻"这个标签下慢慢来到，并融合在你的血液里。

然后，你又顺理成章地成了"母亲"。

在我因为孩子的一声啼哭而被迫贴上"母亲"的标签时，我多么抗拒啊。生孩子呕出胆汁的痛让我憎恨这个剥夺了我自由的小生命，先生把我从产床上抱下来时，正眼都不愿看一下那个小家伙，刚生下的前几天，他眯着眼睛找到我的乳房咬着我的乳头猛劲儿吮吸，使我羞于见人的同时还让我再次痛得无法正常呼吸。连续三天，除了给他喂奶我不愿多看他一眼，别人来恭喜我当了母亲，我只能敷衍着微笑。第四天，他一直哭一直哭，医生抱起他检查肚脐，一声低吼，孩子的肚脐长脓了，也不知道你是怎么做妈妈的。边说边把他塞到我怀里让我看，我看到那幼小的家伙微红的肚子上的肚脐眼确已溃烂，他的疼痛瞬间蔓延到了我的身上，一种将要失去这个令我讨厌的小家伙的恐惧刺得我的心痛不可当，我流下了眼泪。当我祈祷用我的所有来换他的健康平安时，我知道，母亲的标签已经贴稳妥。

母爱泛滥起来，一发不可收拾，我的目光，再也无法从他身边移开。他冷了，我给他添衣裳；他热了，我给他摇扇；他发烧时，我一整晚一整晚不合眼地为他抹身子，守候；他活蹦乱跳时，我给他端茶送水，看他打篮球游泳看得呵呵傻笑，为了他的成绩夜不能寐。没有一种身份像"母亲"一样让我受尽折磨又甘之如饴，无数次被拒绝还要勇往直前，让我从一个最崇尚自由的人变成一个强迫症患者，让我从一个感情洁癖者开始理解并宽容男人的背叛。对于"母亲"而言，维护一个家远远比维护一个更好的自我更重要。

思至此，我的目光触碰到了一张"三好学生"的奖状，红领巾鲜艳的颜色把孩子稚嫩的面庞衬托得格外可爱。那年评三好要求很严，成绩不难，体育和品德却不容易，儿子上学年龄小，体力上远远跟不上其他同学，但为了得那个三好学生，他每天很早起来跑步，一天不落地坚持了一个多月，体力渐渐跟上，最后，在班级八百米跑中他竟然获得了第一名。那年的三好学生奖状要将学生的相片印上，为此他特意去照相馆照了一张，红扑扑的小脸与红领巾相互映衬，满是他少年的喜悦！老师发奖状时，他每一步都走得自信无比，那时他便尝到了付出定会收获的浆果。在他的心里，这张奖状，又包含了多少只有他自己知道的点滴。人们以为标签构成生命的全部，实际上，是血肉饱满的过程才构成全部啊！

正感慨时，一张大学毕业证大小的证书背面出现了。我一阵欣喜，啊，

找到了。忙打开看，年度优秀双语主持人证，是先生的。对于他的绝大部分
人生而言，他只是一个教师，但是，他还是一个热爱一切语言的人，为此他
付出了常人难以想象的努力。他曾经连续六年在早晨大声朗读英语，常在家
里练习以最快的速度讲英语不换气达一分半钟，又为了一个普通话的咬字练
习达千次，当然，这离不开他先天的嗓音条件。因此，后来，只要他拿起话
筒在千百人的场地上一发声，必定能引起尖叫和不息的掌声。他的英语纯正
流畅，是最好的语言示范，而他的主持诙谐幽默，令人倾倒。当人们说起他
时，谁能看到那些练声的日日夜夜？人们说起他，只记得他 hold 住全场的脸
和"中音王子"的标签。

六

　　也许是因为过于专注的寻找，以及对往事的沉浸，炎热竟渐渐从我身上
褪下去了。坐在一堆又一堆为我的表格填充内容的物件中间，我那被各种标
签四分五裂，枯瘦得只剩一堆词语的生命渐渐丰盈起来，饱满如鲜露之滴。
埋怨消散了，相反，我竟有点想感谢这次寻找，如果不是这样一次翻检，我
这张被他人和自己放在表格各条栏目里的脸，只怕要如同电脑轻轻一按便可
以格式化一般，很快恢复出厂设置，木无表情了。

　　于是，找到那张证的念头渐渐消散，没有就没有吧，总有解决问题的办
法，不妨去泡一杯茶，悄然静度这夏日午后燥热的光阴，毕竟，标签之外，
我们还有大把的人生。想到这里，我轻轻地关上抽屉，然而，第二个抽屉怎
么也关不严了，看来，有什么东西卡在里面。我跪下来，猛劲儿端起往外面
抽，再掏出已经被压扁在抽屉缝里的东西，乱七八糟一堆，全是平日里遍寻
不着的，一张张慢慢铺开抹平，然后，我就看到那张贴了黑白照片的毕业证
了。只见毕业证的左边贴了照片，照片上的我眼珠漆黑，表情严肃，两条麻
花辫垂在毛线坎肩上，婴儿肥的脸颊鼓鼓的，看上去有些许愤怒，右边则是
中文系的字样和校长签名。自从打上"中文系"的标签，我的半个人生就已
经定格了。

　　可那时我在愤怒什么呢？不公的待遇？艰难的跋涉？没有把握的未来？

无数个清晨与黄昏，无数种当时历过的情绪，已经被遗忘了的面孔，沉落在岁月最深处的爱恋，随着倒流的时间，如同已经被碎纸机打成碎片的纸屑退回到当初完整的状态，全部还原了。细节涌现，幽光浮泛，回忆的岛屿突起于生命的海面。

一张纸，一个钢印，几个字，一个签名，概括了青春的四年。这大概是天底下最具有概括力的东西了。"悄悄略去你的狗，猫，鸟，灰尘布满的纪念品，朋友和梦"，所有标签，不都如此？你说它冰冷也好，你说它讽刺也罢，事实上，它略去了，也收藏了。因此，我们总是在向前，继续着我们的捡拾标签之旅。

想到这里，我拿起文件袋，将我那些表格和证书装好，往外面的世界走去。此时，许多人朝我走来，根据他们的衣着、年龄、神情、谈吐，我判断着他们的职业、性格、经历、喜好。我把他们也归到了一个又一个的小盒子里，鼻子一个标签，眼睛一个标签，手一个，脚一个，略去他们的爱人、朋友、敌手，略去小礼物，偶然的相遇和美丽的邂逅，也略去喜怒哀乐悲欢离合……

第四辑

日暮乡关何处是

边　界

你怀着一颗愤怒的灵魂，离家远航，穿过海上的岩礁，定居在异国的土地上。

——《美狄亚》

一

像往年一样，除夕晚上十一点五十分，我们准时从暖烘烘的火炉旁起身，走到禾场里。天气很好，夜空深邃，透过黑黢黢的橘树林，可以看到远处大堤豁口里的天光。深夜时分的村子一点也没有要睡的意味，精神抖擞地在寒冬的大地上站立着，等着新的春天之门开启。

四面八方开始放起鞭炮，声音震天，回响绵延。此时，父亲和母亲在厨房里炖猪脚炒红薯片，听到第一声爆竹响，便放下手里的活计站到禾场里看四面亮起的火光。每年父亲都会大声感叹，唉，河那边像煮粥一样的炮声总要响一两个小时，哪里有必要烧这么久，空气里的硝味该多浓，又该烧掉多少钱哦！他语气里有不满，但又明明含着一种羡慕。河那边是他从小生长的地方，是城里，他看天光和听炮声时，一定有几个瞬间回到了他的童年。

我们家也会点爆竹。可是父亲的爆竹很短，差不多只能响一两分钟，别人家还会放烟花，他从不，也不允许我们放。父亲说，你们看时间，到十一点五十九，我才点，我要让这炮从旧年响到新年，这才有辞旧迎新的意思，那么早就开始放，浪费。

父亲的这种坚持，在我有记忆以来一直如此。年少时，上下屋邻居们的鞭炮总是放得比我们的时间长很多，为此我曾怨恨父亲小气，就是新年放个炮，他也舍不得让自己超过人家，气短如此，人生还有什么搞头？十一岁那年，邻居家的运子"嗖"地一下就长成了一个大姑娘，而我还是一个矮小不经的小屁孩，原本十分卑怯的我，在我们家短暂的新年炮声被他们家经久不息的火光淹没后，暗自抹了很久的眼泪，我觉得整个世界浓黑悲凉，伸手不见五指，自己的人生完全没有希望，这种感觉直到我成年才消失。

除夕的晚上，村子里住满了各种神祇，天神、地神，还有各家的祖宗、亲戚，他们中午都来过团圆年，坐在椅子上率先吃完年饭，却总不让人看见，吃饭时，子孙们虔诚跪拜，各家都接他们晚上一起共度新年。一到晚上，他们便又全来了，挤在火炉边，有时也和我们一起看河对岸的烟火。有一年，我甚至看到我已故的曾祖父就站在我旁边，还撞了我一下，我一转头看他，他马上就躲起来，想我去找他。我才不去找，我们有规矩，要以最好的姿态迎接新年，我可不想弯着腰时，新年就来了。

我们出去的时候，父亲已经把三大箱烟花摆在屋左的小路上，还撕开一捆长长的鞭炮，从小路这头一直铺到那头。河对岸的鞭炮又煮成了一锅粥，五颜六色的礼花一大朵一大朵铺开，遥远的夜空富丽堂皇。邻居家也准备点火了，年逾古稀的父亲在怀里掏了半天才掏出他的打火机，找到礼花的引线，点燃，我们揪心地叫，快跑回来！他不疾不徐地往回走，顺带点燃了另外两箱，还有那串长得不能再长的鞭炮。火光在他的背后亮起，他从容不迫的脸显出了某种奇怪的岁月深度。

村子里烟花绚丽，往年的黑暗沉寂不仅被声音打破，也被种种亮得耀眼的颜色打破。我们在等待属于我们自己的礼花，第一次除夕的礼花。鞭炮响了，它没有动静，我们提着一颗心猜想，许是引线太长？鞭炮响完了，它还是没有动静。父亲恼火了，说，这做生意的黑心，边嘟哝边走近去看，撕开彩色的包装纸，重新点，这时，邻居家的烟花碎屑落到我家的屋顶，"沙沙"作响，而父亲的烟花，有一搭没一搭高高低低地盛放在夜空，光屑最后都落到了他的菜园子里，那是被他如同牛一般耕作过的土地。

他笑了。他把笑栽种在联盟村。这个有些奇怪名字的村庄，是他的终老之所。

二

父亲有一双漂亮的手，他常常伸出它来出神地观看。看相的先生说过，这双手是专门用来写文章的。确实，这双手哪怕握了一辈子的锄，指甲缝里有无论怎样也洗不去的泥土，指甲被烟熏得黄中带黑，也还是那样修长、白皙，哪怕过重的劳动使十指有些弯曲无法张直，也从来没有如普通农人一样粗壮的骨节，它看上去那样地血肉饱满，红润如初。这时候父亲的脸已经是古铜色，当年睁得老大的眼睛，眼皮虽然耷拉了下来，但睁开时目光依然清澈。尽管他经过一场大病在生与死的边缘挣扎了两个月才赢得后来的时光，然而，岁月还是没能在他脸上留下太多沟壑，风霜也无法染白他的满头乌发。

他唯一无法控制的，是松动的牙床。那天他重新去安假牙，我才惊觉，看上去满口白牙的父亲，其实已经换过几次牙齿了。我问，你嘴里还剩几颗是自己的？我语气冰凉，没有爱憎，我想，老天爷够厚待他了，夺去他几颗牙，也没什么值得同情的。他伸出修长的手指，探进口里去，上上下下，一颗一颗摸过来，口水都被他搅出来了，才数清楚，没擦掉口水，他便抽出那根手指，另加了三根。

四颗？我的心猛地往下一掉。我不知道我的心为什么会这样，那种被什么东西扯下去扯得发痛的感觉一下子攫住了我。岁月终究还是赢了他，以苦难、冷漠或者沮丧的形式。

他已经七十二岁了，在村子里守着埋葬着母亲和其他亲人的几亩橘树地，守着菜园里栽了十年的一棵大板栗树、屋左的一棵叶子很大油亮发光却只会结小粒枇杷的枇杷树，以及一只肥胖的猫，一只叫"小灵通"的狗，还有患癫痫病小他十五岁跟了他二十年的老婆。他说起那一树板栗时总是无比自豪，因为整个村子就只有他把板栗树种活了，每年结出来的板栗把枝都驼断，而他摸着小灵通的背时，显得无比沉默，仿佛从前历过的事，一桩桩一件件全映射出来，光阴的箭一支支"嗖嗖"飞过去，晴雨阴阳，苍茫往事，转瞬一生。一旦他老婆突然发了病"啪"的一声从他身边倒下去，他便显出比婴孩更无助的惊骇,这种惊骇从来没有因为时光太长经历的次数太多而变得程式化和麻木,相反,随着岁月日深,他在惊骇之后多了几层忧伤。他担心她不能陪他终老,如果是这样,他将面临第二次无法挽救的痛彻心扉。

祖父九十岁那年,还双手背在背后满村子转悠,把每户人家的田地情况摸个烂透,捡掉横在路上的砖头,或者打某户人家乱咬人的狗,寒冬里他还曾不小心掉到一个小池塘里,被捞起来后依然健步如飞。父亲对这一切并不热衷,他常常信步穿过村庄,却眼神空洞。我能感觉到他对生活那种无法言说的悲凉,他常常在安静许久后冷不丁地叹一句,人生一世,草木一秋啊!

三

也是,与他一起长大的人,全都作古了。东边的邻居宪章,没来由喝了老鼠药;西边的新民,早晨还好好的中午就出车祸没了;设了"南山杯"诗词奖的晏南山,庆完寿声都没吱一声就没了;搞书法的张辛汉,刚开完会就眯上了眼不再睁开;还有那些半路上遇到后来和他一起写诗的人,也一个个走了。

就像这个已经面目全非的村子,那些曾经证明自己存在过的人和物,一天天地消失得无影无踪,它们给父亲带来的沉痛,使他随着逝去的光阴越来越沉默,年轻时以口才闻名的父亲,常常对着我们屋子前的那口池塘,一声不吭,一坐就是一上午。

大年初一的早上,他起得很早,放了一挂鞭炮,兀自在橘树林里转了一圈,踩了一脚泥巴,往屋里走。他的癫痫老婆尖声笑着迎接他,用不太灵便的左手举着一挂鞭炮,右手点燃了打火机,往他来的地方一丢,对他表示最高礼仪的祝福。他连鞭炮灰都不拍下,一进门就笑着对我们说,我今年在青山绿水中出行,沾一身干净的气息回来,保你们整年清洁平安。

从前他不用在青绿里出行。从前邻居们都健在,他的兄长也在,初一早晨他带一家人去兄长家里跪地拜年,必定是得有鞭炮相迎,大家相邀去远处山头给祖母点香送亮,热闹热闹;后来兄长搬离,还有邻居可拜。可现在,邻居只剩下晚辈,早把祖上的规矩丢得远远的,年轻人对老人的生活方式很不屑；老人呢，也想守住那点属于自己时代的尊严，对于过去躺在自家禾场里歇凉仿佛只一眨眼就长大的小屁孩，他除了感叹时光迅疾，也只剩下那堵不能逾越的高墙让自己可以在坚守的世界里骄傲。

年前父亲才与三十岁的耘籽和好。两年前，从广东回来创业的耘籽要建电子厂，看中了父亲肖家山里那块橘树地，跟他说尽好话想用钱交易。父亲不同意，理由很简单，屋前的一大片枣子林已经全部被砍掉，池塘边的两棵大榆树只剩下两个斗盘大的树桩，原来横在房子前的大堤也因为一次洪水而豁了口，村庄翻天覆地，属于他的时代，随着一片又一片消失的树林和不断变化着的田地形貌远去了，唯有这块橘树林还可以留有他的一点回忆。耘籽不这么想，在他看来，留恋过去，不过是个借口，外面世界的规则他早已看透，这几乎使他无坚不摧，他耐着性子给父亲加了三次钱，父亲还是没有同意，他实在摸不透父亲的底，就请来了村委会的干部。

干部也没有改变父亲的主意。那片橘树林保存了下来，电子厂也还是建起来了，就建在橘树林旁边。父亲不出让土地，总有人出让。耘籽采取的是半包围的方式，将电子厂的污水全部倒向父亲的橘树林，不出两月，橘树全部像着了火，叶子枯黄，连树皮都没有半丝儿绿意。父亲知道这是电子污染物所致，他愤愤不平，说对土地的污染是对老祖宗的不敬，人怎么能为了一点自己的利益伤了我们祖宗的根脉？他跑去与耘籽理论，耘籽不紧不慢地说，乡村城市化，这是大趋势，您这么有见识的人不会不知道，您把土让给我，我照样出那么多钱，污染的问题我会尽快处理。

在耘籽再三保证会处理电子厂污染问题的情况下，父亲决定要相信这个年轻人。签下了出让合同。他只剩下最后一片橘树林，那里埋葬着他的父亲、妻子和姐姐、姐夫们。在那个高高的山丘上，他常常一去劳作就是一天，山丘下是一条清澈见底的小河，河风吹拂，父亲只有在那里才能找到某种平静。他常说，我将是我们这个家族最后一个保存骸骨入"土"为安的人，等我死后，这片土地才能得到真正的安宁。

其实，这原本并不是他的土地，然而，一棵树一旦从一处移栽到另一处，经历五六十年，它脚下的土地早已经成了它生命的一部分，谁还会计较当初的出发点呢？

四

春天里，属于村庄的神祇不再抵达，蒲公英不再到处飞，狗尾草也摇曳得不像往时欢畅，放肆歌唱的生活于青蛙而言成了神话传说，曾经可以供它们开舞会的荷叶，早已经不见踪影，只有捕杀的灯光像流出的涎水一样闪亮；那个在儿童眼里大得可以装下世界的池塘，早已没有了天光云影，只有变幻不定的七彩铺出一塘的斑斓画布；从前种稻子的田里，到处是破砖碎瓦，大大小小五颜六色的塑料袋，废纸，这使稻田成了一片废墟，像小青年的哈伦裤，张扬地穿在村庄的身上，与那些破败荒芜的田地静静互视，反而有了一种尘归尘土归土的淡定与自在。至于人们围在一起，谈论的已不再是春耕，而是打点小牌消磨时光，或者打听别人家的情况，暗自较劲比谁家赚的钱更多。

父亲已经基本上不参与这种聚会了，每次他听到哪家在外面做"麻辣烫"生意赚了几十万上百万，哪家做物流公司，生意兴隆，哪家没读完初中的女儿在新加坡，往家寄钱从来都是上万一次，哪家跟他女儿一起长大的女儿嫁到厦门的豪户，想想他费了那么多力气送往大学里的儿女，如今没有一个有足够让他可以炫耀的家产，他一开口便是，唉，世道不同了，那个李家的儿子，就是个文盲啊，他竟然也发了财？还有，和道儿一起长大读书就是个饭桶的卫青，找了个比他小好多的老婆，生了个白胖儿子，我的道儿呢，还是重点大学毕业呢，结个婚都费力……

别人听他这么说，没有不嫌弃的，整个村庄，除了父亲和伯父的孩子们读了一肚子书，再没有谁对书本有兴趣，我们那一辈读到高中毕业的都没有。提到"文盲""饭桶"时满是轻蔑，这无疑是拿小刀子一刀刀在割着村人们。大家私下里嘟哝，我们没读书怎么了，我们过得比你好，你只看看你家那小三间的平房，建了几十年，也没见你儿女有能耐推倒重建。

这样的话总要漏些到父亲的耳朵里来，他气不过，在屋前的池塘边栽了一圈栀子花，在井边上种了两棵桂花树，又在两边种下松柏，把屋后的竹子挖掉一半，修整出一块草坪，整个房子就像置于花园之中。他说，我喜欢住这样的平房，比那高楼大厦更亲近自然。

　　但那是他撑出来的样子。我每回家一次，他都要叹息一次，把东家西家那些赚得盆满钵满的事全部说一遍，然后，问我，你们呢？我在别人面前，有些抬不起头呢！有时候我们回家，村子里的人来装着串门来一探虚实，没有不问到收入的，基本是直截了当地问，你们多少钱一个月？我被问得张口结舌（在城里收入是个人隐私），我尴尬地不好回答，父亲便急吼吼地添点数目报出来。谁知道还是招来鄙视——还以为当老师能有多了不起，原来也不过是糊口而已！说话者因见过城里人的生活，带着城里人的骄傲回乡，脸上写满对他的同乡的鄙夷和对自我见过大世面的肯定。我无意争论什么，对方却不饶过，笑道，当年读书那么厉害，竟比不上早点去南方、嫁个豪户的嵘子。这时父亲总要说，也不是，她的工作稳定，吃国家粮，是正宗的城里人呢！村人便回他，现在谁还稀罕国家粮！有钱都能在深圳北京买户口！有钱咱随时都是城里人！父亲有些生气，嘟囔道，乡里人就该守住乡土，让它世世代代干干净净，一旦乡土不再是乡土，我们生活得不伦不类，就是没有根的树，只能到处流浪了！

　　我见父亲这样奋力争执，很不愿意将谈话继续。没有人懂得他真正的意思，那意思只会让人误解为他只愿自家孩子到城里去，却希望别人继续忍受贫穷与落后，忍受被人嘲笑的黝黑的肤色，以及永远没有开眼界的所谓"质朴"。村人素来是这样，从前为了两家边界上的一棵树属于谁，也可以大打出手，会因为想多一点土地而将田埂上的路越挖越窄，更何况如今比的小儿女的成就呢？从前总是对父亲的儿女借读书跳出农门羡慕忌妒，如今总算是又到了同一起跑线上，谁愿意屈就于谁？这个天生的城里人身上那一身与乡下人格格不入的傲骨，到底还是被乡土日复一日的努力给改变了。最终，他绝望地沦为了看守乡村的最后一代，忠心耿耿，热爱土地，而那些土生土长的庄稼人，却叛离了他们的出生地，言必称"北京""深圳""上海"，言语里充满某种理直气壮的傲慢。

五

大年初二，我们刚起床，父亲就气吼吼地说，你们去屋子后面看看，去看看别人把屋子建成什么样子了。

我家屋子后面曾经是两块接壤的土地，还有一丘满水的田。一块地是迟满家的，种的是早熟品种的蜜橘，一到夏天，青绿的橘子像小灯笼一样挂满枝头，一个个肥得流油，馋得人口水往下直淌。在儿童的眼里，一丘田就是一个世界，但在遥远的世界那头，有一双眼睛总是越过那世界死盯着这块土地，让有心偷一两个橘子的人无法下手。

村子被田分成了两个部分，田另一边的世界莫测神秘，你永远也无法知道那边升起的炊烟里到底藏着怎样的故事，故事里的酸甜苦辣、悲欢离合，都遥不可及。等到长大，童年的伙伴各奔东西，更是无暇去试图跨越田里的天光，走向未知的一切。不记得哪一天，我走到屋后的土里，发现田消失了，取而代之的是饲养鳖的一个个大塘，塘的四面砌着围墙，更成了一个目力难及的世界。在已经成年的生活里，距离正在被无限地缩小，唯有这隔在童年里的田还是当年一样神秘遥远。

一些土地被挖得千疮百孔。我早已接受这样的现实。屋后最大变化莫过于此吧？顺着父亲的手我再次涉足当年无法跨越的那个世界，三栋巨大的别墅赫然出现在面前，铁灰色瓷砖贴的外墙，罗马式拦腰缀着闪闪发光的黄色亮片的大圆柱，中式碧绿的琉璃屋顶，饰有图案的瓦檐，三层上去，占地数亩，气派威武，仿佛在向世界宣告它的主人的富有。周围没有种花种草，也许是还没来得及？田不见了，田早就不见了，可是，从前打不破的距离，瞬间就被这种先声夺人的气势打破。这些房子让我想起儿时常做的一个梦：我小得只有针尖大，轻得可以飘起来，可是老有一个大了我千亿倍的黑色物体压向我，压得我牙关打战。

从前那么大的村子，被这三栋房子一撑，仿佛吃得甚饱的孕妇，格局立马小了，尽管如今看来人迹稀疏，却一点也不让人感到辽阔。父亲说，这是汤家、钟家和李家建的，每栋房子光毛坯就是六十多万，还要装修，如今外面的钱就这么好赚？

我沉默了。素来自诩视金钱如粪土的父亲，在乡人们坚持以他的清贫自守为耻的观念的熏陶下，还是沉不住气了，他羡慕别人的大房子，也羡慕别人家早早地儿孙满堂。他做了一辈子的房子梦，不外乎就是个诗意化的陶渊明似的居所，如今人家建起来的，远在他的想象之外，他不甘心。我无法给他安慰，在我的心里，房子从来只是人生的寄居之所，李白说，"天地者，万物之逆旅"，对于外部的物质世界，我早就放下，而父亲却是终其一生也没有放下的，我该怎么和他说这一切呢？

我轻轻地问了一句，建这些房子的人不是都在城里打工吗，这房子，他们住得上？父亲有些激动，不住，空着呗，平时都是门窗紧闭，没有人气的，就是图个名声。他们有意建这样的空房子，为的不知道是向人显摆还是老有所依，是对自身生活的不确定，还是对乡村生活的眷恋？他们只在过年时回来热闹热闹，不久又再度离开，回到城里那个寒酸得多脏乱得多的客居住所，勤俭节约，大都以牺牲健康为代价地生活，却希望光鲜亮丽地出现在乡民面前。朱以撒曾说，"他们把异乡当作了故乡，留给老家一个华丽的空壳，像蛇蜕一般，闪动着银色的光亮，只是没有生命内在。风吹过，什么响声都在，就是没有生命的吟咏"，他们宁愿浪费土地，也要坚持这种吟咏，看着怎么不叫人心痛！

我不知道怎么向父亲讲述乡村大地上正在发生的变化，他老了，他的世界也随着他远去，新的世界正在崛起。

六

越来越少人家给自己的祖先立牌位。

最先到南方闯荡的永强哥哥是整个村子里最懂得父亲的人，他的祖父七十岁时坐在凳子上，十二个年轻后生去拽也拽不动，他继承了祖父的好功夫，又热爱文字，写得一手好文章，文武双全。

正月初三那天，他来我家串门，与父亲说东说西，忽然扭过头问我一句，听说你不上课的时候，也不去打牌或者唱歌？我微微笑着点点头，他便叹息了一声，那你干些什么呢？难道仅仅只是看看书，写写东西，到处走走，就能消耗那难磨的光阴？他的夫人接着一句，是啊，看书有什么好玩的呢？真是不能理解，就哪怕是你们流行的旅游吧，我瞧着那些到处只知道拍照的人，大多也只是矫情。她的语气里写着淡淡的鄙夷，和乡人的鄙夷一样，而她的神情满怀讶异，仿佛确实无法确知一个她认为正常的生活之外的世界。与此同时，我被她的神情语气断然拒绝在了这个世俗的正常的正在迅速崛起的乡土世界之外。

我一时语塞。

缺口堤边的卫青，你知道吧？永强哥哥语气颇有些神秘。

哦，卫青，就是从前穷得舀水不上锅的？他怎么啦？

他发大财啦！听说赚了一百多万，在堤边缺口上砌了全村最威武的房子……

是的，听说他两口子在深圳做麻辣烫生意，每天凌晨四点就起床，凌晨一点多才休息，中午睡两三个小时。麻辣烫店，你们知道的，很辛苦的。

你们屋后的砌了别墅的海波，在深圳做物流，生意特别兴隆。

……

我的目光穿过橘树林，望着远处大堤的豁口。曾经美好过的岁月，和伙伴们扑酸枣摘椿晶，穿过松树林讲鬼故事的往昔，一层一层漫上来……我分明地看见祖父又拄着拐杖走在田埂上，一户一户人家的庄稼全探看一个遍，面带欣喜。

时光飞逝，村庄里的光景已与往昔大不同。豁口里透出了天光……

两条河流之间的距离

一

初夏，黄昏。

车，翻过沅江赤山岛并不高峻却连绵几十公里的山丘，来到南咀。这个几十年来依江而建，因渡口而兴盛的小镇，曾经充斥着三教九流的人物，也充斥着低矮的房屋和各种奇怪的买卖，如今这里却已经是高楼林立，行人稀少，整个小镇安静中写着一种无法言说的忧伤。宽阔的柏油马路试图向人们展示这里如同大城市一样的气度，这份雄心却被满布黄土印的车辙碾压得七零八落。很明显，这个建在洞庭湖中心第一大岛赤山，躲在南洞庭名闻天下的苇荡背后的小镇仍在建设之中，而且这种建设似将永无结束之日。

从前，被堵在南咀这边的车，像一条永远也不会消失的长龙，大轮渡一来，这条长龙急匆匆地向前蠕动，开车的师傅们各自拿出看家本领，挂挡，踩油门，刹车，一寸一寸向前挤、插，果断拼杀，冲开一条血路。渡口边的水泥路，承受无数辆车的蹂躏，承受江水没日没夜潮涨潮落的冲刷，早已变得坑坑洼洼，露出来的黄土和车上扔下的垃圾，使江岸线一片混浊肮脏。快速驶过的车，要经历一上一下的巨大颠簸震动，冲过浸在水中搭向岸上并不平稳的甲板，屁股泛起一股刺鼻青烟，轮胎下溅起一大片白色的水雾，才能上船，在小红旗的指挥下停靠在指定位置，至此，司机的一颗心才算安定下来，才敢打开车门，走下车来，迎着江风，抽一口烟，吐一口闷气，让杀红了的眼怦怦跳的心慢慢恢复平静。此时的江面，轻雾笼罩，远近两三艘大渡轮载满了车和人，正开足马力奔向各自的方向。在轻绡般的流水上，它们仿佛惺惺相惜的英雄，沉默无语又彼此安慰，表情中夹着某种不可名状的悲壮。

　　江面太宽，即使走最近的路线，一趟渡，也需要半小时。沅江水路纵横交错，此处正是沅水与资水交汇之处，水流湍急，旋涡很多，行船的危险自然就很大，除了轮渡，谁还敢私自运送车辆？从南边到北边，就是从山区到平原，从平原汇入大洞庭，水陆交接之地，自然湖港交错，水路纵横，光这样能轮渡的渡口就有四个，这是最大的一个渡口，车来到这里，无不需要等上一两个小时，如果抢渡的动作不麻利失去上船机会，又得等那么久，无聊的等渡时光，让人想起时间就是金钱，时间就是效率，这叫人如何不焦急，不宁可拼上性命？！

　　车在这里停留，自然就有大量旅客滞留。有人的地方，就有故事，有人的地方，就有脏乱、争夺和血腥。沿停车一线，大量买卖各种快餐食品和江河特产品的店面，请了许多本地临时工，提篮一辆辆车上去叫卖，不让他上车，你的车就没有可能向前开一步，你搭了口问了价而不买，一定被缠着无法脱身。这些移民到赤山岛的人，靠着渡口维生，但饼小，分的人太多，因此，争斗在所难免。于是，渡口成了各色人等集聚的地方，路面破烂、狭窄、拥挤，路过而不得不停留于此的人们情绪焦躁，随地吐痰，随手扔垃圾，成了稀松平常的事。夏天，烈日当头，渡口边的各种气味搅在一起，发出令人作呕的腥臭，秋天，河风乱吹，满地的塑料袋、纸屑、甘蔗皮，被吹得满路面打滚，黄色的灰蒙到每一个的脸上。

　　对于生活在当时不得不跨越两岸的旅人而言，那些在南咀等渡的日子，成了噩梦。江水因此变得不再有母亲河的可爱，江那边广阔的平原大地也因此变得荒凉落后面目可憎。每次经过，人们的诅咒和地上的垃圾一样多。如果不因为它是我的家乡，我想，我不会有耐心期待它的华丽转身，期待下一趟新的旅程。

　　此时，车过南咀。周围已经看不到一辆滞留下来的车，一切都显得宁静从容，仿佛这里从来就没有过堵塞，更没有过那噩梦般的一切。放目望去，一条横亘江南和江北的大桥，如同神龙没于云中，见首不见尾。终于实现了，从前以为根本不可能实现的梦！从桥上俯瞰，江水就像一条透明的湛蓝色带子，向东西蜿蜒流淌，那颜色，那形状，又像是梵高画笔下的星空，漫布着大胆与诡奇。不知道是江水瘦了，还是世界宽了，以前轮渡要半个小时才能抵达的江，竟是如此之窄么？很快，我又被两岸翠色的芦苇牵住了目光，它们蔓延成片，南北西东，无穷无尽，视线的尽头，藏青色的暮霭升起在苇荡里，建筑朦胧，飞驰的车辆朦胧，生长在水边的大片杨树林也朦胧，在万物朦胧之中，在暮色四垂的大地上空，西边大而圆的太阳，渐渐失去了光度，如同幼稚园的孩童，拿了一张正圆的剪纸，任性地涂满绚丽的橘红，一把贴在芦苇荡的上空，印红了一半的江水。江风吹拂，江风带来了苇眉子的清香，江水的腥气和人家屋檐上的炊烟味道，冲击我的鼻腔，也冲击我的心。无来由地，我的鼻子莫名地酸得发痛，眼里竟浮上了一层水雾……

二

就像每一个人都有不同的秉性、格局，每一条河，也都有不同的品性、气质。位于湖湘大地北部的沅江，九曲回环之后，汇入洞庭，一路高歌唱出了一片神秘而诗意的南洞庭湿地，这里飞鸟不惊，万木繁茂，苇荡飘香，河流磅礴，孕育出了独特的文明。"帝子降兮北渚，目眇眇兮愁予。袅袅兮秋风，洞庭波兮木叶下"，屈子的歌吟，无疑增加了这条江这片湖泊无与伦比的美。无独有偶，在相隔数千里的北国，辽河也以歌吟的形式，一路唱过去，汇入了渤海。其间，也形成了一片宽广而奇特的湿地，在退海还田之处，形成属于自己的文化人格，于沧海变成桑田的历史里，驱赶荒凉，引起人原始的乡愁般的冲动。辽河与沅江，天南地北，迥异之中，又保持默契，不同之外，奇特地相同，彰显着大地的神奇与广博，厚道与宽容。

从前，金主完颜亮，只因见柳三变一句"有三秋桂子，十里荷花"，便起投鞭渡江之志，想南侵占据柳诗中物产丰饶的钱塘一带，并很快付诸行动，造成了江淮人民的灾难，朝廷的变迁，时代的更替。一念动，便掀起血雨腥风，改变无数人的命运，这是河流带来的历史。有的河流带来富庶与安宁，有的却带来贫瘠与荒蛮，这与人的命运又何其相似！身在江南的人，很难想象海边的盐碱之地寸草难生的艰辛，人人皆知北大荒萧飒的秋风与广漠无垠的大雪，冰封万里的酷寒，使人望而却步，谁知道其实还有一个"南大荒"，它也一样使人生存艰难，只能靠退海处的赤碱蓬草度过荒年呢?

　　机缘巧合，我这个南洞庭温润水乡的女子，因偶然生起的对传说中广阔无垠的北国大地的向往，选择了一个奇丽的夏日，穿过大半个中国，来到了辽河的身边。当火车一路疾行由南到北，当"坎塔"的声音，在寂静的夜色里划破山海关浓得化不开的黑暗，越过秦皇岛一盏一盏熄掉的华灯，停在盘锦这个新兴的城市，我为自己不远万里的奔赴感到惊异，如果不是血脉里涌动的来自祖先的南蛮气息使我胆敢追寻心灵向往之所，追随心灵崇尚之人，我的脚步，又怎么会迈向这片完全陌生的土地? 这使我对辽河以及辽河所带来的一切，有了一种莫名的亲切之感。深夜，我拖着行李箱，走出站台，只见半弯的月亮停在中空，一股劲风吹来，风中夹着咸湿味道，吹得我打了个趔趄，难怪朋友说，这里的风大，大到可以把你这样的江南女子吹到田里去，打几个滚! 当时听到这话，不以为然，认为只是吓吓我故意夸大其词，谁知一来，就接受这样一个"见面礼"!

　　月光如水，夜色正浓。朋友的车破开凉水一般的夜，飞驰在高速公路上。我无法看清窗外的景物。

　　影影绰绰的行道树向两边迅速倒去，那轮弯月却一直紧紧跟随车子左右，恍惚中，我想起家乡的月夜来。夏虫喧闹，与稻田里的青蛙聒噪成片，蛇穿行在草丛或者水里，所行处惊起入睡的鸟儿，空气中弥漫着润湿的青草味，月亮或弯或圆，泻下光来，温柔地抚摸大地的脊背。这样的夜好得让人发狂，让人想尖叫，许多山盟海誓的爱情，就在这样的月亮底下发生了。

　　大地上的事情，只有大地知道。关于爱情，关于人类的繁衍，无论在富庶还是荒凉之所，都是一样美丽且惊人的。这一晚，巧合地竟是传统的七夕佳节，这个流传着凄美爱情故事的特殊日子，被商家们定为情人节，从各种媒体到实体商店，铺天盖地都是东方情人节的盛况。然而情人节的祝福是要两情长久，最好朝朝暮暮，而七夕，却是"忍顾鹊桥归路"，两情虽长，毕竟山高水阔，比不上人间烟火里的朝夕相处，柴米油盐，虽然世俗，尘土满面，相伴终老，毕竟有过共同生活的细节，可以在长久的岁月里彼此慰藉、回味。《湿地情怀》里一位女作家回忆自己在盘锦经历的艰苦岁月，她与丈夫都不是本地人，作为下乡的知识青年，她的丈夫因爱她而主动跟随她到了最艰苦的地方，后来，丈夫考上研究生，去了大城市，她独自一人带着孩子住在破烂的屋子里度过了几年。房梁断了，砸下来，砸碎了玻璃和家具，在极寒冷的日子里，她连烤火的炭都没有，呼呼的北风刮过，她和孩子冷得瑟瑟发抖，如果不是本地人的关心，只怕她和她的孩子早已冻死。这时候，两地相隔的爱情，显得如此苍白而无力。

无论不同的河流所流淌过的地方，文化差异有多大，爱都是唯一没有差异的情绪。在这样的专属于辽河的月夜里，世界朦胧一片，除了思索月亮、平原与爱情，我无法有更多的触觉。

三

凌晨四点，我被北国大地自然的天光惊醒。

不敢相信手机显示的时间，或者，不敢相信天光的自然属性，惊诧良久无果后，时间又向后推了半个小时，时间尚早，整个城市还没有醒来，我也就只得继续眯着眼睛强迫自己睡，然而，这样的天光却已搅得人睡意全无。

辽东大地给我的第一个不同于洞庭湖的印象是糟糕的。我简直无法想象，这样的大白天，竟然在黑夜还只过到一半就到来。在洞庭湖湿地，即使夏天吧，日头最长的时候，凌晨五点半，东方也只是晨曦微露，河流经过之处，晨雾氤氲，腾腾上升，太阳一点一点地爬起来，树的影子一寸一寸地缩短，那些栅栏一样的树，以及晨风吹拂下随风摇摆的芦苇，增添了时光柔软的诗意。没有夜晚，或者夜晚太短，只能使人无法停止追寻的脚步，变得焦躁难安。早听说北方人大嗓门，直率，容易上火，莫不是这个原因？

渐渐地，街市里人多起来。他们穿着随意，步履悠闲，颇有几分贵族派头。正探询着，朋友已经来了。一看，不到六点。估计他是知道我这个南方人不习惯这里的光线，故而早到了。走，带你听鸟去！我一听，乐了，特意到北方来，你不带我看海，却带我听鸟？鸟声哪里没有啊？我们洞庭湖湿地就有三千多种类型的鸟，一到春天，群鸟在湿地上空盘旋，那才叫一个壮观啊！朋友笑了，此鸟非彼鸟，你不该主观臆断，屏蔽这个世界啊，否则，你来这一趟，真会觉得浪费！

就这样，我们踏上了听鸟之途。车子驰骋在于我而言的陌生地，新鲜的一切触动我的眼，也触动我的心。主干道柏油马路，宽阔到可以同时容十六辆车并排奔跑，在南方，这样宽阔的马路，要占有巨大的土地资源，非经济发达极需拓宽之城不能拥有，是经济腾飞的标志。然而，寒冷的气候之下，他们靠什么使经济如此发达？带着这样的疑惑，我接纳着那迎面而来的一切。只见马路两边，视线延伸向无穷的尽头，一色的坦荡如砥，全部都是种的稻子。路上只有我们一辆车，因而，再快的速度也无法阻碍我清晰地看到马路两边的树，那些树树干健硕，枝叶繁茂，全部往一边倒，倾斜角度超过四十五度，有的几乎着地，距地两米的树干上一根枝也没有伸出来。这样，即使是在水草丰美树枝茂盛的夏天，即便是这样阔气的马路，这样的情景也让人油然而生一种肃杀荒凉之感。我瞬间悟到了沅江与辽河的风格不同之所在——要知道，沅江流经之处，树木都是笔直生长的，即使在冬天万物凋零，行道树的叶子掉光，那些路边的草也总还有挺立不倒长绿不衰的，荒凉里自藏着一番葳蕤繁茂。拥挤的小镇写着久远的历史，忙碌的身影里藏着生生不息的力量。

是什么造成了如此巨大的差异？是风。风凿出了草木山川的形状。朋友边开车边说，这里是平原，北方的风跑得尤其毫无阻拦，因此也格外凛冽而冷酷，不过，这样的风，倒让人的热血与豪情也随之疯长，大南风滋生着这里的人们的拓荒者意识与情结。张作霖，知道吧？当年，他就是从这里出去，与日本人誓不两立最后丧命的。后代人称他是军阀也好，是魔王也罢，我只认一条，面对外敌来侮，他没有愧对我们中国人骨子里的那份血性！盘锦从兴建到繁盛，不超过一百年，你找遍整片土地，也难地找到一棵年逾百岁的大树，为什么？因为它是退海之后形成的。难以想象吧？沧海桑田，在爱情的誓言中似乎意味着天长地久，在我们这里，这样的成语也是可以改写的！

说得正激动，车要上桥了。

四

然而，车并没有上桥，而是拐到路边一处并不平整的泥地上。

朋友早已下车，我推了几下车门才推开，刚一下车，一股朔风直贯而至，掀得车门啪地一下就关了，也掀得我的裙裾贴紧着身子，像要推着我飞起来。我从没有见过这么大的风，停在原地不敢往前行一步。放眼望去，灰尘漫开，一条澄碧色的带子，带着两岸的翠色，绵延向远方。辽河就是这样，以一种强劲到令人无法抗拒的方式来到了我的面前。

湘人以水为傲，有"洞庭天下水"的豪言，牛希济曾在《临江仙》中写道："万里平湖秋色冷，星辰垂影参然。橘林霜重更红鲜。罗浮山下，有路暗相连。"两者结合起来，说尽洞庭湖的雄壮与婉约。我以为见过湘资沅澧四水，天下之水，就难以为水了，谁知道，辽河，最终与海相连的辽河，却以这种令人猝不及防的方式，直接扑入了我的视野！脚边，是一块大麻石做成的"辽河"界碑，红漆的阴文字迹里，蒙着一层浅浅的黄土，石碑边什么修饰也没有，如此普通，如此粗糙且无畏！界碑下，不远处，大河向两边延伸，河水呈浅黄色，水流湍急，像极了要奔赴战场的士兵，河中滩涂上偶有小块芦苇，被河水冲得稀稀疏疏，两岸的苇荡则翠绿成片，时而在风中弯腰，翻出背面的浅绿色，时而又伸直腰杆，复为深绿。天，是一望无际的空旷，没有花香，没有鸟语，这点缀其间的簇簇芦苇，在烈风中，在动荡的流水里，诉说着它们的苍凉与妩媚。此时，河面有一两只鸥鸟伸展双翼，掠空而过，寂静中表达着对辽河虔敬的祝福。远方城市的建筑群，在青白的天色下，成了这条河喧哗的背景，看到它们，你尽可以想象人群在城市中间如蚁般拥挤的情形，尽可以被城市的巨大使人不得不在浮躁的吵闹中寻求自我价值实现的荒谬感淹没。但是，此时，站在大风猛烈的河岸，风毫不犹豫地将这一切的悲伤与绝望都吹走了，只留下你与芦苇一起，站在苍茫里，孤寂而又欢喜着。

此情此景，我何其熟悉！我又想起了沅江里那蒙着青纱如同蒙着浅浅乡愁的芦苇荡，那同样波澜壮阔却更为碧清的江水。我想起了沅江与资江交汇后汇入洞庭湖的入口处那个叫作漉湖的小镇，小镇就在苇荡中央，四面都是一眼望不到边的苇荡，人们在这里立了一座牌坊，上面写着"江南第一苇场"，蕴藏着一股子当仁不让的气概；我想起在苇荡里的岁月，春天野炊，夏天放歌，秋天站在堤岸边看芦花飞扬，而冬天则眼见一只只大船将枯黄的苇秆运向远方……"八百里洞庭美如画"，美的不只是洞庭水，更是这些漫卷河流铺展开的芦苇！每到冬天，下苇荡入"山""砍柴"的汉子们，吃住在苇荡里，一去就是两三个月，写下了多少故事，演绎出多少传奇！沅江的两岸，还多了无数杨树，站成了一种将军的姿态，也站出一种欣欣向荣的喜感，给这一望无际的平坦加一点曲线，成了洞庭湖不可或缺的点缀。

辽河，举目望去，却是除了芦苇还是芦苇，一望无际延伸到天边的绿浪，让人稍稍走神，就分不清到底哪里是苇荡哪里是海了，它单调里描写着倔强，坦荡中展现着粗犷，有着另一种不可言说的壮丽，这让人不由得想象同样发生在苇荡子里的故事。东北三省是较早遭到外敌侵略之地，辽河边成长过绿林，也站起了英雄，世世代代，如果不是芦苇给了他们韧性，给了他们可以依赖的天然屏障，无法想象为了生存而上演的杀伐将何其血腥凶残，而存活下去世代繁衍又是何等不可思议。

脑海中又出现晚上在火车上和早晨从楼上俯视时看到的人们，他们高大威猛，强壮豪爽，瞬间，我为他们的强悍找到了理由：在风这样大的地方，为了不被风吹走，也是要让自己强大起来的。

在"辽河"的界碑边，面对辽河，我站了很久。风，一直焦躁地回旋，汇聚起巨大的能量，在毫无阻拦的平原上空，扯天卷地般呼啸着扑过来，又被芦苇荡悄无声息地消融，仿佛千军万马，在亢奋激昂的乐曲声中，从遥远的大草原一路浩荡，马蹄"嗒嗒"，战旗猎猎，滚滚的狂涛中翻腾着闪光的热切与雄壮，一旦被河流和绿色植物，柔软的芦苇和丛生的野草接纳，立即温柔了，消弭了戾气，滋生出爱来。

五

时间是仲夏，水草的丰美，在南北两地的表现，几乎没有不同，说到细微的差别，大概是北方的树再绿，水再清，草再肥，也不可避免地给人一种萧瑟之感。我不由地遥想，春天里的辽河是什么样子的呢？

春天里，沅江边还没有被水淹掉的河岸上，"蒌蒿满地芦芽短"，扯一把芦笋，在开水里焯了，等到其绿变成黄，它便成了餐桌上一道最好的美味。少女们常拿着袋子，钻进一人多高的芦苇荡里割野芹菜，一丛一丛的野芹菜，绿得要流出油来，是春天最不能少的菜蔬，它们长在蒌蒿和其他野草丛里，不容易找到，眼尖的女孩们，却能凭着灵敏的鼻子与它们亲密接触！葱葱郁郁生长于江边的野芹菜，有一股药香，狂野，浓烈，宛如湖湘女子对爱的不羁追求，又似乎可以治愈某段不能成就的情意。

"沅有芷兮澧有兰，思公子兮未敢言"，美丽多情的湘夫人思念湘君，有股子不管不顾一往无前的勇气，令那些对爱犹豫不前的须眉男子汗颜。难道不正是湘地植物的浓郁茂密，水汽的充沛气象，使得这里的人勇于去书写荡气回肠的故事？

同为水，辽河让人想到男人的雄壮，而沅江则让人联想女子的柔软，南与北若说有什么不同，不同大概就在于此吧。水养育着人，水塑造着人，水是人骨子里的气质，也是人外在的表现形式。辽河汇入渤海，成就它的广大，沅江汇入洞庭，涵养它的云梦。大自然造物的神奇，在这两条相距遥远却如此相似的河流中体现得淋漓尽致！看上去，它们走过大地，互不相关，仔细想来，它们遥相呼应，魂梦相依，成为大地上掌纹一致的爱人。

六

说好听鸟去，却在这里逗留许久，走吧，别看了，去听鸟，洗洗你这满头的黄尘！

我摸摸头，摸摸脸，只觉手上果然有细细的沙粒滚动，很不解地问，风中如此多尘，不像在河边啊！河边的空气应该是洁净的。

朋友笑着说，夏天风自南吹向北，从大地一路掠过去，夹带着风沙，消失在茫茫大海里，也把大地上的脏污带到海里去洗净，而冬天，风则自北吹到南，带来寒冷与肃杀，也带来海的气息，带来荒凉与严酷，不然，你看这些树，这些草，除了往一边倒，是不是颜色也不显得那么绿？

难怪这里总透着股说不出的冷清！确实如此，一切都像蒙了层灰！

你看，我们这里，消费比你们那边要高，房价差不多是你们那的两倍了！到处都在建房子。这依赖的可不仅仅是辽河油田啊！我一会儿慢慢给你说，现在要去的那片树林，可是最难得的一片林子了，它的独特之处在于，它会带给你童年的欣喜，你会喜欢的，你会暂时忘记这里的风沙。

什么神奇的林子？！带着好奇，任由车子在一成不变的道路上行驶了近半个小时，拐进了一条小路，眼前渐渐有更浓密的青翠。小路崎岖，车后扬起的黄土遮蔽了大半条路，路的尽头，终于出现了一大片树林。

到了。就是这儿，鸟可多了。

就眼前的树林？虽然大，虽然树木高，但看上去它也不过是一块平常的林子啊！我定睛细看，只见与路之间保持着一丈宽距离大沟的这片林子，树木参天，树木的叶子并不宽大，都是细细密密的，树下面是各种各样的杂草，显然，这是一片无人管理的被荒弃的林子，它的周围是一眼望不到边的稻田。可能也正是因了这种荒弃，它才能被我的朋友视为天堂？

你看你看！那棵树上，有一只鹤！随着手指所到之处，我看到一只白色的大鸟停驻在一棵极高的树的树顶，一动不动，仿佛石化了。你再看，每一棵树上都栖息着不同的鸟，大的小的，颜色不一，神情都那样满足！

树的颜色有绿有灰，缝隙太多，鸟的身躯太小，我根本无法捕捉到它们的踪迹，但朋友却兴奋得像一个孩子，指给我看，一会儿看到丹顶鹤，一会儿是黑嘴鸥，一会儿是小翠鸟，一会儿又是灰喜鹊。慢慢地，我也能看到一些鸟了，再过一会儿，我的目光在这片树林中停留，捕捉，更多的鸟儿进入了我的视野。它们静静地立在树枝上，仿佛和树融为了一体，偶尔有几只从一棵树飞到另一棵树，打破林子的寂静，很快又停驻下来，如同雕像。正因如此，再多的鸟也不显得喧闹、拥挤，不像人，到哪里都要一大片土地供自己撒欢！

我们到林子里去看吧？！我提议。

怎么可能？正是因为隔着不能跨越的水沟，人才进不去，也正因为人进不去，鸟才能在里面栖息。这里荒凉，人也无意进去，这些年，那些流浪他乡的鸟儿才找到一个可以安静栖身的场所，而那些毒蛇之类，也才找到藏身之地。就这个地方，我在这里发现了不下五百种鸟。我们童年时候，这样的地方，随处可见。遥远的地方不再遥远，神秘的一切也不再神秘，我们失去了对自然的敬畏，以为自己无所不能。

朋友的一番话，将我带到了童年时的山林。洞庭湖畔，水里的鱼多，天空的鸟也多，鸟的大小，毛发，有着那么多的区别。近些年来，南洞庭的生态保护渐渐引起各方的重视，鸟儿们才又重新回到那里，给湖湘大地增添了多少生机！

正凝神处，朋友叫，快看，一只鸟落到路上了！顺着他的眼神看去，可不，一只白肚子小鸟儿在路的正中央踱着步，一点也不怕来人的样子。我踮着脚地走过去，爱怜地想要捧它在手心，它却灵巧地跳开了，但它跳的时候，翅膀显得有些无力。朋友走过去，轻轻捧起它，哦，一只小鸥鸟，它受伤了，我们来帮它包扎一下吧，否则，它钻入草丛，一旦被草缠住，就真的只有死路一条了。

此时，太阳正探着它温柔的脸，风依旧烈烈地鼓着，朋友把鸟儿放到我手心，进车子里找药水，我轻轻捧着它，就像捧着一个孩子。它呢，小小的眼睛盯着我看，像是在哀求我放了它。我心一软，手松开了些，它扑腾一下就飞了出去，飞到路边的草丛里，又扑腾了几下，草叶动处，它已经飞入树林边的沟里，不见踪影。

朋友拿着药水和绷带出来，却不见了鸟儿，有些难过，说，那鸟肯定活不成的，被草丛和藤蔓缠着，很快就会失去力气……

我们又停留了一会儿，试图等这只误会我们的好意，夺路逃走的小鸟出来寻求帮助，又听了会儿林子里百鸟们的聊天，看着远处油田钻井高高的铁架，思索着遥远的过去与未来……

七

一条河的源头，必定是在高山深处吧？可是，我们喝着江水时，很少会去想源头的事。如果不是因为有缘沿着辽河奔跑几个小时，我大概是不会去想这么长的河这么多的水究竟从哪里来这样的傻问题的。

事实上，无论是洞庭湖的"浩浩汤汤，衔远山，吞长江，横无际涯"，还是辽河汇入渤海湾的那股子冲天的豪气，都非一日一地之功，它们要流经多少土地，汇聚多少细流，翻越多少高山，才能成就一片宏阔。这其中若是少了人的参与，便只能是听任自然。而人一旦成为大自然极具影响作用的一分子，就必定想要着手改造眼前一切，为我所用，才能给江河的不歇流淌以最好的引导。

傍晚时分，为了让我这个来自江边的南方人吃一回地地道道的北方鱼，朋友带我来到据说是盘锦最大的水库的地方。晚霞满天，我们走在水库的围墙边。一眼望去，水天相接，又是一个"一望无际"！除了水的颜色没有海那么深，其他一切，都根本不是我心中"水库"的印象，而是同时拥有"湖"的饱满，"海"的阔大的一大片水域。水库边上，商人们搭了大场子做夜宵，而水边则铺了"沙滩"，供孩子们玩乐。近水处，大人小孩身着泳装，泡在水里，神情惬意，远一点，泳技好的正试探着往中心地带游。水域辽阔，看上去，这分明就是一片海滩啊！晚风中，蜻蜓低飞，那些蜻蜓也着实吓了我一跳，它们一个个壮得像小飞机，"呜呜"地飞过头顶时，翅膀鼓起的风能掀动头发！我站在沾满灰尘的围墙边，感觉手臂一阵痛痒，低头一看，一只蚊子正在专心致志地吸我的血，这蚊子足足有半个手指头粗！拍下去，从它肚子里拍出的血，足有一小摊！难道也是因为这里的风大，连动物们都不敢长小了怕被风吹走？

我原来以为，修建水库，只有在落差很大的山区才能做，谁知，辽河沿线的水库真真地让我开了一回眼界！

看起来，这里的水库的主要功能是蓄水，故而不需要建设堤坝之类，而与沅江紧密相连的另一条江资江，其边上大大小小的水库，除了蓄水，还承担着发电的职责。资江中游最大的水库柘溪水库，建起一个高几十米，宽几百米的拦水大坝，在坝边修建了仪器精密的大型水电站，辅助省里的电站给全省输电。因为电站的修建，资江因人力改变，由从上游而来的怒涛席卷，到中游变成了宽大宁静，穿过山谷和田野，在洞庭湖的入口处浇灌沃野千里，依然保持着它的清澈，但经历曲折，加上各种情绪的调剂，它逐渐深沉，不肯随便展示出其本来面目。

看到眼前像湖泊一样的水库，想起家乡那令人叹为观止的发电站，无不是人力之功。从前，人们在自然面前放过豪言，"人定胜天"，每每见到这样人力造成的景观，我总是不由得感叹人力的神奇、人力的恐怖和人力的孱弱。

水库边搭起的场子，借着风与水带来的凉爽，集聚了极强的人气。路边停满了各种车子，车子里走下来各种人，大腹便便的男人，花花绿绿的女人，蹦蹦跳跳的孩子……都往水库边涌来，来沾点儿水，带点儿泥，消点儿暑气。夏天是流汗的季节，也是滋长焦躁和细菌的季节，水库用它的阔大包容着这一切。从这一点来说，有人的地方，没有不同。

八

那是无眠的一晚。月光很淡，如水一般从六楼的窗口泻进来，晚风掀动窗帘"噜噜"作响，风带来小城细得看不见的泥沙，也带来几十里地外大海的想念。我想起当初启程从南走到北穿越中国的陆地、高山与河流，随心而行，信马由缰，最终来到这里的初衷，想起长久存于我的内心且挥之不去的孤独，想起我一直试图驱赶它，并寻找自己所定义的真与美的愿望。有这一切，才有了这次行走。没有想到的是，在这样广袤的土地上，天空的浩瀚反而让从前种种咬噬心灵的感受愈加深刻，某种新的忧伤又牢牢地抓住了我。

那一晚，星月都好。月亮是粗眉，星星在另一面天空密布如棋。我看着夜色中朦胧的一切，书，书台，挂在墙上的画，插在瓶里的去冬的枯苇花，沿着地板伸展开又堆积在墙脚试图沿墙爬上去的紫罗兰，窗外另一栋楼的黑扑扑的影子，渐次小下去的人声，远处影影绰绰的高楼……人生总有一些一辈子只去一次的地方，比如这里。因为离开就意味着永别，这里的一切，才会如此牵动我？盐碱地从前的寸草难生，非但没有使生活在这里的人退却，反而让他们更加强大，这里的人该多么伟大啊！这怎能不令人充满好奇，想去书写属于这条河的传奇？它哺育了顽强的辽东人，它又该演绎多少人间悲喜！

河流流经大地，生命借此生生不息。作为一个刚刚接触辽河的人，我尚且被它的深远、磅礴震动，更何况是生活在这里人呢？

我回望到那条养育我的河，沅江，想起陪伴我的江，资水。我有多久没有回到那条河，回想起年少时复杂情感所系的渡口？其实，赤山的渡口，是规模最大的，隔着江面，雾霭沉沉，楚天辽阔，多了一分茫然，少了一分牵挂。而在河流九曲回环河港湖汊密布的湖湘大地深处，渡口联结此处与彼处，往往两岸遥相对望，中间是清澈的水，充盈的水，将满满的期待悬起，隔开。在一桨一桨的水声里，上渡船的人渐渐接近心中的目标，满心里是种种无法描述的欢喜。如今想来，渡口实是一种诗意的代名词，无论朝阳还是落日甚至初升的月亮，还是隔着江面大声呐喊听任对岸声波回荡，都是美丽诗意的意象啊。

还有美丽的传说。赤山岛家喻户晓的传说，自然是范蠡与西施终老于此的佳话。西施完成她的间谍使命后，回到越国，回到当年推荐她去吴地的范蠡身边。二十年时间，西施帮助一个需要复国的君王完成了梦想，也把自己的青春损耗在另一个真正爱着自己的人身上。最后，她还是回到了聪明的范蠡的身边。不管他们的爱是否一如当年纯真，他终究携她来到了洞庭湖中的这座岛，赤山。游到这里时，这里的美，使他们的脚步停住了。就是这样，人与山与水的结合，可以洗涤掉无限的浊气，忘却往昔春秋中的忧伤。从此以后，沅江与资江的水从心上流过，那些曾在心灵里浮现的猜疑，被碧绿如云的赤山驱尽，只剩清朗。那么，隐居于此的他们，也许是幸福的吧？

想想我所生活过的两河交汇之处，以及交汇处的那座山，我忽然就有了一种懂得，这种突起的情绪在这样的一个夜晚冲击我，使人鼻酸，使人宽宥，一切一切……

九

百川归海。每一条河的入海处，必定是惊心动魄的吧，否则怎么解释那一大片赤碱蓬形成的壮丽？

没到辽东时，就听朋友多次提到"红海滩"，到了辽东，看过辽河，其入海之处近在咫尺，怎能不一睹它的芳容？

一路上在远处总出现的风车吸引了我的目光。那些风车参差排开，在阳光的映衬之下，三片扇叶像巨鸟张开翅膀缓缓扇动，又像是一只只特长的手擎在天空中划着优美的弧线。蓝天，白云，洁白的风车，绿浪翻涌的稻田，干净，澄澈，明净的一切，使人心中涌起莫名的古典主义情绪，无可遏止地生出种种浪漫的幻想。同样是平原大地，洞庭湖上空只有微风拂过，路灯上利用小风车发电的多，大风车却是极为罕见，而在这里，风车就像一个个守护田野的巨人，无论快慢，都显得非常淡定。从前看《堂吉诃德》，看到堂吉诃德和桑丘将风车当成巨人进行战斗，觉得疯癫可笑，当我真正看到这些竖立在田野里的风车，我忽然明白了为什么在骑士的眼中，风车可以是巨人。我一惊，莫非，我的骨子里，也有一种不可救药的浪漫派理想？

我又想到了自己的家乡。洞庭湖湿地，水草丰美；资江浇灌出的洪山竹海饱满丰沛。风来，万顷竹林簌簌有声，雨往，逶迤山岭青翠欲滴。竹叶一片接着一片，竹根更是紧密相连，绿波涌动之中，无数的生命往事随之一齐涌动，从中让人看到大地的血脉，源源不断而又常见常新。南洞庭环水一带更是林木苍莽，绿波荡漾，鸟类繁多，万子湖农场一碧万顷的荷叶香飘十里，莲花坳渔村至今仍保留着古老渔村的习俗……兼具了柔美和刚强的洞庭沅水，使爱着它的人很难再移情别恋。

快到红海滩了。习惯了绿的我，从来没有想过，当红铺天卷地而来，自己会以一种怎样的胸怀去接纳。无论你怎样想象，无论那些厉害的作家们怎样生动地比喻，妙笔生花，也无法用人类的语言形容某些突来的触觉——当我面对扑面而来的那片"红"，我觉出了文字的苍白。余秋雨写阳关的沙，"除了茫茫一片的雪白，什么也没有，连一个褶皱也找不到"，这里的红倒是有褶皱的，那褶皱就是穿插其中的绿苇蓝天，反而是这些褶皱的点缀，令人深感到自我的渺小，因为即使作为点缀，它们其实也是面积广大的，却在面积更广大的红面前立即畏缩不前起来，好比小喽啰遇到了山大王。

车到"收费窗口"前，一些零零星星的红已经在沿途滩涂中出现，如同一部交响乐的前奏。等到越过窗口翻过宽阔的沿海大道，这支交响乐的乐章才正式奏响。只见那片嫣红如同铺在地上的一张毯子，延展开去，延展开去，一直延展到遥远的天边，与大海相接，与蓝天相接。阳光明媚、坦荡，将那片红照得晶莹剔透。风浩荡而来，带着海的腥气，以一股巨大的力量推着我。在这片红的中央，有一条曲曲折折的木制枣红色风景廊道，紧跟着红一路延伸。我的步子，情不自禁地跟着廊道迈下去，一直迈到道路的尽头。在尽头，海风更烈，使我根本无法从容站稳。我紧紧抓住靠海最近处的栏杆，立定。极目远眺，只见近处浑黄的海水到天边与清澈的蓝相遇，却又互不相融，各有各的品性，各有各的坚持。辽河从此处汇入渤海，这黄的还是一抹河的灵魂，那蓝，大概已经全然是大海的气魄？！

朔风中，鸥鸟在一眼无边的蓝与红中翻飞，一只追着一只，仿佛在比赛，又仿佛在示爱。我低头看形成这片绚丽红色的碱蓬草，只见它们高不盈尺，茎枝纤细，上缀着互生叶，叶子细长、椭圆、透明，似在里面存着一洼水，阳光照射之下，通体透亮，极像珊瑚。据说这片红海滩，从古至今，在海水与时间的涤荡之中，始终追随着大海的足迹，终于沉淀出这片湿地的精华。可这彰显着岁月厚度与力度的小东西，却半点没有苍老之姿，反而愈显生机，除了大海、河流，谁有这种去旧陈新的魅力？

土地不会亏待人，哪怕它再荒凉，在满眼荒凉之中，也必定会有一种东西站出来，站成一种姿势，将人撑起，也将大地本身撑起。想起来，人与土地，真是一种奇妙的关系：土地以各种各样的形式，或红或黄或黑，或肥沃或枯瘦，将自己奉献给人，人在土地上耕种，收获，甚而掠夺，使自己的种族生生不息，到最后，又埋葬在土地里。想想，没有人的土地该是多么寂寞，而没有土地的人呢？是无本之木，是只能流浪的浮萍。

事实上，近年来人对土地与海洋的污染，加上大自然内在的神秘因素，使碱蓬草逐年减少，为了保护这片美丽，风景廊道诞生了。

十

我没有见过其他三季的红海滩，听说它从绿到红，经历了几层颜色的嬗变，每一种颜色都是张扬到极致。辽河与大海的结合，催生了一片如此壮美的区域，使人不得不惊叹于大自然造物的神奇。来到这里之后，我才情不自禁地感叹，红海滩，确实是大自然奉献给人类独一无二的厚礼。除了俯身于它的脚下，亲吻它的美，我们所能做的，还有什么？

周国平说，人太渺小，不配谈永恒。在广阔无边的大地面前，人的这种渺小感尤易强烈、清晰。或许也正因如此，人才会逢山开路遇水搭桥，将足迹踏遍每一个想去的角落，以此彰显征服之功和存在之强？

风景廊道，实则主要是一条环海的大马路。夏天，柏油马路扑鼻的气味对朴素的大地和宽厚的海洋是一种不动声色的破坏，但是相比于观赏到壮观景色的愉悦，则又不足挂齿了，毕竟，深入辽河，浅探泥泞的海岸，于普通之人也是无法做到的，更何况站在赤碱蓬的中心地带，俯视那一片辽阔无际的红？风景廊道帮人实现了这样的梦，它分割开金黄的稻田、碧绿的苇荡和嫣红的海滩，让人体会到一种前所未有的自豪：人是渺小，但人可以创造比自身强大百万倍的事物。

廊道深入红海滩内部，曲折，绵延，其朱红的木制栏杆与碱蓬草的颜色交融在一起，更加上一些艺术造型，与大自然有了一种呼应。我素来反感人强加于自然身上的种种，然而，站在廊道上放目四望，看河看海看草时，我却对廊道的理念提出和实践建设者生出几乎敬畏。要在一处两处海水里建起观景台，本不算什么，然而，绵延几十里不重复的设计，不含糊的深入建设，令人惊叹，这也是一种坚定。这坚定，难道不正是我来到这里看到的大辽东人的坚定？

同样，沅水润泽的千顷竹林，漫山遍野的万竿翠竹，无论是精神气质还是实际用途，抑或是其外在惊心动魄的美，也都足以令世人惊叹。我去辽东之前，曾两次翻越洪山竹海的山岭，深入它的内部，感受它的气韵。竹是世间的灵物，江风吹拂过的地方，竹长得如笔一般直立，竹叶声声发出微响，轻声吟唱着只有大地才能听懂的歌谣。可惜曾经建在竹海深处的一些房屋，因年久少人光顾而逐渐褪色，凋败，垮塌，使整个山岭渐渐荒芜，破落。愈是如此，去看它的人便愈少，它就真的只能孤独面对每一次日出日落。

在红海滩面前，我忽然明白了真正的人与自然的和谐。它不是听之任之，也不是强迫改变，而是爱，是懂得。懂得大地的痛痒，内心满怀慈悲，如此，方能在自然面前承认自我的卑微，并以一种被征服者的姿态，追随它的脚步。

十一

要离开了。带着满满的不舍，我踏上归途。火车穿过盘锦这座新型的工业化城市，这座从北方盐碱地上建起来的城，这座由辽河环绕浇灌而成的城，有油田、旅游业和稻米支撑……它的美，在我这位只能惊鸿一瞥的匆匆过客眼里，还没来得及完全展开。离开的时候是傍晚，高铁站的售票大厅里，人不多，整个站显得空旷平静，一如我在这里看到的其他，人，苇，滩和田。

候车时，不知为何，我竟想起了成吉思汗铁木真。盘锦再往北走，可以通达内蒙古，在浩荡山河里，那里才是更神秘的所在。当年铁木真多么霸气，他放任心爱的马儿奔跑，马跑向哪个方向，他就往哪里征战，且战无不胜。他拥有了前无古人的广大领地，也拥有了常人难以理解的孤独。历史的偶然因素在他那里得到了空前的放大。正如河流的一次偶然转向，决定了它最终的品性，它将携带的历史和它会改变的未来，我的一次偶然向往，让我的目光在此处或彼处停留，情意在此地或彼地沉淀。

飞速离开的火车上，整个城市的灯火倒映车窗，展开一幅繁华似锦的画卷，一点也没有往日的沉寂萧条，我伸手去抚摸即将告别或许永不可能再见的一切，却抚摸到了我自己的脸，这张脸与城市灯火交织在一起，明明灭灭中变幻着神色，有时欣喜，有时悲戚。现代工业使每一座城市看上去大同小异，令人在相似的楼宇和近乎一样的灯光中恍然忘却今夕何夕、身处何地。我在与这条河这座城挥手说再见时，又想起了穿过沅水和资水交汇处的河岸南咀时的那个黄昏。那时青色的雾霭升起在河面上，两岸灯火零落，一眼望去，大地沉默平静，却内蕴勃勃生机，它穿越历史，穿越拥挤与吵闹，利益与妄念，一路奔流，尝试走出一种属于自己的风格，谁知，在遥远的北地，这种风格已然成熟，并且哺育出浑厚的文化生态。

鼻腔再次涌起一股热流。大地的神奇之处，不仅在于它承受人的种种改造，更在于它总能保持自己的脾性，不管岁月如何变迁，在偶然成为必然之后，在悄悄流逝的时光中，坚持不懈地默默改变着人的生活，包括爱情。相比之下，人的力量，何其渺小！在沉默的大地和并不沉默却无比宽容的河流面前，人是应该深感渺小卑微的。

辽河与沅江，以有着近乎相同的掌纹的手掌抚过大地，养育一北一南近似的风景和脾性接近的人，若要说有什么不同，大概是沅江流淌得更为畅达、安静，所经之处，树林更多，土地更肥沃，因而也造就了更为细腻敏感九曲心肠的女子；辽河呢，则在大南风的激烈动荡中跑过一望无垠的平原，锻造了更为坦荡从容的人格，培养出胸怀宽广的血性汉子。我总想，如果这两条河不是前世的兄妹，必定也是今生的爱人。大地幅员辽阔，河流是它的筋脉，但不是每条河我们都能有缘相识，更何况是这种贴近胸膛的缠绵，它们让我渐渐懂得珍惜与回味。

临走时，朋友还告诉我，这座城，很久以前是苦寒之塞、不毛之地，人根本无法长期在此聚居，除非是那些流浪者，他们没有土地，或者土地无法栽种和收获，只能选择从一处走到另一处寻找合适生活之所。那时，生活中的多愁善感、风花雪月全部退到生存的需求之外，当他们发现这块长着芦苇和赤碱蓬草的地方，竟是河流下游最肥沃之处，便毅然决定停下流浪的脚步，安定下来，建设属于自己的家园。这座城市，容纳了逃荒来的人，从山东、从河北、从东北，有汉族、满族、回族、朝鲜族、达斡尔族……各民族之间的交融，更有利于取长补短，从而成就了今天的丰富和深广，也才促成了今天迅猛的发展。

这种经历也与沅江边的赤山移民不谋而合，当年，移民大军，携家带口，背井离乡，一路浩荡，来到这处连河水都打着旋涡、透着凶险的地方，来到河边的山头，奔赴未知的命运，那是何等苦涩无奈，又需要多大的决心与胆气！随着几十年的代谢，新一代成长起来，加上渡口拆除大桥建立，生活的河面逐渐开阔，最后，与新的土地的融合基本完成。不知不觉中，沅江沉淀出该有的清澈面貌。就像被移栽的树，身上的旧泥与脚下的新土，经过一次次风雨、骄阳，几轮叶长叶落，最后终于分不清新旧，统统归一了。

除了报以敬畏，绝对谦逊，我们对河流，不应该有另一种态度。人类逐水而居，除非河流，没有什么可以如此强悍地塑造历史。很多时候，历史只在一页纸之间，甚至于一句话之下，然而其实际的经过，却是由艰辛的血泪拼积而成，多少动人的故事，就在这种艰辛中传唱！如果没有河流的慰藉，我不知道有多少民族会因此而消失！南与北，世界的每一处，在这一点上都是一致的吧？！

　　"山有木兮木有枝，心悦君兮君不知"，从前相隔万里互不通音讯的两条河，到这个时候，已经消弭了差距，最终，它们汇聚到海里，流淌成同一片汪洋，诉说相思的忧伤，拥抱相见的欢喜，在天地间，做成了一对无拘无束、永远在一起、不用遥望也不必猜忌的爱侣了。

回乡偶记

一、静夜

我们坐在堂屋里聊天时，天还没有完全暗下来。为了拒绝蚊子的侵扰，我们早早地关了门。这时，三只燕子在房内盘旋，还不时发出欢快的叫声。它们低飞时，那剪刀似的尾巴掠过我的头顶，立即便有一小股风吹拂我的面颊。

妈妈说，咦，小燕子会飞了？我当时还没在意。过了一会儿，妈妈又说，小燕子真的会飞了。这时，三只燕子齐齐地落在堂屋的座钟上。一只稍小，另外两只在用嘴帮它整理刚飞乱的羽毛。我瞧着不由呆了——原来，趁着天还没黑透，它的爸爸妈妈在教它学飞，过不多久，它就是一只坚强自立的燕子，又要成立自己的家了！父母的心，是多么急切啊！

天渐渐黑下来，一户户农家的灯相继亮了又灭了。这是一个打麻的季节，空气里到处飘着湿麻的气味；还有收完了菜籽后被太阳晒干的菜秆的味道，以及炸完菜油后剩下的油渣饼的香味；一些甲壳虫不断地撞着窗户要往里钻，打得玻璃"啪啪"作响；还有这里的绿得能流出油来的树影，以及一家家串门的女人孩子，都不由得让人跌落到童年里。临睡，一只硬壳彩蛾撞到我的电脑屏幕前，我捉了要往外丢，海问我，为什么我们小时候对这些虫子充满了研究的兴趣，包括那些蜻蜓、螳螂，还有蝈蝈，我们总是不遗余力地捉住，观察，可是，现在对它们毫无感觉？我说，因为童年的好奇已经被我们丢了。是啊，小时候，我看到各种不同类型的叶子，总会不顾一切地摘下来夹在书里，把收集各种植物标本当成最有意思的一件事去完成，可是现在我都已经懒得去叫出那些植物的名字了。人在长大，一些东西在悄然改变，一些美好的东西在这种改变中不经意地被我们丢掉。

现在他睡着了，我在静静地看书。夜晚已经完全来临。

这是一个水村的夜晚。十一点不到，四周已一片漆黑。钟表的"嘀嗒"声，远处"汪汪"的犬吠，偶尔起一阵风，树叶"沙沙"地响一阵，又静止下来……空气的湿度适宜，初夏又带来恰到好处的凉意，轻轻地，好像毫不费力地驱散了我心中的浮躁不安。我知道，乡村，是我灵魂最终的归宿，唯有它能抚慰我。

那么，好好看会儿书吧，或者，写点自己想写的字。这一个时刻，难道不是我孜孜以求的梦想？

二、晨雨

清晨六点，乡村里已经很热闹了，有的农人在破晓之前已扯了一大块麻土的麻皮，用板车拖着在大堤上行走，前面是男人，后面是女人，走过坎时要大声地吆喝，满脸是劳动后的满足而又疲惫的神情；有的农人还在扯着，想趁天还没热起来，多扯些浸着，这样有太阳的大白天，就可以只待在家里打湿麻了，湿麻打起来总是比较轻松些。

我被清晨的凉风吹醒，起来对着东方漱口时，圆而红的太阳正在麻叶的缝隙里升起，一点也不刺眼，一点也不张扬，跟我往常看到的太阳竟有点不太一样。草叶上的露水一粒粒的，像珍珠一样，闪闪发光。我说，今天是一个好天呢。妈妈说，昨天晚上燕子睡得太晚了，飞得又低，早晨该有一阵雨来。我笑了笑，你看这么好的太阳。妈妈又说，升得太早了点。妈妈的话充满着经验，又有点玄乎，叫人将信将疑。

房子的两边还种了几棵橘树，以及一棵桃树。橘树上已经挂了小小的绿橘子，桃树的叶子绿得漾着水光，却不见半只桃子。妈妈说，桃树还太小，结不出果来。生命的开花结果，也是需要因缘的，是吗？妈妈说，对啊，不到结果的年龄却结了果，桃树的命就长不了。我心里一凛——万物里果然藏有玄机！只是我们还太笨，无法将这些玄机一一读懂。近来越来越喜欢老庄的哲学，所以读自然万物，又多了一分融合。想想，若是我们能退到那个

"小国寡民"的时代，与万物为一，那将是一种怎样美妙的安宁，怎样快乐的享受啊！

正想着，鼻尖一凉，抬头看天，是雨丝！稀稀落落的雨丝下起来时，再看太阳，居然依然在东边的天上挂着，宠辱不惊似的！就像离太阳很远的地方，天上有一个筛子，天公不经意地抖了几下，抖落了一些宝贵的珠子，落到凡间，全变成了珍贵的水滴！不一会儿，地面星星点点密布着水迹，这些水迹慢慢地洇成一大块一大块，又加上新下的，稍密一点的雨，整个地面全湿了。雨始终没有大起来，只是这样不疾不徐、漫不经心地飘着。橘树、桃树、杂草，还有麻，他们形状不一的叶子上全挂上了晶莹剔透的水珠。水塘边的芋头叶上，一粒粒的珠子粘着，有的滚动，有的静止，把嫩绿的芋头叶逗弄得像个调皮的少女。

等太阳升到水杉树的树腰上时，雨就停了。刚沾了雨的土地散发出醉人的气息。一只白蝴蝶在空中翩翩起舞。它那洁白脆弱的扇形白翅膀一会儿平翔，一会儿扇动，浑身上下写意着自由与美。几只鸡在桃树下慢腾腾地找虫子，在绿色中加了一些红黄的点缀。水杉树上停了一群鸟，叽叽喳喳地说着情话儿……

这一阵雨来得真好！

三、墨香

我们一起去看了好朋友志新。他是一所镇中学的毕业班语文老师，所以这天学习很紧张，我们去时，他还在上课，办公室里堆着他刚写完的字。他的墙上贴了一张《兰亭集序》的拓印字帖。以前我没有认真研究过王羲之的这个名帖，我只是在写颜体和赵体，现代书家也只看看启功和赵朴初的，我只是喜欢字写得漂亮一点，并不真的研究书法，所以，对于书法也只能说是门外汉。趁他没来，我认真地读了一下这幅字，忽然从字里行间感受到一种舒畅！

这大概就是书法真正的魅力了！那空灵流畅的一笔一画，那疏落有致的一章一法，无不出乎心，流乎纸面，读帖时，整个身心仿佛进入了那种"惠风和畅""茂林修竹""流觞曲水"的境界，感受到"仰观宇宙之大，俯察品类之盛"的博大！经过反复印刷后的字尚且能让人感受到这些，当年他的墨迹，就无怪乎人们称之为神品了！

志新的书法也有了一定的境界，他让我说缺点，我只是凭感觉说，觉得就是"太美了"，这应该也是一个大缺点吧？因为美得太方正，就失去了自己的个性，比如，我们写作品，如果这个作品太美，总会觉得欠点什么，或是底气，或是朴素。说到大美，大概质朴才是最高境界，那就是，美得不张扬，美得无形，就像大自然的一草一木一样。"天地有大美而不言"，质朴自然，永远是美的最高境界。

下课时他又写了一张作品，我忍不住手痒，也要写。他见我伏下去，就说，别说你的手要搁在桌上才能写哦。我说，有什么奇怪？我又没你专业。其实倒不至于不能悬腕，我只是在他面前先抑后扬而已。我写了一张，他说，写得好！你还挺有灵气和潜力啊，看不出来。我就小小地得意了一下。海也来了兴致，写了一些，他的艺术感觉一向很好，所以，即使底子不硬，倒也有板有眼，没让方家笑话。就一会儿工夫，我们就确定了老了以后的共同志向——醉心书画艺术。最近我老在想，等到我们退休了，每天无所事事可不好，现在培养一些共同爱好，老了也好在一起切磋。书画，旅游，种花草，暂时定这几样吧。三十年，想着似乎遥远，过起来，只是一晃眼的工夫啊。

说干就干，两人买了笔墨纸砚，回到乡下，在大门口就练起字来。

练字能够静心，静心才能聆听大自然的声息，聆听大自然的声息，才能获得心灵的真正的宁静，获得心灵的宁静，才能做好喜欢做的事，才能获得终极的快乐。

我一辈子都在为寻找终极的快乐而努力，不是吗？

四、蚂蚁

看《乔治·桑传》时，一只小小的蚂蚁爬上我的腿。我有点痒，就拂它到地上。它打了几个滚，居然又不停地往前爬，一直爬到了土里！这时，青草弯下腰，像在向它鞠躬，而它则像一个骄傲的将军，对它谦卑的士兵不屑一顾，自顾自地爬着，尽管有时也会不小心打个趔趄。它打趔趄时我心里一紧：它大概还能活些时候吧，让它死绝不是我的原意。

蚂蚁因为小而被许多的寓言引去当讽刺的对象。比如，那只留在大象脖子上的小蚂蚁，就被赋予了掐死大象的重任；比如，它总是被拿来与辛劳的蜜蜂相比。但我小时候听到的故事却是另外样子的，在这个故事中它被说成了是感恩的动物，并且赋予了更深的内涵。

传说有一个秀才要去赶考，这时，正好在涨大水，一块木头上的蚂蚁眼看着就要被淹死，这个秀才就用枝条将它们渡到了陆地。它们全部得救了。后来，秀才在考场上由于粗心，写"主"字时忘写了上面一点而写成了"王"，文中的语境是，写"王"就会有杀头之祸，写"主"就是一篇状元文章。考官刚放下考卷准备给秀才治罪，转头一看，那个字成了一个"主"字，往近了看，原来是一堆蚂蚁聚成了一点。他拂掉它们，可不一会儿再看，它们又聚拢了。这下考官想了一下，大概是这个考生做了什么好事吧？他反复试验了几次，终于还是把这份卷子定成了状元卷。

在上面这个故事中，蚂蚁是宣扬仁爱、维护仁爱的灵物！其实，仔细想想，我不禁为人类的自以为是感到羞愧。蚂蚁比人还懂得团结与友爱，比人还懂得知恩图报，相比之下，我们有什么资格说到人的思想呢，如果思想只是为了杀戮与自我满足服务？于是仔细地看了我以前总是不屑去看的那只默默无闻的黄狗，以及那只懒洋洋的黄猫。果然，它们的目光里也透出一种思想，那种目光比任何哲学家都要沉稳，都要显得清明。

于是，在这个初夏的乡村，我从一个只会去读植物的人，长成了一个也会试着去读动物的人。海总是说，大自然的万物都有灵性，有它们自己的语言，只是，我们还没有来得及读懂，一生就过去了。是啊，仔细想想，人与自然的万物有什么区别呢？人的一生，与庄稼的一生，有什么区别？都是熟透了，完成了自己的使命，就归于泥土。唯一不同的是，人目睹了庄稼的收获，而无法目睹谁收获了自己。那个孤独的收获者，时刻用乜斜的眼光看着一切，我们在他眼里，与一只蚂蚁，没有太大的差别。

五、外婆

外婆已经八十四岁。外婆的头发全白了，牙齿掉得只剩一颗，连老花镜都没有，住在我们家，总有寄人篱下的敏感，因此说话有时尖酸得让人难堪。但外婆的腰板依然伸得很直，走路也不要拄拐杖，头脑异常清醒。外婆在我的眼里是这个世上难得的智者，她的每一句话都透着慈爱与智慧的光辉。外婆说，她已经完成了自己的使命，她要走了，走到她应该走的地方去。

我看着外婆的脸。她年轻的时候一定是一个美人，因为她的脸形依稀可见当年的秀美，而她的五官也依然精致，加上她身上从来没有出现过脏迹与异味，生活完全自理，这一切都暗含着她当年的风采。我问外婆，你像我这么年轻时，是一个美人吧？外婆大笑，边笑边佯装打我。然后外婆开始叙述她的当年。她的叙述思路清晰，毫不重复，让人惊异于她的记忆力。也许人越老，往事就会越清晰吧？

我总喜欢听老人们讲他们的过去，所以他们很喜欢我。人老了，有人倾听大概是一件幸事，因为年轻人忙忙碌碌，自以为在为生活奔波，也自以为有的是时间在走错路后去更正自己的错误，却不愿拿出半点时间来听听老人的絮叨，尽管这种絮叨里有无尽的人生财富。老人孤独而丰富的内心，需要一个人去好好地读，然后收获。

有一天外婆拿出了她的绣品和织品。外婆年轻时，眼睛很好，所有的衣服都是自己裁剪，自己一针一线地缝合。布上的花草虫鱼，又全用自己的手绣上；冬天里戴的帽子和穿的毛衣，也全用双手织成。针脚匀称，透着手工的温暖之美。外婆也为我绣过一双鞋垫，精致，耐穿，我一直都当宝贝藏着。外婆说，这有什么好收藏的，这太粗糙了，因为是我的眼睛不太看见了做的。我看了外婆当年的那些藏品，果然还要精致百十倍。回想外婆给我说的那些人生的故事，关于吃苦、受难，以及快乐的短暂，再看看眼前这些东西，我仿佛听到了过去岁月渐渐沉入水底的声音。

外婆说，人无百日好，花无百日红，有钱的不要仗钱势，有儿的不要仗儿势，得意时不要忘形，失意时也不要沮丧；外婆说，人世的起起落落我看得太多了，好过歹过都是一生，只不过，死了后还是得留点东西给后人，一点物质也好，一点精神也好。当然，最好是精神，因为那才是人与这个世界重要的关联。其实，外婆读的书不多，但她的话朴素得胜过任何用词语堆积的华丽深奥的哲理。

外婆还能做全家的饭菜。她喜欢很开心地看我们吃她做的菜，喜欢看我竖起大拇指说她的菜好吃——我是这个家里唯一给予她充分的尊重与理解的人，所以我一回家她就会做最好吃的菜来款待我。以前我们在乡中学时，外婆的家就在学校后面不远，我与海经常去她那里睡，她的床褥每次都会发出阳光的香味来，而她那间小小的用茅草与芦苇盖成的房子里，除了有床，还有棺材。我们不怕，活着与死去，那只是时间的问题，外婆说这样的话让我们无法畏惧死亡。现在那个小屋已经拆了，我们还时常想起它，那是我们的"别墅"。

写这些时，外婆坐在旁边看着，只是她只能认出很少的字，她的眼睛实在不行了。我说，外婆，我写你你开心吗？她对着我笑，牙齿只剩下一颗，没有人们想象的那么难看——女人在每一个时期都有独特的美。

六、石磨

为了让我们美美地吃上一顿糯米浆做的饼，爸爸一清早就赤着脚从湿漉漉的田埂上挑回了一副石磨。石磨的沿上有一些白粉的痕迹，是哪家磨完后留下的，木手柄上还透着那家主人的气息。爸爸拿把刷子，用清水把它洗干净，两块磨一合，就开始磨米了。

石磨很小，架在一个大盆上就可以磨米。但这并不妨碍它展示在岁月中苍老的容颜——它四周细小的不平处，填了些浅黄色的米灰，任你怎么洗也洗不净，它们已经渗透到了石磨的骨子里，成了它不可分割的一部分，而浅青淡白相间的石块，一上一下天衣无缝地配合，几乎就囊括了整个天地阴阳。爸爸一边喂米一边磨，看上去一点也不费力，洁白的米浆顺着磨壁源源不断地流到盆里，就像一个小型的米浆瀑布。而爸爸推磨的动作，极像在打一套太极拳，阴柔里透着阳刚，用画圆的形式，组成每一次动作的完满。这种靠石磨而产生的动作，养活着世世代代的人。南方人对石磨的感情或许并不很深，毕竟用得上石磨的日子不多，而且随着现代机械的发明，石磨就像一个老人，走完了它的历史使命，要渐渐退出舞台了；但北方的驴一定对它有极深的情感，毕竟，以前，它靠着它，有劳作的埋怨，更多的却是在人面前有价值有地位的骄傲。驴如果不是因为石磨而一辈子在一个院落里打着圈，就只能悠闲地长大，然后成为人们桌上的佳肴。相比之下，驴更愿意做什么呢？当然，那是驴的事。驴的事人永远不会懂，人还没来得及弄懂自己的事呢，更何况，因为驴只知道石磨，人无数次地嘲笑它的浅见，哪里会去想它想怎么活呢？想到这里时，我忽然想自己也来当一只驴，磨一磨石磨。我说，爸爸，让我来磨一下，好不好？

爸爸说，你磨不好的，磨子对人有感情，你与它生疏了，它不愿意为你工作。我笑着说不信。爸爸就把木手柄交给了我。我也想轻松地磨出浆来，可是，我居然连推动它一下也觉得万分困难。我尝试了几次，慢慢地，两合磨在我的手下配合好了，我喂米进去，它吐出来的，虽然没有爸爸喂后吐出来的那么细腻，但也一样洁白。我不觉地有点骄傲，像驴一样。驴能磨出那么好的米，养活那么多人，驴该是多么开心啊！

这会儿，村子的上空响起了鞭炮声。爸爸往冒烟的方向一看，说，是郭家的四爷死了，九十岁。在无数个这样的村子，死亡与出生一样的平常，该来的来了，该走的走了，喜悦也只是一两天，叹息也只是一两天。没有人能经历所有的来去。唯有这石磨平静地见证一切，像一个历经风霜、沉默睿智的老者。

七、游客

我们称所有来到村子为我们服务的人为"游客"。

前天，我看书时，海在看电视，电视突然停了，大概是烧坏了什么东西。可是连下了两天雨，路太烂，"游客"来不了。今天天晴了，"游客"如约骑着一辆屁股上冒青烟的摩托，从远远的镇上来到我们家里，给电视看病。

他来我们家时，上家的杨奶奶，下家的邓叔，还有远一点的朱家，不知怎么嗅到了气息，全涌来我家。他们先是看他拆开电视，检查毛病，换配件，等他修好后，他们就开始说自家的电器。杨奶奶家的洗衣机不转了，邓叔家的影碟机老是卡碟，还有朱家的音箱做破砂锅响。他们一家家地轮着接他去。这个"游客"一下子成了"抢手货"，看来今天这一趟还真来对了。大家不仅对他修理的事情有兴趣，对他现在要找的女人也有兴趣。男人们围在一起说些粗话，开心时哈哈地笑，这个游客好像对村子里的每一户人家都熟悉，当然，大家更熟悉他。

电视很快修好了，他要收八十块，主要是换了一个价值七十几块的高压包。妈妈说，你这太贵了，他就说，那还少五块吧，当我帮你们的忙。然后，他抽了一根烟，开着他震天响的摩托去别家了。

于是想起了以前来到我们村里的剃头匠，缝纫师，以及货郎与赤脚医生。这些已经成了"过去"的"游客"，是生命里挥之不去的印痕。他们高声吆喝，走家串户，为人们解决一些看似微不足道实则举足轻重的问题，他们成为村子必不可少的一部分，他们是行走的人，哪里都是他们生长的土地。

剃头匠的荡刀布被刀片磨得光亮，每次给人剃发前，那夹在大拇指与小指间的剃刀总要先在这块布上刮几下。他们选择在春天和秋天来到村里，把剃头担子往村里最大的那棵老树下一放，打几声铃，大人孩子便飞跑着来了，排着队等。荡刀布就挂在树枝上，风一吹来回地晃荡，像一面骄傲的旗帜。他剃一个头只要几毛钱，但做得一丝不苟，虽然剃出来的永远是一个样式，人们仍然夸他的手艺，我爷爷就在死前念叨一定要他来给他剃最后一回头。

缝纫师是过年时请过来的，一家一家地蹲点。那时我们因为贫穷，只有过年时才穿得上新衣。所以对于孩子而言，缝纫师父就是天使，他带来的总是新布和画粉的气味，这让人无比沉醉。几乎所有的缝纫师都是斯斯文文干干净净的，我们说城里人时，脑子里出现的就是缝纫师的样子。缝纫师最喜欢问女孩愿不愿做他的女儿，几乎所有的女孩都有做一回缝纫师女儿的梦想，所以回答时总有一丝儿掩饰不住的兴奋。

至于货郎，是我老早就想写了的。我小时候做得最多的梦，就是把货郎担子里所有吃的玩的全据为己有。货郎担子上的铃铛一响，整个村里的孩子就像风一样朝一个方向吹去，全吹到了他的身边，围着问这问那，然后赤着脚跑回家，缠着妈妈要钱，女孩子买向往已久的水晶头花，男孩子买水枪，有时也买点吃的。

所以很多孩子早年的理想是做一个货郎。

还有出现在人们面前时永远是背着一个暗红药箱的赤脚医生。至今我也不明白他并不赤脚，为什么叫这个名字。他能治一些小病，也能打点滴。所以很多时候会不顾白天黑夜风雨兼程地赶到农户家里，在农人们的眼中，他就是救命的神。他走家串户是不收路程费的，他知道农人们出不起价钱。农人们对他的恭敬就是一笔最大的财富。哪天哪家的孩子出息了，他托他办个事儿什么的，一呼百应，这心里也就亮堂了。

他们收的钱很少。应该说，他们靠这个行业发了财的几乎没有，但是，他们过得是那样的幸福满足。我总是想，生活到底给了他们什么呢？现在我似乎有点明白了。

八、苇场

"江南第一苇场"原来就在我们这里！以前我每次经过漉湖芦苇场的那一大片树林时，也会看见这座牌楼，但既没有注意字，更没有去领悟它的含意——我们对身边时时出现的事物，往往视而不见。今天我经过时念了一下，一瞬间就感觉到无法形容的豪壮。"江南"本来已经是美丽与温婉的代名词，用"第一苇场"这样的词一饰，立时又在阴柔的窄狭里透出无边的阔大来！

苇场的外围，种了大片杨树，是六九杨，风一吹，绿浪从苇海一波一波地涌向杨树尖，然后，深深浅浅的绿，又一股脑儿再从杨树尖飘到云杉上。是云杉使这个洞庭湖中心蒙着水汽的苇场有了山一样曲折迷离的意味，它层层叠叠的参天树叶，将每一条公路掩映在一片阴凉之中。从牌楼往前走，你就一直走在这样的一条路上：内层是法国梧桐，路两边的树向中间伸展，枝枝相覆盖，叶叶相交通，外层是密密匝匝的云杉。这时你一定会有走在中国北部清冷山冈上的阔叶林中的感觉，山的沉稳水的灵秀，就这样在这一片苇场的外围糅合得天衣无缝。公路边上，是苇场工人们的家。这些人家的池塘边种的却是纯种的垂杨，这会儿还有些杨絮在飘着，像无数只蜻蜓在水面低低地飞。

有了这样的起势，那扑入眼帘的一望无垠的苇场，那些静静停泊在洞庭湖的水渚边的运苇的硕大船只，就显得这样顺理成章了。去冬收获的干苇，被收苇的农人拾掇得齐齐整整，堆在大船上，像一座座黄色的小山。船沿已经吃水很深，稍有风浪就可能进水，可是，这些运苇人经历过多少大风浪！他们胸有成竹地吃饭，喝酒，等待出发。今春长起来的新苇，已经油光水亮，茂盛得流出生命的颜色来！一眼望去，无边无际的苇场在微风的吹拂下生长着，我仔细倾听，几乎能听到它们拔节生长的声音！

因为芦苇是大自然的赐予，人们无须播种，甚至几乎无须打理，到了秋天一样地收获。靠山吃山，靠水吃水，靠苇场的人，吃的当然就是芦苇了！在这样的苇场里，发生过多少故事！有那些砍苇的汉子们粗粝的爱情，还有多少家的喜怒哀乐，全都在这一片望不到边的苇场里上演着……这些人的事，就像那芦花，朴素，洁白，平凡，但是一大片一大片的，就成了一种风格一种气势。

我望着这些芦苇、杨树和云杉，仿佛听见它们对我说着什么。我深自于内心地赞颂农民，他们是最贴近泥土的人，所以他们像土地一样朴实。日复一日年复一年，我们从大地吸取营养，无止境地索求。我常常望着土地发呆，是什么给了大地这种丰富、神奇与伟大，让它能够不断创造不断供给而不求回报？会不会有哪一天，我们的苇场，只是作为一种历史而存在于人们的记忆中？

楼上楼下

一

多年来，我一直在寻找一个闹中取静的所在，譬如身处风暴旋涡的中心，反而可以避开嘈杂喧嚣沉浮跌宕，独得平静安然，也自得一份大隐于市的欢喜。五年前以三天时间果断卖掉那套可以"青草池塘独听蛙"的"豪宅"，除了三个书柜和一个书台，其他苦心经营的一切，墙上书画，厅中花木，立体音响，特色家具，各类电器，一夜之间全部归属他人。

买它的人是一家快餐店的老板，中年，矮胖，有一个男孩和一个女孩。他的快餐店在我们房子的对面，我们要走的消息很早就有人告诉了他，想来他早就留了意，只等我们贴卖房的告示。第一天，第二天，来看房子的人虽然都因房中装饰以及我们开出的条件颇为心动，但都在观望中，没有果断下手，毕竟，买一套房子需要考虑的因素太多，到第三天，快餐店老板带着一家大小气喘吁吁地爬到五楼，敲开了我家的门，找到他们各自中意的房间翻看，俨然那已经是他们的家。一个小时不到，两家就达成协议，像在菜市场里卖一把白菜薹一样，我把曾经写满欢笑眼泪有我与书为伍的身影也寄托着我们所有美好愿望的房子转手给了他。他也爽快，购房款一分不落地全数交清。

卖得急，自然价钱也卖得非常便宜，便宜到只能在新到之城付个首付。然而，与过去的一切毅然斩断，绝不拖泥带水，一向是我处事的原则，因此，即使再留恋再担心那个融入我们心血与爱的房子可能如一个满腹才华者沦落市井，也没有办法，一旦狠心把你所热爱的一切交付他人，自然要让它去承受属于它自己命运的变迁，而我们，也要迎接扑面而来的生活。后来偶尔想起留在那里的岁月，总难免伤怀，似乎那个砌过花台的房子是我们留在人间的弃儿。只是生活的高下优劣，终不是我一意所能判定，想想也就作罢。

两人兜了可怜的一沓钱，在城中寻觅一月，比较，鉴别，筛选，终于在闹市正中央两条主干道相夹之处，看中一套大房，房子在绿树丛荫之中，游泳池、篮球场、网球场、幼儿游乐园一应俱全，当我身处其中，两边市声悄然远去，淡静温和之感沛然而生。当时相较，房价在同城楼盘中排名第三，光首付就可以花光我们所有的积蓄。但咬咬牙，也像买一把白菜薹一样，买下了它。

接下来的两年，在等待它完工的过程中，我们勤奋工作，努力加班，为房子的装修做准备。平凡人生的平凡岁月，平常夫妻的平常喜怒，在那些分分秒秒流逝的光阴里上演，细碎的恩爱，盘踞的艰辛，瞬间的迷失，长久的企盼，全都是为了重建一个新的更好的"家"，那是爱巢，是疲惫身心栖息之所。

所幸，多年辗转迁徙的生活并没有消磨掉我对这个世界的好奇，期待、欣喜和希望，没有让我麻木。我知道，为了一只小鸟的飞跃我仍可以欢喜，而为了那一口口砖砌起来的房子，我仍可以深怀对无房人的悲悯。因此，当我深陷于市声中时，我并不厌弃这个世界的繁华烟火万丈红尘，而当我超拔于世俗之外，我也并不为自己的清醒与淡然沾沾自喜。

二

暮色四合之际，房子是陷落在城市海洋中的朵朵飞沫，归人，成了飞沫边缘与中心的碎屑，在万家灯火陆续升起的间隙里，每一粒碎屑朝着自己的方向，演绎出人间烟火味道里的无限盛丽与苍凉。

高耸的楼房，割裂的空间，又使这些碎屑无端端地多了无数屏障。从从前诗歌里的住进山林与花鸟树木为伍，到如今日渐逼仄的生存空隙中住进城市为人们设定的一个个盒子里，究竟是值得欢喜还是值得悲叹，或许只有若干年后我们的后辈才能下定义。而我们，则只管去领受当下，领受时光的偏爱或者厌憎。

从前年少，内心动荡，恨不得天下都是我的，任我驰骋，故而待在一处，只觉出一处的不好，每一天的念头里都存着飞翔，只愿到全世界去颠沛流离，去驰骋征战夺取寸寸山河，以填我胸臆，故而哪怕日夜不眠不休，也不知疲惫，工作的时候生怕放假，放假的时候盼着工作。因此换了许多地方，搬了许多次家，清理过许多次房子，并且乐此不疲。慢慢地，生命的疆域逐渐拓宽，生活的简单被种种繁复取代，回过头去再看青涩岁月那急于逃离的惶然情状，不禁哑然。人如果可以倒过来活，以现在的心去过从前的日子，会怎样呢？

那天黄昏，我正窝在沙发里读马尔克斯的《恶时辰》，楼上忽然传来一阵急促的敲打声，敲得我心烦意乱，紧接着，更高楼层相近似的敲打声也响起，两个声音此起彼伏，相互呼应，令人无法再集中精力扑进那辗转描绘孤独的文字里。我索性放下书，仔细聆听起那声音来。

声音均匀，着力不大，却很笃定，一下与另一下之间没有半分迟疑，可以确定，那是刀剁在砧板上的声音，两处都是。我几乎可以想象楼上的女子身着围裙，站在厨房灶台边剁肉的样子。那声音也随着我填充的想象而变得温暖明净，想想，两家中温润如玉的女子，在这样冷的天色里，为各自的家人做好一窝热气腾腾的肉汤，专等着她们的丈夫和孩子美美地喝上一口，为此而牺牲别人片刻的宁静，又有何不可呢？

黄昏是归家的时候，房子是爱的巢穴，她们在各自的爱巢里构筑属于她们的欢喜忧愁。楼上的女子，有着怎样与众不同的人生？我又想起往常许多个晚上和白天从楼上传来的声音，孩子奔跑嬉闹的"咚咚"声，拖鞋悠然来去的"踢踏"声，凳子轰然倒地的"砰嚓"声，篮球敲击地面的"砰砰"声，细小急促的跳绳声……有一天午夜梦回，被骤然响起的尖厉哭喊声惊醒，恍惚中听到什么东西摔到地上碎裂开来，各种声响汇成一片，渐渐又在男子的安慰声里平息……

楼上的主妇名叫玉琴，比我小，圆脸，微胖，门牙洁白，微微交错，使她笑起来的时候显得明丽中夹着某种说不清楚的忧伤。我们在装修时认识，因探询彼此装修材料的价格，商讨购买各种家用电器而渐渐了解彼此的故事。玉琴没有工作,育有一男一女,原先随丈夫一起在广州打工,丈夫是技术人员,常常有一些额外的收入,两人省吃俭用积攒了一大笔钱,因为需要安定,便用来在这里买下一套房子。因她丈夫着急在此地安家,他们是交房后第一户搞装修的,并在装修好后不到一个月的时间里迫不及待地搬了进来。此后是连续一年多尝试在本地做生意的日子,每日早晨丈夫出去,玉琴就在家做饭搞家务带孩子,把家拾掇得一尘不染。可惜他们做了两次生意,均是赔本,据玉琴说,原本买完房子住进去就已经没什么积蓄了,被他这么一折腾,生活费用都难以为继。世态炎凉,原先总到她家来混吃混喝的亲戚们看不到他们的前途便渐渐疏远,困窘时她想向别人开口借点钱都无法如愿,日子过得艰难之至。

有一段时间我因工作常常晚归,把孩子托付给她,每每去接孩子,都见她跪在地上用抹布一小块一小块地抹地,那同样微胖的丈夫在逗女儿小薇玩,事事愿遂女儿心意,模样极为慈爱。她很少添置新衣,却尽量把桌子上的饭菜做得丰富多样,搭配得当,不愿向别人展示她的窘境。我曾对玉琴说,如果有需要我帮助之处尽管开口,她羞涩地回绝,天无绝人之路,如果生意做不上道,就只能让他回去原地方了。

果然,后来只能让丈夫一人再次南下,他们的两个孩子需要安定生活才能更健康地成长,玉琴只能留下,因囊中羞涩,她很少出门。丈夫每个节日都回来,每次回来都是这个家庭最喜庆的时候。孩子蹦跶,大人恩爱。

想到这儿,在那有节奏的剁肉声里,我分明听到了一家团圆的欢喜。我忽然明白,孤独纵然值得书写,喧闹与尘嚣,相爱的人之间的相互依赖和期待,共筑爱巢并守护之,为家做出牺牲、等待,倔强中守候活着的尊严,才更值得我们去品味与讴歌吧。

三

时光倒流到三年前,签下购房合同后,流逝了约两年——七百多个日夜。除了一趟趟地往工地跑,眼看它拔地而起,眼看它封顶大吉,眼看它的外墙贴上黄色小方块瓷砖……我还做了什么?这一辈子最舍得花费的时间,竟然是用两年等待一座房子的建成！时光于我忽然是奢侈的额外，漫长的等待反而使我的内心不再焦灼而是意外平静美好。

我又开始怀念那个红色石榴花从五月一直开到十月不败的园子，怀念窗下那个空旷的门球场，怀念埋在围墙边丝瓜架下的小兔月月，怀念住在榴园里看松鼠在树尖搬动松果的那份窃喜悠然。那是一个很老很老的院子，住着参天的古树和全市曾经最有权威如今全部白发苍苍的老人。只是，树日复一日的茂盛，人却渐渐稀落下来。

杨姝的外婆是十几年前就认识了的，因为杨姝那个特别的孩子。她因幼年时的一场高烧而变成智障，她父亲就疏离了那个家，她由外公外婆带大，很是费了两位老人的心血。机缘巧合，我教了她，而她又极喜欢我这个老师，她的外婆对我感激有加。十几年后我住进院子，她遇到我，不知道有多么欢喜，自然对我多了许多照顾。送各种现做的吃食不说，因她负责"关心下一代"工作，还常常让我参加她单位的各种离退休干部和家属孩子们的活动，给我拉点小小收入。她没有想到的是，与孩子和老人相处，于我的益处远远不止于此，孩子天真无邪，未受污染，原是这个世界的天使，老人经历世事，看懂一切，每一根白发里都写着智慧。

租房对门住的是一对年逾八十的老年夫妇，常常请我帮忙开电视调台。老太太清醒一点，可以照顾老头，老头走路震震颤颤，说话也不太利索，唯一的需求就是看电视。他们自己在围墙边挖了一小块地种菜，常常送菜给我。很少见儿女来探望，除非老头住院。有一段时间老头生病，被扶下楼后，我以为会是永别，谁知一个多月后他又颤颤巍巍回来，继续请我帮他调电视。不知道后来租进去的可还愿意为他们做这简单的事，也许，老人早已永远离开了吧？

前栋楼的地下室里住着一位拾荒的老人，他将院子废弃的花圃开辟成他的破烂场，那破烂场估计是全市同行中最奢华的，坐拥宽阔，还可享受四季花香。花圃有张圆形铁栅栏门，推开进去，一片荒芜，当年华贵的花盆分明还在，只是瓷盆被泥水包裹得失了本来面目，而塑料盆则在长年雨水的冲刷下褪了色，乍看之下，徒添苍凉。因就在楼下，日日相见，我总是笑着和老人打招呼，老人大概觉得我是唯一尊重他的工作的人，每每要将园子里虽无人管理仍顽强存活的矮脚松或其他名贵花木送与我，我只能婉谢他的好意，他不知我心中的慎独，难道我自己不知？

在那两年等待新居的光阴里，我开始懂得享受尚年轻的生命赋予我的敏感多情，知道无拘无束无碍的暮年可贵，工作与不工作，都只是形式，闲适的人生，并不与现实的忙碌相矛盾。

四

三个月的装修三个月的空房之后，终于再次拥有了属于自己的巢穴。这房子的每一个细节都是海精心设计，他坚持过一种独属于自己的"贵族化"的生活，对于他而言，精神应该有与它相符的寓所，繁华或者寂静，各自选择，各得其所。

楼有十八层，每家客厅阳台外面都装了晾衣架，天晴时，住户们在架子上晒被子衣物，总是有被风吹落的时候。一楼住户有一个一百多平米的露天阳台，他们在上面搭了一个巨大的玻璃顶，如此一来，每次掉落的东西都会落到他家玻璃顶上，而他们也只能承受来自各个楼层的人的敲门声，并搭梯子爬上屋顶捡东西。

看起来这是一件不那么令人喜欢的事，然而，每次门后都是一张温和的笑脸。这家是三世同堂，大阳台外面总晒着许多婴儿衣物，退休在家的老人做的饭菜也总能透过门缝漏出香味，令人垂涎。男主人特别热情，你还是一副很惭愧的眼神表示抱歉，他就已经搬着梯子爬上屋顶了。他爬上去捡东西的那得意样，总让我不由联想，莫非屋顶上有别样的风景？

楼下住着一对中年夫妇，孩子上高中，女主人看上去却显得颇年轻。在电梯里遇到，彼此间只是微笑点头，客套寒暄。她不知什么时候存了海的联系方式，有次儿子犯了错，我生气责骂，声音惊动了她，她就打电话让海提醒我吵着她了，有时儿子在家不小心拍了篮球，她就电话通知海要孩子马上停止，有时家里来了学生搬动椅子，她也会电话通知海。我有些愤愤，有人住的地方，怎能没有声响？

这一单元还住着两位极美的老太太，有一位是与她先生住的小户型，那是他们在海外的儿子送给他们的。我第一次见她是在那棵百年金桂下，她围着一条绣着孔雀尾羽花色的围巾，穿着一件素净白呢外套，身材娇小，皮肤白皙光滑，白发如银，笑容温煦，眉眼唇角还依稀见得到年轻时的风采。她一直挽着高大魁梧的先生的手，那种不离不弃的恩爱，叫人无法不为之动容。我默默跟着她走了一段，见她与我走进同一电梯，才知原来是邻居，忍不住赞叹，您太美了！老太太很平静地笑笑，老了啊！那语气里，既有受之无愧的坦然，也有时光流逝的无奈，更有历经世事的沧桑。

还有一位是因一辆做工极好的婴儿车而相识。还是在这栋楼的电梯里，老太太推着婴儿车，肩背笔直，眉目慈祥中含着一份英武果敢。她手里推的婴儿车，钢制骨架很粗，搭棚深紫色，帆布纹路密实，看上去非常有质感。我问老太太，这车哪儿有卖？老太太说，这是从德国带回来的，国内没有。我瞬间噤声。后来渐渐熟悉了，才知道原来老太太以前一直住在德国，孩子却在国内，儿媳有孕之后她才回国与家人生活在一起。她一生的故事，又怎可一一道尽？

隔壁是被租出了的房子，住户常换，有时是满屋子二十来岁的年轻人，有时是一个年轻的小家庭，进进出出，彼此之间门只有一米，心却相隔万重；对门是一户三口之家，只偶尔打开门，看到餐厅座椅，他们夫妇与我们相遇，从不打招呼，即使我试图与他们搭讪，也往往被他们的漠然神态堵回；还有一对刚结婚的夫妇，因是住着父母的大房，到这里的小户型安一个临时的家，后来女孩子怀孕，再后来，家里有了婴儿的啼哭……

楼上的楼上，楼下的楼下，渐渐地，面孔熟悉了，他们的生活也被我捕得一丝半隙的碎影，交汇成这个世界安静一隅里属于自己的悲欢离合。在其中，我常常被无穷广阔的空间里无数个家庭的故事冲击得鼻头发酸，也常生出生命渺小人生价值卑微的感叹。电影里常常有这样的镜头：从一个人的瞳孔到脸到全身到他所处的房间，镜头一直往外拉，拉到房外，楼外，市声之外，云层之外，人被淹没成一粒灰尘，不，连一粒灰尘也算不上。这是否就是所谓的价值？

我不知道。在这个还不算大的城市里，在这些属于个人的房子里，我们度过生命黄金时刻的分分秒秒，离去，归来，迎接衰老，将生命放空，再充实。所幸，这只是一个不算太大的城市，它让我们不至于抛入大海里不见踪影，变成碎屑而瞬间蒸发，所幸，陪伴我们抵抗虚无的，还有我们的房子。这个物质的寓所，给了我们牢牢贴近地面的力量，同时让我们的精神得以安全地飘在空中。

第五辑

应似飞鸿踏雪泥

冷锋之上

一

阳历八月的长安街，除了槐花细细碎碎一层层地往地上铺，银杏的叶子，一小把一小把明黄的伞，也翻滚着往行人脚边挤。近晚时，与暗下来的天色一道上场的，便是满街璀璨的灯火，商铺前更加卖命的吆喝，以及街市流水一般的繁华。人群拥挤，每张脸写着不同的表情，有的好奇地东张西望，有的麻木地跟随大流，有的挽着恋人而心不在焉，有的与朋友一起叽叽喳喳。

在这条全中国最热闹的步行街上，我被人群推着向前，完全失去了自我意识。某个瞬间，我突然抽身出来，躲在某家店铺的屋檐下，驻足往身后瞭望。于是，我看到了从未看到的奇景：平静的陌生人眼里的暗流汹涌，繁华热闹到极致之后的孤独冷清，无休无止像大海一般澎湃的欲望，以及幸福、悲伤、嫉妒、喜悦各种人间情味，真诚的牵手，虚与委蛇的微笑……在此之前，我也是其中之一，用我的被动展示我的顺从——我终究不过是茫茫尘世中随众翻滚的一分子罢了。

我就那样站着，也不知站了多久，直到人潮退去，街市渐渐疏朗。我收拾心情继续前行，长安街很短，想来很快就可以走完。但我想要找一家最寂静的店，享受一下热闹中的冷清，异地他乡的寂寞。求仁得仁，世间的事大抵如此。就这样，我一眼便看到了黑底金字的"张小泉刀具总店"，只觉刀锋上的冷气，嗖嗖破空而来。对，在这喧闹虚浮的人世中，这正是我最喜欢的气息，于是我一脚便迈过有点高的木门槛，走了进去。

店里光线很暗，暗到无法看清楚店主的脸，但玻璃柜台里摆放的刀，却出奇明亮，有些晃眼。我什么话也没说，便俯身于柜台上，隔着玻璃观赏起来。真美啊，这些刀，有切片刀、砍骨刀、剪刀、水果刀、解冻刀、尖刀，每一种刀又有各种不同的型号、大小、样式，摆满了柜台，像一个个冷面的将军，傲慢地睥睨着前来拜会的差役。刀的价格，使我看上去不就是一个差役，甚至连差役都不如吗？

店主一直默默地跟着我慢慢走慢慢观赏。对于这个在即将打烊时闯进店里的不速之客，店主显然并不愿意拿出清醒者的热情，他显得异常冷漠，也或许他天性如此，如同刀口上的冷光，锋利而精准，决不会在不必下刀的地方浪费时间。

面对这些刀，我感觉到内心涌动着一股不可遏止的热流，一种从未有过的占有的冲动，将我的眼睛擦得雪亮。我想起了家里那套十八子，那把瑞士军刀，还有那把绿壳的水果刀。日常生活中，谁能静下来仔细琢磨自己家的刀？刀不过就是用来切切菜、削削苹果之类而已，实在没有什么特殊的用途，磨刀也永远是男人的工作，那一声声永远在远处的"磨剪子，修菜刀"，沧桑着渐渐消失在岁月尽头。刀于我的生活是如此贴近而又如此遥远，如此真实而又如此神秘，最有力量又最无用，有一种高贵中的平和，平和里的嘶鸣。对于我，它实在太有魅力了，如果上飞机高铁之类不没收管制刀具，我真想背一把尖刀回去，做一回凛冽的刀客；如果水果刀稍微再便宜一点，我当然也可以考虑那把造型傲娇的檀木柄水果刀带回家。

最后，我一眼看中了那把指甲剪，招呼老板，隔着玻璃指下去，就这把，这把。我有点激动，老板依旧一脸淡漠地瞟我一眼，拿出了它。我将手放进两翼手柄间，手柄刚好可并排放我四根手指，钢铁冰冷，交叉的双锋间，有紧密而不涩滞的距离，凭手感，这也是剪刀片最好的距离。刀锋很短，前端极尖，两锋张开合上，发出细微的声响，是利刃的响声。

真是好刀，就是它了。

老板用牛皮纸包起来递给我，说，八十八。

真贵，一把指甲剪八十八。平时不过一块五而已。但我仍旧毫不犹豫地付了款。就是这样，在人海茫茫里，我遇到了这把剪刀，好像前生注定，从它开始铸造，就注定了会遇上我。至于一块经过锤炼的钢铁最终会到哪里去，至少我这一生是无法看到的。

二

从长安街出来的时候，天色更暗了，我将这把刀揣在兜里，像揣了一个巨大的秘密，上公交车，入地铁站，一刻不松手。在地铁上时，我忍不住小心翼翼地打开牛皮纸，仔细端详刀锋。并试了一下从指甲上顺过去。天，太好用了，刀锋与刀锋交叉，所向披靡，尤其最尖处也能交叉，故而指甲两边平时无法处理的地方，也能非常轻松地处理。我想起还有一片难搞的脚指甲，有点急不可耐，但终究忍住了。

剪完指甲，指腹轻轻地从刀面抹过去，将细小的脏物抹净。抚摸是对刀最温柔的亲近，它不伤人，人亦不惧它。此时，它的柔韧度，它的光洁度，它的锋利，它的坚决，展露无遗。剪指甲时，它是如此温柔、干脆，不带一点迟疑，它简直要屠宰了我，我的肉体，我的思想，我的魂灵，全被它俘虏。整整一个晚上，我的念头全是它，我用它试了除指甲之外的许多东西，一根木头，一撮纸，一个小线头，一块布，甚至，还有一颗螺丝钉的螺口，我还想用这试一下我衣服的袖口，但终究没有付诸行动。它无往不胜，让我总想到"削铁如泥"这个词。

多年以后，这把指甲剪在经历了许多双手许多片难以处理的指甲、许多眉毛和部分头发后，依旧锋利，但不知是儿子还是丈夫，可能是害怕其过于锋利，不动声色地折断了它的尖。虽然尖尖只有一点点，不使用完全看不出，但它的功用大不如前，关键处再也无法合拢、斩断，遗憾长长久久地留在那里。因此，我一直想找到"张小泉刀具总店"重新买一把，连续五年我重去长安街，却都怎么也再找不到这家店，刀集体失踪，更别说再买一把魂牵梦萦的刀了。

然而关于刀的故事从来不会停下，而且永远都会夹在现实生活与理想之中，用它的锋刃开辟出一条路来。生活泥沙俱下，在现实的凡俗中，刀无非是衣食住行的助力，如一柄小而锋长的裁衣刀，意味着一件有个性的衣服，或者一段值得回味的艳遇；一把片薄体窄的小刀，意味着一支削得极好的铅笔，或者一张写得非常规范的字；一把齿密发光的镰刀，意味着一丘被收割得只剩整齐稻茬的稻田，或者一碗清香扑鼻的大米饭；一把乌黑厚背的篾刀，意味着一锅炖得浓酽的大骨汤，或者几张过年时满足得放出油光的脸……

这不免又让人想起刀的血腥本质，那锋利的刀刃终究是伤人的利器，它只需与皮肤或骨头接触，便注定一场生死，这可不是轻松说笑便能绕过，否则在火车飞机上，它怎么会成被管制的对象？杨志当年失了生辰纲，走投无路，只能将家传宝刀当街叫卖。《水浒传》中我最喜欢的片段就是"杨志卖刀"，文字里虎虎有断金之声，特别是写这刀，吹毛断发，足见其利，因为"杀人不沾血"受到牛二的怀疑，而不得不借杨志之手，验证作为"宝刀"的神话，手起刀落之间，牛二的魂断刀下，一两秒内，怕不是神经都还没反应过来，可以继续思考。这锋，该是多少精钢铸造。

武侠小说里，金庸喜剑，古龙偏爱刀。金庸是儒士，讲究的是风度，古龙是浪子，讲究的是深情。无论是李寻欢还是傅红雪，无论是飞刀还是圆月弯刀，刀的锋，比剑更为直接，更为专注，也更为有力。这是刀的特色，一面下去，斩金断铁，多一面完全多余。锋之冷，冷在孤独上，少了这一点，便少了其斩钉截铁只属于冷兵器时代的美感。

手握刀，无论是切片刀、砍骨刀还是剪刀，我都不由自主心生欢喜，这大概是一种掌控自己命运的欣喜？或许，又仅仅只是对金属的偏爱？我一直对于自己身为一个"柔弱"女性却莫名喜欢各种刀而迷惘不已，直到那些与刀有关的往昔，将生活划开一条又一条口子，让我看到它的冷漠、无情甚至狰狞，我才知道，刀的冷锋之上，是安全，是安慰，也是一种强大力量对另一种强大力量的控制。

三

那就从多年以前那个大雪纷飞的晚上说起吧。

那年隆冬的一个入夜时分，村子里还没有通电，一家人守着通红的火炉烤火说些东家西家的话，我坐在煤油灯下看小人书《三个臭皮匠顶个诸葛亮》。屋外寒风呼啸，大雪无声降落，冷风时不时钻进屋子，吹得玻璃罩下的火苗弹跳一下。忽然，"咚咚咚"，三声敲门声打破了这种令人昏昏欲睡的寂静，父亲母亲对视了一眼，异口同声问道，谁？

刀客，来借宿的。

父亲起身，抽开堂屋大门的门闩，一股风夹着雪，卷进来一个人，挑了丁零咣啷一个担子，往地上一放，反身将门关了，拍掉身上的雪，自顾自地说，今天做事做晚了，错过了宿头，只能在你们这里借一个晚上啦。他丝毫没有拘谨惭愧，仿佛我们是他八辈子的熟人。

这人说的是外乡话，我们使劲听，才算勉强听懂。母亲马上起身去倒了杯热气腾腾的茶递到那人手中，父亲则问道，是湘乡高处的吧，都差不多过年了，怎么还不回家去？

嗨，钱还没有赚够数，哪里敢回家？这不，正是要过年了，家家都要各种刀做事，正是可以多赚点的时候。现在哪怕是磨刀的，一天也不在少数。你家有火炉没？如果有，我就给你们打一把刀作为投宿的回报，如果没有，我给你把家里所有的刀都磨个遍。他嗓音洪亮，说话干脆，颇有几分豪侠味，这便是刀客没错了。早年乡间行走的刀客，并没有文字里描述的潇洒，相反，他们挑着担子，流浪四方，衣服上飘出一股油腻腻的味道，走到哪里天黑了，就在哪里投宿一晚。遇到灶台火热有风箱的人家，顺便借这家的火，锻造一把精钢的刀，作为投宿之回报。那时民风淳朴，哪怕刀是危险物，却很少有人视之为危险，它只不过是种种家什中不可或缺的一件，它是温暖的依靠，而非夺命的凶器。

父亲说，兄弟，不急，天黑了，也看不见。明天如果风雪太大，估计你也走不了，到时再磨也行。人在江湖上走，哪有不需要帮助的时候？住一晚不算什么的。

刀客嘿嘿露齿一笑。母亲早已在他们说话的时候，又端来了一盆热水到刀客面前。刀客接了，从担子里翻出自己的毛巾，抽了一把椅子，弯腰洗起脸来。他将毛巾敷在脸上，热气呼呼地飘了一屋。然后他将毛巾搓到后颈，再到前面胸口。很快，他就脱了鞋袜，泡起了脚。空气中有一股说不清楚的味道，类似欢乐，又类似恐怖。

父亲与刀客聊了起来，说些什么，小孩子也不懂，我便招了弟弟妹妹看他的担子。担子里有灰黑色的石头、铁皮、铁丝、锤子、乱七八糟不知名的东西，两侧挂了用布搭着，应该就是刀了。我问刀客，叔叔，可以拿掉布吗？母亲说，刀会伤人，不要看。刀客笑着说，看看可以，不要拿。我听这话，算是壮了胆，轻轻地揭开了布。这是我平生第一次看到那么多刀！在我的概念里，刀，就是家中厨房里那把时常生锈的菜刀，没有想到刀竟然可以有这许多的形状！更重要的是，这是完全不同于家中刀的刀，家里的刀，刀面是铁黑色，刃口上有一线白，这些刀面是白的，刃上是水光。一排刀，长短不一，形状各异，摆得整整齐齐，俨然有一种贵族姿态。我忍不住一一抚摸过去，那样冰冷，那样拒绝的姿态，太迷人了，这样的刀！那时我说不出为什么会惊叹，但心里一在想，原来刀也可以这样，原来刀也可以这样，那么，人是不是也可以和现在不一样。我问刀客，这些刀都是你打的？

刀客哈哈大笑，是的，你喜欢不？我朝他猛劲点头。为什么喜欢？我说，因为它们很好看，尤其刀口，灯这么小也能看到寒光闪闪，我喜欢。他笑意未尽，对着父亲说，你们家姑娘竟然爱刀，我倒是第一次见，不错不错，来，给我看看你的脸。我顺从地走到他身边，他一只手拉住我的手，另一只手拿起灯盏，放到我脸前，细细看了我一会儿，对母亲说，你家闺女能成事，好事坏事都能成，绝对不普通，只是要记住，这把刀也要磨，我刚刚进来时看你屋檐下有一块好磨刀石，她若出格，不要打她，让她跪在那块石头上，磨好了，将来会是把好刀，刀口锋利，不输男儿，磨不好，给你们把天捅个窟窿。

往事漫漶，后来刀客什么时候走的，给我家留没留刀，我早已记不清楚，然而，从他来后，我果然再也没有挨过打，只是屋檐下那快麻石，除了给我家磨刀，便是给我罚跪，直到家里建新房将其挪开，才解除这"刀客赐予的苦难"。

刀客是走江湖的人，要保命，多半有些不同寻常的本事，父母亲对这样的预言深信不疑，他说要让磨刀石磨刀也磨平你家女儿的棱角，这样至少可以给她保命，身为一把好刀，便绝非两面进攻的剑，还是藏起刀锋温柔点好，否则，伤人之时，必伤己，刀口一缺，便只能成一堆废铁。

多年以后当我处在孤注一掷的当口，父亲再次说起刀客当年的话。

四

　　"竹林七贤"之一的嵇康，除了会写诗弹琴，还能打得一手好铁，锻得一手好刀。据传，嵇康房前有一条水沟，水沟边有一棵柳树，这树每到春夏之交，便枝叶繁翠，他就在这棵柳树下打铁。遥想当年图景，俨然一幅天然画卷：绿树浓荫，清流环绕，炉中炭火炽热，美男子兼大才子嵇康舞动锻锤，叮叮当当，火花飞溅……给他拉下手鼓风的是那个同为"竹林七贤"的向秀。每得好刀一把，两人便要对其淬酒，使刀锋更为锋利而有韧性。

　　这便是魏晋风度了，这风度中少不了一段关于刀的传说。

　　这便是关于铸刀最美的传说——两把刀用自己的刀刃在铸刀。至刚易折的道理，他们打铁的时候自然是深知的，因此千锤百炼，反复淬火，得一把好刀，便欣喜万分，寒光闪动之下，那种喜悦不会比写得一手好文章差。然而，锻造自己，却终究欠了火候，就连举荐他当官的山涛也因此而被拉进历史背了一身的骂名。嵇康是弹着《广陵散》走了，宝刀已断，谁复可铸？锋芒过盛，伤人伤己的道理，在本身的一把好刀那里，岂有不懂之理？然而，无论能保存多久的好刀，终究还是会在岁月里掩去锋芒，成为一把钝刀，与其如此，轰轰烈烈地斩杀过，断裂过，也许才是一把真正的好刀想要的宿命。

　　宝刀尚且如此，一把农家普通的菜刀，更如此，无所顾忌，一往无前。是刀，就注定用脊背的宽厚，承受锋刃的果敢与无情。爱过，恨过，融合过，撕裂过，然后得披荆斩棘的孤勇，踏马蛮荒的力量。一把刀寒冷刺骨的锋芒之上，闪动的是往昔水与火纠缠的痛楚欢欣、淬过之后的冷峻，也是凌厉狠绝的薄情。

　　"薄情寡幸"，是我最喜欢的一个词，我从来认为，非曾深情者，不能得薄情之精髓，顶多只能算无情。无情是零，是空洞，如锻刀而无钢，话之无益。薄情何由？因深情被辜负？或者辜负深情？或因孤注一掷，终究两手空空而归？近些年来，一些曾被埋葬的过往，莫名地重现脑海，包括当时的声音，气味，话语，泪水，笑靥，纤毫毕现。当年那个困窘之时寻求救助的小姑娘，便是被生活掷进火炉的一块生铁吧？是谁最先举起锤子？

那些阴暗寒冷的时刻，第一份疑似爱情的东西，在天空阴沉大雪纷飞的日子里如期而至。我拿出全部勇气迎接第一锤，这一锤下去，火花飞溅，痛彻骨髓，却也锻出了锋上第一缕韧。那时生活何其艰难，如同深陷雪地，两颊寒风如刀割，寸步难行。一个少女的咬牙坚持，并没有别人口中对未来的信心，有的仅仅是翻越当下的直觉。路难走，却不能停下，一双温暖有力的大手自然容易成为依靠，或成为与爱有关的假想。

不得不承认，年少的我被莎士比亚"永不凋谢的玫瑰"蛊惑了，被冬天里最旺的炉火上那张笑着的深情的脸蛊惑了，或者，我被在适当的时间出现的适当的情意蛊惑了。我投入了火中，奋不顾身。这无疑很顺利地帮我解决了当下的困境，经济，或者可触可知的稳当的未来，成为他背后的女人的选择，每天的全部都是等待他归来那一刻的欢欣。注定锋利的灵魂，却要活成一个影子，而不是一把明晃晃的刀，是这段感情可以想见的结局。

然而，除了刀本身，谁也无法把一把刀和一团黑乎乎的影子割裂。当我陡然回首，我审视自身，对自己产生怀疑，这爱，或许只是我为自己解决棘手问题找的一个借口，是我利用自己的青春下的一个赌注，爱并不是爱，爱是桥梁，是手段，是连自己也骗过去的谎言，以此弥补美好温柔表象背后的巨大空洞。脆弱的人生经不起推究，经过省察的人生何其残酷！

于是，一次又一次，痛彻心扉的割裂开始了。我不断地决定离开，又反复被召回，然后是夏日月光明亮的深夜，孤坐野外时，听虫鸣蛙唱，举起明晃晃的小刀，对着手腕的犹豫。割裂是痛的，这痛，不该由肌肤承受。当我终于想清楚这一切，我需要一个足够让自己离开的理由，不是你不够好，只是我，想要回我原本的锋利，那是属于我的光，是我的刚，也是我的柔。没有了它，我不是我。

那一晚，我躲进别人的房中，从窗户往上看那曾经温柔之所，任由他等我到天明，任由他怀疑我的心另有所属，任由家人担忧寻觅。直到他留下绝望的字条离去，我知道，我还原了我的刃，哪怕从此背上薄情之名。

我要的，从来只是我自己，就像嵇康锻铁一般，我把自己放在烈火里烧，冷水里淬，我要的，无非这样凛冽的自己。

五.

刀锋清冷，利刃外露，刀背厚实，可以藏拙。那个夏天，薄情带来的伤害把别人割得遍体鳞伤，也伤到自己，太薄的刀边易卷，卷了需要重新锤打，磨砺，我用刀背面人，处处皆是掣肘，却也能借平庸弱小自保。从那时起，我开始懂得所有伤口终究会愈合，时间会抚平疤痕，如同风过水面，当时层层涟漪，万千荡漾，最终依旧会恢复水平如镜，就像这池水从未被打碎过。

没有什么比投入一项事业更能让人忘却过往的了，为了节省开支，我租了一处鱼龙混杂之地的一间小阁楼，重新开始。炎炎夏日，小巷车来车往，嘈杂不堪，三教九流，都来楼下小卖部买烟和日用品，直到晚上八九点才清静下来，渐渐地有人摇着蒲扇聊起市井见闻，凶杀艳遇，高谈阔论，无所顾忌，声音破窗而至，扰人清静。其中一个高大肥硕的中年男子，每晚九点准时搬凳子坐在前坪，一堆人闲来无事，便来听他每日说的赌博见闻，今日赢三十万，明日输四十万，都是谈笑间可使风云变色的大人物，赌桌上却是一般无二的赌徒而已。

天气燥热，风扇不停，仍止不住汗，反使人脑袋嗡嗡。我便推窗瞭望，满眼是破旧的街道、灰黑的烂楼、暧昧的灯光、飞扬的尘世，满耳是街巷种种俗而又俗的见闻。那时我已选择开始一项锻造自己也锻造他人的事业——教育。然而是无组织的，全凭直觉，因为初生牛犊，所以无所畏惧。但也因为无所畏惧，才更加茫然无措，行止不知所归。那时并未想过要坚持一生，不过是谋生的本领，外加一点骨子里的执着。因此，每日白天给招的一批学生上课，晚上便要批阅文章，详批十分耗费心力，非静无法完善。但这样的见闻行止又十分吸引着我，使我要直到十一点才能安静下来开始工作。

而凌晨四点，窄小的阁楼上灯又要亮起，割裂的疼痛，无辜追问的脸庞使我哪怕在梦里也无法驱除，索性起来编书。如同好刀的刀口要用上好的钢，而千铁易得，一钢难求，年少时不经意的努力，竟为自己觅得好钢，这是用一种痛代替另一种痛后，意想不到的收获。

就是全凭着自己的写作经验，手写编撰的写作书，使我从知识储备上完成了从一个稚嫩的大学生到一个稚嫩的老师的转型。后来我定义自己，所谓薄情，不过是因为在"情"上，我所投入的期待并不如一个正常女子多，而在使自己成为自己的问题上，我更愿意加大拉风箱之手的力度，火大才能将铁烧红烧软变韧呀！

然而用一把锤子去锻造一把刀，或者用一把刀去锻造另一把刀，并非易事。时不时地，我会怀疑自己，甚至想放弃自己。只有参与了教育这一个过程，走到底处，你才能真正明白，所谓的人性本恶，或者说，青年也是会变虫豸的，或真有其事。当初怀着美好的初衷，满心以为挥下汗水就一定能收获粮食，但往往事与愿违，竹篮打水一场空算是比较美好的结果，收获一篮子烂泥，糊自己一脸，痛彻心扉后依旧要无奈前行，才是人生最大的败笔。

不记得谁说过，教育者手握雕刻刀，一刀下去，刀法如果用得不对，则万像俱毁，刀法如果用得对，则画龙点睛。从某种意义上来说，我更喜欢这个角色定位。有情而无情，一面是锋刃，一面是刀背，我有得选。

六

一把刀锤到七分火候了，还差三分，这三分由宿命来定。人的一生中，什么是属于宿命的呢？唯有婚姻，这使人孤注一掷的选择，生来就带着冒险和机遇。

在人海之中，没有早一步，也没有晚一步，就这个人，刚刚好。真是足够浪漫深情的话，但是，谁知道这"刚刚好"只是开始？谁又知道，这"刚刚好"里藏了多少未知的危险，无法拒绝的苦痛？遇得对了，是幸运，所以百炼钢也化成绕指柔，遇得不对，或许也不算不幸，毕竟，还有三分火候在等着呢，终究是要炼出一把好刀的。

如果真加上一场不至于损坏根基使人一拍两散的婚外恋，把日子剪得残破不堪齿边不齐，然后将人扔回炉中再炼一番，那么，这最后一炉最烈的火，必将完成属于一把刀的圆满。

那些日子，他每日鬼鬼祟祟，提前坐在车子里看手机，找各种借口，待在车库里慢一拍回家，毫无缘由地冷淡，不可理喻地挑剔，使懵然无知每日依旧看书写字、加班编书、高强度工作的我，起疑过，却也相信自己曾经的眼光。或者说，时间久了，麻痹的神经使人舒适，便不愿意走出舒适区了。

然而那天回家，他点燃一根香，放了点轻音乐，忽然对我说，我爱上别人了。

我只觉这话语极为好笑，何以轻易言说爱情？对于我而言，爱情如同诗歌，神圣干净，不可亵渎。但我看他一本正经的表情，便知所言非虚。那么，是要怎样呢？离婚？或者，把属于我们的过往一笔勾销？我想知道究竟。

彻夜未眠。以为不会难过，以为毫不在乎，然而在日积月累的陪伴中，终究让他长成了自己身体的一部分，要割舍，竟是这般痛楚。尽管言至于此，我还是不甘心，我要知道事情的来龙去脉，为何我还在这里等你，你却要先行离开？这看似一个关于爱的执念，实则是一种对尊严的维护。

守卫自我的尊严，守卫婚姻的尊严，我不接受突如其来的伤害。一夜流泪，得到的不过是毫不在乎的酣眠，我却还是要真相。我跟着他，要看他与她的对话，我要把自己伤透，不留余地，唯其如此，我才能确知自己的选择到底为了什么。

手机开机了，她用最亲密无间的口吻称呼他，问他，怎么不回我？是因为她又跟你吵了吗？

关心的话语里，隐藏着他们平日对话时他对我的诋毁。果然如此，每一个寻找安慰的男人，都会在不知情的女人面前，宣扬自己的可怜，而无知的女人啊，忘了自己曾有的处境，自以为高尚地充当起了救世的圣母，她怎知这男人，能生活成她眼前的少年样，干净无尘，无忧无虑，只不过是那个被他诋毁的女人为他遮了世界的风雨，担了一肩的风霜。

我提起电脑跑出来，头脑一片空白，心中充满恨意。我想到了死，一头撞死在车子底下，便一了百了，不要再看到这人世的丑陋。世界空了，脚麻木了，泪水湿了又干干了又湿，我走到江边，走到格桑花盛开的河岸，走到没有温度的家。我开始写遗书，交代后事。当我写道，这些年，我所有存下的，全部给我的父亲，我的眼前浮现出父亲痛哭不止的脸。他幼年丧母，中年丧妻，命运不该如此苛待他，使其老年丧子。我还有孩子呢，孩子会恨我的骤然离去，他不会知道，生命中要承受的风雨，有时候可以摧垮一座最坚固的堡垒。我不能遂人心愿，我要那刀锋上的光芒重新闪烁。在孩子叛逆，工作繁忙的地狱般的几年里，我从未把自己的私人情感放在心上，倘若这也算是给我"薄情"的回报，那我就索性"薄情"一回吧！千回百转之后，我与对方通了电话。果然，是温柔从容的语声，更适合做男人的港湾，哪像我，终日奔波，尘土满面，惶惶不可终日，只让人心生压力。这是我自己选择要做的自己，他不爱也就不爱了吧。

痛苦的挣扎后，我竟也释然了。为了婚姻，也为了生活的惯性，我给他再次选择的机会，但我知道，爱，已经微乎其微了。有一句话，只有经历过的人才说得出：婚姻里没有爱情，才保得长久，夫妻最好的状态是战友，而非恋人。曾经我以为，我可以逃过这一劫，活得不同一点，谁知道，大抵世人都如此，我凡俗至此，岂有不同之理？

两个人最后在一起重要吗？世界上真有冰释前嫌这回事？经此大变，我算是完成了最后三分火候，从此，以刀背待人，是我的宽厚，以刀锋面人，是我的冷漠。

七

今年我又从家乡出发，去了一趟遥远的长安街，无论是在地图上，还是在现实的行走中，我都再也找不到这家老店了。我是多么怀念那个安静的店主，怀念那一排排闪着寒光各具形状的刀，我不过希望重新买一把趁手的指甲剪，完整且冰冷，让人自觉保持清醒的距离，我会保护好它，让它凌厉的刀尖不再被敲掉，这样，一把就够，为什么竟这么难呢？

在长安街，我邂逅了一个与我在文字上惺惺相惜的人，告诉他我关于刀的执念，请他帮我寻找那家店，我想，也许只是因为过于执着，这店才自行藏匿了起来，他或许能找到。他说，刀是什么？是分离的力量，是药，也是火。爱刀之人，必定轰轰烈烈活过一场，深深懂得，我们拿到手里的任何一把利刃，都经过了千锤百炼。刀要躲你，你便舍了吧，那样，你才能再次见到它。你看，上次你见到，是不是不经意之间？！

我微微一笑。谁说不是呢？在这世上，觅一把冷锋闪闪的刀，越来越难了，你看，这张小泉老店，终究是莫名其妙地消失了。

那就暂时把刀忘了，再看看其他老店吧，说不定有新的发现呀，你看，这里有个老邮局，在这个时代，可新鲜了，来来来，我们在这里合个影留个念，怎样？

当然当然。说话间，一阵风起，几片银杏的黄叶子翻滚到脚边，放目望去，人群瞬间安静下来，秋意一下子铺满了整条街。我们叫过一位路人，我笔直地站着，他也笔直站着，借着黑乎乎的夜色作背景，就那么呆呆地手臂挨着手臂，留下了我们的相遇，笑容，以及那一刻的心。

照片出来后，他发给我，说，看看身后的对联，真是巧合啊。

我在模糊的背景上隐约看见两竖排字，"南北通联知冷暖，水陆邮箱寄相思"。

躲在光阴里的猫

一

"喵呜，喵呜——"，声音轻而弱，断断续续，不像春天在屋顶上狂奔求偶的壮年猫叫春的那种急切与狂野，也不像撒娇的宠物猫那般矫揉造作。深夜，这个声音顽固地随风飘荡，打破夜的岑寂，把我从梦的香甜里叫醒。仔细听时，它又没有了，刚刚蒙眬睡着，它又响起来！我的脑海里出现一只不足月的小花猫，扑闪着水汪汪的眼看着我。少年时经历过的恐惧在我不经意间翻天覆地地再次侵袭了我。

那天晚上，一只大鸟的叫声划破长空，凄厉而阴冷，巨大而不安，从我的梦里叫到梦外。我猛地坐起，在叫声断掉的那些分秒里，我怀疑那只不过是一个黑色的噩梦。然而，叫声再次传来，清晰，声响巨大，令人毛骨悚然。学校集体宿舍是一间大教室，住了五六十个人，借着微弱的夜色，我看上下铺的同学，每一个人都睡得香甜，好像根本就没有这样的鸟存在。我不敢叫醒任何一个人，因为最可怕的不是那些别样的声音，而是恐惧本身。我很早就明白这样的道理。

我起身，在黑暗中摸索着爬下床，走出寝室，来到月亮底下。大鸟的叫声再次传来，阴森，坚冷，确切。我的胃开始痉挛，在毫无准备的情形下，我开始呕吐，恨不能把整个胃都吐出来。吐完后，我又抬头看挂在树梢的月亮，那晚的月亮很圆，很白，在西边孤零零地驻着，有些冷。我痴痴望着它，也不知过了多久，鸟不叫了，月亮也被云遮去了半边脸，我的胃好像回暖了些，我才回到床上，沉沉睡去。

天亮后，我先是悄悄起身去看我待着看月亮的地方，看看那里到底是否有我的呕吐物，以确定我不是在做梦。我发现呕吐过的地方还残存着明显的痕迹，它足以证明那一切都是真的。我问同学们，昨晚那只鸟叫得那么大声，你们没有一个人听见？没有一个人理我，她们不喜欢我神经质的询问，就像我平时总喜欢给她们讲一些在我看来真实存在而对于她们是天方夜谭的事情时一样。然而，那只鸟的叫声那么大，怎么可能没人听见？

许多年过去，我常常会想起那个晚上，一想起，满满的恐惧就会出重拳袭击我。我期待又害怕再次听见那只鸟叫，但是，它没有再叫过了。深夜听到猫叫声时，我直观地感觉，是那只鸟化成了猫，光阴流逝，带走了一些不相干的东西，但却并没有改变核心，岁月使我强大，也使那些曾经强大的，变得弱小。

我推了推身边人，他翻声闷闷一声，干吗？听，一只小猫在不停地叫啊！他说，没有啦，根本没有声音，你过敏了。我拖他坐起来听，他不耐烦，说，没有，绝对没有。转过去又睡着了。那声音还在，时断时续。我想去草丛中找到它，抱起它，就像抱起我失散多年的爱侣。

二

为什么我会再次听见这样的叫声？这叫声是真的存在还是真如别人所说只是我的幻听？

第二天下午，我窝在藤条编成的吊篮里，享受午后悠闲的光阴。蒙眬欲睡之际，"喵呜——喵呜——"，弱弱的猫叫声再次冲击我的耳膜。窗外市声喧嚣，路边人声和车声嘈杂，我不相信自己的耳朵可以准确地找到如此细微的动静，并穿透大片的热闹，将它钉在某片叶子底下。但是，那声音虽弱，却清晰，温柔，破空而来，使我无法忽视它在我脑海里构成的画面。

终究，许多年沉寂，躲在光阴深处的那只猫，还是来了。如果这声音真的存在，那么，这只小猫一定是在向我呼救，我不能再坐视不管了。交代了一声，顾不上他诧异的目光，我便跑下楼去，在一大丛四季青中寻找，然后，我又翻遍草地，树木和盛开的长刺的玫瑰花，猫的叫声忽东忽西，仿佛故意和我躲迷藏，这使我根本无法找到猫的影子。我像发了疯一样一寸一寸地寻觅，非要找到它不可。我已经不是那个晚上任由大鸟侵袭只能使劲呕吐的女孩了，如果一个求助的生命得不到我的垂青，我将无法原谅自己。

这时，我看到人工移植的草皮底下，蚯蚓缓缓蠕动，试图突破土层呼吸一口新鲜空气，一些不知名的小飞虫落在玫瑰花瓣上，吮吸着香甜的汁液，长刺的大茎花朵绿色叶片上的倒刺挂着我袖口上的细纱，隐隐发出鬼魅的笑声。猫继续叫着，一声长，一声短，声音时断时续，但根本不见踪影。

"喵呜——喵呜——"，那微弱的声音慢慢地变得有些冷，仿佛在嘲笑我的无能，又似乎变成了啜泣，诉说着自己的可怜。眼前出现小猫死去的僵硬之态，还有那双哀怨的眼睛里透出的悲凉，我再次陷入极度的恐惧之中，许多令人无能为力的往事直扑扑钻到脑海里来，比如雪夜里温暖的拥抱渐渐松开，某本日记的锁再也无法打开，比如容颜在流逝的光阴里无可避免地苍老，依旧浓稠的情意只能面对永生的分离，比如长夜无果的等待后在门缝里留下的字条，以及他人床上颠倒黑夜与白昼的温柔。直到夕阳拉长万物的影子，将草地镀上一层金光，直到站在楼上俯视我的那个人猛地叫我一声，喂，回家啦，没有猫！周围窃窃发出的声响才猛地一齐收回去，大地一片寂静。

胃里翻滚着一种灼热的气息，我又想吐了，这次，不仅要吐出胃里所有残存的食物，我还想把心和肺全部吐出来。我使劲回忆高中时我听见大鸟叫声的那天，到底发生了什么，或许它是解开我听见猫叫之谜的唯一钥匙。

三

记忆一片模糊。除非童年，我不喜欢回忆过往，渐渐地，那些希望忘记的事，真的就如风飘散似雪消融了，以至于当我想要追究时，根本找不着依据。

近些年，电影开始流行对青春的怀旧，无论是《那些年我们追过的女孩》还是《致青春》或者《左耳》，全是从高中到大学时代的事，对于我而言，那是遥远而陌生的，我似乎从未经历过青春。一个姿色平平、家庭贫困、乏善可陈的女孩有什么青春可言呢？即便有，也被自己死死捂住。

青春绽放，眼波也渐渐有些激滟，有时候我拿着小镜子偷偷地照，也会被自己的眼睛吓住，那目光是多么清澈而又灼热啊！多年以后，一个夕阳西下的黄昏，他对我说，别动，让我再看看你的眼睛，它在黄昏的阳光中格外美！他便成了一生一世相伴的那个人。

那么，眼波潋滟时，第一个看到它美的人在哪里？或者，这眼波投向的那个人在哪里？曾经有过这样的人吗？空白的过往彰显单调的平庸。唯一可以确定的是，有人帮我确定了这样的一个人，并且他的存在似乎妨碍了他人的流畅表述，各种险恶的言语流箭般向我射来。为了保护自己，我穿上了厚厚的盔甲。莫非，听到大鸟叫声的那一晚，是我穿上盔甲的时刻？一定是的。

中间经历兜兜转转，那情爱的镜花水月一一历过，想来想去，人间的欢爱，不过如此，也就渐渐看淡。时间是最好的利器，分割，重合，终将一切挫骨扬灰，区区一副盔甲，又算什么？因为有一段阳光明媚的情意，有一个情意笃定的爱人，这副盔甲终于还是卸下了。在他躺在火车上流着泪给我发信息，告诉我他是如何以一生相托付，请我即便把目光投向他人，也一定不要离开他的委曲求全中，我开始懂得，爱是连尊严都可以击溃的东西。从此以后，在我这样的人心里，还能存下什么，留恋什么呢？绚烂归于平静，谁又想过仍会涌起万顷波涛？

那么，在这样的日渐淡泊宁静的时光里，这突来的猫叫声，是否预示着什么？

可以确定，站在夕阳之中，我真的又想吐了，并且，我想把整颗心都吐出来。

四

或许，只是因为有些决定要做？

最近，我一直在画钢笔画，有时候一天一幅，有时候一天几幅，这些画，从南到北，从童年到现实，都有，不变的是牵着手的两个人，或父女，或爱人。钢笔画于我这个从来没有提过画笔的人而言，不是一件容易的事，但我选择了它。我说不出为什么喜欢钢笔画甚于其他，只是因为一看到它干净简洁的黑白线条，便确定它契合了我需要表达的本意——有些情绪，文字不能表达，而画面则可以传述。生活中出现或没有出现的场景，一旦在钢笔不可更改的线条下浮现，它一笔一画的安排，无不体现着人内在的渴望。我知道，它比文字更直观但又更隐晦，它通过空白处的安排窥视我的内心。我并不躲避，相反，我在这里悠游自如。画与自我相互抚慰，这是之前根本没有想到的事。

听见猫叫声，是在画画之后的第四个晚上。我回过头去翻看画册，被自己惊呆了！画面里炽烈的情感全部倾注在一个虚构的人物身上。我又回想起近来常做的梦，竟然是全然陌生却心心相印的白衣少年陪我走过山山水水，梦中的海天，开阔而湛蓝，天地间隔着一条似乎永远也走不完的大堤，空气明净，画面干净，被牵着手的我，心情笃定，平静欢喜。

平等的灵魂相吸，彼此懂得，互相安慰，我们关于爱的梦想，素来不过如此。在梦中实现过的东西，在现实里又何尝不是正实现着呢？面对世界，我向来强大，想求得的，会自己去拿，不想要的，必定果断丢开，即便如此，莫非真还有什么凛冽的东西可以刮开那些已经紧闭了的门和窗？

我想，我在等待离开。一个事物，我们为之付出全部的感情，最后只能选择丢弃，谁会甘心？在爱的世界里，习惯是最可怕的东西，有时候我们恐惧离开，无法接受丢弃之后不可预知的生活，只不过是因为我们以为自己已经付出全部，已经无力尝试新的一切。相爱的时候，会希望地球停止转动，岁月不再流逝，会觉得全世界最真最深的情意，不会超过自己，而只有那个用嘴巴喂自己糖果的人才是归宿。事实上，离开之后，新的旅途，会有新的惊喜。为了使离开的态度更为决绝，我曾经做过最果断的事，是躲进某一个陌生男子的屋子里，看寻找自己的那个人房子里一夜不灭的灯怎样绝望地在天亮之前发出无声的叹息，回家捡起他塞进门缝的信，看到信中的误会与决定咬牙哭泣，然后与那个我决意离开的人永远告别。不给自己力量，有些事情，是无法做下来的。

存在于光阴深处的那只猫，一直磨着尖利的爪子，半眯着眼，只露出指针一样的瞳孔，伺机而发。我凛然明白，生活，或者爱，无论继不继续，都得先有勇气。

五

这个春天雨一直下，一直下到了夏天，下得人的心里起了霉，白的长毛长了一心一口。

时间是最坏的东西，也是最好的东西。现在我知道，我失去了勇气，那只大鸟又来找我了，它被我佯装的强大逼到角落，变成了一只猫。

动物中我最讨厌的是猫，它们爪子锋利，目光深邃且变幻莫测，春天求偶的声音凄恻尖厉，喜欢弓着身子走路，落地轻巧，靠近人时，无声无息，扑向物时，迅猛准确，它们喜欢和人腻在一起，表现出无边的温柔缱绻，却又不让人主动靠近自己，一旦靠近便迅速逃离——猫身上的一切都给人一种无法言说的惊悚感、神秘感，这使我害怕它，又忍不住爱怜它。

在某一场恋爱中，我被说成一只猫，仅仅只因为我的爪子容易伤人，而我温柔的呼吸可以使人沉醉。这令我惊讶不已，一个最讨厌猫的人，偏偏自己也变成了一只猫？这真是不可思议之事。可是，听见这只猫细弱的叫声，我还是追了出去，我想去救那只濒危的猫。但它的声音渐渐弱下去，或许，它要死了。

然而，我还是找不到它。我又想吐了，吐出我的胃、我的心和我的肺。

在往事的反复纠缠中，甜蜜与苦涩搅拌在一起，使人分不清往昔与现实的变化自哪天始，也不知道怎样收拾一场被自己抓得七零八落的情事。但忘记，在时间开始之处已经开始，必然的必然。就算它派一只猫来，难道我真的非得每晚听它凄恻的叫声？

或许某天，一直躲在光阴里的这只猫，又该变成一只更小的鸟，或许，它从此就闭上它的嘴？

盲铃声声

一

陆小凤睿智、李寻欢深情、傅红雪凌厉、西门吹雪冷峻……在古龙的笔下，男子性情千人千面，一点也不比女子单薄，相反，他们丰富得让人眼花缭乱，使人印象之深，恐怕难有文学作品可以企及。然而，那么多的人加起来，都不及花满楼的敏捷温柔使人为之着迷，在年少及之后的岁月里，我一直以他为标准去看每一个人，凡与他相似者，几乎都能拨动我的心弦。

但花满楼是一个瞎子，实实在在一丝光明都见不到的瞎子。

这么说是不是有些不恭？可他的确全盲。"瞎子"这个词有眼明之人居高临下的态度在，也有对盲者没来由的轻鄙。词语制造者图口舌之快，哪里能设身处地体会漆黑一团的世界，那种绝望，除非亲历不能感受，且盲并非他们自己的过错所致，这样的歧视未免有失公平。所幸他只是青光眼，眼窝没有深陷，眼珠也还在，不会影响美观，更重要的是，上帝剥夺了他的光明，便给了他极为敏锐的听觉，也不知是什么样的经历，使得他性情极善，十分爱花，能听见花开的声音，由此而盛赞世界的美好。因此他衣着朴素，态度恬静，对一切都不卑不亢，永远都对生命充满了信心和爱心，沉静而热情。凡他所到之所，阳光便迅速驱走阴影。

我为他着迷，当然不仅仅是这些，而是一个正常人尚且会埋怨生活种种遭际，他怎么可以做到，把看不见的世界全部装在心里，从不埋怨上天的不公，而是永远充满着热爱？

与双眼明亮的人相比，他的眼睛似乎更亮，更美。一个人最可怕的，不是看不见，而是看不到。他虽失明，心却无比明亮自由，并且永不放弃对光明的表述。在双目如烛的人这里，我们眼看着春花谢了，秋月圆了，眼看着雪花飘飞洁白如天使，夏霞时起艳美如火焰，我们看到或者美丽或者丑陋的面孔，感受所爱之人的深情目光——可有谁会觉得这一切有什么了不得的？谁能仔细数出其中的种种美好？没有，因为光明，与生俱来，确乎无须珍惜。从来没有人想过，眼前的光明，是否就是实际的光明。

想到这些时，耳边总是响起过去岁月里一声声悠长的铃声，那是盲者用来试路与招揽抽签算命之类生意的必修课。他们无一例外地一手拿着一根被抓得光溜溜的小竹棍，边行走，边左右两边不停地敲击探路，另一手拿着盲铃，边摇边高声呐喊："算命啦，算不准不要钱啊！"两眼空洞，表情却平静且幸福。更令人感到不可思议的是，几乎所有的盲人都很干净，整齐，喜欢微笑。

也许，最黑暗的地方，正是离光明最近的地方？

二

大概在我四五岁时，家里常来两个很奇怪的盲人，他们是过去岁月与当下的一条不着痕迹的连接纽带，把我们带到遥远而神秘的历史中，又拖回残酷冰冷的现实，既是过去岁月的见证者，也是未来生活的预言家。

一个叫王桂林，我父亲的远房伯父。他住在沅江城里，每次来我家，总是在六月至九月之间的那些清晨出发，步行将近十里小路，越过一个渡口，穿过一片树林，一路摸索，到太阳在房檐下留的影子变短后又变长时，出现在我家禾场里。他一来，祖父必定十分欢喜，把他引到我家灶屋那扇被烟熏得很黑的门边坐下，母亲恭恭敬敬地端上一杯平时舍不得喝的新鲜茶。王桂林坐定后，抖抖索索地从右边衬衣口袋里摸出一个小纸盒，翻开盖，掏出些浅红的姜丝，放进嘴里，津津有味地嚼，看得人流口水。有一次他掏出一盒递给母亲，示意给我，我如获至宝地掀开纸盒盖子，谁知一股霉味冲鼻而来，我忙不迭地递还给母亲，从此不再期待这个王桂林的零食，只期待他似乎永远也用不完的热情和永远也讲不完的关于我那遥远而神秘的曾祖父的故事。而他的那些姜丝，被母亲洗干净，在太阳下曝晒一日，不知最终被谁当作美味吃完了。

嚼着姜丝的王桂林，目光死死朝着一个方向，翕动嘴唇准备说话——他两眼生得周正，但不能聚光，随着老去，渐渐地眼球混浊。由于瘦得厉害，他两边脸颊深深地凹陷，使他整张脸看上去十分阴森。吃饭时，他伸出筷子，茫然地往碗与碗之间的空隙张开口子。父亲微微叹口气，说，我来给你夹。他的眼就猛地一红，大声说，我从前是看得见的！父亲为了缓和气氛，说，肉藏在菜下面，你未必也看得见？他便不说话了，顺从地收回筷子，左手端起碗送到嘴边，右手扒饭，动作娴熟，显然不是一天两天的盲了。父亲又说，您太厉害了，我们要是到晚上吃饭不点灯，也是要把菜送到鼻子里的！王桂林便会意地笑起来，黑瘦的脸上，皱纹与皱纹间能夹死一只蚊子。

每次他来，我都能隐约从他们的谈话里感受到某种不能描述的激愤，似乎是对不公命运的反抗，又似乎是对他们共同长辈的自豪。做农民的父亲和做教师的伯父坐在他的对面，身份不明的祖父和他并排坐着，抚着花白的山羊胡子，听他侃侃而谈。他说话时，眼珠子一动不动，唇边有白沫泛起沾到他的胡须上，他的头在因每一次的激动颤抖。父亲和伯父不时地点头，似乎随时都会站起来，冲到某个他们正在说着的地点上去，祖父则不置一词意味深长地微笑。他们在商量某个不可告人的秘密行动，时而叹息，时而捶胸顿足，时而满怀希望。我从他们的膝盖边走过来走过去，偷听了一些言语，也会随之而兴奋很久。

他们是要为我的曾祖父申冤。王桂林言之凿凿地说，王××，你们知道的吧！广州起义，与孙中山一起干革命的！现在竟然没人知道他！这是不公平的！你们快快写下来，不然等我死了，就没人能证明王××是英雄。

王桂林说得捶胸顿足，恨意浮起在无法用眼睛传达的脸上，大声说，糊涂呀！情绪久久不能平息，一屋子的人也就都沉默而悔恨。

确切地说，多年以后，我抚摸着自己手背上的血管，感受到滚滚流动的血液里有一种说不清道不明的英雄气概，做事时，颇有些天不怕地不怕的胆魄与气度，与王桂林来的那些下午是分不开的。

三

另一位盲人叫丁六禾，是我母亲的舅舅，我们叫他六舅外公。他的两眼是空的，没有眼球，先天性眼盲。他两边脸颊凹陷，脸色枯黄，相比于王桂林，他虽然模样更可怕，但笑容却多得多。他不怎么说那些家国的大事，而是喋喋不休地帮各种人算命。虽然他每次来给算命的人都一样，但是，大家仍然喜欢围着他听他说。神秘的未来，对于每一个人都是一种诱惑。他说话时，仰着面，似乎双眼看着天空。而他的语言，先多半是古诗类术语，对仗工整而且押韵的七言，我们报多少号签，他马上就能答出签的内容。他说话时，拉长着腔，总有几分故意地显出他的博学多才。这既是他被人相信之处，也是他令人恐惧之处——一个看不见目下却看得见未来的人，那阴阳怪气的语调，多多少少显出些诡异，怎不叫人害怕？也是从他这里，我留下了盲人专门算命的印象。

他们两人无一例外地喜欢喝酒，基本上由我们夹菜。王桂林的牙齿掉了很多，脸颊两边瘪下去，说话也漏风，但他并不知道自己的模样，只是一味地说着当年的英勇……他一边说着，一边喝酒，喝得满脸通红。兴起时，就突然用筷子敲着桌子大唱："反动派，被打倒，帝国主义夹着尾巴逃走了……"唱着唱着猛地一丢筷子，大哭。妹妹被她一吓，猛哭起来，母亲看了，十分尴尬，只能捂住妹妹的嘴……

后来不知怎么的，王桂林莫名其妙地就没怎么来过了，再后来，生活中完全没了他的踪迹，就好像他从来都没出现过一样。有时候我想起来，就像做了一场梦，等到我长大，这个梦显出了它的诡谲。

有一天，吃着吃着姜，我忽然就想起了他。我问父亲，王桂林呢？怎么没见过了？父亲说，早死了。我忽然就明白了他的痛：一个从光明里走过的人，怎么能接受日复一日的黑暗呢？

至于六舅外公，倒是每年坚持来我家一次，直到我母亲过世，他都来哭过灵。

那天，远远地，他就狂哭而至，经人牵引，到我母亲的灵前，他哭诉，雪啊雪，我就算到你今年有一劫，我要是早告诉你，你也好做准备，躲过去啊……

从那以后，六舅外公也不复出现在我的生活中，但我竟常在梦里听见他走路时摇响的盲铃。

四

一个盲人的日常是什么样子的？至少从王桂林和丁六禾那里，我无法找到答案，在从前的书页里，盲人没有日常。我们永远无从知道他们拄着杖，东打西打，走乡串户之后，回到自己的家，他们的家是什么样子的，会不会脏乱不堪？会不会一片黑暗？当然，凡尘深处的人们，又怎么会关心一个比凡尘更卑微的生命呢？每一个人都要在这个世界寻找存在感，盲人行走在眼睛明亮的人的世界，日出而作，日落而息，完全只是顺应着依赖光线的人的生活规律，与此同时，他们活着，被眼睛明亮的人观察，同情，他们做一些事，体现出独特的价值，不过也是"我存在过"的一种宣言吧。

从前乡下一到雨天就是满地泥泞时，沅江新街的街面，有半房门高的青石板路湿漉漉的反射着天光，傍晚时分，盲人的竹棍敲打过去，"铿铿"地响着，盲铃一下一下地配合着竹杖触地的声音，整个一条街的木门都打开了，人们隔着雨帘，站在门口，仰看一对盲人夫妻相互搀扶着，沿着街道下水泥台阶，来到自家的屋檐下，有青铜圆锁的门"吱呀"一声被推开，他们收好雨伞，抖落一身雨溅出的微末，跨过高高的木门槛，进去了。进门的第一件事，便是开灯。

我在姑妈家一住就是半个月，被边缘化的"新街"是一片木头做的老房子，有的有阁楼，有的没有，一家紧挨着另一家，这边与那边声息相通而又彼此不识，人与人之间是陌生的眼睛对接，而在农村，邻里之间是透明的，家长里短让大家的心既亲近又互相提防。这新鲜的一切让我这个乡下丫头无比好奇兴奋，有了一种探询而又不敢的矛盾。

那对盲人夫妻与姑妈家相隔四间房，大家共用一个街面下不到两米的屋檐。我从他们家门前过，多半见他家门半闭，里面虽有光，却昏暗，出于礼貌，总不好没事推门进去看。因此，在新街虽然待得久，却并不了解这对夫妻，何以两人都盲，以何维持生计，无从知晓。直到这个雨天——

他家的灯，在黄昏近暗的天色里出人意料地亮堂，而他家的门，第一次全部打开。我轻轻地若无其事地"路过"，看到一个偌大的客厅，中间空荡荡的，进门靠右的墙边一排深色木柜，柜上一排大玻璃罐，里面放着各种大小的白丸，贴着各种价格；右边角落是一口很大的水缸，水缸边是灶台、厨柜，正对门是一张四方桌子，四把椅子，最左边是竖开着的两张床，一个衣柜，一切看上去极为洁净整齐。

女的剪着齐耳短发，穿着藏青色正装，戴了袖套，正摸索着洗菜，男的头发花白，衣裤都洗得发白了，走到玻璃罐着，从袋子里掏着几个纸包，分别倒进几个罐子里。女的说，今天卖了多少？男的说，没多少呢，大家总拉着我算命，好像瞎子天生应该会算命，难道他们是觉眼睛瞎了，就是老天爷为了让你通天？他们哪里知道那都是骗人的！要是能通天，我们干吗自己还过得这么苦！唉！我当初学习做酒酿，就是为了不愿意骗人。我做的酒酿这么好，现在化学发酵剂多了，生意差了许多，但他们终究会知道还是我亲手做的酒酿好。只不晓得到那时，我还在不在人世，这门手艺有没有人愿意学了传下去。

门外黄昏中的雨声滴答，衬得他的语气里格外沧桑，听得我也满心莫可名状地惆怅。我很想走进他们洁净的屋子，告诉他们这个他们没有看见的世界比他们的房子脏乱差得多，甚至我想说，我想学做这些白丸子的手艺。但我的腿像是被什么钉住了，动弹不得。

后来我回想起那一幕，怀疑那只是存在于我脑海中的一个影像，并不真实，直到多年以后的某个冬天，父亲做了一锅甜酒，出锅时遗憾摇头说，不是那个味道了，还是瞎子曾的酒酿才能出好甜酒啊，可惜早死了，手艺也没传下来。

哦，是的，瞎子曾。隐隐约约里，我记起来，他们便是这个姓氏，后来我才知道，从前村子里每一年过年酿的甜酒，都是父亲从他那里买的酒酿，白色的丸子，大小不同，用料不同，味道有很大的区别，灵敏的舌尖比敏锐的眼光更精准。

五

从那以后，我的生活里就很少出现盲人了，似乎盲人一下子消失了。光阴似乎只是"嗖"地一下，读书，教书，我的生活，便几十如一日被钉在一个框架里，从未旁逸斜出，因而我接触的，无非是一个光明的、友善的、青春的、上进的世界，虽然从书里，从别人的嘴中，从我有基本判断的脑子里，我知道，这只是世界的一个小角落，但待在这个角落里的安全感，使我心甘情愿远离那些人间的苦痛，只当作它们从未存在，即使面对的是我的至亲之人。

直到今年过年时，我们去坟上拜望母亲，已经十七岁的天天轻声祈求我地下的母亲、外婆，保佑我的右眼睛能够重见光明……妹妹站在他背后，默默地擦拭眼泪，一瞬间，我的心又绞痛难耐——只有亲身经历过苦难，才知道苦难从来离我们不遥远，那些我以为他们已经不在意的日日夜夜，于他们而言，何尝不是分分秒秒的煎熬？

十一年前五月的某个凌晨，手机突然响起。声音一声紧似一声，凄冷而无助。一种不祥的预感扑面而来。

我的手机关了，是打在海的手机上的，一看，是妹妹。

接上。妹妹已经哭得喉咙嘶哑，姐姐……

我急得心都跳到口里。问，是你与鹏飞吵架了？快点告诉我啊！

不是的，是天天。

天天怎么了？

天天……天天昨天半夜撞坏了！

撞哪里呢？天天能撞哪里呢？我急得要跳起来，可是电话里妹妹的哭声与连串的诉说都已经听不清了，隐隐约约只听见她说到眼睛。我不相信，晚上睡觉好好的，怎么会撞到眼睛呢？可是，妹妹已经没力气说了，姐姐，你给我打钱过来，有多少打多少，我们在去长沙的路上。

我的眼前一黑。我知道，灾难再一次降临到我的家人头上。为什么？为什么总是逃不脱？我的小天天，我是因为那么爱他，才给自己的笔名取了他的名字，我们家他叫小天天我叫大天天，我们一到一起就会疯得忘乎所以，认识我们的人都知道我有多么爱他，以至于只要我们在一起，我儿子特别妒忌他这个这么讨我喜欢的弟弟，每次都要与他抢妈妈！为什么不是我？为什么不让我来承受这一切？！

我从一家银行到另一家银行，竭尽我的所有，只要能抢救他的眼睛。那时，我的心里还是有一线希望，我希望老天爷能够怜悯我们，怜悯我的妹妹，不要将这令人无法承受的灾难降临到她的头上。也只有在此时，我才明确感受到失去光明对一个人的致命打击。我的眼前不断呈现小天天可爱的脸和那双明亮干净的眼睛。他的眼睛多好看啊，笑起来月牙儿一样，精亮精亮的，我们总是笑他有女孩子的如丝媚眼，让人爱到心里去。不会的，一定不会！我给妹妹发信息说，一定不会有事的，因为我们都这样善良，从来都没害过人，老天爷不会这样不公平的。此时的我们是如此无助，除了寄望于上天，还能做什么呢？

我不断地猜测各种情形，实在受不住心内的煎熬了，就打过去问妹夫。严不严重？

很严重，一只眼睛的眼球已经穿了，玻璃体挂在门把上，糊我一手，可能要失明。他的声音很硬，我知道，他在强忍泪水。

一种很尖锐的刺痛感攫住了我，然后是整个人落入绝望的无底深渊。如果可以，我愿意用我的双目失明换取他的那眼明亮！我不停地祈愿，我允诺上苍，甘愿替他承受灾难！他还那么小啊……

漫长的等待。不断地回忆小天天。向医学博士王平求助。她说，要看伤到了哪一层，她给出了许多疗救建议……

下午两点，电话再次响起。心里紧紧的，希望现代的医学能够给我们安慰。然而，妹夫在电话里号啕大哭。我的心一直沉一直沉。我欲哭无泪，这夺去我母亲的上天，为何要再一次将我们最爱的孩子的一半光明夺去？我始劲踢墙，我开始诅咒，我骂它这样无情，这样自私，只顾自己的快活，将别人的苦痛置之不理！我骂它为什么不能让时光倒流！我骂它为什么对我的妹妹这样残忍！妹妹和妹夫该怎么度过这苦难的日日夜夜？我以前经常笑他们是一根苦瓜藤上结的两个苦瓜，有了小天天，生活就有了奔头，一家人快快乐乐地生活在一起，天天的笑容就是让他们从苦瓜变成甜瓜的阳光！妹妹和妹夫没日没夜地做生意赚钱，为的就是能到大城市去，给他们天资聪颖的小天天最好的教育！我安慰妹夫，说事已至此，以后好好培养他，让他快乐生活吧！妹夫说，我不会再要他读很多书了，他就是因为爱读书才这样的啊！

是的，小天天是一个天才，谁不这样说呢？他不喜欢玩任何正常的小男孩爱玩的游戏和玩具，他三岁多时就成天捧着学习机，从早学到晚，里面的英文、数学、诗歌、认字，全学得滚瓜烂熟；四岁多时坚决要求进"小新星"英语去学习，回来后讲得一口流利的英语故事，那是初中的小孩子也做不到的；我们到他家，他每天早晨就爬到我们床上来，叫海"爸爸"，要他教他说英语；他的珠心算可以算到千数万数的加减乘除，报出数字，只要眯一下眼就能得出答案；他还会翻字典，每天放学回家就捧着我给他妈妈的《现代汉语词典》一个词条一个词条地学习……他长得特别白净，又文静，又爱笑，谁见了他，不爱到骨子里呢？那时候，我对妹妹说，上帝对你还是公平的啊，你看，谁的儿子有小天天这么完美？妹妹从来不会强求小天天读书，妹夫更加不喜欢他成天抱着一本书，他说，男孩子就应该顽皮啊，能够田里土里，到处蹿，那才是个正儿八经的小男子汉！

是啊，因为成天捧着书不爱运动，他的身体协调能力很差，走路都不太稳，皮肤白嫩似婴儿一般。他爸爸要我儿子带他玩，可是，一般是玩一小会儿，他们就各玩各了，依然是一个人骑着车到处野，一个人捧着书静静地读。

无法想象，一个如此爱书的人，一个如此可爱的孩子，失去一只眼睛对他的打击！更加无法想象，对孩子充满爱与期待的父母所受的致命伤！任何安慰的语言在此时都显得苍白，没有人能帮他们一家人渡过这一灾难！唯一能安慰他们的，是孩子的脑神经没有受伤，孩子还是一个心智健全的孩子！

六

十几年过去了，当时的苦痛清晰如昨，我们面对苦难的态度，除了教育他对这只眼睛毫不在意，便是给他改名来为他渡劫。人在无助时，是宁愿相信这个世界有神灵的，相信名号会寓意灾难或者吉祥，这样至少我们可以通过做点什么来弥补我们在这世间的罪过，以使神灵赐福于我们的子孙，至于终究留有一半的光明，或许还是上天的仁慈吧！

然后，我们继续前行。如果当初锐利的疼痛使人生无可恋，那么，往后庸常的岁月总要一分一秒地度过，我们不能永远沉浸在失去光明的黑暗里，总要在黑暗中披荆斩棘，找出一条路来。

十六岁的小天天，出落成高大帅气的小伙子，成绩拔尖，一脸阳光灿烂，谈起人生，哲学的思考，理科的思辨，时政的观点，无不侃侃。我们自然以为他已经对眼睛毫不在意，因此也能坦然地和他谈论这一只眼睛在未来的人生路上可能会给他设置的障碍，每每此时，他的微笑便慢慢凝固在脸上。即便如此，我们还要讲，我们要讲得他不敏锐，讲得他对自己的眼睛，只留有钝痛感，直到连这种钝痛也逐渐消失。

然而有一天，我们在谈论起中学生恋爱的话题时，他忽然微笑着叹了一口气，唉，我们班上，只怕没有一个女生喜欢我。

大家都沉默了。然后，妹妹低声说，也许有，你不知道而已。

他使劲摇头，不，肯定没有。他没有再接着说了。我默默地看着他，原来他在意，他一直都那么在意。原来所有我们看到的残破之下的灿烂，都是他努力要求自己做出来的。良久，我说道，一定会有一个女孩，不那么在意你的这只眼睛，更在意你的灵魂，你看，史铁生半身瘫痪，也一样收获了世间最好的爱情。你去读读《我与地坛》吧，在意才好，在意才会敏锐，敏锐才能让人保持清醒。锐利的痛感纵然会使人几乎无法抵挡，但同时它也会使人向擅长的领域进军，时时记得去取长补短，去抵抗。

天天偏着头看我，那只碎掉玻璃体的眼睛，黯淡无光，但另一只健康的眼睛里，盛满了希望的光。多有悟性的孩子！苦难无法超越，但人可以超越自己不是吗？

七

十六岁这年，马上进高三的天天强烈要求高二的暑假给他的眼睛动整形美容手术，这才再度想起他所忍受的每一种咬噬来，但我们谁都无能为力。最终，他权衡大局，同意高三毕业再考虑。因为他的折腾，我再一次思考失去光明哪怕是一半光明所意味着的人生。前些天，因为腰受伤，痛到无法行动，加之天天引发的我成年之后对盲者的思索，我忽然想起了曾十分抗拒的一种职业——盲人按摩。尽管很多人说起过盲人按摩的种种好，但我依旧有一种无法说清的害怕感，我害怕看到眼窝深陷的人，我怕我心里的剧痛。

但那天，我还是找到了一家名叫"清远"的盲人按摩店，进去一看，所有按摩师都戴着墨镜，行动自然，看我痛得太厉害，一个约莫六十岁的男按摩师接待了我，他声音洪亮，举止娴熟，谈吐自信，看上去已经从事多年这个工作了。旁边的客人介绍，经过这位师傅调理，没有不好起来的。

他开始按了，每一下都在痛点上，果然有些功夫。对他的眼睛，我起了好奇，便问道，师傅，您的眼睛是天生还是？

他毫不避讳地说，我是后天啊，你想知道我是怎么瞎的不？告诉你，是两个人毁了我一这一生啊！我五岁时村里正闹饥荒，我家乡种了很多土豆。我对那时的光影记得很清楚啊，那时我还穿着开裆裤呢，什么也不懂，也没有什么玩具，发现影子的长短会发生变化，我就在禾场上追着自己的影子玩。

一个盲人描绘记忆中的影子，语气欢快，仿佛又置身于光明的现场，我的心开始隐隐作痛了。

那影子可真好玩，上午长，中午短，到下午又长了，我一个人追着追着就追到了大队部的仓库边。仓库里收了很多土豆，我不知道没经过允许是偷，我拿了三个，塞一个在扎着的衣服里，另外两个拿在手里，带回家滚着玩。谁知道有几个穿黄绿色军装的人追到了我家里，大声说我偷了队上的土豆，我至今记得那个人的样子，很高很瘦，他冲过来，对着我就是一记很重的耳光，我的眼前冒着星星，白晃晃一片，全是日光，然后就昏迷了四五天，醒来也不再睁开眼。农村嘛，孩子多，我妈也是七八天后才觉得不对劲儿，掰开眼睛才发现我的眼睛里全是白的，一只眼睛稍微好点。这才到处去求医问药，吃了点乡下医生开的草药，一只眼睛渐渐好了很多，另外一只完全失明了。

啊，竟是这样的遭遇。我闷嗯了一声，动了动腿。

说到愤怒处，我能感觉到他按摩的手在颤抖。事隔这么多年，他一定陈述过很多次了，但重新说依旧让他疼痛。

就这么我长到了十七八岁，靠一只眼睛也能勉强看见，但视力不好。我妈想让我另一只眼睛能看得清楚些，便等经济条件好些后带我到市里的医院找医生。那个医生我也记得呀，矮矮胖胖，讲起手术无比自信，说他自己是最牛的眼科医生，说我这个情况要换一个人造瞳孔。我们那时哪里懂这些？医生说什么就是什么，我妈立马同意换瞳孔，相信换了瞳孔后我能看见一个明亮的世界。

结果呢？手术结束后，我原本能看清楚一个太阳的，现在看得到三个太阳。什么东西都有重影，各种颜色滚到一起，无法分清。我去问医生，医生产是术后的正常现象，不要担忧，慢慢会好起来。我等了一年，不仅没好，反而越来越差，再去找那个医生，医生早就不知所踪了。慢慢地，时间一久，我那只眼睛也失明了。

我恨呀，看见过光明，看见过影子，能够辨识色彩的人，失去这一切，比失去什么都让我难过。多少次有想死的心呀！

他说话时，手并没有停下。他的手又快又准地摸到了我的第二节腰椎，说，是这里有问题，你忍一下疼啊，我给你复一下位。我的心里又升起一股恐惧，毕竟，脊椎是不能随便动的，动一下完全可能全身瘫痪甚至立刻死去。我还没来得及反对，"咔"一下，我痛得龇牙咧嘴，可等我反应过来，果然人就能动了，并且先前的牵扯性痛感消失无踪，只剩下肌肉的痛感了。

果然好手艺。他继续按摩，并且陷入了一种无边的寂静。而我，也正在帮他回味那记忆里的一点光影……

八

啊，人生的苦难无法选择，它降临的时候，我们只能乖乖地接着。然而，接着了，也就是一段新的旅程开始了，我们终究要为自己挣扎一番的，不是吗？

我常常想起西方的盲眼诗人荷马和他所创作的那不朽的史诗，是何等样的坚韧使他一边大声吟唱一边著述，要把那宏大磅礴的一切留给后人；又如左丘明，在视力模糊到几乎失明的情况下，写下《国语》；是什么样的执着，使高渐离在秦王将他的眼睛弄瞎后，依旧在宴会上用灌了铅的筑奋起掷向秦王，那时，生命的悲壮乐章轰然奏响；而那个用二胡拉着《二泉映月》的流浪者阿炳，仅凭着一把二胡，将人类的悲情演绎在乐音中倾洒得淋漓尽致，在没有光明的自我世界里，叙述着他常人难以体会到的悲苦；即使海伦·凯勒对光明充满幻想，用《假如给我三天光明》演绎最深情的生命赞歌，也难掩生命的落寞啊！

当我注目于失明者，越来越多的高贵的灵魂涌现，原来他们竟都有失去光明的过程。说"天堂是图书馆的模样"的博尔赫斯，他的前两位图书馆长，格鲁萨克、何塞·马莫尔，是因为接触书籍太多而被上帝夺走了阅读的能力吗？或者，恰是这种失明，使他们最终得以回归到曾经以为黑暗，终究光明一片的心灵，最后以独特的面貌呈现于世人面前？弥尔顿写下《失乐园》和《复乐园》，因为失明而"在这个黑暗而辽阔的世界"孤独地行走，在他的眼里，应该有一个别人无法看到的丰富世界吧。还有詹姆斯·乔伊斯，他伟大的意识流巨著《尤利西斯》恰恰是他努力在黑暗中寻找光明的结晶，意识的巨大而自由的流动啊。

究竟是什么令他们失明，已经无从追究，我们能有的，仅是对自我拥有光明的庆幸。失去光明的世界，于那些失去光明者，能有无奈之中的抗争，是何等样珍贵，而于在光明中而不自知者，又是遥远而未知的。但只要我们蒙上眼睛，哪怕是一天，去做一个盲者，你便会明白，啊，原来，天天与这五彩缤纷的世界擦身而过，正是人生之最大幸福，却也是一种不幸。正如失去自由的人，每每想起曾经自由的时光，便会叹息，并愿舍尽一生力量去追寻，而真正在"自由"里的人，总以为仍旧并没有获得真正的"自由"一样。

盲铃声声，除了挂着竹棍、左右打探行路的盲者，除了真正的光明丢失者，谁能体会个中滋味？

隐匿的证据

随着时光流逝，我慢慢地明白了，只有存在的东西才会消失，不管是城市，爱情，还是父母。

——卡尔维诺

一

从沅江的河面，到杨梅山的树梢，再到桃花仑密密麻麻的店铺前，雨已经整整下了一个月。雨脚不停歇地从此处迈到彼处，悄无声息地在屋顶、窗台和墙壁以及行人的脸上留下湿漉漉的痕迹。益阳城像一艘停泊在资江边的巨型船只，上面载着繁华都市的尾音，欢欢喜喜地等待着必将到来的日出。

清晨，当我穿过沉重的雨幕走到校园廊下的时候，一个老师正与另一个老师打趣道，要允许三胎了，你打算要一个不？被问的是一位年近四十身材丰腴的女子，有银盘一样明媚的脸庞。我望着她，忽然就有了一种期待，不管怎样的回答，从她的嘴里流淌出来的必然是欢喜呀。于是我停下脚步，笑着等她的回答。她看看我，又看看提问者，皱着眉头说，啊，三胎，怕不是一个令人惊惧的梦吧？

雨下得更大了，砸在廊前的屋檐上，散成碎屑，形成一个又一个微型波浪，瞬间吞没了她的声音。天空阴沉，看样子一时间不会亮起来，他们说着说着往前面去了，我想着早餐还没解决，犹豫了一下，便往食堂买简易早餐。我随意要了一个水煮蛋，一个烧卖，这样可以边吃边往教室去，既省时又便于携带，并且水煮蛋营养高，味道也不错。考虑到吃着东西进教室不雅，又想着三胎问题或与之并行的一些其他事情，我完全忘了自己的禁忌，三口四口就吃下了这只蛋——

瞬间，蛋黄一下子全部卡在了喉咙口，出不来，下不去。此时，我的喉咙变得十分狭窄、僵硬，决不妥协，不管我用手抚摸还是起跳、喝水，都无济于事。我被哽住，逐渐感觉到了呼吸困难，我的嘴角不自觉地流下了涎水。没有人可以帮到我，我扶着走廊柱子，蹲下来，试图吐出，涎水带出了一些蛋黄，但依旧无法带出更多。我不停地仰头看天，低头看地，做吞咽动作，反复良久，才使一部分蛋黄得以勉强吞咽下去，另一部分被我使劲吐出，呼吸才恢复通畅。

我曾经被人指责是个挑食狂，被许多人视为有"小姐病"的人，很多年以来，经过对自己极限的挑战，已经变成了一个"平常人"，很多从前不吃的东西都能吃一点了，很多从前不能做的事也能做了，那么多的禁忌都已经突破，那么多的难过都逐渐消散，我以为早已过了吃水煮蛋会被哽住这一关，然而并没有。不仅没有，这个雨声喧哗的早晨，它还以如此突兀的方式给了我森然警告：你以为已经消失了的证据并没有真正消失，它潜伏在你身体的深处，生活的深处，等待时机，将你再次击倒。

二

六岁之前的若干个日子从岁月的河底浮起，纹理清晰，语声可辨。禾场里来了一堆穿中山装与皮鞋、腋下夹着一个公文包的人，母亲搬出长条凳，拘谨地招呼着他们，父亲则在他们中间站着，脸上乌云密布。我知道，那意味着将发生一场来势不小的争吵。

他们说了什么，我并不懂，但我感觉到一阵战栗恐惧，身体像被什么锁住了，动弹不得。不多久，父亲面色难看地向我招手，芬儿，过来。我像受了什么魔力的召唤，尽管脚一下都不想挪动，但还是走了过去。父亲以不容置疑的口吻命令我，让我张开嘴，叫一声"啊"，让那些人都看看。

我想起前些天——三月三，母亲用地菜煮了几个蛋，放在泥坯茅草屋的"8"字形柴火灶台上，我欢天喜地吃到蛋黄时，只一口便被哽住，小脸憋得通红，几乎失掉呼吸，母亲慌了手脚，没命地给我灌水，命我一小口一小口地吐出来，然后让我张开嘴"啊"给她看。里面蛋黄是没有了，但似乎有了些别的东西，她紧张地叫父亲和祖父来看，他们火炬一样的目光全投进我的喉咙里，看完叹着气，摇着头，祖父说，作不得数了。祖父的语声里，有黯淡下去的云彩，随着这语声，父亲沉默着往外走，母亲则蹲到灶角往灶里送柴，压抑了一会儿，还是哇的一声哭出来。我不知道发生了什么，母亲的悲伤让我手足无措，也让我有种莫名的恐慌。

又要张开嘴。其实我很不情愿，但大人太多，他们又高又黑又壮，令我无力反抗。我仰起头，拼命张开嘴，缩着我的舌头。春日的太阳明亮温煦，全部投在我脸上，耀得我眼睛生疼。大人们的头都凑了过来，往我的嘴巴逼近，仿佛有一群乌鸦在头顶上空云集。我想起母亲常说的那个奇怪的梦，生我的前一夜，她梦见我家屋顶上群集了许多乌鸦，突然天空像打开了一道口子，群鸦散去，只有一只还停留在屋顶正中，羽毛从黑色变成金色，慢慢长长，最后变成了一只尾巴极长的五彩鸟儿。她一惊，醒来阵痛不已，生下了我。

如今这群乌鸦又来了。其中的一个捏着我的下巴，对我说，你再"啊"一下。我又"啊"，他吓得手一哆嗦，立即放下，并退了两步。所有的人都沉默了，他们望着父亲，又望着我，不知道说什么好。父亲说，看到没，两个小舌头，可能会死的。

父亲脸上洋溢着一种阴沉，但也饱含了某种不可描述的洋洋自得。他说，你们看到了吧，我这个女儿，作不得数，她很快就会死去。没有一个人反驳，他们把怜悯的目光抛向我，然后叹气说，是有些可惜了，一个这么聪明乖巧的孩子。

那就还给我一个生育指标吧，我必须再要一个孩子。

乡干部中的一人沉吟半晌，说，嗯，既然你们是这个情况，那就保胎吧。他一边说一边掏出一个小本子，写了一张字条给父亲，父亲欢天喜地地接了，他们也一一散去。

禾场里只剩下默默发呆的我。没有人在乎我的感受，他们并不觉得我听得懂他们的谈话。这是我第二次张开嘴巴"啊"给别人看，谁来告诉我到底发生了什么？为什么"死"这个我并不懂得意味着什么的词语会让我再次有一种冰冷恐怖的感受?

　　我不知道去问谁。但多年以后我常回头看着那个站在禾场上的小女孩，我知道她懂得一切，她的记忆会因此而强大无比，这注定早慧的她要经受种种心灵的折磨，在死亡中穿行，直到完全长大。

　　我真想穿过时空，拥抱彼时孤绝的她。

<h2 style="text-align:center">三</h2>

　　廊前的雨越下越大，小小的波浪汹涌起来，那些砸在屋顶上的全化成了雾，层层叠叠。聂鲁达说："寒冷与烈火摄人心魄的精华，它们一路陪伴着我，常常领先于我，渗入所有敞开的事物，反复敲击世界封闭的子宫。"当往事将我击中，我一向用以示人的热情、宽厚逃逸无踪，骨子里的寒凉与疏离迅速扩展，直到全面占领我……那些被悄悄隐藏在岁月深处的证据，或者从此时起即将被隐藏进岁月深处的证据，都在这一刻被重新翻找出来，成为打开某一扇门的钥匙。钥匙转动，生命尘封的大门便能轰然开启。

　　母亲又开始频繁地和村子里的妇女们一起带着我，玩一种游戏，即把我拖到身边，让我摸她的肚子，问我，是弟弟还是妹妹呀？大人们都以为小孩子的嘴准，不会说谎，我也知道母亲希望是个弟弟，便会说，是弟弟。母亲一把抱住我，亲我，说，我的好孩子。母亲的语声哽咽，欢喜里掺杂着悲伤。

　　那时我的心里，就升起了无限的悲凉——我无师自通地读懂了放弃。成长的时间流逝得很缓慢，每一分每一秒，都在促人长大，所以当我读到杜拉斯那一句"我在十八岁的时候就已经变老了"，心中惊诧，只因为同感过于强烈。我的父亲永远不会知道，他的女儿，其实知道"死亡"的含义，她一直从旁窥视父亲的脸，希望看到一丝狡黠，以证实那只不过是一个对外宣称的谎言，或者看到一丝伤感，以确认他对这个女儿即将永远离开的不舍。

　　我确定，那是悲伤，它宏大、深广、黑暗，像一张无边无际的网将我拢住，令人逃无可逃，只能束手就擒。

　　我突然想知道两个小舌头究竟是什么样子，为什么它们会使我对所有淀粉质或遇水就会变成坨的食物如此抗拒，一旦不慎摄入将全都堵在喉咙。我找来一面小圆镜，对着镜子张开嘴发出"啊"声，终于看到，在舌根与喉咙相交的部位，两块被称为"小舌头"的、柔软绛红的肉并排垂着，挤得喉口极小，气流很难冲动它们。既然大家都说多了一个"小舌头"，想必别人只有一个？为什么我会多长一个呢？而且根据父亲的说法，年龄越大它们会长得越大，果然就有将喉咙封住的势头啊，难怪我吃什么东西都只能小口小口地吃。那一刻我明确地知道，我确乎是很快就要死的了。

　　一年级期中考试过后，我原因不明地病了，将近二十天，我总是半夜发高烧，迷迷糊糊里，记住了母亲捶打父亲的哭泣，父亲背着我往卫生院跑时焦虑的喘息，医院里晦暗不明的灯光和浓烈刺鼻的苏打水气味。我睁不开眼睛，但意识相当清醒，所有发生的一切明镜似的刻在我的记忆里。村子里的人都来看我，安慰母亲，说这孩子过于聪慧，注定不是人间长久之客。母亲做一会儿事就来我床边坐一会儿，哽咽着唤我的小名。学校班主任来家访，说孩子会好起来的，好了一定要继续读书，是块好料子，母亲便哭得更厉害了。

　　我还是觉得有浓得推不开的悲伤，我一直试图用一把刀划开一道口子，却找不到刀片。黑暗中我找啊找，终于，看见了一根有金属尖头的木棍，我使尽浑身力气握住它，掷向看不见的网，光亮照了进来，我睁开了眼。

　　多年以后我看到博物馆里的矛，一下子就认出来，这就是我划破黑暗的东西，曾经幼小的我从神秘的黑暗里借来的武器。那一年期末考试，我在昏迷二十天后考了全区第一名，这件事在此后的若干年里都被乡亲传颂，令我父亲每每说起都会嘴角上扬，眼睛望向无尽的远方。

四

　　父亲说，我哪里知道你知道什么是死啊，那么小的孩子，我随口说的，要是说得不逼真，谁会信？再说，当年你那两个小舌头，确实眼看着会越长越大，难测后果呢。当我有足够的底气与父亲叫板、往事重提时，他讪讪地笑着。

我无从得知对于我可能会来临的死，他究竟持什么态度，但弟弟出生时他脸上的喜悦把很长一段岁月都照亮了。我的父亲并不是重男轻女的人，这从他在我四岁时就教我写毛笔字、下象棋、背诗可以看出，也从无论生活多么艰难他都坚持送我读书可以看出。时间能证明的，他想要第三个孩子，不过是他热爱孩子。弟弟出生的那一天，我下午放学回家，我家堂屋的大门只开了一条缝，我背着书包推开门，跨过高高的门槛，看到一个很小的肉团在母亲怀里。父亲非常兴奋地叫道，芬儿来看，这是你的弟弟。我的鼻子一酸，莫名的气流刺得我两眼通红，一种穿过外婆家松树密林时才有的气味笼罩全身，仿佛就是那一瞬间，我感觉我的另一个小舌头隐身了。

我没有告诉任何人，也不敢照镜子，我并不知道究竟发生了什么，只是从那以后确实也没有再张开口将我的小舌头示人。弟弟出生的喜悦使所有人都忘了那个从前总会被提起的小舌头，日子平静得如同门前静静流淌的河。我安然无恙地活下来，只有我自己知道，被遗忘的小舌头，剥夺了我多少快乐：母亲过年做甜酒煮糯米饭，一家人争着吃，我只能眼睁睁看着，因为我只要吃一口糯米饭就会很久吞不下去。所有跟糯米有关的东西我都没法吃，因为我会哽住；红薯、南瓜、芋头、土豆、淮山……所有会成团的东西我都无法吃，因为我会哽住；鸡肉、虾子、猪蹄……不能吃不能吃……我成了一个对食物提不起兴趣的人，我成了所有认识我的人眼里跟我一桌吃饭会影响食欲的人。

在我这里，食物成了累赘，而非生活里恰到好处的修辞。

然而，当我的弟弟慢慢长大，我们发现了一个奇怪的现象，对所有我不能吃的食物他都表现出惊人的喜爱，并且，直到六岁他都讷于言，无法清楚吐词，仿佛我那隐身的舌头化为了他舌底的一根筋，赐予他对食物的敏锐，却剥夺了他语言的灵动。

随着时间推移，弟弟在语言上的匮乏日渐明显，我自然而然地担当起了他语言老师的责任。在许多个清晨与黄昏，上学前和放学后，弟弟总会搬一条小板凳，昂着头，用很崇拜的眼神看着他尚未成年的姐姐——电视里"咚"的一声，《红楼梦》的开头音乐响起，嘹亮尖厉的语声唱道"一个是阆苑仙葩，一个是美玉无瑕"，他的姐姐就教他噘着嘴念"红"，舌尖抵着下颚念"楼"，双唇相合再打开念"梦"。他一个字一个字跟着念，可是努力得满脸通红，依旧无法发准音，而我则可以一千遍一万遍，不厌其烦地教他。

我想，后来我之所以能顺利地成为一名教师，一定与当年这样教弟弟说话有脱不开的关系。生活中隐藏着许多密码，你永远不知道哪个开关在哪一环启动了，又会把我们送到哪里。我和我的弟弟，通过那隐匿起来的舌头缔结的，不仅是从同一个子宫里出来的关系，而是带着共同的证据，遥遥地相望于人间。

五

邻居倪章死后，过了很多年，某一天，我毫无预兆地想起他打我弟弟一巴掌的那个正午。在我遥望生活的那一刻，它体现出本质的荒诞——一个充满恶意的人，却在那个正午让我突然意识到我弟弟是我的亲人，是不容他人侵犯的亲人，他的生命与我的生命注定交织，他的荣辱即我的荣辱。当我重新想起他，又明白了如果每一个人都是一座孤岛，那么一定有某些东西把这些孤岛连接起来，然后陆地形成，大地上绿荫成片。

炎夏接近尾声时，太阳依旧暴烈。我家与东邻家中间的橘子园里，橘子长得把路都遮住了。我们从路上经过，头顶是硕大的、一挂挂青中带黄的果实，诱人得很。但这些果实不是我们家的，它们属于倪章。倪章是环子的父亲，环子是一个长相漂亮娇俏的小姑娘，是我的发小。她家家境向来殷实，倪章在二十世纪八十年代就第一个尝试做饮料厂，做橘子汽水，全村男女老幼都给他洗汽水瓶子挣钱，因此他的脸上总有一种说不出的傲慢，一种凛然不可侵犯的冷漠。

年仅六岁的弟弟从橘子树下经过，一挂特别饱满的橘子就在他伸手就能够得着的前方。他急急地前倾，要去摘，我吓得一把拉住他的手，说，不行，这是别人家的橘子。弟弟"嗯"了一声，"我……想……吃"，他眼神恳切，吐词十分含糊，除了我，几乎无人可懂。在他的世界里，橘子就是橘子，不分自家与别家。我不能满足他，只能丢下他往前走，将他远远地甩在背后，等他跟上来，心想，如果他自己摘了，一是可能不会被发现，一是可能人家看他这么小，发现了也不会责怪。

他果然摘了。然后，倪章出现了，一个那么大的男人，像铁塔一般站在弟弟面前，一把抢过弟弟手中的橘子，铆足力气，对着我弟弟就是一巴掌，还大声吼了一句："这么小，就会偷！"

"偷"，多么羞耻的词语！我吓得一激灵，转过身，看到我弟弟站在光影斑驳的橘子树下，青黄色的橘子布满他的头顶，而他的脸上，清晰地印着五个手指印。弟弟吓蒙了，含糊而激动地说着什么。而倪章，这个自以为高人一等的中年男人，万分鄙视地看着他眼前的孩子，骂道："哑巴，小偷！"

刹那间，一股"杀机"弥漫我全身，我向他冲过去，用头使劲撞他的胸膛，撞得他打了个趔趄。然后我抱着我的弟弟，声嘶力竭地大声哭喊：他没有偷，他就是想吃个橘子！

他愣了一下，迅速以不容置疑的口气，冰冰冷冷、居高临下地说，这是我家的橘子，他就是偷了，小孩子要接受教育，不然小来偷针大来偷金。他的声音即使在他销声匿迹若干年后，我依然能从万千声音里辨认，那是来自地狱的声音。我不相信宽恕，如果记住意味着存在，无论他消失在哪里，他都可以借助我的记忆以这样的方式存在，这声音便是他活过的证据。

祖父、父亲、母亲，相继来了。村子里的人分为两个阵营，叽叽喳喳，指指点点，最后因为倪章的富有，他拥有了绝对的说话权，而我贫穷的父母只能带着受伤的孩子悻悻离场。在乡村，孩子的喜怒哀乐从来都被忽略，现场变成了一场原因不明的聚会，最后变成了倪章的个人演讲会，他谈起整个村子的未来，有一种指点江山、睥睨众生的倨傲。仿佛只有我在乎不会说话的弟弟脸上鲜明的五道指印。从那时起，我成了一个对没由来的恶意永不宽恕的人。

时间带走很多东西，岁月无痕，直到我们可以相逢一笑泯恩仇。弟弟八岁那年，父亲带他去医院动了一个小手术，割掉了舌头下多出来的一根筋（真的是多了一根筋），捋顺了舌头，自然就能流利地说话。其赫然的证词便是，他突然就能吐词清楚地说"红楼梦"了。那时他对我说的第一句话是，那天我不知道是"偷"，我只是想吃个橘子。就这句话，他憋了两年。

为此我热泪盈眶，又欢呼雀跃，又有什么东西正在我的体内消隐，我明显感觉到了。

六

如果当时我就选择宽恕，会怎样呢？我的母亲还会离开我们吗？我那个隐身了的小舌头会因为并不甘心的宽恕而再次显形以堵死我下咽的路吗？成年后某个农历六月初六，我们按惯例搬东西到禾场里翻晒，我翻找母亲那件左胸上绣了一朵大花的墨绿色呢子大衣，却不见了它的踪影，就像母亲的身份证（那上面有一张母亲的相片）、几个珍藏在木箱子底的银罗汉，以及那把生了绿锈的铜锁一般，它无缘无故消失了。

所有消失的事物都有令人恍惚的本事，它们只存在于记忆里，一旦失去行踪，便会在话语体系中变成可疑之物，比梦境更不可确认和捉摸，因为消失，我们可以随意添加想添加的内容以确保记忆的真实可靠，也可以模糊甚至避开那些刺痛我们的瞬间，或者美化原本稀松平常的事物。只要没有旁观者，我们可以随心所欲地在记忆里挑选、决策。比如，每当想起阳光刺眼的夏天，母亲搬出黑漆早已剥落、散发着清香的大木箱，在太阳底下掀开暴晒，我便会觉得母亲一定是某个大户人家的小姐，流落民间，苦难相随，只是为了增添她生活的戏剧效果。箱子平时总是锁着，两块半圆形锁搭发出黄铜敦实厚重、比金子稍微暗沉的光泽，它们完全可以成为曾经富有的证据。箱子里无非是些换季的衣服或者账本之类，但我们睁大眼睛想看的，就是那十八只纯银铸的憨态可掬的罗汉，每一个都拇指大小，母亲深情地抚摸它们，说着外公得来它们的惊险，别有一种过往岁月的神秘。接着她一定会又掏出一把十多厘米长的铜锁抚摸一番，锁的表面光滑，锁芯与花纹凹陷处长满了铜绿，特别沉。母亲叹息，可惜这把锁的钥匙找不到了，不然倒是一个极好的古物。

母亲这么说着时，我总是浮想联翩。大概，我会是那个突然被发现的流落民间的公主？童年时，谁没有借助这样那样的事物期待过自己令人艳羡的身世? 因此每年六月六, 成了比新年更令人期待的日子, 罗汉与铜锁都不是梦, 母亲的神秘也不是梦。

母亲走得突然, 她走时, 连一双没有破洞的袜子也找不到, 还是邻居雪奶奶拿了自己的一双新袜子给她穿上, 她才能穿戴整齐入殓。我们烧掉了她所有的衣物, 我不敢问父亲那些银罗汉与那把铜锁是否要陪葬, 但它们从母亲去世的那一刻再也没有出现, 就像它们从未存在。

当那件仅被母亲穿过一次的崭新呢子大衣被要求烧掉时, 我拼命护住了它。1994年的春天, 雨也是这样铺天盖地, 初春天气, 寒意料峭, 生活极为节俭的母亲在卖掉一担蒜苗后, 头一次给自己买了一件新衣服, 这是一件中长的墨绿色中式毛呢大衣, 左胸用同色丝线绣了一朵花瓣张扬如同凤爪的花。平时因为劳动和忙碌总是蓬头垢面的母亲, 穿着这件衣服在镜子前站了许久, 并多次问我好不好看。

对于我而言, 母亲永远是好看的, 她的眼睛很大很黑, 似乎能照亮黑暗, 只这一点就足够, 新衣上那朵张扬的花生出长长的瓣, 有些说不清的妖娆, 衬得她有点幽深。这是平日辛苦劳碌的母亲从未有过的气质, 但与她很贴合。在三个儿女面前, 母亲隐藏着现实与心灵之间盘根错节的苦难, 但我在她后来黯淡的眼神里, 在她怀抱我刚出生的弟弟低眉垂目的表情里, 在她轻轻哼唱的忧伤歌谣里, 窥得天机——生育与爱并非一定会同时进行。

生完第三个孩子的母亲, 依旧要在田地里像男人一样挥洒汗水。回家后, 父亲躺着休息, 母亲做饭洗衣。很多次, 她突然晕倒在田地里, 被父亲扛回家, 我看到脸色苍白双眼紧闭的母亲, 预演失去她的绝望。等她真正离开, 悲伤完全不是排山倒海, 而是在绵长的时间里一小股流水一样汇聚成深潭。

在我的第二个小舌头确定不知去向后的第七个年头, 母亲突然抽身离开。若干年后, 她到人间来过仅剩的证物 (除了我们三个孩子), 那件墨绿色呢子大衣遍寻不着, 只有那朵张牙舞爪的花, 还印在我的脑子里。

我第一眼看到曼珠沙华, 便确认与它谋面已久, 这种花不见叶, 叶不见花, 专门开在坟头的花, 就是绣在我母亲已经消失的呢子大衣上的那朵, 只有我的记忆有权拥有这个证据。

七

祭奠母亲时我跪在老家堂屋正中高悬的神龛下，神龛上竖写着"太原堂列代宗亲位"，墨迹黑亮，笔画敦实，自带威严，左右两边分列"故祖考王公玉轩大人之灵位"与"故显妣王母彭氏之灵位"。

房子装修后，堂屋做成了客厅，神龛下面是沙发的贵妃位，灰白的布面沙发，柔和温润，冲淡了神龛的肃穆气息。也许是过于现代化的装修风格与这种古老的仪式相冲突，在后代眼里，祭奠成了一种哄遍祖宗的把戏，少了一分庄重，多了几分过场感。但父亲仍旧是一丝不苟的，他每月朔望日必定点香与蜡烛，烧几片纸钱，以保证他还记得死去的人。

一日，没有燃尽的纸被一股风吹到了布沙发的贵妃位上，一下子就点着了布面，火苗渐渐壮大，等父亲发现，整个沙发都燃起来了，神龛也烧着了，父亲情急之下只能先浇灭沙发，再扑神龛，但无济于事，一切都要重建。父亲说，一定是沙发上坐留的秽气冲撞了神灵，重建后他坚决要空出这一块地方来，并且他也开始使用电子蜡烛。黑漆漆的乡村之夜，堂屋那一盏红彤彤的烛光通宵不灭，多少安抚了父亲在失去最重要的两位亲人后凄恻的内心。

人是需要精神支撑的物类，神龛只是寄托哀思的载体。用父亲的话说，只要心诚恳，即使神龛只是一张纸，也一样有它不可替代的威严。我知道，父亲仍在怀念从前堂前那一纸铁画银钩——那张写着宗亲位的红纸，是一个书法家跪在堂屋地上，一笔一画写成的。父亲不知道那个书法家的出现对我意味着什么，也不懂得那个人的离去带走了我多少感情。父亲只是单纯喜欢那个人写的字，喜欢他写字时的虔诚，喜欢他如同宗亲一样稳定的性子，喜欢他温暖的笑。

他的字是那样好，这为他赢得了俗世纷至沓来的赞誉，也赢得了父亲的尊重。过年之前，父亲买好红纸，满含敬意地请他为我们的祖宗写一个牌位，并撰写对联。当时已经名声大噪、地位显赫的他，依言在写字前沐浴更衣，焚香敬拜，再匍匐在地上，一笔一画地写。笔画流动间，徘徊俯仰，风流韵致，刚劲如铁，柔媚如银，墨迹干后贴在堂屋正中，整个黯淡的房子都被这字照亮了。写完他微笑着，目光如炬地直视父亲，承诺以后每年他都给他写，保证墨迹新鲜，红纸干净。

但我不是这样的，为了我的弟弟能够顺利读完高中，在遇到那个人时，我拼力迷惑他也迷惑自己，我以为一场樱花般绚丽粉红、漫山遍野张扬的情意是发自我的本心。而事隔多年回望，缘起于需要他帮助的感情里，隐藏了太多其他因素。我将自己献祭给了一场势力悬殊的追逐，成了才貌出众的他的俘虏，当然，他也名正言顺地为我解决了当务之急——我的弟弟，在他的帮助下一帆风顺地完成了学业。那时，我已毫无风险地迈过二十岁的门槛，没有如世人所料的提前死去。我的父亲承诺，只要那人愿意，他同意我嫁给那人。

然而承诺从来是不可靠的，终究，我小小的喉咙吞咽不下如此盛大的情意，他那有质地的生命于我而言无异于水煮蛋的蛋黄，无论怎样诱人，都是我消化不了的东西。在我将所有他赠送给我的书法、国画作品付之一炬之后，我还把日记、礼物全部毁灭，我试图以此证明我的世界里他从未来过，直到我抬头看到他写下的牌位。我要撕掉牌位。父亲焚香敬拜，坚决不肯。父亲说，牌位有什么罪过？等它自行褪色，变脆，直到不能用的一天吧。就这样，他曾来过的唯一证据，被父亲保管了好几年，直到房子装修，破旧的纸张终不与新房子洁白的墙面相配。

电脑书写的牌位客观多了，所有的证据最终都销匿于岁月。

在换上新牌位的那一刻，我的内心五味杂陈。

八

舌头被割了一刀的弟弟最终考上了重点大学，毕业后在一家大型国企上班。尽管他思维敏捷早已口齿清楚，然而从童年出发时带着的讷于言的习惯，伴随了他的一生，使他在职场除了埋头苦干别无他途。他不甘于碌碌一生，经过多番辗转，最终选择在上海，这座谜一样的巨型城市落脚。他要把自己投到海里去，哪怕只是一滴水，也强过在陆地被蒸发于无形，他用孤注一掷的方式告诉我们，每一个人都在用自己的方式反抗着既定的命运，也反抗着过早隐匿的未来。

炎夏的一天，我带着刚满十岁的儿子，去往弟弟所待的传说中的大都市，看他，看众生。那天正午，我们路过著名的外滩，我停住了脚步。我要看看白天的外滩。于是给儿子买了一个乐高，徒步走到江边，此时滩边行人稀少，放目望去，黄浦江雄浑辽阔，滚滚东去，江面游轮缓缓驶过，汽笛声响彻云霄。对面的陆家嘴高楼林立，静默深沉，遮天蔽日。我们静静地坐在外滩边半人高的围墙下，借着一点点阴，儿子开始忘乎所以地拼他的乐高，而我，听着外滩的钟声每半小时敲一次，恍惚间似乎置身于无垠的宇宙；水流静止，人声静止，车马静止，时间一分一秒流淌的声音击打得耳朵生疼，大都市的繁华全都成了这悠远钟声色彩斑斓的背景。直到对岸的第一盏灯亮起，陆陆续续所有的灯璀璨成片，直到第一个游人出现，外滩观景的人似乎一瞬间全拥过来，人与灯，形成了上海外滩令人惊叹的夜色。

灯火人间，有多少故事在灯的背景里上演，就有多少生命的密码在被不断设定和开启。而这一切最终都将隐匿在岁月深处，无所作为，这是可以预知的宿命。那一刻，在嘈杂的人声里，我看着辉煌灯火掩映下的黄浦江如同薄纱轻绡，我听见藏到生活深处的欢喜与悲伤，如同奔雷亦如同萧萧车马滚滚而至，我前所未有地感知到了对这虚妄生命的热爱。

多年以后的这个春雨澎湃的早晨，被一个水煮蛋哽住的早晨，那些被庸碌的生活替换掉的一切，使我骨子里深感"清角吹寒，都在空城"之悲凉的一切，早已消失得无影无踪的一切，借助我的隐匿了的第二个小舌头，借助打开的生命之门，一一重现，并继承、流转、壮大，变成沉默里最具宏大意义的证据。